JN311036

アンティーク雑貨探偵②

ガラス瓶のなかの依頼人

シャロン・フィファー　川副智子 訳

Dead Guy's Stuff

by Sharon Fiffer

コージーブックス

DEAD GUY'S STUFF
by
Sharon Fiffer

Copyright©2002 by Sharon Fiffer.
Published by arrangement with the author,
c/o Brandt & Hochman Literary Agents, Inc., New York, U.S.A.
through Tuttle-Mori Agency, Inc.,Tokyo.
All rights reserved.

挿画／たけわきまさみ

いつものようにスティーヴに
そしてやっとネリーに

謝辞

つねに創造のひらめきと芸術的刺激の供給源であり、テイクアウトの料理にも散乱するがらくたにも嫌な顔ひとつせずに耐えてくれる、我が夫にして大好きな作家、スティーヴ・ファイファーと、わたしたちの子ども、ケイト、ノーラ、ロブに感謝します。わたしは友人にも恵まれています。ジュディ・グルーズとドクター・デニス・グルーズィズ、体験談を快く聞かせてくださってありがとう。キャス・ルーニーの変わらぬ友情と無敵のリサーチ力に、トム・ビショップの励ましと職人技のタイトルに感謝を。ゲイル・ホックマン、ケリー・ラグランド、ベン・セヴィアにも全編を通じて――なにからなにまで――お世話になりました。〈EZウェイ・イン〉、ビショップ・マクナマラ・ハイスクール、イリノイ州カンカキー、これらはいずれも実在し、著者の人生をかぎりなく豊かにしてくれました。本書『Dead Guy's Stuff』に登場する人や場所の名前のなかには聞き覚えのあるものもあるかもしれません。でも、ジェーン・ウィールの友達と家族については、残念ながら、創作です。本物のドンとネリーが現実に成し遂げた偉業はだれも信じられないほど、とほうのないものなのです――たとえ小説のなかであっても。

ガラス瓶のなかの依頼人

主要登場人物

ジェーン（ジェイニー）・ウィール……ジャンクのコレクター。フリーランスの拾い屋《ピッカー》
チャーリー……ジェーンの夫で別居中。地質学者
ニック（ニッキー）……ジェーンの息子
ドン……ジェーンの父。居酒屋〈EZウェイ・イン〉の主人
ネリー……ジェーンの母。居酒屋〈EZウェイ・イン〉のおかみ
ティム（ティミー）・ローリー……ジェーンの幼なじみ。花屋の経営者兼骨董商。ゲイ
ブルース・オー……元刑事。非常勤の大学教授。私立探偵
メアリ・ベイトマン……老婦人。元看護師
スーザン・ベイトマン……メアリの孫娘。看護師
オスカー・ベイトマン……メアリの夫で故人。居酒屋〈シャングリラ〉の主人
ドロシー（ドット）……メアリの友人
オリヴィア（オリー）……メアリの友人
ガス・ダンカン……地主。〈EZウェイ・イン〉の大家
ビル・クランドール……ガスの甥
リリー・ダフ……ジェーンのハイスクールの後輩。居酒屋〈リリーズ・プレイス〉の経営者
ボビー・ダフ……リリーの弟
ビル・ダフ……リリーの父で故人

【用語解説】

エステート・セール

家の所有者の死亡や引っ越しで家を売却するまえに、遺族や本人が家財を売り払うセール。

サルベージ・セール

古い家が解体されるまえに建築部材を売るセール。

ラメッジ・セール

不用品処分のために一堂に集められた物を売るセール。教会の慈善バザーなど。

ハウス・セール

エステート・セールなど、屋敷を開放しておこなわれるセール。

ガレージ・セール

民家のガレージでおこなわれるセール。

ヤード・セール

民家の庭先でおこなわれるセール。

ショーハウス

老朽化した住居の内装を一新して、一般公開する非営利のイベント。

ベークライト

〝プラスチックの父〟ベークランドが開発した合成樹脂。

1

人が習慣的におこなっていること、その人を特徴づけている動作や仕種。それらは個性として、一風変わった魅力の一部として、称賛されるべきものなのだろうか？　それとも神経過敏な癖、あるいは神経症のような症状のひとつということなのだろうか？　ジェーン・ウィールがこう自問するのははじめてではなかった。

たとえば、ジェーンはエステート・セールへ行って屋敷にはいり、他人《ひと》の持ち物だった物に取り囲まれると、決まって鼻歌を、それも、ときにはかなり大きな声で口ずさみはじめる。鼻歌を口ずさみながら本をめくり、抽斗《ひきだし》を漁り、ボウルの縁やガラスの器のへりを指でなぞる。鼻歌を口ずさむぐらいはむしろ無邪気なほうだろう。

では、ひとつのポケットにいれた車の鍵を、べつのポケットにいれた小切手帳と身分証明書を、さらに三つめのポケットにいれてある現金をひっきりなしに確かめる癖は？　四つめのポケット、すなわち左の胸ポケットには手帳と宣伝用のミニサイズのシャープペンシルがはいっている。〝グーシー・アップホルスタリー――当店の生地をぜひごらんください〟という一文の下に電話番号のWELLS《93557》2-5206。人混みでポケットを確認するのはごく自然な行為だ。ジェーンの叩き方には特定の順番がある。どうやら筋肉の記憶と神経の感覚が関係しているようで、まずズボンのお尻の右、つぎに左。それから胸の右、左。左利きの人だとズボンのお尻の左から始まるのかもしれない。今度、親友のティムの順番を注意して見てみよう。彼は左利きなので。

午前九時、たった今セールの入場整理券を受け取ったばかりだ。九時半開場だから、この先行セールでの成功祈願のおまじないを車のなかでする時間がまだ少しある。ジェーンは主要な四ポケットを叩き、生ぬるくなったコーヒーをひとくち飲んだ。このコーヒーも延々二時間半、車のなかで待たされていたのだから生ぬるくもなる。

手帳を取り出してリストの確認をした。友人に探してほしいと頼まれているディプレッションｎ・ガラス（世界恐慌の時代に大量生産された色つきの型押しガラス製品）の模様のスケッチ、オハイオに住む骨董商のミリアムに至急で依頼された児童書数冊のタイトル。本の買い付け人《ブックピープル》との戦いはできれば避けたいが、ミリアムは本のコンディションは問わないと言っていた。ミリアムの顧客が求めているのは挿絵のほうで、本物の猟書家ならば脇にのけそうな損傷の激しい本の挿絵だけが目当てなのだからと。そう聞いてジェーンもミリアムもぞっとした。セールで購入した物の状態を落とすことには激しい違和感を覚える。もっとも、すでにぼろぼろの物を救済することに崇高な意義を感じる人はさすがにいないので、一九三〇年代の完全な虫食いコートにベークライトのボタンがついていれば、そのボタンだけを取るということはあった。ベークライトのバックルやクリップなら壊れていても、アクセサリーなら深いひび割れがあっても作りなおすことが可能だから。が、神にかけて、マーサ・スチュワートにかけて、無傷なボタンやビーズにグルーガン（手工芸に用いられる銃形の接着用具）を近づけるような真似は断じてしてはならない。

リストには常連も名を連ねている。つまり、植木鉢に、ヴィンテージの裁縫道具に、鉤編みの鍋敷きに、樹皮布も。どれもジェーンがこよなく愛する物だ。西部開拓時代の物、リネン類や毛布類、カウボーイやインディアンが描かれたランプシェード、馬の頭の飾りがついたコート掛けなども探している。ティムの妹に男の子が生まれたので、ティムは新生児室から幼児室への模様替えを早々ともくろみ、コロニアル様式の郊外住宅の一隅を昔の西部劇に出てくる大農場のセットもどきに変えてしまったのだ。

〝ラッキー5〟をメモする時間はあと五分しか残っていない。こういうハウス・セールへ来ると、うんざりするほど長い待ち時間をつぶすために、この家にはどんな物があるかを屋敷の外見から推察することにしている。思いついた五つを書き出し、実際に五つともあった場合には、その日の予定より五十ドル余分に遣うことを自分に許す。よく考えれば理屈に合わないゲームだということはわかっている。ゲームに勝つと財布の中身が五十ドル減るのだから。が、この〝ラッキー5〟がじつに愉しい。

聖イタ教会から数ブロックに位置するシカゴ・バンガロー様式のこぢんまりした煉瓦造りの住居をジェーンは観察した。玄関までの小径はひび割れ、玄関ステップの煉瓦も破損したまま補修されていない。新聞広告には〝生涯財産一掃〟〝地下室満杯〟という文字が躍っていた。とりわけ心惹かれたのは〝どの箱もまだ一度も開けていません〟だった。

本日の〝ラッキー5〟は、〈アイス・O《オー》・マティック〉社の砕氷機《アイスクラッシャー》（ハンドルは赤）、『リーダーズ・ダイジェスト・コンデンスト・ブックス』シリーズのうち、パール・S・バックの一作が載った一巻、ベークライトのロザリオ、〈コーツ&クラーク〉社の一九三一年の販売促進用品だった〝糸巻きペット〟カードに巻きつけられた桃色の手芸テープ。

ジェーンは腕時計に目をやった。あとひとつ。急いでリストに加えなければならないのに、最後のひとつが頭に浮かばない。そこで、携帯電話を取り出して番号ボタンを押した。

「もしもし？　大きな声で話して」

大勢の人の声が背後に聞こえた。ティムもすでにどこかのセール場にいるらしい。でなければ、少しでも早く入場するための列に並んでいるのかもしれない。

「リストの最後のひとつが思い浮かばないのよ！」ジェーンは思いきり叫んだ。

「五桁の電話番号がはいった宣伝用キーホルダー！」ティムも思いきり叫び返した。

「うん、いいわね」

「グリーン」

「ええ？」

「色はグリーンに限定。何時にこっちへ来られる？」

電話が切れた。車のシガレットライターから携帯電話のプラグを抜き、グローブボックスに電話機をしまう。もうすぐ開場だ。ポケットを叩き、コーヒーを飲み干した。今、まえに停まっている車の主は、以前に骨折り損のくたびれ儲けをさせてくれた意地悪女だ。大きな

糸巻きペット　Spool Pets

〈コーツ＆クラーク〉社の1931年の販売促進用品で、動物の頭と尻が描かれたカード。それぞれ絵柄を切り抜いて、糸巻きの両面に貼りつけられる。

セールをやっていると彼女に教えられて、その番地へ行ってみたら、ただの空き地だった。ジェーンはその女をドナと名付けた。ドナという名前を選んだ理由はとくにない。敵には名前があったほうがおもしろいというだけ。

ドナのほうが早い番号なの？　ドナが先に玄関からはいるの？　それがなに？　ジェーンは心のなかで言った。目隠しをしていたって家のなかを全力疾走して、余計な物に気を散らされず、ドナも、ほかのだれをも追い越して、お宝にたどり着いてみせる。シカゴの北西寄りの地区に建つバンガロー様式のこの可愛らしい煉瓦造りの住まいの階段を脇目も振らずに駆け降りるのだ。磁石で吸い寄せられるように、今一番欲しい物に足が向かうだろう。それがなんであれ。目にした瞬間にそれがそれだとわかるはず。四〇年代に作られた〈ハートマン〉の茶色の革の化粧バッグ。鏡には疵も曇りもなく、内張りは波模様がはいったスカイブルーのシルク。きつい留め金をはずすと蓋がパンと音をたてて勢いよく開き、縁までいっぱいに中身が詰まっていて……。

たとえばなにが？　肝腎なのはそこだ。腸がよじれ、心臓がばくばくし、神経がちぎれそうな大問題。スリルとサスペンスの交錯、まさにミステリの世界。ハウス・セール、フリーマーケット、ガレージ・セール、処分セール《ラメッジ》、どんなセールへ行っても、箱かスーツケースかバスケットか、とにかく容れ物をかならずひとつは買って帰ろうと思う理由はそれなのだ。未知の物がいっぱいに詰まっているから。ボタン、ピン、壊れたアクセサリー、事務用品、布切れ、写真、地図。がらくたの詰まった取っ手付きの抽斗でもあれば、なにがなんでも自宅へ持ち帰り、キッチンのテーブルでじっくりと中身を選り分けたい。

なぜ鍵の掛かった金属の箱だの使い物にならないスーツケースだのをそんなにたくさん買いこむのかと、一度友達に訊かれたことがあった。バールや鑿《のみ》やネジまわしやアイスピックを使って怪力を出さないと開かない容れ物をなぜ買うの？　ジェーンは肩をすくめて訊き返した。がらくたのはいったバッグを買わずにいられる人がいるの？　それがたったの一ドルか二ドルで買えるならなおさら。自分だけの秘密が欲しくない人がいるの？

別居中なのにちっとも疎遠でなく、しかし、まもなく元夫になりそうなチャーリーは、ジェーンの物の仕分け方を、自分の化石発掘の穴掘り作業の手法になぞらえた。

「ぼくたちは骨だけを集めるんじゃない。骨のまわりの土も集めるんだ。そこに生えている植物であれ生息している昆虫であれ、その骨の持ち主、つまり、その生物に関する手がかりを提供してくれるものすべてについて詳しく知る必要があるんだ」チャーリーは書斎の机に所狭しと並んだ土入りの小瓶をまえに、息子のニックに説明した。厳密にいうと、夫は自宅にはもう住んでいないのだが、週末にはしばしば書斎を仕事場にしている。

「お母さんがボタンとかいろんな物を集めるのに似てるね。だけど……」ニックは自分の考えをまとめるのをそこでやめた。まだ六年生とはいえ、両親の和解を願う子としての慎重さも分別も持ち合わせている彼は、機転を利かせて父母それぞれの仕事の価値判断になりそうな言動を控えた。母が新たに見いだした〝プロの拾い屋《ピッカー》〟たる職業的立場を、父の顕微鏡の下に置きたくなかったので。

「だけど、なに？」ジェーンも土のはいった小瓶に見入っていた。蓋の素材が黒いベークライトのように見えると思いながら。

ニックは肩をすくめてチャーリーに視線を送った。

「ぼくたちは発掘現場へ行って地球の生物に関する壮大な疑問の答えを探すわけだが、お母さんが現場へ、たとえばエステート・セールへ行ったときはだね……」

「はい、教授？」やっとジェーンも進行中の話題に神経を集中させた。「彼女はなにをするんですか？」

「彼女は、ある人物または家族が日々の暮らしをどのように営んでいるかを観察しようとする」チャーリーはなめらかな口調で答えた。「彼女は三〇年代、四〇年代、まあ年代はさておき、大衆文化の残骸を集めるわけだ。人々が溜めこんだ物の調査記録を取ろうとするのさ。人々がなにに有用性を認めていたか、なにを美しいと考えていたかを知るために。彼女は現代社会でも価値が認められる物を見極め、それらを循環させてまた世に送り出そうとする。生きた博物館の現代的拡張たる……フリーマーケットの陳列台や中西部のアンティーク・モールに工芸品として展示することによって」

「さすがね、チャーリー」ジェーンはチャーリーのぼさぼさ髪をさらにくしゃくしゃにした。

ニックは心臓が希望で膨らんで小さな風船のようになるのを感じた。お父さんはこのうちから五ブロック離れたあの狭いアパートメントを引き払って、また一日じゅう家にいるようになるかもしれない。バスケットシューズやサッカーの脛当てや学校に着ていく服をふた組ずつ用意する必要はないのかもしれない。だが、学校の友達の多くがそういう物を二カ所の寝室に置いている。今のところニックは靴箱なみに窮屈なチャーリーのワンルームのアパートメントに寝室を確保する必要には迫られていなかった。チャーリーは週に三度か四度、それに週末はほとんど、家へやってきて仕事をし、食事をし、睡眠をとっていた。つまり入りびたっていた。いつまでもそんなふうにゆるい友好関係は続かないと友達は断言した。もうすぐ醜い争いが始まるぞと。ドアが叩きつけられ、鍵が換えられ、スーツケースに服が詰められるぞと。家具の配置もぜったいに変わるからなと。

うちはちがう、とニックは思った。子どもっぽいのかもしれないが、ニックは父がどんな目で母を見ているかを知っていた。植物に水やりをするジェーンを、古い本の埃を払うジェーンを、コーヒーの粉をスプーンですくってポットに入れるジェーンをチャーリーがどんなふうに見ているかを。書斎の書見台に開いた大きな参考書のまえを落ち着きなく行きつ戻りつするチャーリーをジェーンが目で追っているところも見逃さなかった。たかが六年生の少年でもテレビドラマを見て、本を読み、ビデオゲームをやっていればわかった。自分の両親がまだ愛し合っているということは。

ジェーンは自分たちの別居をもっと正式な形にするべきなのかどうか、あまり考えたことがなかった。というより、この状態で別居といえるのかどうかもよくわからなかった。夫婦のどちらも自分たちの結婚に完全に背を向けているわけではなく、互いに相手からちょっとだけ肩をそらしただけだった。そのあと片足を上げて歩きだそうとしたが、その足が地面に触れるまではいかず、今のところ一歩踏み出すにはいたっていない。

たしかに、ゆるやかな方向転換を始めたのはジェーンのほうだった。この春、ある隣人とキスをして、その噂をべつの隣人が伝染病さながらのスピードでご近所じゅうに広めた。でも、あのときジャック・バランスのキスに応じてしまったのは結婚生活に対する不満が原因とばかりはいいきれない。自分自身に、予測可能な自分の人生に満足できなかったからかもしれない。

人生のなにもかもを今までとはちがう予測不能な状態にしたいと心のどこかで思っていたのだろうか？　そうこうするうち、ジャックの妻のサンディの遺体を発見し、ピッカーとして新たなスタートを切ってまもないジェーンの生活は犯罪と疑惑の世界の底へと引きずりこまれることになった。エステート・セールで掘り出し物を探すことや、犯人を見つけること、手がかりを探すことにかまけて、破綻しかかっている結婚生活についてじっくり考えられなくなった。チャーリーが夏のあいだずっとサウスダコタで穴を掘っていたのでなおさらだった。

しかし、チャーリーと、夏休み中に充分な現場訓練を積んで今や助手といえるまでになったニックがサウスダコタから戻ってきて、チャーリーには例年どおり大学での九月の新学期が、ニックには学校とサッカーが、ジェーンにも秋のラメッジ・セールとフリーマーケットが始まって、家族三人がそれぞれ自分の日常生活に戻っている。チャーリーは今も自宅で仕事をすることが多かった。書斎で学生のレポート採点をしているチャーリーにジェーンがレモンティーを持っていくのは長年続けてきた穏やかな習慣の延長であり、それが最近の取り決めを変更せざるをえない理由になるとはふたりのどちらも考えていなかった。ジェーンは広告代理店の幹部社員だったころのような勤め人の規則正しさとは正反対の不規則な生活をするようになったため、朝四時に家を出てエステート・セールやラメッジ・セールやフリーマーケットの入場整理券を獲得する列に並ぶ週末には、チャーリーに家事をしてもらうようになった。

この日も早朝、書斎のソファで寝息をたてているチャーリーを残し、忍び足で玄関からまだ暗い外に出た。で、今は車のなかで、買い付けリスト、自分が買いたい物とオハイオのミリアムとカンカキーのティムに購入を頼まれた物の両方の一覧表に目を通し、〝ラッキー5〟をもう一度確認しているところだった。手帳を専用のポケットに押しこむと、遅れてやってきた人々がヴァンやトラックからあたふたと降り、番号の振られた券を屋敷の入り口でひったくるようにして受け取る様子をぼんやりと眺めた。あと少しすれば、この屋敷のなかにある物が容赦なく漁られ、四方八方にばらまかれることになる。ジェーンはふたたびチャーリーとの別居に思いをめぐらした。

先週、あるガレージ・セールで見つけた未開封のボニー・レイットのCD。古いけれども自分にとっては新しいそのCDのパッケージを開けようとしながら、結婚はこの包装に驚くほど似ているとふと思った。なんとか頑張って開けようと、角の折り目の下に爪を入れて破ろうとしても、透明のラップがプラスチックの蓋に頑固に貼りつき、いつまでたっても聴きたい曲にたどり着けない。かりにチャーリーと別れたとして、自分たちの結婚生活の下で、あるいはまわりでいつも流れていた調べに耳を澄ましたら、十五年間ともに聴いた心地よい調べに急いで戻りたくなるのだろうか？　それとも、新しい不規則なビートに取り替えたいと思うだろうか？

　考えたのはそこまで。車のドアが乱暴に閉められる音が聞こえだすと、ジェーンは未開封のCDケースを座席に落とした。通りに並んだ車のドアのひとつが開くと、早起きの人々はまるで見えない電線でつながっているかのようにそのリーダーの行動に従った。ディーラーにピッカーにバーゲン・ハンターが、トラックやヴァンのドアを開けて現われ、伸びをしながらポーチへと向かった。そこではすでに、相手かまわず指図をしたがるでしゃばり屋がみんなを並ばせて整理券の番号を確認していた。

　三年まえにはじめてエステート・セールへ行ったときの苦い記憶。新聞広告には整理券の配付が午前八時三十分、開場は九時と書いてあったから、いい番号を入手するには余裕を見て八時十五分ぐらいに行ったほうがいいだろうと考えた。で、きっかりその時刻に着いたら、渡された番号は一八一番だった。周囲の人々の話に耳を傾けながら、ゆっくりと玄関のほうへ近づき、早い番号の人たちの声が聞こえるところまで行くと、ポニーテールの男がこう言っていた。寝過ごしてここに着くのが五時半になっちまったので、またスペラー姉妹に先を越されたと。男が身振りで示したのは、木陰で〈マルボロ・レッド〉をすぱすぱ吸いながら空《くう》を見つめている、白髪交じりのやつれた風貌の女ふたりだった。なんとも解釈しがたいそのまなざしは、セールの常連のほぼ全員に共通するものだということにジェーンはうすうす気づきはじめていた。それでもなんとかその意味するところを読み解こうとし、同時に真似てみた。ひとつは、屋敷のなかに自分が欲しい物を置こうとする手品師の目つき――精神統一によって、陶器には〈スポード〉の正しい柄を出現させ、ランプシェードには〈ティファニー〉の名を刻ませる。もうひとつは死人の目のような一点凝視――ほかの物をいっさい目に入れずに部屋から部屋へ突き進むルートを見通そうとする視線。進行方向しか見えないように遮眼帯をつけられた動物の目つき。今や自分もそうした目つきを自分なりに実践している。そうすれば安価なジャンク・アクセサリーがはいったバスケットの底に彫刻入りのベークライトのブレスレットが出現することはなくても、無意味なお喋りをしなくてすむし、まっすぐな真の道筋からも、この探索の目的からもそれずにすむから。

ドナはジェーンの二番先だった。彼女は七番で、ジェーンは九番。どうしてそうなってしまうのか？　じつはドナのことはあまりよく知らない。小柄ですばしっこく、ひん曲がった口とピンボールのようにめまぐるしく動く目の持ち主だということ以外は。ドナは相手の顔から財布へ、さらに、なんであれ手に持っている物へとすばやく目を移しながら、幻のセールへ相手を追っぱらう。

「そんなボタンをどうするの？」あるラメッジ・セールで彼女が大声で訊いてきた。ジェーンは話しかけられたことにまず驚き、自分が買おうとしている物の実用価値にそんな直接的な質問を投げかけられたことにもびっくりして、ただ首を横に振って肩をすくめるしかなかった。これから買おうとしている物について問われただけでその瞬間が台無しになることもあるのだ。だから、買い付けのパートナーがいたら愉しいだろうとは夢にも思わない。ジグザグの縁取り《リックラック》がついた四角い布切れがなぜそれほど魅力的なのかを人と議論する必要がある？ 塩入れと胡椒入れのセットにどうしてそんなに惹かれるのかを人に説明する必要がある？ 宣伝用のシャープペンシルを集めている人たちが現に存在し、そういうシャープペンシルがわんさとはいった靴箱に二ドルの値段がついていれば、またとない買い物だということをだれかに納得してもらう必要がある？ 考えただけでもぞっとする。ドナはまさにその悪夢だった。

玄関扉が開き、十五番までが入場を認められた。彼らは係員に券を手渡すと、飢えた犬の群れのように家のなかにどやどやとはいりはじめた。この番号システムに怒る声が列のうしろのほうで聞こえた。ジェーンはどこで声があがっているのか確かめようとした。

「九時開場と書いてあるから九時に来たのにおかしいじゃないか！ いったいどうなってるんだ……？」振り返ると声の主がわかった。また新顔だ。つぎからつぎにどこからやってくるんだろう。これだけディーラーやピッカーがいればもう充分でしょ？ トンネルの入り口を封じて、悪いけど満員ですって言っちゃいけないの？

ジェーンはタイル敷きの玄関でいったん足を止め、一瞬で全景を目に収めた。向かって右手の居間のテーブルにあるのは皿、グラス、脚付きグラス、陶製の置物。電卓と壊れやすい物を包むための新聞紙が置かれた実用一本槍のカードテーブルの横に、ケースがひとつあり、そのなかに比較的上質な宝飾類やポケットナイフや小ぶりの工芸品がはいっている。この世に誕生して八十年、この家で使われて六十年という品々が。帽子用の飾りピンに、保険会社の広告入りのベークライトの巻き尺。電話回線が一本あれば事足りた時代を彷彿とさせる四桁の電話番号だ。そのころはまだ、番号が足りなくなるとか新しい電話交換システムや市外局番ができるとかいうのは、悪趣味なSF小説から借りてきた笑い話だったのだろう。そのケースにはスターリング・シルバー（純度九二・五パーセントの銀）の指ぬきもいくつかあって、ボタンへの期待を抱かせた。裁縫をする人はボタンやリックラックや古いファスナーを捨てずに溜めこむものだ。地下室の抽斗にしまいこんだり、ポリ袋に詰めこんで客用寝室のクロゼットに置いていたりするものだ。廊下の角を曲がったら〈コーツ&クラーク〉の手芸テープと遭遇するかもしれない。キャビネットの隅に、一九四〇年代の金のイニシャルピン三本を見つけた。背伸びをしてイニシャルを読んでから、その〝RN〟に合う名前をここで思い浮かべる必要はないと自分に言い聞かせた。職業は看護師ではないかしら。清潔なリネンの一糸乱れぬ几帳面な重ね方からすると。

　この不確実な情報に基づく憶測が成立するのにわずか五分。ジェーンは手狭な玄関広間から、この屋敷の全体像を把握していた。この家に住んでいた人物について空想をめぐらしたい思いを振り払い、お宝探しを開始した。

　まずキッチン。テーブルの下に置かれた箱のなかの〈テキサスウェア〉のプラスチック・ボウルをつかんだ。直径二十センチ、ピンクのマーブル模様。片手に鉛筆を、もう一方の手に請求書兼領収証の綴りを持って、直立姿勢で位置についている係員にそのボウルを掲げてみせた。ジェーンの無言の質問に「五十セントでは？」と相手が答えた。うなずきで応じると、係員の女性はジェーンの勘定書きを用意して金額を走り書きした。

ジェーンはそのボウルにベークライトの柄《え》の栓抜きと木の柄のアイスピック、それに、水彩で犬の絵が描かれた小さめの広告カレンダーを四枚いれた。カレンダーは二〇年代のもので、〝おかっぱ髪のプードル〟の絵に魅了されたのだ。キッチンの抽斗にしまわれていたのでコンディションも申し分なし。同じ抽斗には三〇年代から四〇年代のシカゴの街路図や、古い電話帳、ぼろぼろになった住所録、〈スペリー＆ハッチンソン〉の薔薇のグリーンスタンプ数枚もはいっていた。感謝と希望で胸がいっぱいになる。ここで暮らしていた女《ひと》がどれだけ苦心して節約していたかがわかったから。

キッチンをあとにするまえに大きめのオークのレシピ箱も確保した。ジェーンはボタンやガムボール・マシン・チャーム（丸いチューインガムの販売機を象ったキーホルダー）を整理するためにインデックス・カード用の九×十五センチの木の箱を集めているが、この箱はその二倍のサイズがあり、手書きのレシピカードやら黄ばんだ新聞の切り抜きやら、〈ジェロー〉やクラッカーやシリアルの箱から切り取られた染みつきの厚紙のレシピやらであふれんばかりになっている。

「六ドル？」係員がほとんど目を上げずに訊いてきた。

レシピ箱の値札には十ドルと書かれていたはずだと思ったが、よく見えず、両手はふさがっているので確かめることもできなかったから、うなずいた。六ドルはちょっと高いけれど、値札が十ドルならば、これはお買い得といっていいのでは？　キッチンは大いに満足のいくものだった。コンディションはいいが使いこまれており、しかも愛おしまれてきたたくさんの年代物はジェーンの心を強くとらえた。それらがみな、連れて帰って、と大きな声ではっきりと訴えていた。少なくとも、急ぎ足でキッチンを通り抜けるジェーンの耳にはそう聞こえた。フロリダ土産のスプーン置きが、手編みの鍋敷きが、サマーキャンプの工作教室で子どもが苦労して作ったらしいタイルの三脚台が呼んでいた。アイスクラッシャーもあった！でも、〈アイス・O・マティック〉ではないので、ずるしてこれを〝ラッキー5〟のひとつとはしなかった。

　ここは母親がいつも子どもたちと家にいて、クッキーを焼き、健康的なサックランチ（食べたあと捨てられる紙袋入り弁当）を作っていた四〇年代から五〇年代の家庭だ。と、そこから先へ想像が進まなくなった。聖パトリック小学校の食堂での昼食を思い出したのだ。ほとんどなんだかわからない、とても食べられたものではない代物を。お弁当を持たせてくれと母に懇願したが、母親として子どもの身になろうとすることがごく稀にしかない筋金入りの現実主義者、ネリーは、小学校の食堂で生徒が温かい昼食を買えるという現代的な配慮にいたく感動し、食パンにピーナッツバターとジャムをたっぷりと塗り、チップスと果物をラップでくるむという毎夜の作業はもはや不必要であると判断した。

〈EZ《イージー》ウェイ・イン〉での九時間の仕事を終えたあとも夜は夜でネリーには手いっぱいの家事があったから、余計な雑用の手間をはぶけると知るや、学校の食堂のマカロニはケチャップを塗りたくったみたいにぬるぬるだとか、ねばねばのグレイビーソースのなかに肉だかなんだかわからない塊がはいっているだとか、そのソースをかけたインスタントのマッシュポテトもべたべただとか、ジェーンがいくら文句を言おうと聞く耳をもたなかった。料理人と給仕とバーテンダーの役までこなす長い一日の最後はどれほど疲れているかということを長々しく語る時間すら無駄だとばかりに、ネリーは自分の決断の根拠をわざわざ説明することもしなかった。

「温かいランチをお食べ……それで死ぬことはないから」とだけ言った。

「うちの母さんはこっちのほうが栄養があっていいと思ってるの」肉とライスが混じったミステリアスな食べ物をかき混ぜながら、ジェーンは友達に言い訳した。友達は持参した茶色の紙袋から出したクッキーや櫛形のオレンジをときどき分けてくれた。

食堂のランチや茶色の紙袋や、その他もろもろを頭から追い出すと、鼻歌を口ずさみ、頭をかがめて慎重な足取りで地下室へ降りた。キッチンで見つけた物をいつもセール用に持参するビニールのトートバッグに押しこみながら。ネリーにまつわる思い出があのキッチンまでこっそりついてきたのだとしても、これ以上道連れにする気はなかった。ドナはまだキッチンで食器棚を漁っていた。自宅の地下室で待ち受けている〈パイレックス〉のセットに足りないブルーのミキシングボウルを競争相手に見つけられてしまう恐れはあるけれど、ドナのうしろに立って見張っていても無駄なのはわかりきったこと。それなら、いっそ新たな方向へ踏み出したほうがいい。早いところ地下室を嗅ぎまわったほうがいい。

この家の主《あるじ》が看護師だとする推測はまちがっていなかったらしい。地下室の物も清潔できちんと整理されていた。汚れひとつない地下の四室のいずれにも簡易な造り付けの棚があり、その上に物が整然と並んでいる。洗濯室の脇の狭い物置スペースだけは少し埃っぽくて、未整理の半端な皿やクリスマス飾りなどを詰めた箱がありそうだが、まずは各部屋の棚を左から右へ、上から下へ見ていくことにした。

右手の部屋に移動するや、〈ファースト・エイド・セントラル〉の応急処置用品に取り囲まれた。ガーゼ包帯の大量の箱、密封されたままの消毒剤や生理食塩水の瓶、医療用テープ。それらが床から天井までの棚にぎっしり詰めこまれている。先客のふたりの女性は小耳にはさんだ会話から隣人か家主の友人と察せられ、ひとりは枝編みの買い物籠に紙テープを幾巻きもほうりこんでいた。

「封を切ってなくても、法律上、元に戻すことはできないのよ。患者や家族の多くは余った物を引き取ってほしいと言うんですって。どこかに寄付でもしてくれって」テープを買いこんでいるほうの女が言った。「受け入れてくれるところがあれば教会を通じて送るつもりだとメアリは言ってたわ。医療品ならなんでも受け入れるというところが世界にはあるだろうからって」

「こちらのお宅の持ち主は訪問看護師をなさってたんですか？」ジェーンは自分に課した掟のふたつを破った——セールで質問をしてしまった。おまけに家主の持ち物よりも経歴に興味を覚えてしまった。

ふたりともジェーンを見た。ハウス・セールの興奮が高まるなかで雑談をしたがる人間がいることに驚く様子もない。当然かもしれない。このふたりはメアリの友人か隣人、セールの素人であって、ディーラーでもコレクターでもないのだから。

「いえ、そうじゃないのよ。メアリも昔は看護師だったけれど、訪問看護師をしてるのは孫娘。その娘《こ》がこういう物をもらってくるの。メアリはそれを無駄にしたくなかっただけ」

ジェーンはうなずいた。メアリの古くからの知人ふたりを通じて故人との接点ができたのを嬉しく思いながら。

「メアリはだれの物でも全部取っておく人だったから。あっちの部屋にはご主人の物があるわ。亡くなってもう三十年近くになるのにね」

この流れにふさわしい同情の表情を崩さないようにと心がけ――メアリは三十年もまえに夫を亡くしているのだから――隣の部屋にあるかもしれないヴィンテージの服や事務用品を思い浮かべるとつい湧きあがる無神経な喜びを面《おもて》に出すまいと努めた。

「メアリのご主人はお医者さまだったんですか？」ジェーンは年季のはいった革の医療鞄が床に置かれているのを見つけ、手に取った。

老女ふたりはけらけらと笑いだした。このペアにおける広報担当とおぼしき一方が言った。

「まさか。ベイトマンは地上の楽園《シャングリラ》の主《あるじ》だったわ」

ジェーンが首を横に振って肩をすくめると、寡黙なパートナーが声をひそめて教えてくれた。「〈シャングリラ〉っていうのは居酒屋の名前。ベイトマンは酒場の主人だったの」

老女ふたりに礼儀知らずと思われたくなかったが、ジェーンはすぐさま体の向きを変えた。さすがに、その〝ベイトマン〟コーナーに足早に移動するわけにはいかなかったが。酒場の主人！　やった！　金脈を掘りあてたかも！　アニメのキャラクターばりに体が柔らかければ、踵を蹴り上げて隣の部屋に飛びこみたいところだ。三十年間、整然と棚に保管されてきた酒場の商売道具が目にはいると、恍惚としてため息が漏れた。箱に収められた物、たたまれた物、ラベルのついた物、すべてが清潔そのものだ。

片方の袖で口の端をぬぐった。うっかり涎《よだれ》を垂らしたかもしれないので。

ジェーンの両親、ドンとネリーはカンカキーで四十年間〈EZウェイ・イン〉を営んでいる。カンカキーの町にたくさんの雇用と繁栄をもたらし、今は閉鎖されているコンロ工場の通り向かいにある〈EZウェイ・イン〉は、今にも壊れそうな建物だが、店のなかには外見のみすぼらしさを忘れさせる魅力があった。ドンが幾度交渉しても建物の所有者ガス・ダンカンは店の売却に応じなかった。

四十年間、ドンは掘っ立て小屋同然の建物の家賃を払いながら、だましだまし内装に手を加え、強風による火災が一夜にして店が燃え尽くしたりしないよう祈ってきた。ドンはいつも自分を〝酒場の主人〟と呼んでいた。自分の仕事を最も誠実に言い表わすのはその言葉だと信じて。が、諦めたわけではなかった。月はじめに家賃を支払うたびに交渉をもちかけていた。そして四百八十回の交渉がついに実り、先月、ガス・ダンカンが根負けした。

ジェーンに電話してきたドンの声は興奮のあまり震えていた。

「店を買うぞ、ハニー。工場が閉鎖されて二十年だ。さすがのガスも〈EZウェイ・イン〉を買い取って駐車場にするために大枚をはたく人間はもういないだろうと踏んだのさ」

では、うちが店を買い取ることは有利な投資なのかとはあえて訊かなかった。最近の父は週に一度は引退するという話をしていたのだから。今回の取り引きに心を躍らせている父の気持ちに水を差したくなかった。店を買うことが父に大きな喜びを与えるのはまちがいない。その疑問をぶつけるのは三十年間、なにかというとドンの計画にケチをつけてきたの母のネリーにまかせようと思った。

「これからは酒場の主人じゃなく、オーナーだ」

「収入が増えるの？」ジェーンは尋ねた。

「収入は減るが、オフィスをもっと広げる」つまり、店の改装計画があるということだった。結局、改装計画は大幅に縮小された。信用のおける大工なら、壁を一枚取っぱらっても屋根を大きくしても建物は絶対に崩れないなどと請け合うはずがなく、そのことにドンも気づいたからだ。〈EZウェイ・イン〉のオークの大きなバーカウンターで長年〈ミラー〉を飲みつづけている土建業者も口を揃えて同じことを言った。

「トイレの配管を替えて電化製品を導入しろよ。二十世紀なかばのやつを。二十一世紀のやつはだめだぞ。それ以上に大幅な改装は悲惨な結果を招きかねない」

「そりゃあ、ドン、おれの電気ドリルで壁一枚をぶち破ることはできるけどな」常連客の家具職人ユージーン・スモーリーも言った。「それより窓をもっと大きくして照明を増やそうよ。ユーカー（二対二でおこなうカードゲーム）をそろそろ終わりにするかというときに自分が切り札を持ってるかどうかわかるように」

大がかりな大工仕事はもうすんだから来月に新装開店するつもりだと、先週ネリーから報告があった。

「四十年もここで商売してるのに、父さんときたら、はじめて自分の車を持った十代の子みたいにはしゃいでるよ」

大きい窓や新しくした照明やトイレはどんな感じかとジェーンが訊くと、母は鼻を鳴らした。

「汚れや埃がますます目立つようになったね。暗いほうがずっとよかった。壁と壁の隙間も天井のひび割れも見えなかったから」

「父さんは壁の塗り替えとか、ほかの改装もするつもりなの？」

「しないわけにいかないわよ。窓を替えるときに漆喰のそこらじゅうにひびがはいっちゃったし、埃がひどくて一カ月も鍋でスープを作れなかったんだからね」

来週には塗装や漆喰の補修といった細かい作業も全部終わるので、店内の装飾をしにきてもいいとドンが言った。つまり、ビールの販売業者がよこす大きなカレンダーや、ドンがゴルフ仲間の順位表やボウリング仲間のスコアを貼っている掲示板をどこに掛けるかを決めさせてくれるということだ。

「おんなじ場所がいいね、あたしの意見を言うなら」〝電話会議〟でネリーが言った。この場合の〝電話会議〟とは、ドンが自宅のキッチンからジェーンにかけている電話をネリーが寝室の内線で聞いていることを意味する。

ジェーンはしかし、ちょっとしたサプライズを計画していた。壁の飾りになりそうな超がつくヴィンテージのサインや、ビール会社の昔の宣伝用コースターをいくつか見つけてある。それに、ハイスクールで使われていた古いトロフィーケースもひとつ。こちらは店の隅に置けば、カンカキーの古い写真や酒場の記念品の陳列ケースになると思った。長年集めてきたカンカキーの絵葉書をさほど費用をかけずに複製・拡大して、カンカキー川のモンタージュも作ってある。早く父に見せたくてたまらない。

そして今、昔の酒場の記念品コレクターの夢に包まれている。セールが始まってまだ二十分、このささやかな家にいる競争相手は、列の最初のほうに並んでいたわずか二十人か三十人の買い付け人のみ。地下のほかの部屋は年代物の工具類で埋まっており、一室は無線の作業室になっているようなので――棚のひとつに見るからにすばらしいベークライトのケースがいくつかあるのを見つけたし、そことはべつの部屋の棚には文句なしのヴィンテージのドレスと帽子もあったけれど――ディーラーのほとんどはそちらを漁るのに忙しく、邪魔にはならない。

この家の隣人も何人か地下室を見てまわっているらしく、メアリとベイトマンの思い出を小声で語っていた。医療品があったところで知り合ったふたり組もジェーンのあとからやってきて、今はその片割れが壁に飾られた額入り写真を指差していた。

「あそこにドロシーとわたしも写ってるわ。わたしたちのボウリング・チームが優勝した年の記念写真ね」話し好きなほうのその老女は写真を壁からはずし、顔に近づけた。巨大なトロフィーを囲んだ二十人からの女たち。彼女たちが着ているシルクのボウリング・シャツの胸にはそれぞれ〃シャングリラ〃の文字の縫い取りがはいっている。モノクロ写真だが画像はすこぶる鮮明で保存状態もよく、笑っているブロンドの巻き毛の女のポケットに刺繍された〃ドロシー〃の文字も読めた。ここにいる白髪頭の情報屋をうんと若返らせたヴァージョンの胸ポケットには〃オリヴィア〃とあった。

「あなたがオリヴィア？」

ジェーンの問いに彼女はうなずいた。「オリーでいいわよ、ハニー、ただのオリーで。これがメアリよ」オリヴィアが指差したのは、カメラマンに向かって煙草を振り、妖婦を気取っている瞬間を永遠に焼き付けられた、最前列の肉感的なブロンドの女だった。ひょっとしてベイトマンが撮ったのだろうか？

「映画スターみたい」ジェーンはつぶやいた。余剰の医療品を開発途上国へ送りたいと言ったぽっちゃり型の優しい看護師のイメージは跡形もなく消え、身持ちの悪い娘のイメージがそれに取って代わった。〈シャングリラ〉でマティーニのグラスをまえに唇をすぼめているB級映画の新人女優のイメージが。

「メアリは美人だったの」とドロシー。彼女が囁き声より大きな声で話すのを聞くのはこれがはじめてだった。オリーがお喋りなのは最初から気づいていたが。

「今でも美人よ。クリスマスまでにはきっと旦那さまを見つけるわよ」オリーの言葉に老女はふたりしてくっくっと笑った。

彼女たちが話しているあいだに、洗濯カートにもただの木製の台車にも見える車輪付きの木箱を見つけ、買いたい物を積めこみはじめた。ふたりがボウリング大会の写真を欲しがっていないとわかると——自分の家にも同じ写真があるそうだ——それも加え、中身をどんどん増やした。宣伝入りの古いショットグラスや、ベークライトの灰皿、サイコロ《ダイス》とトランプカードとコースターが大量にはいった箱が木箱のカートに積まれていく。

「旦那さま？　じゃあ、メアリは……今も……」

「老人ホームで暮らしてるわ。転倒して足首の骨を折ってしまったの。それで、訪問看護師をしている孫娘のスーザンが自宅じゃなく、そういうところで生活したほうがいいと考えたのよ」とオリー。

「介護付き住宅よ、オリー。とってもいい住まいよ」ドロシーが訂正した。「スーザンは自分が一日じゅう世話をすることはできないので、安全な場所で暮らしてほしいと思ったんでしょう」

「なんとまあ《ホリー・トレド》！」ジェーンは思わず言った。息子のニックはこの超時代遅れの感嘆表現を母親の語彙から削除したがっていて、少なくとも自分の友達のいるところでは言わせまいとしているが、ドロシーとオリーにはむしろ親近感を抱かせた。

「パンチボードもあるわ」と、ふたりに教えた。「このひと箱に一ダースぐらいはいってい

パンチボード Punchboard

当たりの番号を引き当てれば、景品や商品がもらえるゲーム。付属の“キー”と呼ばれる金属で好きな箇所を選んで穴をあけ、中に入っている紙片のくじを取りだす。

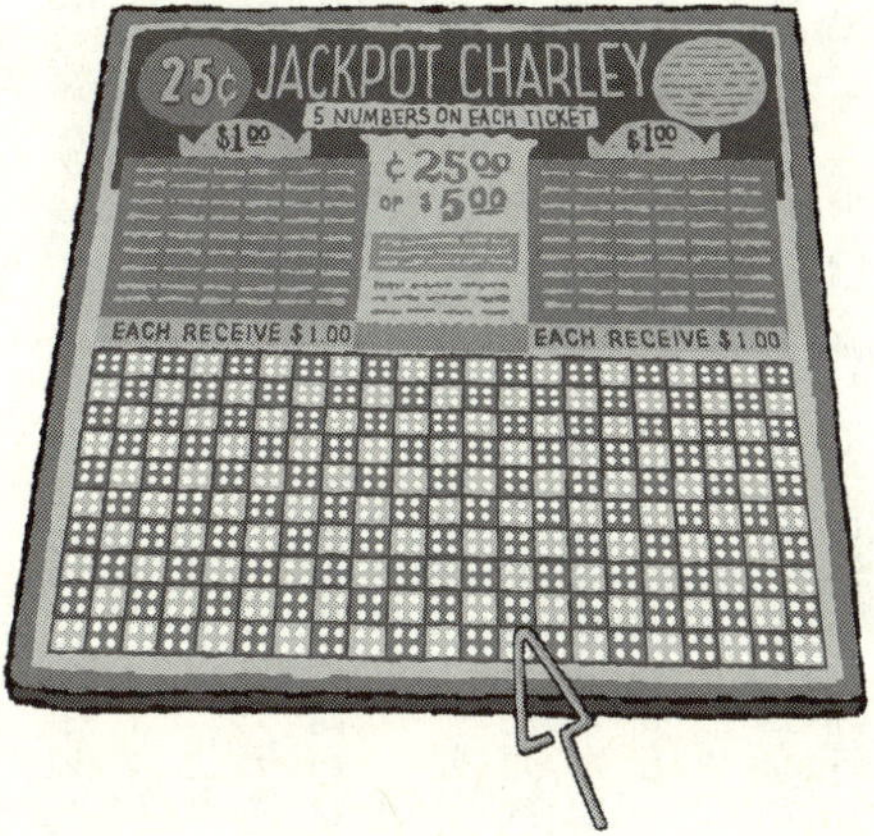

そう。ボードの裏にキーが貼りつけてある」

バーテンダーが店にやってくる夜の六時にようやく一日の仕事が終わる。そんな両親を待って酒場で過ごす子ども時代が、変化に富んで愉しいわけがない。待つという行為はおおむね単調なものであり、退屈と泣きべそが淡々と果てしなく続くだけだ。ドンは、レジの集計をして遅番のバーテンダーに必要な少額の現金を残すために、もうちょっと待てと言ってはジェーンを待たせた。ネリーは、スープ皿を洗い終えて戸棚に片づけ、ケチャップやマスタードの瓶の汚れもすっかり拭いたあと、ユーカーのメンバーの四人めに誘われ、ペアを組んだ相手と勝利を一回収めるために、もうちょっと待てと言った。ジェーンはそんな待ち時間が生み出す砂漠の平原をあてもなくさまよっていた。ボウリングのスコアを三百回は読んだだろう。ジュークボックス業者が朝に来て、発売後九カ月のヒット曲を発売後三カ月のヒット曲に取り替えていく日は嬉しかった。カープだかジョーだかヴィンスだかが二十五セント玉をひょいと投げて、五曲選んでいいぞと言ってくれると、じっくり時間をかけ、新しいタイトルを読める贅沢を引き延ばした。とはいえ、延ばしすぎると両親のやっていることが終わってしまい、まだ帰れないのかと逆に催促されることになった。そういうときは、シッと言い、指を立て、「もうちょっと待って、あと少しで終わるから」などとおとなぶって言っていたのだろう。

しかし、そんな数少ない変化の最高峰は、ドンが新しいパンチボードを用意する日だった。三センチの厚みの樹脂合板《パーティクルボード》に碁盤の目のように並んでアルミ箔でふさがれた穴は、〝キー〟

が挿入され、筒形にきつく巻かれた紙片に達するのを待ち受けていた。これ以上にわくわくするゲームがあるだろうか？　二十五セントの代金を支払って、なにか手がかりはないかとボードをためつすがめつし、幸運を祈って指を交差させ、よし、ここだと決めて、穴のひとつを〝キー〟で強く押してアルミ箔を突き破り、指をねじこんで丸まった紙切れを台の上に取り出す。紙を開き、番号を読む。5のつく番号が幸運をもたらしたことをジェーンは覚えていた。5が続く番号か5の倍数だとたいてい当たりで、景品は箱詰めのチョコレート、それも、たいていはサクランボをくるんだチョコレートだった。そんな箱詰めのチョコレート菓子のお土産を喜ぶ家族が家で待っているような客は、夜の六時まで〈EZウェイ・イン〉に残っていなかった。

　時間をもてあましているコンロ工場の従業員たちはその一番寂しい時間帯が過ぎるまでの退屈しのぎに、ドンであれネリーであれバーカウンターについている者に一ドルを手渡し、だれかにパンチボードをやらせるように合図を送った。彼らはそれから、縁起かつぎに指を曲げてジェーンを呼び寄せ、当たりを出してくれと頼んだ。うまく当てると景品のチョコレートはジェーンの物となり、箱ごと独り占めできるのだ。たとえはずれでも、希望が隠されたあの小さい紙の玉を取り出すのはとびきりの愉しみだった。あるときドンが、のべつまくなしにパンチボードをやらなくては気がすまない客のことを〝賭博熱〟に罹《かか》っていると言ったことがあった。ジェーンにはどういう意味だかわからなかった。賭博って、汗をかいた男たちが秘密の部屋でサイコロを振ることでしょ？　それとも、タキシード姿のジェームズ・

ボンドがバカラをすること？

そうじゃない、とドンは答え、賭博熱の意味を教えてくれた。それで、自分にもその症状が出ているとと気がついた。ヴィンスに呼ばれて一ドルを投げられると上唇の上に汗が噴き出し、やたらと喉が渇いて胸苦しくなった。当ててみせろよとヴィンスに言われる緊張と解放のあの一瞬、〝キー〟がパンチボードにはまる瞬間の恍惚……あれこそが賭博なのだと。

ジェーンは〈ジャックポット・チャーリー〉を手に取った。それは一回二十五セントで当たりを出すと一ドルの賞金がもらえ、さらに五ドル、場合によっては二十五ドルという特賞を手にするチャンスもあるゲームだ。〝全賞全額交換〟という文字が読める。ドンが店に置いていたのは菓子を景品にしたパンチボードだけだったが、この地下室のベイトマン・コーナーで今はじめて、賞金が出るパンチボード、ラジオやテレビを景品にしたパンチボードを手でさわった。五セント玉で一等賞が煙草五パックという小さな丸い形をした〈モア・スモークス〉のボードもここにはある。

はっと現実に戻り、ドロシーとオリーを見た。ふたりは今やエネルギッシュな助っ人と化し、革製のダイスカップとベークライトのサイコロ、ガラスの水差しがはいった箱、〝シャングリラ〟の文字が色とりどりの糸で刺繍されたカウンター用の台布巾といった品々を、急ごしらえの買い物カートにつぎつぎとほうりこんでいた。ピッカーとなってまだ日が浅いジェーンは、家の持ち主の歴史に気後れを感じて注意をそらされたまま、その人物の持ち物、つまり、自分がセールへ来た目的がおろそかになることがよくあった。迅速な決断と適正な価格交渉が買い付けの必須条件だというのに。セール業者は二階にあるメアリのヴィンテージのすばらしいドレスや小物でひと稼ぎする算段なのか、この部屋にある物の値付けは全体的に低めだった。

そのなかでもベイトマン・コーナーの物は家のほかの場所にある物に比べたら捨て売りといってもいい値段だ。ここはドアで仕切られた個室になっているため、客が買った半端なショットグラスの値をその場で勘定書に書き足せるように、クリップボードと鉛筆を持った女性が立っている。どうか彼女がセール業者でありますように、早朝セールが開かれるというので手伝いを買って出たエプロン姿の友人じゃありませんように。

ジェーンはその女性に近づき、低い声で口早に言った。「この部屋の物をまとめて三百ドルでどうかしら」そこでちょっとためらい、額を上げた。「今すぐ部屋をテープで封鎖してもよければ五百ドル出すけど」

こんな大胆な申し入れをしたのははじめてだ。部屋ごと買われる場面を見たことはある。あるセールで残り時間が一時間となって寝室へはいろうとしたら、戸口に張られた紐に足が絡まった。ドナに似たタイプの女が入り口を体でふさぎ、手で追い払う仕種をした。「部屋ごとあたしが買ったんだから、ここにあるのは全部あたしの物よ。紐が見えないの？　この部屋はあたしの物なの」

今はセール開始からせいぜい二十五分しか経っていない。こういう申し出はどう考えても最後の一時間にするのがふつうだろう。売り手にとっての魅力はジェーンの付け値だ。三百ドルでもこの隅の小部屋にある全品の卸値として適正といえる。五百ドルなら小売値になる。ここはひとつ相手の関心を目いっぱい惹かなければならないと思った。セールのにわか手伝い人のひとりが二十ドル札をよこして列のまえへ移動しようとした男の話を始め、またも気が散らされた。「信じられる？　その男、わたしを買収できると思ったのよ　そんなお金、殺されたって受け取らないわ」

「ねえ、ロイス」ジェーンはエプロンの名札を見て呼びかけた。「わたしは室内装飾をしてるの。ちょうど今、ヴィンテージ・バーふうの娯楽室を手がけてるところなのよ。そちらの言い値でここにある物を個別に売り切ったとしても、たいした儲けにはならないでしょう。それに、全部が全部、言い値で売れないってことはあなたもわかってると思うけど」

五分後、ジェーンはドロシーとオリーに交渉をもちかけた。メアリがきれいに梱包した箱や袋を外に停めた車まで運ぶあいだ、この部屋の戸口で見張りをしていただけないかしら。〈シャングリラ〉のどれでも好きな物を選んで持ち帰ってくださって結構よ。でなければ、現金をお支払いします。ちなみに、車とは今なおチャーリーと共有しているミニヴァンである。ふたりは本物の室内装飾家《デコレーター》との出会いに興奮しまくり、そんな気遣いは無用だと手を振って辞退した。

「どこかのお金持ちのお宅の地下室で〈シャングリラ〉がこれからも生きつづけると知ったらメアリも大喜びするでしょうよ」とオリーが言い、ドロシーはうなずいた。ピッカーとしての純粋な喜びを味わいながら、あるいは賭博熱による幻覚を見ながら、ジェーンはふたりをハグし、ドロシーが医療品のコーナーで仕入れた紙テープを使ってベイトマンの部屋を封鎖した。ドア枠の左右上下にテープを渡しながら、ふと既視感にとらわれた。これと似た光景をどこかで見なかった？

だれかがテープをぐろうとしたので、首を横に振った。「だめなの、悪いけど。この部屋はわたしが買ったから」肩越しにちらりと振り返った。逃げるようにあとずさりして係員のところへ行き、こんなに早く部屋ごと売り切れるなんておかしいと文句を垂れているドナを目にすると、くらくらするほど喜びが増した。勝手にごねさせておこう。ごねたところでセール業者を怒らせるだけ、そのうち彼女と取り引きしたがらなくなるだろう。

テープで部屋を封じる作業が終わると、十字に渡したテープの真んなかに売却済みの札を貼りつけ、ドロシーとオリーにうなずいてみせた。ふたりとも思いがけない力持ちで、ジェーンが引き出しやすいように箱を戸口まで押し出すという、頼んだ以上の仕事をしてくれた。うしろを振り向き、テープが作った枠のなかに収まった老女ふたりの姿を見て、この光景がなにを思い出させるのかがやっとわかった。犯行現場だ。犯行現場をまるごと買ってしまったのだった。

2

「チョコレートチップス？　バナナチップス？」

「両方でもいいかい？」

「お父さんはコレステロールとかに注意しなくちゃいけないんじゃないの？」ニックが言った。

チャーリーは読んでいた学生のレポートから目を上げて、眼鏡の位置をなおした。十二歳の息子が父親の体内の脂質を心配するとはどういうことだ？

ポケットに赤いアヒルの刺繡がある青いギンガムチェックのヴィンテージ・エプロンをつけて部屋の戸口に立ったニックは、ベークライトの柄のスプーンを振ってみせた。

「『サイエンス・タイムズ』の広告を読んだんだ」ニックはチョコレートチップスをいくつか口にほうりこんだ。「危険年齢にはいってるよ、お父さん」

チャーリーは椅子を回転させて、まじまじと息子を見た。この家のシェフにして栄養士の資格も新たに取得した息子を。真面目で、ハンサムで、身長は標準、がっしりとしているが、けっして大柄ではない。そばかすが少しあり、喜ばしいことに（あるいは、今の気持ちを正直に表現するなら）いまいましいことに、母親の茶色の目を受け継いでいる。その目が穴のあくほどこちらの目を見つめている。妥協を許さず真実のみを求めるとでもいうように。いつからこんな心配性の口やかまし屋になったんだ？

「バナナにふくまれるカリウムはお父さんの体にはとてもいいから、チョコレートチップスの三個や四個食べたって平気なんだよ。お母さんも言ってただろう、チョコレートは善玉コレステロールを増やすって」

「そうだね」ニックはため息をついた。「お母さんはうちにある食べ物に合わせてテキトーなことを言うから。気がついてないの？」キッチンへ引き返しながら半身に振り返った。「たとえば夕食に〈ラッキー・チャームズ〉のひと箱しかないとするでしょ。そうすると、〈ラッキー・チャームズ〉のオート麦は全粒だし、マシュマロは無脂肪だって言うよ」

チャーリーは火成岩層の構成に関する大学一年生のレポートを読む作業に戻った。同じレポートを十五年間読みつづけている——学生がカンニングしているということではない。毎年テーマが同じという意味だ。火成岩層の構成も変わることがない。彼はそのレポートを、脇に積み上げた束の上に戻した。

チャーリーとジェーンは決断をくださなくてはならなかった。息子が親のようになってきている。子育て本をなるべく読まないようにしているチャーリーにも、これがよくない兆候なのはわかった。自分たちはそれほど頻繁に〈ラッキー・チャームズ〉のシリアルを夕食にしているのか？

ジェーンが勧める子育て本をかりに読んだとしても、著者は両親が安定した状態にあるという前提で書いているはずだ。『三歳児』『四歳児』と何巻も続く揃いの装丁の本が並んだ書店の棚をちらちらと見たことはある。『五〇年代に子どもだったあなたが四十歳で親になったら』という、あの恐ろしく高価な手引書、あれなんかはどうなのだ？　各章のタイトルは〝リトルリーグの試合を見てもうんざり顔をしない方法〟〝バスケットボール用語の調べ方／息子がスポーツ好きであなたは嫌いな場合〟〝セックスの仕方／子どもの就寝時間のほうがあなたより遅い場合〟〝早すぎるセックス体験を思いとどまらせる方法／あなたはセックスに夢中であっても〟〝薬物の使用について話し合う方法／あなたが二十杯のコーヒーを飲まずにはいられなくなるまえに〟。現実的な価値はそれなりにあるのかもしれないが。

ニックがやっと歩けるようになるころまでは自分もジェーンもかなりいい親だったと自負している。どこへ行くにも息子を連れていき、〈スナグリ〉のベビーキャリーをどっちが使うかで口喧嘩をした。自転車でピクニックに出かけ、体にいい料理も作った。ジェーンが広告代理店の長時間勤務につき、ときにはコマーシャル撮影の出張で家をあけることもあったころでさえ、チャーリーは講義日程をやりくりして保育園の手を借りる期間を最小限にとどめた。その短い期間でニックは社会性を身につけ、チャーリーとジェーンは自分たちとほかの親を比較して一番だとうぬぼれることができた。

今、ふたりは老境のような奇妙な状態に足を踏み入れていた。ＭＴＶのリアリティ番組を見て、カメラのまえでおいおい泣いたり膨れっ面をしたりする二十代の若者たちに恐れをなしたのはほんの一年まえのことだった。

「この人たち嫌い」ポップコーンのはいったボウルをチャーリーに渡しながらジェーンがつぶやいた。ビデオを見るつもりだったのにチャンネルをいじっているうちにその番組に行き着いてしまい、列車事故でも目撃したみたいに身がすくんだのだ。

ブロンドや赤毛の美人が抱き合ってさめざめと泣き、不実なボーイフレンドやらステアマスター（トレーニング機器）依存症やら、自分たちの複雑かつ空虚な生活を告白し合っていた。オリーヴ色の肌をした美女が愛用の保湿剤がなくなったと言って嘆いていた。「メーカーが売らなくなっちゃったのよ、信じられる？」彼女は今にも嗚咽をあげそうだった。

チャーリーとジェーンはどちらともなくニックを見た。ニックはテレビの画面と『スポーツ・イラストレイテッド・フォー・キッズ』に交互に視線を走らせていた。これは子どもを甘やかしすぎる親の世代の過ちなのか？　われわれが負うべき責任なのか？　チャーリー自身は父親が読んでいた『スポーツ・イラストレイテッド』で充分満足だった……なぜ息子や息子の友達はなんでもかんでも子ども用の縮尺版を持っているんだ？　なぜ彼らには自分たち専用の雑誌があるんだ？　いったいぜんたい、なぜ彼らは購買層と見なされているんだ？　われわれの世代はまんまと罠にはまって子どもをこういう人間に、テレビのために作られたような肉体重視の自己中心的な消費者に、自分と同じ種類の人間やＭＴＶの視聴者とだけ底なしの暗い感情を共有しようとする人間に育ててしまったのか？

「嫌だ！」コマーシャルが始まるなりジェーンは叫んだ。そこでもまた、美男美女で構成された同じ種族が輸入ビールを飲みながら市場の動向を論じ、ダーツに興じていた。撮影現場でジェーンがおだてたりなだめたりして仲良くさせたこの若者たちも、番組に出演しているさっきのグループと同類だった。

この突然の大声にニックは飛び上がった。手を振ってよこし、雑誌をソファに投げた。

「愛してるよ、おやすみなさい、また明日」

ジェーンとチャーリーは息子に向かってうなずきながら手を振り返したが、なおも得体の知れない恐怖から抜け出せず、キッチン・テーブルを囲んだマネキンみたいな若者集団が、思いやりがないだのなんだのと相手を非難しながら自分を演じるさまに見入った。

あれからまだ一年しか経っていない。あの番組に出ていた見てくれのいい若い男女より二十も歳を食っているのに、今では自分たちがあの連中と似たようなことを言っている。ジェーンは自分を満足させてくれるもの、自分を幸せにしてくれるものを見つけようとしている。自分はどうかといえば、なぜそれがぼくでなかったのか、いや、ぼくでないのか、その答えを探している。チャーリーは眼鏡をはずして拭いた。

「朝食の支度ができたよ、お父さん」ニックが呼んだ。

「なぜ三人ぶんなんだ？」

「お母さんはパンケーキが大好きだから」ニックは慣れた手つきで皿にパンケーキを三枚ずつ重ねている。

家族一緒の架空の食事をこしらえるほどニックは両親の半別居状態に、身勝手な自分探しをしている両親に怒りを感じているのだろうか。この問題の扱いには繊細さを要するとわかっているので、チャーリーは三つめのジュースのグラスをそっと手に取り、カウンターに戻そうとした。

「どうも、チャーリー」ジェーンが彼の手からグラスを取り上げ、ひと息に飲み干した。

「パンケーキ、すごくおいしそうだわ、ニック」

ジェーンが靴脱ぎ室《マッドルーム》（汚れた靴やコートを置く小部屋）に少なくとも十二個の段ボール箱を運び入れていたのに、仕事と考え事に没頭していたチャーリーにはミニヴァンの音もドアの音も段ボール箱が積み上げられる音も聞こえなかったのだ。

「まだあるのか？」チャーリーはガレージのほうを指差した。

ジェーンは宝探しの興奮と一室まるごと買い取った勝利感から顔を火照らせ、ドロシーとオリーとメアリとベイトマンの話を省略なしで語った。チャーリーが遮ったのは、〈シャングリラ〉という店はどこにあったのかと尋ねた一回きりだった。

「ハワード・ストリート。ウェスタン・アヴェニューの東寄り」ジェーンはニックの作ったパンケーキをきれいにたいらげると口を拭いた。「今は建物もないってドットが言ってたわ。何年もまえに火事で焼けてしまったそうよ」

「ドット？」

「ドロシーのこと。本人がそう呼べって言うんだもの。わたしたちはもう友達だからって。

ふたりはわたしをメアリに会わせたがってるの」

「それってなんだか変じゃない？　その人が持ってた古い物をいっぱい買って、その人にも会いにいくの？」とニック。

ジェーンはうなずいた。たしかに変かもしれない。以前、なめし革のすばらしいバッグが地下室のクロゼットに押しこまれているのを見つけ、それを手に提げてハウス・セールをあとにしたことがあった。長年使いこまれた革のなんともいえない味わいがあり、それを手放す人がいるとは信じられなかった。セールを取り仕切っていた男は肩をすくめ、三ドルではどうかと言ったので、大喜びでその料金を支払った。車を停めたところまで歩いて戻る途中、夫婦連れに出くわした。そのふたりはジェーンを呼び止め、バッグを褒めた。

「それなのよ、どうしても見つけられなかった〈クレート＆バレル〉のバッグ」女のほうが組んでいる腕で夫を突いた。

「最高でしょう？」ジェーンはハウス・セール帰りならではの勢いづいたユーモアで応じ、そのバッグと、皿や籠類を詰めこんだ紙袋を車へ運んだ。

トランクを開けてから振り返ると、先ほどの夫婦が歩道で言い争いをしていた。彼らは暇つぶしにセールへやってきて、なめし革のバッグがその昔〈クレート＆バレル〉のショーウインドウに飾られていたことを思い出した客ではなく、家の持ち主、正確には元持ち主で、引っ越しに際して身のまわりの古い物を置いていこうとしている人たちだったのだ。だが、そのバッグは手放したくなかった。三ドルでそれを買ったことまで自慢しなくてよかったとほっとする反面、持ち主に売るつもりがなかった物をちゃっかり手に入れた良心の咎めを覚えずにいられなかった。夫婦に申し出るべきか否か迷っているうちに、男が一台の車に、女がもう一台の車に乗りこみ、二台の車はべつべつの方向へ走りだした。ふたりは一緒に引っ越そうとしていたのだろうか、それとも、あれが永遠の別れだったのか。バッグを返していたら、もめ事をもっと面倒にしたかもしれない……公平に分け合う物がまたひとつ増えるのだから。でも、たぶんちがう、とジェーンは思った。たぶん、あのふたりはどこかへ引っ越しをするだけ、住み慣れた我が家を離れるので神経が昂ぶっていただけなのだろうと。どちらが真実であれ、ふたりはもう行ってしまい、ジェーンには三ドルで買った信じがたいほどすばらしいバッグが残された。

介護付き住宅で暮らすメアリに会ったら良心が咎めるだろうか。セールの列に並び、家やガレージや路地に置かれた大型ゴミ容器《ダンプスター》の品定めをするピッカー仲間の多くがまとっている漁り屋《スカベンジャー》の埃に覆われた自分に、かすかな汚れ以上のうしろぐらさを感じてしまうだろうか。

ジェーンとニックとチャーリーの三人がかりでヴァンの荷物を降ろし終わったときには正午近くになっていた。ふだんの土曜日ならその時間でもまだセール巡りから帰ってきていないだろうが、今日は地下室のベイトマン・コーナーをまるごと買い取ったため、週末の予算をすでに超過していた。このあとの予定、つまり、箱を開けて中身のひとつひとつにうっとりするまえに立てた予定は、梱包だった。購入した物のほとんどをオハイオのミリアムに送ることになっている。ただし、〈EZウェイ・イン〉の改装に使えそうな、最高にいかした《クール》酒場の道具は取っておく。カンカキーで暮らす親友のティムも骨董商だ。ティムはここにある物を嬉々として引き取るにちがいない……譲ってあげてもいいとこっちが思ったらだけど。

「今日の午後は大学院生の面接があるんだ、ジェーン、だからぼくは……」チャーリーが言った。

「これを見てくれない？」ジェーンは箱のひとつに両手を入れて金属製の重い加算機を注意深く持ち上げ、キッチンのテーブルに置いた。数字が並んだ黒いキーは厚みがあって頑丈で押しがいがあった。ハンドルを手前に引くとガッチャンという大きな音がした。機械についているデザイン文字にはアールデコ調の下線が引かれている。ジェーンはほっそりとした長い指でその浮き彫りの文字をなぞった。〝VICTOR《ビクター》〟。

「うちの父さんもこれと同じのを使ってたわ」ニックを見ると、なにがなんだかわからないという顔をしている。「これはね、加算機というのよ、ニック。お札や小銭の計算をこれでしてたの。このキーで金額を打ちこんでハンドルを手前に引くと、印字された紙がここから出てくるのよ、わかる？」

「昔のレジスターさ」チャーリーが説明した。

「売りたくないな、これ。キーだけが欲しくてこれを買って解体する人もいるのよ」ジェーンは愛しげにキーを撫でた。「純粋なベークライトのキーだから。で、最後はどこかの工芸展でちゃちな《チープ・アス》ワイヤーピアスの先にぶら下がってたりするのよね」

加算機　Adding Machine

現在のようなレジスターや電卓がなかったころの計算機。ベークライトでできたキーは、蒐集家にとって垂涎のアイテム。

「言葉に気をつけなよ、お母さん」ニックは999・99と打ちこんでハンドルを引いた。出かけるまえにもうひと箱、荷解きをしようと、チャーリーはひときわ重い段ボール箱をテーブルに載せた。テープの下に指を入れてびりびりと破り、箱の蓋を開いた。

ジェーンは箱のなかに手を突っこんで広口瓶の埃を拭いた。その淡いブルーの波形ガラスでできた半ガロン用の広口瓶を取り出すと、にっこり笑った。浮き彫りの大文字で〝THE《ザ》 QUEEN《クィーン》〟とある。

「ボタンをたくさんしまえるね、お母さん」

ニックは母のボタンへの執着をからかうゲームに参加させようと、チャーリーを肘で突いた。ふたりともジェーンが買い求める物の多くを認めていた。それらを自分の物にしたいという欲求の共有はしないまでも、クールな物を見れば理解を示し、称賛を送った。しかし、ボタンへの飽くなき欲望だけは理解に苦しんでいた。ジェーン自身も説明できない。ボタンやベークライトへの欲望はどこか中年期に通じているのではないかと、装飾性を排除した靴や五〇年代のホームドレスを身につけた女たちと紙一重なのではないかと内心では思っていて、その部分をあまり深く追究したくなかった。

それならいっそ、子どものころの独り遊びに祖母が使わせてくれたボタンの代わりを見つけたいのだという言い逃れのほうがいい。ボタンは祖母の家にある唯一のおもちゃだった。が、祖母が亡くなったあと、ボタンがいっぱいはいった木の裁縫箱が消えてしまった。カレッジから実家へ戻ったジェーンが尋ねると、ネリーは、お祖母ちゃんはここ何年も自分でボタンひとつつけなかったと言った。母の説明がそれで打ち切りなのは経験から知っていた。

「笑いたければどうぞ。でも、〈ザ・クイーン〉はごっついお値打ち物なのよ」

「どこでそういう言葉を仕入れてくるの、お母さん？　〝ごっついお値打ち物〟なんてさ」

ニックはまたチャーリーを誘いこもうとした。

「この箱にはいってるのは保存用の瓶だけじゃないな。実験室にありそうな物もあるぞ」チャーリーはビーカーをひとつとガラスの計量カップをいくつか取り出した。「ベイトマンは飲み物の調合も自分でやってたらしい」

「これは期待できそう」ジェーンは黒いネジ蓋の広口瓶をふたつ取り出した。「ベークライトの蓋だわ、まちがいない」流しへ行って湯を出した。その蓋を湯に浸して、ベークライト特有のにおいがするかどうかを確かめるために。

「そっちの瓶にはいってるのはなに？」ニックが訊いた。

ジェーンは右手に持った広口瓶を見た。「マーカーじゃない？　数字入りの小さい円盤もはいってるわね。ビンゴかなにかをやってたのかしら」瓶を振りながら光にかざした。逆の手に持った瓶の蓋に、蛇口からほとばしる湯を浴びせてから、鼻に近づけた。

「ああ、やっぱり、ベークライトだった。このホルムアルデヒドに似たにおい」まわりの空気を吸って、鼻をつんと刺すそのにおいを紛らした。

「ちがうよ、お母さん、ねえ、その瓶になにがはいってるの？」ニックはジェーンの左手を指差した。声が震えている。

「どうしたのよ、ニック？」ジェーンはまずニックに目を向けた。だが、ニックもチャーリーもジェーンの左手にある瓶を見つめている。そこで親指を底に、中指を蓋にあててそのガラス容器を持ち、流しの上方の窓に近づけた。液体のなかでなにが揺れているのかを確かめようと。

「手を動かすな、ジェーン、それはもしかしたら――」チャーリーは途中で言葉を切った。

「おえっ」ニックは両手で胃を押さえた。

ジェーンはガラス容器を手のなかでまわしながら、自分の指よりはるかに太い指がそこに浮いていることに気がついた。

「なんとまあ《ホリー・トレド》！」

3

ニックの顔は色を失い、まるでパン生地のようになっていた。彼はテーブルに置いた自分の両手をこねくりまわしながら、食い入るようにジェーンを見ていた。このたちの悪いだれかの悪戯をジョークにして笑い飛ばしたいのに、ジェーンもチャーリーも黙りこくったままだ。

あのあと広口瓶をジェーンの手から奪ったチャーリーは、窓から射す光にあててぐるりとまわし、くだんの指を観察した。ガラス容器の回転に合わせて指がゆらゆら揺れた。ジェーンは一瞬ぞっとしたが、もちなおした。本物の指であるわけがない。なにかの悪ふざけにちがいない。瓶のなかの見世物《フリークショー》だなんて。ベイトマンはバーカウンターのうしろにいつもこれを隠していて、ときどき気味の悪いショーを演じて常連客をからかっていたのだろう。

「本物じゃないわよ、ニック、安心して」ジェーンが言いかけたのと同時に、チャーリーがこっくりとうなずいてこう言った。「本物だな、まちがいない」

指は練り粉のように白く、つまり、白というより青白く、保存状態は完璧だった。サイズは大きい。おそらくは、おとなの男性の人差し指、または中指、または薬指で——親指と小指でないことはたしかだ――チャーリーが瓶をまわすと、それ自体に生命が宿っているように動いた。手招きのような動きを見せたかと思うと、くるっと向きを変えた。

これをニックの悪夢に登場させたくないとジェーンは思った。おとなになったらセラピーを受けなくてはならないようなことにもしたくない。フロイトの精神分析理論を展開するセラピストの声が今から耳に聞こえる。なるほど、ミスター・ウィール、それはお母さまが瓶にはいった指を持ち帰るまえのことですか？　あとのことですか？　だめだめ、こういう病的な状態は蕾《つぼみ》のうちに摘み取らなくては。

「こんなことで大騒ぎするのはよしましょうよ、そうだわ、ちょっと電話して……」そこで言葉に詰まった。だれに電話すればいいの？

チャーリーは肩をすくめた。「警察に通報するか？」

「そうよね、警察ならきっと解決してくれる。犯罪が疑われるこの種の疑問は大昔からあるんだもの、〝人差し指どこだ？〟って」

ニックはテーブルに突っぷした。両肩が震えだすのがジェーンにはわかった。しまった。キッチンをサーカスの見世物小屋にするだけじゃなく、指遊び歌なんて悪趣味なジョークを口にしてしまった。どうしていつもこうなんだろう。なんでも笑いに変えれば奇跡が起こるだなんて考えてしまうんだろう。

ところが、ニックが目を上げると、とにもかくにも今回は功を奏したことがわかった。ニックは泣きだすかわりにげらげら笑い、首を振ってこう言ったのだ。

「だれかに電話するまえに箱の中身をみんな出したほうがいいんじゃない？　もしかしたら薬指と親指も出てくるかもしれないよ」

「人差し指どこだ？　人差し指どこだ？」チャーリーは節をつけて歌い、背中に隠した広口瓶をゆっくりとまえに出すと、瓶のなかの指をばしゃばしゃ撥《は》ねさせながら、体の正面に移動させた。

「ここだよ。ここだよ」ジェーンとニックも一緒になって歌った。

この輝かしき一瞬、なごやかな土曜日の遅い朝、いや午下《ひる》がり、父さんも坊やもまだフランネルのシャツのまま、キッチンのテーブルにはパンケーキが残っている。この光景を垣間見た人は、これぞまさしくノーマン・ロックウェルのイラストに描かれる完璧な家族の一風景だと思うかもしれなかった。

むろん、切断された指がそこになければ、ということだが。

ウィール一家の異様な浮かれ騒ぎが終息すると、三人のうちで最も冷静な頭の持ち主が意見を述べた。

「オー刑事に電話しよう」ニックは今や広口瓶を手に取るばかりか指をしげしげと眺めることまでできるようになっていた。「オー刑事ならどうすればいいかわかるはずだよ」

夏のあいだにバランス家で起きた殺人事件の話は、化石の発掘現場からチャーリーとともに帰ってきたニックもたびたび聞かされていた。近所に住む友達から聞いた話は数パターンあって、そのどれにもニックは熱心に耳を傾けた。犯人逮捕後もいくつかの未解決の問題を処理するために家にやってきたオー刑事はニックを大いに感激させた。事件のあらましをわかりやすく語りながらニックのどんな質問にも真摯に答え、一人前のおとなとして扱ってくれたから。

ジェーンはニックの提案に同意した。オー刑事に知らせるというのはいい考えだ。ただ、そのまえに残りの箱の荷解きをすませたい。チャーリーとニックはしりごみした。開いていない段ボール箱がキッチンにまだ八個あり、そのどれもが、もっと身の毛のよだつ中身が隠されていてもおかしくないほどの大きさだった。

「大丈夫よ、セールのあった家で一応みんな目を通したんだから。灰皿とコースターがはいってる箱がひとつあるけど、だいたいはガラス製品なの……ショットグラスとかオールドファッションド・グラスとかね。カンカキーへ持っていくまえにここで食洗機にかけたいの。ああ、それと、パンチボード。未使用のパンチボードのはいった箱がひとつあるはず」ジェーンは箱から箱へ視線を移した。

チャーリーはこの視線の意味を理解していた。説得を試みても無駄だということを。

「学生との約束の時間まであと十五分しかないし、ニックをYMCAまで送っていかなくちゃならない。バスケットボールの練習があるからね。面接がすんだらすぐに帰ってきて手伝うよ。約束する。そのかわり、それまで待つときみも約束してくれ。せいぜい四十五分かそこらだ。ひとりで箱を開けさせたくない」

ニックはすでに着替えをしに階段を駆け上がって二階へ向かっていた。チャーリーは戸口に立ち、ダッフルバッグから引っぱり出した清潔だがしわくちゃのシャツのボタンを掛けはじめている。

ジェーンは素直に応じた。

「わかった」手を洗ってから広口瓶の上に布巾を一枚掛けた。

「いやに簡単すぎないか？」とチャーリー。「だってそうだろう、そこにあるのは危険なものかもしれないんだから」

「なによ？　危険ってなに？　漬け物にされた指を見つけたからって、なにが危険なの？」

チャーリーは顔をしかめた。ジェーンは微笑んでいる。平然として、早くもつぎの箱のテープを破りかけている。この夏の探偵ごっこが妻をこんなにも変えてしまったのだろうか。それとも、この数年で変わっていたのに自分が目を向けていなかっただけなのか。彼は段ボール箱の蓋の下に包丁を差しこんで引くジェーンを見守り、思わず口走った。

「そんなことをすると切れ味が鈍るぞ」

ジェーンは顔を上げてチャーリーを見た。遠からず彼の元妻になるであろう美しく賢く強情な女はただ彼を見ただけだった。彼はそこで一抹の疑いもなく悟った。彼女がこの自分から、かつては危険を顧みぬ刺激的な夫だった男から最も聞きたくない言葉は杓子定規な助言であり、自分はそれをここ数年かけて処方薬のごとく調合してきたのだと。包丁の切れ味なんかどうでもいいのだ。ぼくはいつから、なまくらな包丁みたいに鈍い男になってしまったんだろう。ジェーンはいつからそのことに気づきはじめたんだろう。

「もう行ける？　お父さん」

チャーリーはうなずいた。裏口のドアを開けて外に出ながら、「気をつけてくれよ」と妻に声をかけずにはいられなかった。それが今の気持ちだから。それが自分だから。それが言わなくてはいけないことだから。

彼はこうもつけ加えた。「頼むから」

ジェーンはそのとおり気をつけた。メアリ・ベイトマンが注意深く梱包した段ボール箱を開こうとして、段ボールのへりで二回指を切っただけだ。ガラス器の包みをほどき、タオル類を開いてはまたたたみ、古いカレンダーやデスクパッドを選り分けるという作業を進めるうちに、ますますメアリについての興味をかき立てられた。ドットとオリーによれば、メアリはほとんど毎晩〈シャングリラ〉で過ごしていた。ジンをベースにしたトム・コリンズやウィスキーをベースにしたオールド・ファッションドなどのカクテルをちびちび飲みながら、ベイトマンが店を閉めるのを待っていたという。

「シンディが小さいころはそうじゃなかったわよ、オリー。あのころは家にいたじゃないの」ドットが言った。

「そうだったわ、たしかに」オリーも認め、律儀に言い足した。「メアリはいい母親だったものね」

娘のシンディはどうしたのかとジェーンはふたりに尋ねた。看護師をしている孫娘のスーザンがハウス・セールやメアリの介護施設への入所の段取りをつけたということは聞いたけれども、娘がこれまでに果たした役割についての話は全然出てこなかったので。

ドットもオリーも首を横に振った。

「亡くなったの」ドットが声を落として答えた。

「スーザンが十二歳のときにシンディ夫婦は交通事故に遭ったのよ」とオリー。

「十三歳よ」とドット。

「それでスーザンはこの家に引き取られてメアリと暮らすようになったの。ふたりはほんとうにお互いを大切に思ってたわ。ベイトマンはとっくに亡くなってたし、あんなふうに大事な家族をつぎつぎと失って、メアリは耐えられなかったはずよ。スーザンがここで一緒に暮らしていなければ」

ジェーンはあの家で互いをいたわりながら暮らしたメアリとスーザンの気持ちに思いを馳せた。メアリはけっして地下室へ降りていかなかったと、〈シャングリラ〉を思い出す物を見たくなかったのだと、オリーは言っていた。

「スーザンは〈シャングリラ〉のことをまったく知らないほど幼くはなかったんでしょう？両親のつらい記憶も残していないほど幼かったわけでは？」

「ええ」とオリー。「スーザンはお酒を飲むことをけっして認めなかったし、今でもそうよ。母親と父親が殺された交通事故の元凶はアルコールだったんだもの。スーザンはあの事故を充分に記憶にとどめられる年齢になっていたし、その記憶から逃れられなかったんでしょう。

酒飲みを絶対に許さなかった」

ジェーンはミリアムに送る予定のガラス製品をガレージの棚まで運んだ。あとで荷造りをしよう。と、私道に車がはいってくる音がしたのでガレージのドアを開けて迎えに出ようとした。チャーリーに手伝ってもらおうと思って。ところが、私道に停まったのは見慣れぬ車だった。オールズモビルだかビュイックだか車種はともかく――車は専門分野じゃない――父や祖父の世代の男たちが乗っていたような、シルバーの大型車だ。フロントシートに男がふたり、助手席の男が新聞を片手に窓から半身を乗り出した。

「二三〇三番地のセアーのうちかい？」

「いいえ、その番地ならここから四ブロック北よ」

「ここんちもセールをやってるのかい？」運転席の男が訊いた。

ジェーンはかぶりを振り、笑みを返した。ふたりは会釈をして車をバックさせた。秋晴れの土曜日、セールで買いこんだ物がはいった箱やら梱包材やら、ガレージの棚を埋めたさまざまな物を目にした人が、ここでガレージ・セールが開かれていると勘ちがいするのも無理はない。ジェーンはふと笑みを漏らした。同好の士と偶然に出会うと同じ世界に生きているという親近感を覚える。あのふたりの男も自分と同じようにセール巡りをしているのだろう。彼らの努力が報われますように。探し物が首尾よく見つかりますように……だけど、あの人たちはなにを探しているんだろう？　ひとりは野球帽をかぶっている。もうひとりの短いポニーテールの先っぽが見えた。父親世代が乗っていたような古めかしいフォードアの大型セダンのリアウィンドウにはカレッジ・ステッカーがでかでかと貼られている。目当てはヴィンテージのレコード・アルバム？　昔のラジオ？

私道から出ていくセダンにジェーンは手を振った。彼らは同好の士だから。車のトランクから荷物を降ろしているところを近所の人に見られ、「またセールに行ってらしたの？　ジェーン」などと、骨まで凍りつきそうな丁寧口調で訊かれるときほど、自分の物への情熱に戸惑いを覚え、孤独感を味わう瞬間はない。

パンチボードのはいった箱と、写真やサインのはいった箱はヴァンに積みこんだ。カンカキーへは明日行くつもりだから、持っていけるものは全部持っていったほうがいいだろう。〈EZウェイ・イン〉はきっと見ちがえるようになるだろう。あの界隈を代表する居酒屋になるだろう。これぞ酒場のなかの酒場という内装にしてみせる。

チャーリーとニックの帰りは遅かった。腕時計を見ると、ふたりが出かけてから一時間半経っている。ニックがチャーリーを誘いこんで一緒にバスケットボールをしているのだろうか。ふたりともYMCAの体育館の開放時間の終了までいるつもりだとすると、あと一時間か二時間は帰ってこないかもしれない。

ジェーンは段ボール箱の最後のひとつに取りかかった。写真、飾り額、スコアが書かれて新聞の切り抜きが留められたままの小さな掲示板。どれも新聞紙で注意深く包まれている。『シカゴ・トリビューン』一九六九年七月七日号のスポーツ面の皺を手で伸ばした。〝このままいけるか、カブス?〟という見出し。あの年の夏はシカゴ・カブスが優勝したんだった?この新聞自体に価値がある。

ドットとオリーはなんと言っていたっけ? たしかベイトマンが亡くなったのは三十年まえだ。メアリは店をたたんだときにこういう物をしまったの? それとも、ベイトマンは引退して自分で店の物を片づけてから亡くなったの? こんなに手間暇かけてあらゆる物をしまいこんだのはだれなんだろう?

ジェーンは新聞紙を開いて取り出したばかりの写真に目を落とした。結婚式の日の写真だ。〈シャングリラ〉の正面に立った四人のおとなたち。店のネオンサインがちょうど肩の上にある。花嫁と花婿は腕を組んでカメラマンに笑顔を向けている。メアリが花嫁の隣に立っている。メアリをそのまま若くしたような花嫁が娘のシンディにちがいない。葉巻を歯にくわえた太鼓腹に禿げ頭の男がベイトマンだろう。彼は花婿の首に片腕をまわしてヘッドロックのポーズをとっている。ベイトマンの義理の息子は長髪で手足がひょろ長く、タキシードのかわりに襟幅の広い光沢のある生地のスーツを着て、ちょっぴり怯えたような表情をしている。シンディの衣装も昔ながらのウェディングドレスではなくて丈の短いレースのドレス。ウエスト部分を細いベルベットのベルトで絞ったテーブルクロスといった感じ。片手に持ったブーケは薔薇とヒナギクのようだ。その花嫁の手を、花婿がまえにまわした手で握りしめているので、ふたりでブーケにしがみついているように見える。ベイトマンはあいているほうの手をカメラに向けて振り、片目をつぶってみせている。

幸せな笑顔を振りまく一家。至福の瞬間《とき》を祝う家族。ジェーンはベイトマンに手を振り返し、人差し指を左右に振って、この先に起こることを警告したい衝動を抑えた。

「今このときを愉しんでね、ベイトマン」もしも、彼に声が届くならそう言いたかった。「娘さんを抱きしめて、すばらしい言葉をたくさんかけてあげて。メアリに優しくしてあげて。その優しさをいつまでも失わないで」

けれど、ベイトマンをじっと見つめるうちにそんな警告など彼には無用ではないかと思えてきた。ベイトマンはこの先に起こることをすでに知っているように見えた。「おれのことは心配するな、ベイビー」彼はきっとそう言い返すだろう。「世間の道理はわかってるんだ」

それからジェーンに向かって目配せをし、指を三本振ってみせるのだろう。親指のほかに三本しかない指を。ベイトマンの片手のほとんどはうっすらと滲んだ包帯にくるまれていた。もとは人差し指のあったところだけ、当て物でもしたみたいに包帯がやけに分厚くなっていた。

4

つい三週間まえまではブルース・オー刑事、今は刑事の肩書きが取れたブルース・オーは、毎朝の散歩から戻ってきたところだった。いつもより出発が大幅に遅れたため、日の出を見損ない、ふだんは四時四十五分に家を出ることによって回避している隣近所の人々との遭遇に耐えなければならなかった。早朝の孤独と静寂はブルース・オーの宝物であり、彼はこのひとときを〝昼の光に照らし出されるまえの貴重な匿名時間〟と呼んでいた。

が、朝の平和に崇敬の念を抱いているからといって、社交嫌いな人間だということではない。パーティでもピクニックでもブルース・オーはみずからの友愛の精神を誇りとし、パーティやピクニックはそのための場であると考え、何事にもふさわしい時間と場所があると信じる男だった。そのうえ、人の名前や特徴を覚える能力に秀でていて、七月四日の独立記念日に地域の道路を封鎖して開催される〝ブロック・パーティ〟では、ほとんどの人の食べ物の好き嫌いを記憶している彼は大の人気者だった。

たとえば、慣れた手つきでバーベキュー係を担当しながら、ブロックの少し離れたところに住むミセス・ミラーに笑いかけて、こんなふうに言う。「充分に火を通しただけではなくて……しっかり焼くのがお好みでしたよね？」

真っ黒焦げの四角い肉の塊、正式にはサーロインの挽肉とされるものを受け取った彼女は、バーベキュー・グリルのまえを離れながら、今は亡き夫もあなたのように心配りのできる人だったらよかったのに、としみじみ言うのだった。

ブルース・オーはまた、同じブロックに住む子どもたちのひとりひとりがどんなスポーツをやっているかということも覚えている。たいていは脛当てや野球のグローブがヒントになるのだが、そうとは気づかぬ親は、自宅にはいろうとするリトル・ジェイソンに向かってオー刑事が、今日は打点をあげたのかなどと訊くとびっくりするようだった。これとは逆のケースもあり、車を降りたリトル・ジェイソンが野球用具を父親に運ばせて、ものすごい勢いで玄関ポーチへ向かい、扉を乱暴に閉めるようなときには、大敗を喫したのだと察し、お気の毒さまと家族に言うかわりに首を横に振って肩をすくめる。

「人間は――」今は週に三日、教授という肩書きで教壇に立っているブルース・オーは、学生たちによく言った。「――服装や歩き方や車の選び方によって自分がなにを露呈しているかということに無頓着なものだ。人目につく事柄に注意を払うのはけっしてまちがった方法ではない。目のまえにある物に目を留めていなければ、それが取り去られてもわからないだろう？　それが隠されたらわかるか？　目に見える物事に日々注意を払っていると、そのうち習性になる。人間の行動における異常性を測る判断基準というものが身につくのだ」

ブルース・オーの講義では学生たちが退屈することがなかった。講義には順番待ちのリストができているほどで、学生新聞などでも人気講座として取り上げられていた。

「まるで、『燃えよ！　カンフー』の主人公になった気分よ。オー教授はいろんな知恵を学生に授けて、どんどん先へ進んでいくの。ひとつだけ欠けてることがあるとすれば、あの昔のドラマの主人公みたいにおもしろいあだ名で呼んでもらえないことね」こんな威勢のいい新入生の女子学生の言葉を紹介する記事もあった。

教えることが大好きなので、シカゴ・エリアの複数の大学で犯罪心理学や犯罪探知の講座をもっていた。じつのところ彼は大学の出講料を必要としなかった。犯罪捜査で培った調査力は弁護士や保険会社からも需要が高く、コンサルティング料だけで住宅ローンと月々の請求書の支払いが楽にできるとわかったのだ。妻のクレアの趣味が高じたアンティーク・ビジネスも思いのほか順調なので、余分な出費があってもそちらで賄えるし、夫婦のどちらも余分に金を遣うことはめったになかった。

オーはむしろ無駄をはぶいた質素な暮らしぶりを好んだ。それは家のなかの装飾も最小限が望ましいという意味でもある。凝った装飾がほどこされた古い物を妻が彼のまえに置くと一応は褒めるけれども、彼としては博物館のガラスケースに安置された物に称賛を送り、そこからなにかを学ぶほうが好きだった。もしくは、殺人事件の捜査で鑑識課の検査室の台に名札を付けて並べられた物から。あなたは手がかりとしての物にしか興味がないのね、とクレアに言われると、きみだって謎めいた物や古い物や捨てられた物にしか興味がないじゃないかと穏やかな口調で指摘した。

そうするとクレアは、美術史に詳しい自分はこの業界では研究者の域に達しているし、MBAの学位のおかげで一流のビジネスウーマンにもなれたのだと反論する。そんなふうに主張されると認めざるをえなかった。親をなくした物たちを養子にするコレクターといえばミセス・ウィールもそうだが、妻は見つけ出した物をあっさりと手放す。クレアは購入と販売の手順を規則正しく繰り返すことによって恒常的に利益をあげている。ジェーン・ウィールの隣人が殺害された事件の捜査で彼女を観察する時間がたっぷりあったオーは、彼女が手放す術《すべ》をまだ習得していないことも知っていた。ミセス・ウィールは忘れられた物、失われた物に意味を見いだす人だということも。

ミセス・ウィールはオーのこの秋の実験的辞職にも少なからず影響を与えていた。なにがどう影響したかを明確に述べるのは難しいのだが、絶えずなにかを探している彼女の姿と関わりがあるのではないかと内心では思っていた。ジェーン・ウィールが関心をもって探し求める物ははっきりいって彼にはどうでもいい物ばかりだ。ただ、彼女が探しているのはそれだけではないのだろう。自宅を満たす物理的な物以上のなにかを彼女は探しているように見える。彼女の目がそう語っているように思える。

もちろん、そのことを口に出して言ったことは一度もないし、独り言でつぶやいたことすらないが、警察捜査の現場から身を引くきっかけとなったのは、あの事件で出会った彼女の目のなかに読み取ったなにかにちがいなかった。

ミセス・ウィールの少なからぬ貢献によってバランス殺害事件の幕がおろされたあと、オーはしばらく大学で教えることに専念しようと休職の意向を上層部に伝えた。拒否されると深くうなずいて五分間だけ机についた。正式な書面を作成するためのタイプ打ちに要した時間が五分ということだ。そして辞職願を提出した。クレアにはもっと大学で学生たちの役に立ちたいのだと説明した。クレアは賛成した。これからは夫の身が危険にさらされなくてすむとむしろ喜んだ。彼は犯罪探知をテーマとした本を書く夢があることも妻に伝えた。

「科学より心理学に重点をおきたいんだ」ただ、現場の捜査官に訴える力は弱いかもしれないと彼は妻に言った。警察が求めるのは厳然たる事実と高度な鑑識技術なのだと。いつ、どこで、なにが起こったかを警察は知りたがる……しかし、自分はなぜ起こったかという部分を知りたい。

「どのようにして起こったかということもな」オーがそう認めると、クレアは片眉をつり上げた。

「なぜだ」今、冷蔵庫のなかを探しながらオーは声をあげた。「なぜクレアはレモンヨーグルトを常備しておけないんだ?」

クレアはセール巡りをするために朝の四時に家を出た。アンティーク・モールの自分の売り場の在庫補充のために。珍しく寝過ごしたオーは、十時半の朝の散歩で調子を狂わせ、さらに今、ふだんどおりの朝食をとろうとしたら冷蔵庫が空っぽに近いとわかり、苛立ちをつのらせた。「どこかのだれかの家のガレージで十八世紀の嗅ぎ煙草瓶を見つけられるのに、〈ジュエル・オスコ〉のレモンヨーグルトの売り場を見つけられないとは」現状ではこんな文句を言えた義理ではないとわかっていた。週に一回、大型食料品店に買い物に行くぐらいのスケジュール調整は充分に利くのだから。ひとまず伸びをして、深呼吸を一回。キッチンの多目的抽斗から小ぶりのノートを取り出すと、几帳面な字で〝レモンヨーグルト〟と書きつけた。

これからは自分でリストを作ってスーパーマーケットへ買い出しにいこう。これこそ非常勤の大学教授たる夫の役割だとブルース・オーはひそかに決意し、紙のように薄いボーンチャイナのティーカップにアイリッシュ・ブレックファスト・ティーを自分で淹れた。これもきっと、油で汚れたボルトとナットを握りしめた妻が、どこかのだれかの家のガレージで見つけてきた物にちがいないと思いながら。

書斎で学生のレポートを読んでいると電話のベルが鳴った。今回は留守番電話機に応答させようかと思った。それも一種の自己鍛錬だというクレアの提案に従って。

「慌てて電話に出なくてもいいじゃないの。死体が見つかったと巡査部長が電話をかけてくることはもうないんでしょ」電話のベルが鳴るたびに飛んでいこうとすると、クレアはかならずそう言う。「長距離電話会社を変更しろと勧める電話の確率のほうがずっと高いんだから」

しかし、つらつら思うに一度身についた習慣をなくすのは至難の業だ。ひょっとしたら、セール場まで手伝いにきてほしくてクレアがかけてきたのかもしれないし、べつの長距離電話会社のプランを聞くぐらいちっともかまわないではないか。で、受話器を取った。

「オー」

「おー、ハロー」と言ってから、ジェーンは笑いだした。「いえ、あの、こんにちは、オー刑事っていう意味よ。ごめんなさい、失礼だったわね、つい……」

「いや、わたしこそ、みっともない答え方をするなと家内に注意されるんです。職業上の習慣はなかなか抜けません。お変わりありませんか、ミセス・ウィール？」

「発信者番号で？」

「は？」

「わたしだとすぐにわかったから。発信者番号通知サービスを使ってらっしゃるの、刑事さん？」とジェーン。

ミセス・ウィールは発信者番号通知サービスのプランを重点的に売りこもうとしている電話会社に就職したのか？　やはり長距離電話会社を変更しろという勧誘電話なのか？

「あなたのことを知っているからですよ、ミセス・ウィール。発信者番号通知サービスは使っていません。お元気そうですね」

「ええ。あなたは？」

ジェーンもブルース・オーもなぜか気まずさを感じていた。だが、なぜ気まずいのか、ジェーンもオーも説明がつかなかった。お互いに気まずさを感じなくてはいけない理由はなにもないのだから。

この夏、オーはジェーン・ウィールの不思議な魅力を知ってしまった。ジェーンは隣人が殺された事件の重要な被疑者でないにもかかわらず、隣近所から白い目で見られ、その事件に対するやり場のない哀しみを一身に引き受けていた。最初にその部分に興味を覚えたのはたしかだが、ジェーンとのあいだに強い心の絆が生まれたのは、彼女が複数の被害者を出した事件全体のもうひとりの被害者でもあったからだ。ジェーンがおこなっている雑貨の蒐集やピッキングについて幾度となく質問した。質問しながら、これは妻のクレアの世界観をもっと理解する助けになりそうだと確信した。実際、独自のひねりが加わったミセス・ウィールの世界をまのあたりにするまでは、妻が生きる世界に興味すらなかったのだ。

ジェーンはジェーンでオーのなかにそうした聞き手の素質を見いだしていた。そういう相手が欲しいのかどうか、自分でもわからぬままに。チャーリーのまえで自分の集めている物の話をすることは以前からやめていた。彼が興味を示さないからというより、自分の話が夫を退屈させていると感じ取ったからだった。かつてはジェーンの熱意を、元気を、若さを共感の目で見ていたチャーリーが今はそうしたものを思い出としてしまいこもうとしていた。〈マッコイ〉の植木鉢の話などもう聞きたくないというのが彼の本心なのだろう。一方、オーはなんでも聞きたがった。刑事だから殺人を犯したと自白させたくて聞いていたのかもしれないが、だとしても、聞き上手であることにかわりはない。

ふたりはぎこちない挨拶と社交辞令から抜け出そうとそれぞれに努めた。

「また死体を見つけたんじゃないでしょうね」ブルース・オーは冗談めかして言ってみた。

自分の声を聞きながら、冗談のようにはまるで聞こえないと思ったけれど。

「死体を見つけて電話したんじゃないの」ジェーンも同時に口を開いた。「見つけたのは体の一部分なの」

ふたりはともに相手のつぎの言葉を待った。呼吸の合わない気まずい会話がまた始まることは、どちらも望んでいなかった。

「うちへ飲みにいらっしゃらない？　そうしたらお見せするわ」オーほど辛抱強くないジェーンが言った。やっぱりオー刑事は聞き上手だ。相手の言葉を聞くためにこんなに長く、しつこく待てる人にいまだかつてお目にかかったことがない。

「ええ、それはかまいませんが。今度はなにを見せていただけるんですか？」

「だから、わたしが持ってる体の一部」

「おー」

「ええ、そうなの。おー、なのよ。じゃあ五時にいらして」

ジェーンはカクテルシェイカーを逆さまにして、フィードサック・タオル（家畜用飼料袋に使われていた布で作った布巾）の上に置いて乾かした。グラス四個もすすいで拭き、グラスと揃いのトレイに置いた。グラスもシェイカーもトレイも酒場で使われていたセットの一部で、買い付けてから二年間、荷造りして送ると定期的にミリアムに約束しながら、自宅の食堂のサイドボードに飾り、そちらに目を向けるたびに見とれている。ミリアムの顧客にはこうしたクロームとベークライトを素材とするマティーニ・セットのためなら金を惜しまない人々がいる。しかも、このセットはトレイの裏側に〈チェイス〉社の製造マークがはっきりと刻まれた逸品だ。

「永遠に渡さないつもりじゃないでしょうね」ミリアムには再三警告されている。「流行仕掛け人のだれかが肝硬変になって自己啓発本でも出そうものなら、コスモポリタン熱が一気に冷めてしまうわ。彼らの熱が冷めないうちにその可愛いセットをわたしに売ってちょうだい」

クランベリージュースとデザイナー・ウォッカを組み合わせたカクテルの流行が下火になるのは時間の問題だという意見にはジェーンも賛成だし、どこかの店であのピンク色の飲み物を注文したことは一度もない。かりに注文しようと思ったとしても、〈EZウェイ・イン〉の常連全員が横一列になって首を横に振り、薄笑いを浮かべるのが目に浮かぶようだ。それでも、このセットをまだミリアムのために荷造りする気にはなれなかった。今はまだ。世の多くのコスモ・ファンにはついていけなくても、マティーニ好きは死ぬまで変わらないという自信がある。グラスの形も好き。〝シェイクしてもかきまわさない〟カクテルが放つオーラも好き。〈EZウェイ・イン〉の客はたぶんマティーニも飲まないが――彼らが飲む物で混合酒に一番近いのはショットとビールである――ジェーンがカンカキーの両親と会食する夜など、生ビールをつぎ、スープをかきまわす長い一日のあとにドンが注文するのは決まってマティーニだった。ドンはおごそかにオリーヴのひとつをジェーンに手渡し、ネリーはやれやれというように首を振りながら、しかめっ面でブラックコーヒーを飲む。それがネリーのカクテルだ。ドンが飲むマティーニのベースとなるジンの銘柄はイギリスの〈タンカレー〉。ベルモットは一滴垂らす程度。ジェーンはウォッカ・マティーニを自分で作る。ウォッカは〈グレイグース〉または〈ケテル1〉。ベルモットは戸棚に自分用にしまってある瓶を使用。でも、オリーヴを楊枝《ようじ》に刺して、最初のひとくちを飲むまえにグラスににんまりと笑いかけるところはドンと同じ。

「オー刑事がお酒を飲むのかどうかさえ知らないんだったわ」ジェーンはニックにというより自分に向かってつぶやいた。ニックはブルーチーズをオリーヴに詰めようと奮闘しているジェーンの手もとを眺めている。石を押し上げる罰を与えられたギリシア神話のシシュフォスの現代版だと思いながら。

「どうして思いつくのかなあ？　そんなまずい物にそんなまずい物を詰めこむなんて。それを食べようって思うのもクレイジーだけど、そのまえに思いつく人がいたってことのほうがもっとクレイジーだよ」

「ええ、アーティチョークもそうよね」

ニックはジェーンをじっと見据えた。母の答えが遠まわしに自分の感想に向けて返球されることには慣れているが、今回はどういう意味なのかわからなかった。

「アーティチョークを見て、これを食べてみよう、きっと食べられると思った人もいたわけでしょう？　食べるための面倒な手順をわざわざ考え出した人がいたわけよ」ジェーンは頭にベークライトのサイコロが付いた楊枝をオリーヴに刺した。

〈チェイス〉の
マティーニ・セット

Chase Art Deco Chrome Martini Cocktail Shaker Set

〈チェイスブラス〉社は1837年創業の米国最大の老舗黄銅棒メーカー。1930年代にはクロームでできたアールデコ調のバーウェアやティーセットなど家庭用品のシリーズを発表し人気に。のちに蒐集家のあいだでこれらの製品はコレクティブルとして扱われる。

オーもマティーニをたしなむとみえ、蒐集価値《コレクティブル》のあるヴィンテージのマティーニ・セットがテーブルに用意された光景に嬉しそうだった。シェイカーとグラスのすっきりしたデザインを褒め、唐辛子風味のオリーヴのつまみの斬新さにも、チーズストロー（細長いチーズパイ）の唐辛子が利いた味にも賛辞を送った。そして、テーブルの真んなかにでんと置かれた物のアイロニー——最適といっても過言ではない小さい保存瓶のなかに浮かんだ指——にも。

「ミスター・ベイトマンの指と考えるのが妥当でしょうね」ベイトマン家の家族写真をジェーンに返しながら、オーは言った。

ジェーンとニックは黙って待ったが、彼は先を続けなかった。

「それだけ？」こらえきれずにジェーンが尋ねた。

オーはチーズストローを一本手に取ってうなずき、遠慮がちにひとくちかじった。

「調べなくていいの？　いつごろのものとか。そしたら、ミスター・ベイトマンのものかどうかもわかるんじゃない？」ニックが訊いた。

「ホルムアルデヒドの水溶液に二カ月漬けてあっても二年漬けてあっても、いや、十二年でも同じことなんだよ。いつ漬けたかを特定することはできないんだ」

ニックの失望を見て取り、オーは言い足した。「もちろん、犯罪の証拠や警察の昔の記録があれば、もしかしたら、なにかが……」

この夏から家族の一員となったジャーマン・シェパードのリタがぴんと耳を立てた。ノックの音がジェーンに聞こえたのはその直後だった。

「チャーリーが学部の食事会から抜けてきたのかしら」ジェーンは立ち上がった。

　チャーリーがノックしてから家にはいってくるのは、馴れ合いの空気を感じさせないためだということはわかっている。そうした夫の気遣いはありがたかった。だが、一方で、夫が自分の鍵を使えない状態、卵の殻を踏んづけるのを相変わらずやめられないことに苛立ちを覚えていた。もっとも、卵の殻に繊細な彫刻をほどこした装飾品を寄せ木の床に直接置いているわたしもわたしなんじゃない？

　鍵の件はさておき、今のノックはチャーリーではなかった。チャーリーなら、四〇年代に製作された、ダンスをする果物やジルバのステップを踏むナイフとフォークの完璧な刺繍入りのテーブルクロスにジェーンが目がないことは知っていても、明るい青緑と赤のカウボーイ柄のテーブルクロスを頭からかぶって玄関に立っていたりはしない。

「手刷りヴィンテージ布のおばけだぞぉ。ウォッカをごちそうしてくれなきゃ、ややこしいコピー機でいたずらしてやるぞぉ」

「ティミー！」ジェーンは布を巻きつけた人物に抱きついた。「なにしにきたの？」

「今日の〝ラッキー5〟が見つかったのかどうか確かめに」ティムはテーブルクロスを頭から振り落としてたたんだ。「今朝、電話をくれたときはケノーシャ（ウィスコンシン州南東端の都市）の巨大セールへ行ってたので、カンカキーへ帰る途中でなにか食べさせてもらおうと思って寄ったのさ。だれが来てるの？」

ジェーンの答えを待たずにティムは居間へ向かい、ニックに敬礼してみせた。オーの姿を見ると片眉をつり上げた。

「またジェーンが大事件に巻きこまれたんですか、刑事さん？」ふたりは握手を交わした。

「いいえ、そういうことでは、ミスター・ローリー。あなたのフラワーショップはその後、静かになりましたか？」

「ええ、静かすぎて営業してるのが気づかれないくらいですよ。死体が発見された場所で買い物をしようなんて、カンカキーのような田舎町ではだれも考えないから」

ティムはジェーンが差し出した飲み物を受け取り、張りぐるみの肘掛け椅子に腰をおろした。

「事件が解決した直後は、チョークで描かれた死体の輪郭線がまだ残っているのかどうかを見にくる客でにぎわいましたけど、もちろんそういう客はただの野次馬で、花屋の営業状態は悪い方向へ向かってます」ティムは飲み物に口をつけた。「ただ、皮肉なことに、アンティークのセールも特別注文も絶好調でね」

「結婚式の花が殺人事件で汚されるのはいやでも、象嵌《ぞうがん》細工をほどこしたマホガニーの脚付きの高い《ハイボーイ》箪笥なら、その謎めいた味わいが骨董の風格を高めるから欲しいと思うのが人間の心理なのかも」ジェーンが口添えした。

「らしいね。このチーズ棒よりもっと腹の足しになる食べ物はないのか？　これはなに？」

ティムが広口瓶に手を伸ばした瞬間、ニックとジェーンとオーがいっせいに〝ノー！〟と叫んだ。

ティムが広口瓶をランプの光にかざすと、ジェーンはティムを守ろうとするように手を伸ばした。瓶のなかの指はジェーンにとってもはや奇妙な標本ではなく、ベイトマンの人格を帯びていた。ベイトマンは酒場の主人であり、酒場の主人については多少なりともわかっているつもりだった。酒場の主人の写真や思い出の品をセールで買ってきては空想にふけり、自分が蒐集した彼らの人生の余白部分《スペアパーツ》から、すでにこの世にいない人の全人生を構築することはしばしばあった。こんなふうに現実のスペアパーツが現われたら無頓着でいられるわけがないではないか。

「ティム、こちらはベイトマン。ベイトマン、ティムよ」

ティムは返答に窮した。ホルマリン漬けの指と対面してぞっとしたわけでも胸がむかついたわけでもない。こんな機会は二度とないだろうと思った。文句なしに気の利いた台詞を吐くにはまたとない場面だ。プレッシャーに押しつぶされそうになりながら、抗議するように彼はあいているほうの手を上げてみせた。

「ジェーン、スコッチのツーフィンガーを注文したら、やっぱり一本じゃ満足できないな」

5

真夜中を過ぎても車に荷物を積むジェーンの作業は終わらなかった。ティムとニックは夕食をかきこむとさっさと二階へ姿を消し、ふたりで話しこんでいた。チャーリーの野外の仕事場で夏休みを過ごしたニックは、恐竜の骨を発掘するという体験をした。名付け親の務めを厳粛に受け止めているティムは、ミステリの謎解きや、イーストレイク・チェア（英国の家具デザイナー、イーストレイクが提案したデザインの椅子）の年代判定や、〈モンマス〉の炻器《せっき》の象の値付けのためにジェーンが親友の助けを求めたとき以外にも、コンサートや野球の試合のチケットを持ってこの家へやってきてはニックを虜にしてしまう。幼稚園時代に隣の席に座ったジェーンをたちまちにして魅了したように。

「その色、すごく似合うね」ロンパースの遊び着を着たジェーンにティムは大真面目の評定をくだし、その瞬間、生涯にわたる友情関係が結ばれたのである。

〈シャングリラ〉のナプキンとコースターがはいった最後のひと箱を後部座席に積んでから、ジェーンはふと思いなおしてその箱をもう一度降ろした。〈シャングリラ〉という名前と店の住所がはいったコースターを一枚、ナプキンをひとつかみ取り出し、車のサンバイザーの下に押しこんだ。父にその酒場の名前を耳にしたことがないか、ひょっとしてベイトマンとメアリに会ったことはないかと訊いてみようと思った。

オーはティムが来てから三十分ほどとどまり、警察を辞めて今は民間人となったことを説明していた。そろそろお暇《いとま》しますと腰を上げながら、部屋の真んなかで浮遊しているベイトマンの指のほうを身振りで示した。

「〈シャングリラ〉に関して警察に訊いてみましょう。ベイトマンが暴行罪でだれかを告発したというような記録がなかったどうか。結婚式の写真に日付があるので期間を限定しやすいですから」

「でも、さっき、指がいつからそこにあるのかわからないと言ったじゃない」恐竜の骨の年代測定の議論にオーを引きこもうとしていたニックは、指の年代は恐竜のようには特定できないことにショックを受けていた。

「正確に〝いつ〟なのかはわからなくても、〝だれ〟の指かはわかるかもしれないということさ」

「どうして？」ニックとジェーンが同時に尋ねた。

「この指には非常に重要な特徴が残っているから」

その先を語るようにうながす必要があるのかと思いながら、ジェーンは間合いを取った。オーはかすかに微笑んだ。オーが説明を続けないのはジェーンの考えを聞きたいという意味らしい。ニックもジェーンの反応を待つようにこちらを見ている。ジェーンは、今はマティーニ・トレイの真んなかに置かれている指に目をやった。ティムはオリーヴを刺すのに使われたカクテル・ピックの観察を中断して目を上げた。楊枝の頭についているサイコロをこすってからにおいを嗅ぎ、ほんとうにベークライトかどうかを確認しようとしていたのだ。

「もちろんそうでしょうね。指にはまだ指紋が残ってるんだもの」

ジェーンの明察にオーは唇の両端をわずかに上げて笑みらしきものをこしらえた。

オーが帰るまえのそんなやりとりを思い出しながら、ジェーンはガレージの明かりを消してキッチンにはいった。そこで、クロームのトレイに広口瓶を載せたままであることに気づいた。ティータオルの一枚で瓶をくるんでガレージへ引き返すと、街路地図やファイルカードやクロスワードパズルの本であふれたグローブボックスにそれを注意深く押しこんだ。街路地図はセールの開催場所を知るための、ファイルカードは買い付けリストを作るための必需品だ。クロスワードパズルは『ニューヨーク・タイムズ』に載ったパズルの難問を集めた選集で、セール開始までの長い待ち時間を車のなかでつぶすのに役立つ。そのなかに例の指を仲間入りさせた。これでベイトマンもセール巡りのお供となる。

家にはいると、ティムが居間にある新顔の陶芸品や本を点検していた。

「ニックは寝た？」

「ぐっすりと」

ティムは五〇年代から学校で使われていた副読本の〝アリス&ジェリー〟シリーズの一冊

を開いた。もはやぼろぼろだけれど、それでも数多《あまた》ある古い教科書のなかではましなコンディションだ。長い年月、その本が教室に置かれ、〝ジェリー〟が炉棚から落とした花瓶を〝お母さん〟が見つけたらなんと言うかを知りたい子どもたちのべとついた汚い指がページをめくってきたことを考えれば、一冊でもこうして残っていること自体が驚きだった。ティムが表紙をばんと閉じると埃が舞い上がった。

「お腹はいっぱいになった？」ジェーンはソファにどさっと座りながら訊いた。

「ここんちで満腹は無理。きみはセールでがらくたを漁るだけなの？　大型食料品店とかで買い物をしないのか？」ティムもジェーンの横にどさっと座った。

「する気がないの、さらさら。でも、セールではいろいろ見つけたわよ。チャーリーは食べ物にありついてるからご心配なく」

「彼は今夜はここへ帰らないんだ？」

「今夜は学部のディナーだかパーティだかがあったから。で、また一週間ぶんの荷物をまとめてここへやってくる、わたしがカンカキーにいるあいだに」

「〈EZウェイ・イン〉の改装がすんだら、きみに手伝ってもらいたいプロジェクトがあるんだ。マクナマラの同窓会に働きかけて奨学金集めの〝ショーハウス〟（老朽化した住居の内装を一新して一般公開する非営利のイベント）を開催することになった」

二十年以上まえのハイスクールの同窓生がそんなプランに同意しようとしているとは驚きだった。カジノの夜や持ち寄り《ポットラック》パーティやタレントショーならともかく、〝デコレーターズ・ショーハウス〟に協力するというの？　それもカンカキーで？　いったいだれが内装《デコレート》を担当するの？　だれの家を借りるの？　お金を支払って見にきてもらうわけ？

「ガーバー邸を買い取ったんだ。古い屋敷だから安かったよ。今住んでるコンドミニアムには思い出がありすぎてつらい。そろそろ心機一転するべきだと思って新たなプロジェクトを組んだのさ。ガーバー邸は見事にぐちゃぐちゃなんで、どのみち改装してから引っ越すつもりだった。まあそういうわけで……〝ショーハウス〟の会場にしてもいいかなと思ってね」

「エディ・ガーバーの家を買ったの？　コブ・ブールバード沿いのあの屋敷を？　コブ・ブールバードに住むつもりなの？」

「ああ。奨学金委員会も諸手《もろて》を挙げて賛成してくれた。会場はぼくが提供するんだからデコレーターに多少の注文はつけたけど。ひと部屋につき五百ドル以上の資金はかけられないって。フリーマーケットやラメッジ・セールで調達すればそれぐらいですむだろ。費用面での唯一の例外は電化製品と主寝室に置く新しいベッドだけど、それはどのみち新しく買うつもりだったから。デコレーターは全員素人だ。みんな張り切ってる」

「わたしのファーストキスはエディ・ガーバーの家の地下室だった」

「そりゃ奇遇だ！　地下室の担当はぼくだよ」

「ピンポン台の脇にあるぼろっちいツィードのソファでしたの」

「記念の額でも飾っとこう」

翌朝の朝食はチャーリーも一緒にとった。ブリーフケースと学生のレポートがはいった箱を書斎に置くと、彼は特大のマグに自分でコーヒーをついだ。

「今度の週末はある委員会にビーグルの代理で顔を出さなければならないんだが、きみは帰ってきてる？」

「木曜日には帰ってきたいの。それまでに〈EZウェイ・イン〉での作業をすませて、金曜日の朝にはうちからセールに行けるように。ミリアムに送る荷物の梱包も残ってるし」

ガレージでヴィンテージの自転車部品コレクションをティムに見せていたニックがキッチンにはいってきた。

「もうほとんど組み立てられるね。あと泥よけがもうひとつと、後輪のもっといいのがあれば。タイヤは全然問題ないはずだよね」

ティムはうなずいた。「セールを三カ所まわればそれも全部見つけられる。ちゃんとリストに載せてあるから大丈夫だ」と、シャツのポケットを叩いてみせた。

ジェーンはチャーリーの頰にキスをしてからニックをハグした。週一回のスポーツ実習とギターの稽古について念を押した。チャーリーにも食器棚の扉の裏にカレンダーが貼ってあると念押しした。チャーリーはうなずき、自分もそのカレンダーにスケジュールを書きこんでいること、いつも自分のほうが忠実にスケジュールを守っているということはあえて言わなかった。どちらも些末な問題に思えたから。

ジェーンは潑剌として幸せそうだし、すぐにも出かけたいというふうだ。以前の妻と今の妻のどこがこんなにちがうのだろうと、自問しつづけているが、はっきりこれだと指摘できない。それがわかるまでは以前のような家庭生活に戻るのは難しいのだろう。

「リタの世話も忘れないでね」ジェーンは犬の首のバンダナを結びなおしながら言った。

「どうかな、この歳になると物忘れ……」チャーリーは途中で言葉を呑みこんだ。リタのことは好きなのだ。どうして余計な台詞を口にして不機嫌な古亭主を演じてしまうのか。妻のほうは日に日に純真な少女のようになってきているというのに。

ジェーンはハグと念押しとキスと笑みをもう一度繰り返した。いざ出発。ティムは先に出発していた。ジェーンの両親の家にあとで電話すると口早に言い置くが早いか飛び出していった。

車で道を走りだすとジェーンはドンとネリーの営む居酒屋の夢想にひたった。第二次世界大戦後、町の人々の溜まり場として設えられた店を。ジュークボックスから大音量で響き渡るスイング・ミュージック。窓で揺れるカフェカーテン。店のなかを吹き抜ける微風。汗をかいたビールジョッキによりかかったナプキンが、はらはらと崩れ落ちる。シャッフルされて配られるカードの羽ばたきに似た音。音を絞られたラジオの野球中継がサウンドトラックのように店内に流れている。ボウリングのユニフォームを着たドットとオリーがバーカウンターについている姿が目に浮かぶと、自分が夢想しているのは〈EZウェイ・イン〉ではなくて〈シャングリラ〉なのだと気づいた。カウンターのうしろを忙しく動きまわりながら、お互いにうっとりしたまなざしを投げ、客を相手に陽気な声をあげているのはドンとネリーではなく、メアリとベイトマンだった。ベイトマンはジェーンに向かって片目をつぶり、三本指で粋な敬礼をよこした。いったいなにを伝えようとしているのだろう？

6

「あのいかさま野郎。だれがなんと言おうと関係ない。あの男はいかさま野郎だ。実の母親からでも金を巻き上げ、そのあと母親を詐欺罪で訴えることだってしかねない。わたしはあのいかさま野郎を生涯憎むぞ」

ジェーンが〈EZウェイ・イン〉の調理場のドアを開けてなかにはいったのは、ちょうど最後の〝いかさま野郎〟が発せられたときだったが、店の裏の駐車場に車を入れたときから父の長い悪態は全部聞こえていて、網戸を通って外まで響く父の声に苛立ちを覚えた。

ドンは穏やかな男《ジェントル・マン》であり、また紳士《ジェントルマン》でもあった。〝憎む〟という言葉を遣ってはいけないといつも父に注意されていた。優しさで敵をやっつけてやれ、というのが父の口癖で、ジェーンにも弟のマイケルにもその精神を叩きこんだ。父がこれまで〝憎む〟という言葉を遣った相手はただひとり、大家のガス・ダンカンだけだった。

ジェーンの記憶にあるかぎり、ガス・ダンカンは父の天敵だった。ガスはカンカキーを中心にいくつもの建物を所有していた。高級物件とはほど遠いが、それなりの不動産をあちこちに持っていて、居酒屋の経営者やレストランのオーナーから家賃を取っていた。それにたぶん、小さな商店や床屋や、商売の種類を問わず建物の軒先を使用しているありとあらゆる店子からも。だが、どの物件も大家はいないも同然で、ろくな維持管理をされていなかった。ガスは毎月一日《ついたち》に家賃の取り立てにやってきては漆喰のひび割れのなかに姿を消した。トラックが轟音をたてて通り過ぎたかと思うと、あるいは雷が建物の土台を揺るがしたかと思うと、かならずガスだった。ガスは便利屋も配管工もペンキ屋も大工も雇っていなかった。建物の骨組みだけを貸し、なんの保証もしなかった。「また来月な」というがなり声を脅しではなく保証と受け止めるならべつだが。

ドンは〈EZウェイ・イン〉を宝石の原石のように扱った。外見はなんの変哲もない粗い石だけれど磨けば内側から光ってくる瑪瑙《めのう》のように。あるいは、外側がもっと汚くてでこぼこしていて、割るときらきら光る驚きの世界を覗かせる晶洞石のように。

そのきらめきが見えない人もいるかもしれない。どっしりしたオークのバーカウンターは毎日磨かれて、ぬくもりのある輝きを放っている。ネリーの吊したカフェカーテンのサクランボ柄は汚れひとつない窓に崇拝の念を送っている。バースペースとつながった食堂の壁の上半分に小さな言い訳のように羽目板が張られている。ジェーンはこのがたのきた古い建物を両親の愛情がぴかぴかに光らせているのをずっと見てきた。うちの両親は子どもよりも店のほうが大事なんじゃないかとマイケルが一度言ったときには、弟の口を閉じさせた。

「店はふたりの仕事なの。自慢にするべきものなの」当時まだ十二歳だったマイケルは尊敬のまなざしで姉を見上げながらも、戸惑い顔をした。「ぼくたちのことは自慢じゃないの?」

店にはいってきたジェーンと面と向き合っても、ドンはまだ小声でぶつぶつ言っていた。

「父さん、うちではHワードを口にしちゃいけないんじゃなかったの？　わたしは人を憎む《hate》ことを許されなかったわよ」ジェーンは手に提げたふたつのバッグをおろし、父の肩に腕をまわした。

「ひとりだけは憎んでもかまわない。そのひとりを選んでそいつに憎しみを集中すれば、残りの人生でほかの人たちにまわすぶんがなくなる。いや、ガス・ダンカンに関してはだれもが憎んでもいい。あいつは人がこの世で憎んでいいただひとりの人間なんだ」

ドンはバーカウンターのうしろへまわりこみ、グラス一杯の水を飲んだ。ジェーンはネリーを見た。

「母さん、ヒントをちょうだい」

「自分で呼び出しておいて会合に姿を見せなかったんだよ。べつにいいじゃないの。契約の書類にはもうサインしたんだし。サインした書類からは逃げられやしないわよ」ネリーは肩をすくめた。「父さんがなにをこんなに怒ってるんだかわかりゃしない」

「あの野郎は五十年間、町のみんなを悩ましてきた。この期におよんでまだそれが続いてる」

大声でわめき散らす父と、肩をすくめてぶつぶつ言う母のやりとりからわかってきたのは、ガス・ダンカンが元店子の全員を招集し、まだ彼が持っている予備鍵と書類をその場で渡すはずだったということだ。どうやらガスは〈ピンクス・カフェ〉で全員に朝食をおごると言っていたらしい。もっとも、柄でもないそんなジェスチャーをネリーは端《はな》から信用していなかったようだ。

「ガスがこれまでなにを愉しみにしてきたと思ってるのさ？」ネリーは夫に肘鉄を食らわす仕種をしてみせた。「五十年間、ただの一度も勘定をもったことがない男よ。今さら急にそんなことをするわけがない」

「ガスは今でもあのあばら屋に住んでるの？」

ガスはここから三ブロック先にある家に住んでいる。部屋数は四つで、〈EZウェイ・イン〉と同じくタール紙と屑材を用いた建造物だ。町のみんながあばら屋と呼ぶ、まったく同じ造りの家を同じブロックに三軒所有している。家賃収入で金持ちになったはずなのに、そこから引っ越そうとも家を買い換えようともしなかった。町の西側の酒場や商店を一軒ずつ、たいていは金策に窮して自暴自棄になった売り手から買い取り、みすぼらしい小帝国を広げていった。だが、自分の住まいは一度も変えず、無作法も小汚い服も昔からちっとも変わらない。

ジェーンと父はガスの一軒めのあばら屋までゆっくりと車を走らせ、家の正面に停めた。ガスが十五年乗っているトラックが停められていた。ジェーンは首を横に振り、この家でハウス・セールが開かれたらどうだろうと想像した。ハウス・セールにはマスクや手袋で武装してやってくるピッカーもいる。ジェーンはまだそういう予防措置を取ったことがないが、さすがにここでセールがあったらマスクと手袋を装着するかもしれない。

「どうせあのいかさま野郎はマットレスに金を詰めて、むさ苦しい部屋に置いてるんだろうよ」

「部屋にはいったことがあるの？」

父はガスの家に視線を据えた。ジェーンも正面の壊れた扉と、汚れが縞になってこびりついた窓と、破れた網戸を見つめた。目に映る醜いものが声を揃えて〝破傷風の予防注射を！〟と叫んでいた。

「いや、ない」

ジェーンは勇敢だった。といっても、父のまえで自分を勇敢に見せたかっただけだが、扉をどんどんと叩いた。

「ミスター・ダンカン？　ガス？」

ドンも拳で扉を叩いた。

「ダンカン？　開けろ」

ジェーンが網戸の掛け金をはずすと、扉が横にはずれた。鍵は掛かっておらず、窓は全開。ガスはなかにいるのに無視を決めこんでいるのだろうか。

「酔いつぶれてるのかもしれんな」ドンの口調はさっきより穏やかだった。

「確かめたほうがいいわね」

扉を開けてすぐのそのスペースを居間と呼ぶか主室と呼ぶか家族室と呼ぶかはさておき、家具と呼べるものは、詰め物が床にこぼれた薄汚いソファふたつに壊れた椅子三つ。部屋の隅に大型テレビが置かれていた。テレビがついており、スポーツ専門のケーブル・チャンネルに合わせられているが、音は消してある。宅配ピザの箱やサンドウィッチの包み紙や脂の染みた茶色い紙袋が床に散らばっていた。緑や茶色の野菜がソファのそばの床に山盛りになっている。水槽用の植物だろうか？　ジェーンは確かめるために用心深く近づいて腰をかがめた。

「ガスはサンドウィッチのトマトとレタスが嫌いらしいわ」

　室内にこもった臭気はなんとも言い表わしようがなかった。腐った食べ物や洗濯をしていない衣類のにおいはもちろんあるが、鼻を刺す奇妙なにおい、吐き気を催させる重苦しい空気の源はなんなのだろう。

　ジェーンとドンは床に落ちている種々雑多なゴミを踏まぬように注意深く足を上げ下げして、そろそろと部屋のなかを進んだ。

猫？　生まれたばかりの子猫でもいるのかしら？　それとも死んだ犬？　死にかけている犬？

「ガスはペットを飼ってた？」

「動物の世話をするほど、あいつが食物連鎖の上位にいるとは思え……」ジェーンのあとからキッチンのドアを抜けようとしたドンの声が途切れた。

　まるで舞台装置だった。サム・シェパードか、はたまたデヴィッド・マメットか？　ジェーンはシカゴで観た劇の題名を思い出そうとした。ジョン・マルコヴィッチが小皿や大皿や銀食器をばんばん投げていたっけ。ここならいくらでも投げられそうだ。ここはまるで、頭に血がのぼった兄弟がたいした価値もない財産をめぐって大喧嘩をするあの劇（シェパード作、マルコヴィッチ主演の劇作『トゥルー・ウェスト』）のセットのようだ。ポットや鍋や缶や箱が絶妙なバランスで積み上げられたこの部屋は小道具係の夢だろう。リノリウムが破れたカウンターには月単位、年単位の脂がべっとりとこびりついている。汚れたカップや〈ジャック・ダニエル〉の五分の一ガロンの空き瓶や処方薬の瓶は、大量の汚れたペーパータオルと一緒に隅に追いやられ、流しの脇に申し訳程度の作業スペースが確保されていた。

　食べ物や煙草の吸い殻がパイ皮さながらに覆いかぶさった、ちぐはぐな皿が、床の表面をほとんど隙間なく埋めている。ズック靴のつま先でスープ皿を押しのけながら、まだ暑い九月のこの日にサンダル靴や突っかけ《スライド》を履いてこなくてよかったと心から思った。最初にガスを見たのはどちらだったかわからない。ジェーンと父が息を呑む大きな音をたてたのはまったく同時だったから。流しのまえに汚れた洗濯物がくしゃくしゃに積み上げられているの？　そうであることを願ったが、そうではないとすぐにわかった。衣類の山にしては硬くて嵩張りすぎていた。自分の足から一番離れたところにある毛むくじゃらの黒っぽいものが頭なのは薄暗いなかでもわかった。ガスは横向きに体を丸め、頭を内側に押しこむような恰好をしていた。顎が胸にくっついていた。ジェーンはガスの体の側面を目でたどり、両手に焦点を合わせた。掌を上に向け、椀の形になったその両手は顔のほうを向いている。懇願のポーズ？　祈りの途中で倒れて手が開いてしまったの？

表面のざらついた、ぎざぎざの刃のナイフが右手の横にあった。倒れた瞬間に取り落としたかのように。

父が独り言をつぶやきながら部屋を出ていく気配がした。警察に通報しなければというような言葉が聞こえたので、ジェーンは慌ててズボンの尻ポケットから携帯電話を取り出し、九一一番にかけようとした。

「なんにもさわっちゃだめよ、父さん。今、警察に電話するから」父が戻ってくる足音がし、肩に手が置かれた。

「もう見るんじゃない、ハニー、こっちへ来なさい」

「でも……」

ジェーンはガス・ダンカンの隣にしゃがみこんだ。懸命に息を止めながら。ベストのポケットからクレジットカード形の超小型懐中電灯を取り出すと、ガスの両手を照らした。軽く開かれたまま固まった手。なにか物を見せようとしていたのか、話の内容を手振りで説明しようとしていたのか。右手は死後硬直で半分丸まっていて、もはや人間の手には見えない。大理石から彫り出した手のようだ。それに比べて左手には彫刻じみた感じはない。その手は血のかよっていた肉であり、大理石を削ってできたものではない。左手の中指が親指を差している。親指のほうにゆるやかにカーブしているのでも、角度がついてそっちを向いているのでもなく、横に曲げられて掌に平らに載っているように見える。汚い爪が親指の付け根の膨らみに触れている。

ジェーンは自分の中指を曲げて同じポーズを取らせようとしたができなかった。そんなふうに指がねじれることはふつうではありえない。ガス・ダンカンにそれができたのは、左手の中指がほとんど手から切り離されているからだった。

7

「ガス・ダンカンはどうしようもない男だったよ。だらしなくて。肥満の原因はジャンクフードを箱詰めで買いこんで食べまくってたからさ。家のなかを埋め尽くした食べ物の袋や包み紙を見ればわかる。ガスを憎んでない店子はいなかった。まあ、大家を憎んでる人間は世間に多いけど。だからって殺しはしないよね」ティムはネリーがテーブルに置いたトレイからサンドウィッチをもうひとつつまんだ。

父がティムの意見に同意する言葉は聞き取れたが、今電話をかけようとしている両親の寝室からでは、ネリーのうめき声とうなり声とそっけないひとことが不賛成の意思表示なのかどうかはわからなかった。

電話に出たブルース・オーがラストネームのみで応じると、ジェーンは覚悟を決めた。自分も名乗り、さっそく本題にはいった。

「今度は死体なの。ガスの。指がほとんど切り落とされてたのよ。心臓麻痺を起こしながらトマトかなにかを切りつづけたので、自分で自分の指を切ってしまったんだと警察は納得しようとしてて、納得させようともしてるんだけど、わたしはその解釈に賛成できないの」

あのぶらぶらの指のことが頭から離れず、この数カ月でまたも、現場に駆けつけた警察官に死体の第一発見者として対面する羽目になっても、不安も当惑も感じなかった。なんであれ、その状況下で陥るべき精神状態に陥ることをすっかり忘れていた。カンカキー警察のマンソン刑事は、またしてもジェーンが死体のまわりをうろついていたと知って驚いたかもしれないが、態度には出さなかった。彼はいっさいの感情を面《おもて》に出さず、職業上可能なかぎりの距離をおいてガス・ダンカンの死体を検分した。マンソンがびくついた様子なのがちょっと意外だったが——彼は警察官となる道をみずから選んだのだから——こんな特殊なケースでは無理もないという気もした。

ガス・ダンカンの死体はそれほどに見るもおぞましいものだった。美しい死体などありえない。一生懸命に生きようと若くして死のうと、美しい死体にはなれないし、眠ったまま清らかに息を引き取ることもできない。故人の生前の魂や精神がどんなに純粋だろうと、あるいは、信念がどれだけ汚れのないものだったとしても、死はおしなべてなにかしらの犠牲を伴う。

少なくない数の通夜を経験しているから、死に顔がとてもきれいだったとか、生きているように自然だったとか、友人や親戚がそう語るのを聞いたこともある。人は死ぬと神に会って心安らかになれるのだという修道女の言葉に、大きな希望を抱いて耳を傾けたこともある。ほんとうにそうだとしたら——ジェーンの個人陪審は抵抗の意思表示をしているが——昇天した魂はシスター・ケリーやシスター・ガルヴィンが想像する以上に美しいのかもしれない。

しかし、魂の抜け殻は、空っぽになった体は、けっして目に心地よいものではない。体が体として意味をなすのは、命を宿して動いていればこそ、息をして血を流すことができればこそだ。命がひとたび停止すれば、体は大きさをもてあました、ひどい設計の容れ物にすぎない。美男美女の誉れ高い人物の完璧な顔立ち――官能的な唇、筋の通った美しい鼻――も愚かしいほど不調和に見える。変な形のパッケージに馬鹿げたおまけをくっつけたみたいに。

　ガス・ダンカンは断じて美男ではなかった。人の肉体的欠点に目がいかなすぎると友達や職場の同僚に言われてきたジェーン・ウィールといえども、ガス・ダンカンを客観的に見ることは生死にかかわらず困難だった。幼いころからの独学と読書の習慣によって、ジェーンにはさまざまな師によって形作られた美の基準がある。といっても、師はティツィアーノやレンブラントではない。『セブンティーン』や『マドモアゼル』の表紙を飾ったモデルたちだ。ティーンエイジャーのころは髪をカールするのもストレートにするのも、スカートをミニにするのもミディにするのもだれにも負けなかったし、ファッションに敏感な《ファッショニスタ》女たちの指南どおりに、光るマニキュアもマットなマニキュアもためした。

　が、カレッジで世界が一変した。周囲の学生のなかで一番興味を惹かれ、かつ魅力的だと思ったのは、鏡とも化粧とも縁のない人たちだ。そうした芸術家肌の集団に心を奪われた。実用一本槍の靴を履いてネルシャツを着た彼らは、内面の美しさと知的な誠実さをなにより重んじていた。ジェーンは、髪に櫛も入れず顔も洗わないような男たち、世界を変えることを論じたり考えたりするのに忙しくて、セーターの穴や左右のちがうソックスに悩む暇がない男たちの腕に飛びこんだ。皺一本ないシャツを着た、つるんとした顔のプリティボーイを避けて通り、個性的な男や不良少年の傷を残す男を探した。優れた頭脳にうっとりとなった。ジュリア・ロバーツがどうしてライル・ラヴェット（シンガーソング・ライター）と短いながらも結婚生活を送れたのかがすんなりと理解できた。

　現時点での最終職歴である広告代理店時代には、売れっ子ではない異色の俳優をコマーシャルに起用するプロデューサーとして有名で、選ばれる人材に共通していたのは目に宿した知性の輝きによって人の記憶に残り、信頼を勝ち取ることができるという点だった。だが、外見にとらわれず人を見ることができると自負するジェーンでも、オールド・ガス・ダンカンを見るのは苦しかった。

　生前のダンカンは喧嘩好きな男の顔をしていた。それも喧嘩に負けた男の顔を。つぶれた耳に、目の下のたるみ、頬や顎のたくさんの傷痕。殴られすぎて型崩れしたでかい図体を押しこんでいるのはたいていナイロンの運動ズボン。上半身を包んだポリエステルのプリントシャツは肉のだぶついた腹の部分で引っぱられ、ボタンもはじけ飛びそうだった。豚みたいに小さな目と黄ばんで折れた歯にかぶさった薄い唇。信じられないようなところにも個性を見いだすジェーンでさえ、小切手の郵送も銀行振込も受け付けない大家のガスが毎月一日に〈EZウェイ・イン〉へ集金に来ると、顔をそむけていた。

　ブルース・オーはジェーンからつぎつぎと送り出される情報をなんとか咀嚼しようとしていた。不細工で汚らわしくて根性の曲がった男が死亡した。警察は心臓麻痺が死因だと決めつけているらしい。その男の病歴からすると正しい見方に思われるが、ミセス・ウィールは、殺害されたと感じている。なぜか？　理由は、またしても指だ。今度は広口瓶のなかに浮いている指ではない。もう少しで手から離れそうになっていた指。ガス・ダンカンとミスター・ベイトマンの共通項は、彼女の知るかぎり、〝指〟の一点のみ。それを調べたいとミセス・ウィールは言うのだ。

真実を知りたいという意欲に燃えた学生にこんなふうに相談事をもちかけられたら、どう言ってやるだろう？　直感に従って行動しなさい。ため息交じりにそう言うだろう。実際、ミセス・ウィールに対しても今そう言った。警察が耳を傾けないなら自分で調べられることを調べなさいと。が、そのあとにつけ加えたのは、相手が学生だったらまちがっても口にしない言葉だった。「なんとか力になりましょう」

ジェーンは居間に戻り、サンドウィッチをつまんだ。ラップの隅を破り、ひとつだけ取って残りをトレイに置いた。ジェーンがオーに電話をかけにいったのを知っているティムはちらりと視線をやった。ガス・ダンカンの死に関するオーの見解を早く聞きたかった。

ジェーンはうなずき、サンドウィッチの角を頬張った。「力になってくれるって」今夜の夕食はこれですませよう。「一緒にこの事件を調べてくれるって」

「事件なんかどこにもないぞ、ハニー」ドンが口を挟んだ。「ガス・ダンカンはくたばったんだ。自分でもうすうす察してたんだろうよ。だから、自分の持ってる記録や鍵やがらくたを全部われわれに渡そうとしたのさ」

ネリーはジェーンがばらばらにしたサンドウィッチを紙皿に移し替え、娘のまえに置きなおした。

「手をつけたものは全部お食べ。あんた、貧血みたいな顔をしてるよ」ネリーはドンとティムのほうを向いた。「この子の言うことが正しいね。ふたりともまちがってる」

「あのね、おばさん、今回、ガス・ダンカンから店を買った友達がほかにもいるんだ。彼女ももちろんダンカンを憎んでた。でも、集金に来るとガスはいつも空咳が止まらなくて、おれは鬱血性心不全で死ぬんだと言ってたそうだよ」

「ああ、そういえば肺癌を患ってるとも言ってたな、最後に〈EZウェイ・イン〉に来たときには」とドン。

「医者にかかってたの？　そう診断されたの？　それとも自己診断？　わたしだって彼の死が絶対に自然死じゃないって言ってるわけじゃないわ。あんなめちゃくちゃな生活をしてたんだもの。ただ、自分で指を切り落としたのではないって言ってるだけよ」ジェーンはネリーを見た。「母さんもそう思うの？」

ネリーがジェーンの意見に賛同するなんてめったにないことだから、母がサンドウィッチをつついて早く食べるようにうながしながら、それ以上言わなくていいという合図をよこすと、胸がじわっと熱くなった。

「そうじゃなくて、人間はやってきたことの報いを受けるって言ってるのさ。それが神の教えだろ？　簡単な話だよ。ガス・ダンカンは命乞いしなきゃならないほど恐ろしい死に方をして当然なことをやってきたから、現実にそういう目に遭った」ネリーはパン屑を払ってエプロンに落とし、ゴミ箱へ捨てにいった。「心臓麻痺でぽっくり死なせてもらえるような人間じゃなかった」コーヒーを量って明日の朝のためにコーヒーメイカーに入れながら、「だから、心臓麻痺なんか起こさなかった」

「きみのお母さんが朝晩祈ってる神はなんていう神なんだろ?」ティムが囁いた。

「カトリックの歴史——ご存じのとおりのローマ・カトリック教会の腐敗とか醜聞とかいろいろ——にもめげず、敬虔なカトリック教徒は依然として存在するわけよ。母さんがカトリックの信者なのはスペインの異端審問(十五～十九世紀の宗教裁判。残酷さで有名)を崇拝してるからだけど」ジェーンも囁きで応じた。

「ネリー、愚かなことを言うな」とドン。「悪いことをなにもしていないのに恐ろしい目に遭った人たちの記事が載った新聞を見せてほしいのか? おまえの論法でいくと、どこかで自然災害が起こってもみんな罪人《つみびと》を罰するためだということになってしまうじゃないか」

ネリーは片眉をつり上げた。「ちがうの?」

「父さん、母さんは自然災害は罪人を罰するために起こるんだと本気で信じてるのよ」

ジェーンは車のトランクから運んできた箱を解いた。ベイトマンと〈シャングリラ〉の道具を詰めた段ボール箱のひとつを。父はシカゴの〈シャングリラ〉という居酒屋の名前に聞き覚えがあると言った。

「同業者の寄り合いで会っているかもしれんな」ベイトマンについて尋ねるとドンはそう答

えた。

「あたしに言わせりゃ、寄り合いというより呑んだくれの乱闘に近かったけど」ネリーが口を挟んだ。

ジェーンはベイトマン家のセールの数ある戦利品のひとつを取り出した。

「見てよ、父さん」未使用のパンチボードを掲げてみせた。「〈ジャックポット・チャーリー〉があったの」

赤と黄の派手な配色のボードに一回《ア・パンチ》〝二十五セント〟、当たり数〝百七十〟という文字が躍っている。ティムは両手を差し出した。

「〝キー〟にさわらないでよ。ボードの裏に貼りつけられたままなんだから」

「こんな物をどこで……？」ドンが言いかけた。

ネリーは首を横に振り、不吉な物を避けるかのように両手を上げ、〈ジャックポット・チャーリー〉を完全に無視した。

「ガスが恐ろしい死に方をした理由をもうひとつ教えてあげるよ」

「この話はもうやめよう。ここまでだ」ドンは急に立ち上がったので、サンドウィッチが置かれたトレイに腰をぶつけた。「ガスは嫌な野郎だった。人に憎まれることをやってきた。だからって、殺されたってことにはならない。ガスは死んだ。ただそれだけのことだ」ドンはネリーを見てつけ加えた。「やつが死んだのは身から出た錆だったのかもしれんが、世界がそういうふうに仕組まれているということじゃないぞ。西部劇じゃあるまいし、いつでもたのか、言葉が尻すぼみになった。

「父さん、それから？」

「家のなかにそんなものを持ちこむな。パンチボードは違法なんだ」ドンは部屋を出ていった。

ネリーは急いでコーヒーテーブルに近づき、トレイからこぼれたサンドウィッチを拾うと、新しいナプキンでパン屑を拭き取った。ティムは片眉を上げたが、なにも言わなかった。ジェーンは居間を見まわした。隅から隅まできちんと片づいている。アーリー・アメリカンの家具、昔から変わらない配置。どれもが複製品であることに気づかないわけにはいかないけれど。ネリーが認める数少ない小間物、〈ロード・プレイヤー〉のセラミックのプランターにも、ドンの母親の形見の三個の花瓶にも染みひとつなく、小さなブーケやアイヴィーのひと枝が活けられたことも一度もなかった。ネリーは花を切ることが嫌いなのだ。「切ったら花は死んで、そこらを散らかすだけ」生あるものほぼすべてに対する母独自の汎用の不満だ。

ネリーが埃を立てず、空気を通さず、四十ワットの電球で薄暗く照らしたこの地味な小さい家のなかで、突如息苦しさを覚えた。化粧パウダーとか粉砂糖とかブタクサの花粉とか、そんなものを吸いこんでしまったような感じになった。この家にあるなにかから放たれた微粒子が体の組織を巡り、咳の発作を起こさせた。ジェーンは腰を上げてポーチに出た。

イリノイでは九月になってもまだ夏が居残っているが、夜になるとさすがに空気が澄んで涼しくなる。夜空に星が瞬いていた。ジェーンは目を上げ、星の数を数えようとした。そうすれば父の顔に広がった表情を思い出さなくてすむから。あの激しい憤懣《ふんまん》の表情を以前にも見たことがある。あれは父が幾度となく目にたぎらせていた、ガス・ダンカンに対する憎しみだ。でも、部屋を出ていくまぎわに父が見せた目にはそれとはべつの表情が浮かんでいた。なにを意味するのかはわからない。ひとつだけではなかった。いろんな感情を混ぜ合わせてこしらえたカクテル。罪悪感も、記憶も、苦悩もあった。あとはなに？　なにがあの複雑なカクテルのベースになっているの？

「おじさんはなぜあんなに怯えてるんだろう？」気がつくとティムが横に立っていた。

怯え？　それがベースなの？

8

翌朝、実家から〈EZウェイ・イン〉に運んだ荷物を車から降ろしながら、ガス・ダンカンの話をしようとすると、ドンは話題を変えたがった。ネリーは調理場で玉葱とトマトを薄切りにしていた。ジェーンが中指を不自然な角度で親指のほうへ押し曲げてみせると、ドンはガスのことを頭から消し去りたいのだと言った。静かだが有無を言わさぬ口調で。

「生きているときはあの男の姿を見ると虫酸が走った。毎月一日に店へやってくると、こいつの顔より醜いものはこの世にないと思ったもんだ。だが、あれよりはるかに醜いものを一生瞼《まぶた》に焼きつけることになった」ドンは首を振った。「そっとしといてくれ、ジェイニー」

ゆうべ父の目に見た表情は今はべつのなにかに溶けこんでいるようだった。受容？　それとも安堵？

ジェーンはドンとネリーの許可を得て〈シャングリラ〉の箱のほとんどを解いた。中身は、最高に愉快な漫画入りのカクテル・ナプキンやコースター、ビールやウィスキーのヴィンテージ広告入りの古いカレンダー。広告のモデルはたいてい水着姿の女。ドンは表紙の上端に〝シャングリラ〟ときれいな印刷文字のはいった古めかしい帳簿を両手で撫でた。ほかの店の帳簿を両親がいつまでもここに置かせてはくれないだろうと思ったが、ジェーンとしては三十年まえのさまざまな卸値に父が驚きの声をあげるのを聞きたかった。

黒い馬のシルエットがデザインされたショットグラスはネリーに却下された。店ですでに使っている柄なしのグラスと釣り合いが取れないからと。

「それに、グラスが増えれば、それだけ洗い物も増えるんだからね。ティムに売っておやり。ティムならジャンクでも気前よく支払ってくれるだろ」

ドンは賭博関連の道具はいっさい必要ないと釘を刺した。パンチボードも競馬ゲームも、今やヴィンテージのグラフィックアートなのだから飾るぐらいはいいだろうとジェーンが食い下がっても、頑として聞かなかった。

「早くしまってくれ、ハニー、持って帰ってくれ。ここでは賭博はなしだ」

「なぜ父さんがあんなにむきになるのか全然わからない。わたしが子どものころは、こういうのがいつも店にあったのに」

ジェーンとティムはガーバー邸、すなわち、ティムが立ち上げたプロジェクトにして、ビショップ・マクナマラ・ハイスクールの奨学金集めのイベント会場である屋敷の地下室にいた。ティムは歩きながら、金属製の丸いコンパクトケースを手渡し、ジェーンを地下室の逆側へ送り出した。

「話は窓のサイズを測りながら」方眼紙のノートに地下室の略図を描きはじめている。

ジェーンは片手に置かれた物を見おろした。緑色の円盤の真んなかに灰色のレバーのような物がついている。それを引いてみてから、クランクだと気がついた。

「ああ、そうか」コンパクトケースではなく古風な巻き尺だったのだ。レバーを動かすと金属でできた頑丈な円盤から擦りきれた柔らかなテープがするすると出てきて、計測が終わるとまたクランクの真んなかのレバーでテープをくるくる巻き戻す。ああもう、なんたる充足感。この重みがたまらない。直径およそ十センチ、金属製のケースにはいった重たいメジャーの非実用性。なにがなんでもこれが欲しい。

「これ、もらってもいい？」

「ぼくがだめと言ったって、ちゃっかりマルコムするんだろ？」

マルコム・モーガンの話をティムにしたことがつくづく悔やまれた。マルコムはジェーンが四歳のころ近所に住んでいたブロンドの可愛い少年で、裕福で大甘な両親が彼に与えた子ども部屋は想像しうるかぎりのおもちゃで埋まっていた。あるとき、その部屋で遊んでいたジェーンは、真珠色のボタンがついた紫のベルベット張りの指輪ケースを見つけた。ボタンを押すとケースの蓋がぱんと音をたてて開いた。そんな素敵な物を見るのははじめてだったから、ベルベットを撫でては蓋を開けるのをやめられなくなってしまった。

「これ、もらってもいい、マルコム？」

マルコムは毎日おもちゃをあげるとジェーンに言っていた。ジェーンが喜ぶならなんでも持っていっていいというふうだった。でも、ジェーンは彼の申し出を断りつづけた。なにももらってはいけないとネリーにきつく言い渡されていたので。

「いいかい、忘れるんじゃないよ。あげると言っておきながら、あとになって盗まれたと言いだすに決まってるんだからね」被害妄想の台詞を口にしながら、ネリーは人差し指を振ってみせた。

だけど、この古い指輪ケースならもらってもいいはずだ。これはおもちゃじゃないんだから。あふれそうなおもちゃ箱のなかにだれかがたまたま投げこんだ古い物なんだから。

マルコムは指輪ケースを見やり、それからジェーンの必死なまなざしを見た。

「だめ、それはあげない」と言って、首を横に振った。

ジェーンはぽかんと口を開けた。マルコムはなんでも持っているのだ。積み木も、動物のぬいぐるみも、お絵描きの道具も、びっくり箱も、ブロックのセットも、過去十年間に製造されたゲームというゲームも。しかも、彼は寛大で親切な少年でもある。だが、しかし、五歳にしてマルコムは、人の欲望と物の価値の相関関係を理解していた。

ジェーンの濃い茶色の目に広がる切迫した欲望が、使い捨てられた物の価値を異様につり上げたのだ。

「それはママがくれたんだけど、また返してって言うかもしれないから取っとかないといけないんだ」

ジェーンの帰宅時刻の四時になると、ふたりは建設中の動物園のための粘土の動物をこしらえていた手を止めて、異様なほど幅の広いモーガン家の螺旋階段を降りた。ジェーンはマルコムと家政婦の両方にさようならの挨拶をし、お礼を述べ、早足で二軒先の我が家へ帰った。

ポケットのなかで紫のベルベット張りの指輪ケースが心臓のように脈打っていた。

その夜は眠れなくて何度も寝返りを打ったあげく、ネリーを呼んだ。母がやってきてベッド脇に立った。眠れないのが可哀相だとはみじんも思っていないような顔をして。

「もし、母さんの友達がほかの友達の物を持ってきちゃったらどうする？　その子はね、どうしても欲しかったの。だけど、持ってると苦しいの。だから、やっぱり返さなきゃって思うの。母さんならその子になんて言う？」

ネリーはじっとジェーンを見据えていた。その長さは何時間にも思われた。ジェーンは上掛けの下で指輪ケースの蓋をぱんと開けてしまい、その音を隠すために咳払いをした。

「あたしなら、遊んでるときにポケットにいれたまま忘れちゃったって友達に言って、その子に返すだろうね」

ネリーはジェーンの悩ましげな額にかかった髪を優しくうしろへかき上げるという、ネリーらしくもないことをしてから、さらにこうつけ加えた。

「明日、返すだろうね」

翌朝、ジェーンは何度も家で練習した台詞をマルコムに向かって言った。彼は完成間近の粘土のシマウマからほとんど目も上げずに答えた。

「いいよ、それ、きみにあげる。ぼく、べつにいらないし」

このエピソードはティムのお気に召した。ジェーンの不安と必死さ、こそ泥、なにひとつ気づかない鈍感なマルコム、ネリーが柄にもなく示した心優しい機転。文句なしのエピソードだ。ティムはことあるごとにこの話を持ち出し、三人が一年生になったときにマルコムがインディアナに引っ越してしまったのを悔しがった。あのままマルコムが引っ越さずにいてくれれば、ジェーンに次ぐ二番めの親友になっただろうに。

「地下室の計測に協力すれば、その巻き尺をあげてもいいかなあ」とティム。

「もうとっくにマルコム癖からは脱皮したわよ」

ジェーンは彫刻のほどこされたベークライトの指輪を指でまわした。これは骨董商のリチャード・ローズの店に店番がいなかったのでつい持ってきてしまったのだが、代金は翌日に郵送した。成人として善悪をわきまえていればマルコム癖を放置しておくわけにはいかない。

ジェーンはゆがんだ窓枠の縦横の長さをメモした。

「エディとキスしたのはちょうどこのへんだったわ。そこにソファが置いてあったの」

ガーバー邸の地下室には家具がひとつも残されておらず、床のリノリウムもなにもかもきれいさっぱり剝がされていた。ティムは床板のサンプルを投げて、ため息をついた。

「古い床のダメージがあんなにひどくなければ、残しておいたんだけどな。結構いい感じだったんだよ」

「きっとヴィンテージの床板が見つかるわよ、ティミー……」

ドアが閉められる音と階段を降りてくる音にジェーンとティムは揃って顔を上げた。

「ティム、階下《した》にいるの？」

「今、そっちへ行くよ、リリー」ティムは答えた。

リリー・ダフが来るということはジェーンもティムから聞いていた。リリーはハイスクールの二年後輩で、今はティムとともに奨学金委員会に関わっている。今回の〝マクナマラ・フリーマーケット・ショーハウス〟、今や町では〝マクフリー〟で通っているイベントでは、バスルームの内装《デコレート》を担当することにも同意していた。ジェーンの覚えているリリーは同窓生としてではなく、いわば旅の道連れとしてだった。リリーの父親も〈ＥＺウェイ・イン〉と同じ通りで居酒屋を営んでいた。リリーもまた遅番のバーテンダーが遅刻しないことを祈りながら、店の奥の部屋で両親の仕事が終わるのを待って育った子どもだったのだ。ただし、ジェーンとのちがいは、彼女はその生活習慣を打破しなかったことだ。〈ダフの店〉は今は〈リリーズ・プレイス〉と名前を変えている。なぜリリーは家業を継ぐ決意をしたのか、ジェーンとしては大いに興味があった。

ガーバー邸のキッチンの造り付けの朝食用カウンター――製作はたぶん一九五九年ごろ――にリリーがつくのを見るや、その質問をするにはちょうどいいタイミングではないかと思った。リリーの髪には櫛も入れられていない。腫れぼったい目の下には隈ができている。

「花粉症なの」リリーは鼻をぐずぐずさせながら、片手を差し出した。「あんたのことは知ってるわ。マクナマラで一緒だったわよね」

ティムはパウダーシュガー・ドーナツの箱を彼女に手渡し、コーヒーをカップについだ。

このキッチンにある物で一九六二年以降に製作されたのは、ティムのフラワーショップから持ってきた予備のコーヒーメイカーだけだ。ある時点から凍結保存されていたガーバー邸はまさにジェーンの理想だった。となれば、あとはティムをこう説得するのみ。ここにある物を変えちゃだめ、改装なんかしちゃいけない、ただ強化するだけでいいのよ。

「ここのデコレート、できそうにないの」とリリーが言った。「店のほうが手いっぱいで。今までのように手伝いを雇えなくなっちゃったし、営業時間もしばらくは延ばさなくちゃならないから」

リリーの説明によれば、ガス・ダンカンから店を買い取ったために財政的に苦しい状態に追いこまれたうえ、今後は経費も増えそうで、古い建物を最新の建築基準に合わせて修繕もしなければならない。税金も増えるし、いろいろ大変なのだそうだ。なるほどもっともな言い訳ではあるけれど、このイベントから抜けたがっているのは営業時間が延びたという事情よりも、睡眠不足の腫れぼったい目に関係があるのではないかという気がした。

「どっちにしても、サリー・ターニーが一階のバスルームを希望してたんだから、彼女にそっちをやらせてあげたら？」とリリー。

「じゃあ、キッチンはだれに頼む？　サリーにキッチンを引き受けさせるのにひと晩かかったんだぞ。それと、そこそこ上等なメルロー一本半も」

ジェーンはティムが持ってきた掃除用品の箱からぼろ布を一枚取り出して〈チャンバー〉社の古いガスコンロのつまみを磨いているところだった。つまみを軽くひねるとシュッとガスのつく音がした。このコンロがここでまだ使えるということだ。思わず声をあげて笑ってしまった。

「これはお宝よ、ティム。信じられない、これを置いていったなんて。骨董屋に売ればひと稼ぎできたかもしれないのに」

「ぼくもプロだよ。値段交渉はお手の物さ、ハニー。現状どおりでこの家を買った」

「その〝現状〟もすでに過去ね」リリーは目をこすりながらコーヒーをすすった。

「〈クラリチン〉飲む？」ジェーンはティムとリリーがいる木製の朝食用カウンターのほうへ戻り、リュックサックを置いたところまで歩いた。ニックのアレルギーに対処できるように常備薬や必需品をあれこれリュックサックに入れて持ち歩いているのだ。

リリーはぽかんとした顔で見つめている。

「花粉症の薬」とジェーン。

「ああ、いいわ、遠慮しとく。ペニシリン・アレルギーだから」

「でも〈クラリチン〉には……」ジェーンは言いかけたが、リリーが聞いていないとわかった。彼女はすでにティムのほうを向き、ひそひそ声で話しかけていた。といっても、ジェーンに聞かせるためのひそひそ声で。「だれかがキッチンを引き受けてくれたら、バスルームをサリーに替わってもらえるんだけど」

「うん、まったくだ」ティムはにやにやしながらジェーンを見た。

「スケジュールは埋まってるのよ、ベイビー」ジェーンはきっぱりと首を振った。

ティムは声をあげて笑った。

「これは嫌みじゃないけど、ジェイニー、年がら年中めちゃくちゃ忙しかった広告の仕事はもうしてないんだろ。あのころに比べたら今は気楽なもんじゃないか。息子は母親離れしたし、夫の仕事はフレックスタイム制だし」

「〈EZウェイ・イン〉を仕上げなくちゃならないの。秋はラメッジ・セールのシーズンなんだし、ミリアムに仕えるピッカーとしてもしっかり働かなくちゃ。ニックだってまだわたしを必要としてるわ、あんたがどう思おうと……たとえそれがサッカーの試合の送り迎えだけだとしても。それにチャーリーは、別居してからはそれほどフレックスタイムじゃなくなってるのよ」

「別居？」ティムは鼻を鳴らした。「彼は今でもきみんちで寝てるけどね」

「そうよ。彼の持ち物もまだうちにあるわよ。でも、精神的には別居状態ってこと。そのほうが物理的な取り決めよりもずっと重大でしょうが」目下の混乱した生活形態に対する考えをここでリリーに知らせる必要があるのだろうか。

「それに、ガス・ダンカン殺しが解決するまではずっと忙しいの」

リリーがコーヒーカップを取り落とした。ジェーンとティムは同時に彼女のほうを向いた。ティムはぱっとカウンターから離れてぼろ切れを取り、こぼれたコーヒーを拭き取った。三人ともなにも言わなかった。つぎの瞬間、三人一緒に喋りだした。

「ごめん、びっくりして……」

「なら、そっちを先に片づけてからでも……」

「知らなかったのね……」

三人とも途中で口をつぐんだ。ティムが片手を上げた。「はい、全車一時停止《スリーウェイ・ストップ》。ぼくの右の車からどうぞ」

「ガス・ダンカンが昨日殺されたの。たぶん昨日……でも、たしかなことはまだわからない。父さんとわたしが発見したのよ、彼の自宅で」

「彼が死んだというのは聞いたけど……」リリーは言葉を切り、目をせわしなくこすった。「殺されただなんて。心臓麻痺かなにかを起こしたんじゃなかったの？　血圧が高かったんでしょ。いつもこぼしてたもの……持病なんだって」

「まずそのまえにいくつか説明しなければいけないことが……」

「弟のボビーの知り合いが警察にいて、心臓麻痺だったとその人がボビーに言ったのよ」リリーは立ち上がった。

「ところが、ジェーンには指に関する持論があって、それによると、ガスが指を自分であんなふうに切り落とすことは不可能だったと……」

「リュックサックに〈アレグラ〉もあるかも。飲む？」

「どういうつもりよ？」リリーの声が甲高くなった。「町へ戻ってきたからには、なんでも自分が引き受けるってわけ？　物知りぶって。ハイスクール時代とおんなじね。警察はちゃんと仕事をしてるわ。あんたにひっかきまわされるのは迷惑なのよ」

ジェーンもティムも呆気に取られてリリーを見た。本人も興奮して口走ったことを早くも撤回したがっていた。が、どう切りだせばいいのかわからないというふうだ。

「今のは本気で言ったんじゃないの」と、ようやく言った。

「いいわよ、べつに」

「あんたは優等生で、ファンもいっぱいいたじゃない。あたしと同じなのに――つまり、あんたもあたしも――」

「酒場の娘なのに？」

「そう。あんたがどういう子だかはわかってたわ。あたしと同じ酒場の娘だってことは。だけど、申し分のないいい子ちゃんで、しかも、頭がよかった。クラブ活動でも代表だった」

「リリー、あなただってハイスクールの人気者だったじゃない」これではまるで〝ショーハウス〟のミーティングというより調停だ。

「そうね、人気があった、男子にはね。店の外に置いてあった父さんのクーラーボックスのビールを飲ませてやってたから」

ティムはリリーの体に腕をまわした。「きみはいい子ちゃんのジェーンの何倍も愉しい悪い子だから人気があったんだ、ベイビー。嘘じゃない。なんとぼくは卒業記念ダンスパーティ《プロム》でジェーンのエスコート役を務めさせられたんだ。ほかの男子生徒はだれも……」ティムはその先の言葉を呑みこんだ。額の中心にジェーンの射るような視線を感じたので。

「とにかく、いい子だとか悪い子だとか、もう関係ないよ、リリー。みんなおとなになったんだ」

リリーはうなずいて立ち上がった。「馬鹿みたいにわめいて悪かったわ、ごめん、ほんとうに。そろそろ仕事に戻らなくちゃ」

リリーはキッチンから出ていき、裏口の網戸が大きな音をたてて閉められた。

「怪しいな、花粉症。あれが花粉症なら――」ジェーンは部屋を見まわして確実に非アレルギー性の物を探した。「――あのアイロン台専用クロゼットだって花粉症よ。ああ、ティミー、あのクロゼットの扉を開けてアイロン台を手前に引き出すのね。ほれぼれする」

「そうそう、その調子であのクロゼットをきみのデコレートの主役に仕立ててくれればいいのさ。それにしても、急に薬がどうとか言いだして探偵ごっこをするなんて、どういうつもりなんだよ？〈クラリチン〉をお飲みいただけますか……お嬢さま？」ティムはありもしない口ひげをくるくるとまわすような仕種をしながら、振り返った。「いや、それとも……〈アレグラ〉のほうがよろしゅうございますか？」

ティムはキッチン・カウンターの椅子にひょいと腰掛けた。

「いったいなにが始まってるのか教えてくれないかな、〝いい子ぶりっ子〟ナンシー・ドルー」

「彼女は〈クラリチン〉がどういう薬かも知らなかった。ってことは、鼻をぐずぐずさせてたのはずっと泣いてたから。さもなければ、なにかに動揺したから。最初はそう考えたんだけど、もしかしたら、このあたりでは〈クラリチン〉はあまり処方されないのかもしれないと思って、ためしに〈アレグラ〉って名前も出してみた。で、はっきりしたの……」

「彼女が泣いてたのは見ればわかったよ。わざわざぼくたちにそのことを話す気にもなれなかったんだろ。ぼくだってリリーの知り合いではあるけど、友達ってわけじゃないし、きみはかろうじて知り合いという程度だ。きみは卒業アルバムのいわばスターで、ついでに言うと、クラブや同好会の顔だった。アルバムの名前の下にはあれやこれや受賞歴が書かれてた。彼女にはそれがおもしろくなかった。十四歳になる自分の娘がボーイフレンドと外泊してるだの、ゆうべ酔って帰ってきた夫に殴られただの、きみに打ち明けようなんて気になれないのは当然だ」

「彼女に娘がいるとは知らなかったわ……」

「いや、彼女には子どもはいないさ。たとえばの話だよ。みんなそれぞれに面倒を抱えて大変だってことさ。だから、いろんな言い訳をする」

ジェーンはうなずきかけたが、途中でやめた。たしかにつらい人生を隠そうとする人は多いだろう。でも、リリー・ダフは自分からやってきた。ここでわたしたちとじかに話をするために。自分の人生に立ち入られたくなければ、ここにだれもいないとわかっている時間に電話をかけて伝言を残せばすむ。ティムのフラワーショップに電話して、プロジェクトから抜けたいという伝言を留守番電話に残すこともできただろう。わたしたちが作業をしているこの時間を選んでここに姿を見せる必要はなかったはずだ。

今日の何時からここにいるということを、ゆうべティムがリリーに電話で伝えるのをジェーンは聞いていた。リリーがこの家のなかまではいってきたのはガス・ダンカンについてなにかを知りたかったから、あるいは、ガス・ダンカンの死因に警察が疑いをもっていないということを確かめたかったからではないのか？

「かりにリリーが問題を抱えてて、そのことで夜も寝られないほど悩んでるとしたら、それを隠すための言い訳にも慣れてるはずよ。アレルギーを使ってもいい。だけど、そのためには『ファミリー・サークル』や『ウィメンズ・デイ』のような雑誌で〈クラリチン〉や〈アレグラ〉の広告を読んで、花粉症の鼻水や涙目や目の痒みについても知っていなくちゃだめ。ってことは……あれはその場でとっさに思いついて言っただけなのよ。絶望の淵にいるとか重大な決意を固めてるとか心底怯えてるとか、そういうときにとっさに思いつくことってあるじゃない……」

「オーケー、ナンシー、彼女はなにに怯えてたんだい？　ガス・ダンカン殺しをぼくたちに見破られるんじゃないかって？　でも、結局、ダンカンは自分の住んでいた家以外に所有する全不動産を売り渡すことに同意したんだよ。少なくとも三十年間、あの男を殺してやりたいと思ってた人間は大勢いる。なぜ、彼がすべての書類にサインをした今になって殺さなきゃならない？」

ジェーンは肩をすくめ、冷蔵庫のまえへ移動した。扉を開け、大きく息を吸いこんだ刹那、〈ジェネラル《G》・エレクトリック《E》〉社製の小さな四角の冷蔵庫用ガラス容器が整然と積み重ねられているのが目にはいった。

「キッチンはわたしが担当する」
「そう言うだろうと思った」

9

ジェーンは心をこめてガーバー邸のキッチンを計測した。ティムから借りた緑色の大きな巻き尺を窓枠の上にするすると滑らせた。擦りきれた窓台の幅は〈マッコイ〉の植木鉢を数個並べるのにちょうどよかった。アフリカン・バイオレットは咲き誇り、イングリッシュ・アイビーは優雅に蔓を伸ばしている。食器棚の奥行きを測りながら、ここに飾るヴィンテージの缶をどこかで見つけてこようと考えた。自宅で待機中のビードボード（細長い畝状の筋がある板）のスパイスラックを取り付けるのに最適な場所は決定した。

ティムはジェーンの事務処理能力の高さを熟知しているが、念のために彼女が自宅から持ちこもうとしている所有物の値段を尋ねていた。〝ショーハウス〟の予算の上限は五百ドルだと少なくとも三回は言った。これまで百カ所以上のラメッジ・セールに出かけて五セント、十セント単位の買い物をしているジェーンにすれば、宝くじに当たったも同然の額だ。壁の塗装代はビショップ・マクナマラ・ハイスクールの卒業生の寄付で賄えるので心配しなくてよさそうだった。

「色数は限定されるけど、今日じゅうに色を選べれば、キッチンの塗装作業は三、四日で終わるはずだよ。二交代でやらせるとビルが約束してくれたから。二階の床はもう仕上がってる」

「床も？」

「そっちは自腹だけど。でも、かなり値引きしてもらった。床の塗装はこのプロジェクトへのぼく自身の寄付の一部さ。一階と二階の床の堅材を全部塗り替えた。人間はやっぱり木の床で暮らさなくちゃね。バスルームはいかした黒と白のヴィンテージ・タイルだったから、クリーニングだけして――やっぱりオリジナルには敵わない――そのまま生かすつもりなんだ」

ジェーンはうなずいた。もちろんそのほうがいい。この家のバスルームはいずれも広々として、座り心地のいい椅子とランプを置けるだけのスペースがある。それとも、もっと実利的な器具、トレッドミルとかエアロバイクといったトレーニングマシンを置いたほうがいい？　だけど、赤ん坊用の泡立て剤《バブルバス》の香りを吸いこみながら、ガレージ・セールで見つけた張りぐるみの椅子にゆったりと横座りして『チョコレート工場の秘密』の一章ぶんを声に出して読むことができるところで、数字の上だけの何マイルもの距離を走りたい人がいるのだろうか。

画期的な値引きをする業者から仕入れた黒と白のビニールタイルがあるので、キッチンの床に張ってはどうかとティムに勧められたが、ジェーンは首を横に振った。

「やっぱり床は木でいきたいわ。食器室の床をわたしに塗らせてくれるなら」

「よし、それで決まり」

壁の色は三分で選んだ。濃厚なオフホワイト。乳脂肪たっぷり《ヘビー》のクリームの色。それなら、自宅のキッチンや保管場所にあるキッチン用のリネン類やカトラリーの骨董の色と反発し合うことはないだろう。ガレージの隅にまさにそのヘビークリーム色の古いスツールが置かれていて、もっとふさわしい場所に置かれるのを待ちわびている。そう、今まさに巻き尺で測っている窓の下に。ジェーンがペンキの色見本のカードをテーブルに投げると、ティムはふうとため息をついた。

「なるほど、バターミルク色か。翡翠色でなくてよかった」ティムはそのカードをテープでノートに貼り、残りの色見本カードをファイルに戻した。

「翡翠色の物ってあちこちに使われすぎじゃない？　それとも、うちの店がそうだから飽き飽きしてるのかな」

マーサ・スチュワートが〈ファイヤーキング〉の薄緑色のキッチン用品を流行《はや》らせるよりずっとまえから、ネリーはもう少し濃いめの緑の食器を居酒屋ヴァージョンとして〈ＥＺウエイ・イン〉で使っていた。ジェーンはそれこそ一生ぶんの翡翠色のカップやボウルでコーヒーを飲んだりスープをすくったりしてきた。

「おかしなものね」作業道具を片づけて一階の戸締まりを確認するティムを手伝いながら言った。「わたしが欲しくてたまらない物のほとんどは子ども時代にあった物なのに、ネリーが今も店で使ってるあの緑色の食器だけはちっとも食指が動かない」

「その理由は天才でなくてもわかる。隣の翡翠はよく見えるってやつさ。ネリーがあれだけたくさん持ってるんだから、今さらきみがほかの翡翠に取り替える必要もない」

「まあね」ジェーンはマルコムしてもいいとティムから許可をもらった巻き尺をポケットにしまった。

「まあね、じゃないだろ。週末になると、とろんとした目をしてあっちこっちのセールをうろつきまわってるのは、毎週土曜のネリーの怒濤の大掃除で自分の愛する物を捨てられた昔を思い出してるからじゃないか」

ジェーンは肩をすくめたが、反論はしなかった。半分はティムの言うとおりだったから。たしかに、自分の記憶にある物を、自分が好きだった物を取り戻そうとしている。でも、赤の他人のハイスクールの卒業アルバムやサイン帳や家族アルバムまで買いこんでしまうのはどういうこと？　いっぱい詰めこんでラベルを貼った箱がガレージの棚や屋根裏部屋に増えつづけているのはなぜ？　ガラスの花挿しはどう？　ネリーは花一輪を活けたことさえ一度もない。

裁縫道具やボタンへの偏愛はおそらく祖母の影響だろうと思うが、それ以外の物については説明がつかなかった。合い鍵や古めかしい錠、ベークライトのアクセサリー、疑似餌、ろくろ仕上げの木工の器、民芸彫刻、ミツバチの巣箱の形をした糸巻き……。

可哀相なニック。家族の歴史をたどるのにさぞかし苦労することだろう。わたしのがらくたを息子が将来調べることがあったとして。母親がこれほど愛情をそそいで整理整頓し、思い出を残してくれた人たちはいったい何者なのかと首をひねるにちがいない。写真の箱に貼ったラベルを取り替えようとジェーンは頭にメモした。ちょっぴり茶目っ気を利かせた〝拡大家族〟から、身も蓋もない〝あなたには無関係な人たちよ、ニック〟へと。わたしにできるのはそれぐらいだ。

〈EZウェイ・イン〉に戻ると珍しい光景が目に映った。ネリーが座っている。母はだれもが知るとおり絶えず動いていないと気がすまない性質《たち》で、ドンがバーカウンターのうしろの小さな机で帳簿やウィスキーの注文の控えに目を通してくつろいでいるときでも、なにかしら自分に労働を課して体を動かそうとする。カウンターを拭いたり、窓やジュークボックスのガラスを磨いたり、仕事帰りにユーカーを一、二ゲームやっていこうという男たちが囲んだテーブルを照らすランプの埃を払ったり……そうやって動くことがネリーにとってはくつろぎであり、ステンレス鋼の流しのまえに立ち、石鹸水で食器を洗ったりすすいだり布巾を絞ったりするのは息をするのと同じくらい自然なことなのだ。

ところが今日は、この午後は、なんとバーカウンターのスツールに腰掛け、例の翡翠色をした分厚いカップでコーヒーを飲んでいた。片手でなにかを撫でているが、調理場のドアからそっとはいってきたジェーンにはよく見えなかった。

「コーヒーブレイクなの、母さん？」ジェーンは思いきって、母への皮肉のレパートリー第七番を口にした。「コーヒーを飲んでる暇なんかあるの？」

しかし、ネリーはゆっくりと目を上げてかぶりを振るだけだった。

そばに近寄ると、母がしげしげと見ているのが〈ジャックポット・チャーリー〉だとわかった。店に飾るのを父に拒否されたので箱に戻したパンチボードだ。

「こんな物を見るのはほんとうに久しぶりだと思ってね。あんた、どこでこれを手に入れたって言ってたっけ？」

「ハウス・セール。居酒屋をやってた夫婦のご主人が亡くなって、奥さんも介護施設にはいったの。〈シャングリラ〉っていうその店で使われてた物が自宅の地下室に残ってたのよ」

ジェーンは自分のためにコーヒーをついだ。六時間も保温されっぱなしでタール状態になったコーヒーは、我慢してひとくち飲みこむのも苦しいと思ったけれど。

「なぜ父さんはパンチボードのことになるとあんなにむきになるのかしらね？」

「あたしは父さんの考えてることまでわかってなくちゃいけないのかい？」

「母さんはなんでも知ってるでしょ。だから訊いたの」

「賭博で傷ついた人間がいっぱいいたんだよ。昔の友達はみんなそうだった」

「父さんはどう傷ついたの？　父さんも傷ついたっていう意味？」

ネリーは少なくとも三十秒、パンチボードをじっと見つめていた。それから目を上げた。

「父さんが傷ついたなんて、だれが言った？」

ネリーはぴょんとスツールから降りた。実年齢の半分にしか見えない軽々とした身のこなしで。めったにない母との会話はこれで打ち切りのようだ。会話の最中に布巾でどこも拭かなかったのもめったにないことだった。会話にはちがいないだろう。こちらがまとまった内容を一回か二回、喋るのが許されたのだから。

それにしてもすごい。この身軽さはわたしの歳の半分といってもいいくらいだ。

マンソン刑事がガス・ダンカンの死について話すのを拒んだからといって侮辱されたと感じるのはおかしい。そうとわかってはいるが、電話を切ってからもしばらくジェーンは受話器をにらみつけていた。マンソンの言い分は正しい——あなたは警察の人間ではない。検視局の人間でもないし、『カンカキー・デイリー・ジャーナル』の記者ですらない。ダンカンの親戚でもなければPIでもないでしょう。PIってなに？　矢継ぎ早にマンソンの口から飛び出す言葉をジェーンが遮ると、彼の口調が急に高圧的になったことを思い出し、顔がかっと火照った。

「私立探偵《プライヴェート・インヴェスティゲーター》の略称ですよ、ミセス・ウィール。あなたはあきらかにそれでもない」

なぜわたしはそれじゃないのかしら。あきらかにそれじゃないのはなぜなんだか、少なくともそれぐらいは教えてもらいたいものだわ。

ドンとネリーに却下された酒場の道具をひとまとめにした。ティムのところへ寄って置いてくるつもりだった。ティムなら欲しがる物があるかもしれない。そのあと箱の中身の目録を作成し、掘り出し物の何点かを写真に撮ってから、その目録をオハイオのミリアムに送るつもりだった。そうすれば、そのうちのどれとどれを荷造りして送ってほしいとミリアムが言ってくる。ジェーンはミリアムの一番弟子のピッカーであり、ミリアムは売買研究室でジエーンが師事する教授なのである。売買の対象となる品々はアンティークにコレクティブルにヴィンテージの記念品にジャンク。必殺の掘り出し物《キラー・スタッフ》。知る必要のあることをすべてミリアムから教わった。そのうえ、熱狂的なコレクターとの取り引きの仲介までしてもらっている。

　ジェーンが一ドルで買った物に対して、ミリアムは二ドルを支払う。ミリアムの上得意のミスター・コレクターは五ドルをミリアムに支払う。靴の形をしたアールヌーヴォーの真鍮の飾りが蓋に留められた手作りの粗雑な靴磨き箱を欲しがる人がいるかぎり、聖ニコラス教会のラメッジ・セールでそれを見つけて獲得するかぎり、職を失うことはなさそうだ。職のようなもの、つまり、ピッカーということだけど。厳密には職業でなくて呼称だということはわかっている。いずれにせよ、そういうことは得意だし、上達もしているはずだ。住宅ローンの支払いは可能だと自分自身に――ちなみにチャーリーとニックにも――証明できるほどの稼ぎはまだないが、とにかく上達はしている。

　先月、あるエステート・オークションでひと部屋サイズの手編みのラグを何枚も裏返してわずか数ドルで買い付けたとき、あと一歩というところまで来たと実感した。大手の骨董商のほとんどは値打ち物がありそうなウィスコンシンの大セールへ行っていたが、ジェーンはろくに宣伝もされていない小規模なその穴場で最後までねばり、アメリカン・プリミティブ（アメリカ建国当時に製作された物）のカントリー雑貨をどっさり買いこんだ。大人気の物ばかりを、バーゲン価格で。それによって住宅ローンをはじめとする各種支払いができる一歩手前までいった。

ラグのほかにそのオークションで買ったのは、古い写真やカレンダーや花の種のカタログ、それにエルマイラ・セルフリッジの小学校時代の学習記録がいっぱい詰まったトランク一個。エルマイラの家族は彼女のことがとっても自慢だったらしい。単語の綴りテストも作文も算数の宿題も全部、〝イリノイ大学農学部公開講座〟のバインダーに丁寧に収められていた……。

当然ながらチャーリーとニックが発した質問は、値打ち物のラグを獲得した快挙についてではなくて、なぜそのトランクを買ったのかということだった。ふたりを責められない。ジェーン自身、エルマイラが塗り絵をした地図や首都当てクイズをなぜ自分が持っていなくてはいけないのか、説明できないのだから。こんなふうにミリアムがけっして興味を示さない物まで意味なく買ってしまうことはしょっちゅうだが、どこからそんな情熱が湧いてくるかも説明できない。

わたしが取っておかなければ、だれがエルマイラの記録を取っておいてあげるの？　せいぜいそれぐらいしか思いつかない。

買ったところで売るのは無理ということは、むろん承知している。

予定より数日早いエヴァンストンの自宅への帰路、車を駆りながら、この週末に起こったさまざまなことを整理しようとした。いくつもの箱に詰まったベイトマンの〈シャングリラ〉を見つけ、それを自分の物にできると知ったときの感動が何世紀もまえの出来事のように思われた。ベイトマンのホルマリン漬けの指を見つけたのも今では遠い過去のように感じられる。そのあと死体を発見したことにより、いや、死体の指を発見したことにより、ごくあたりまえのタイムスケジュール、週七日、一日二十四時間の日常が大幅に狂ってしまった。なにをするにもスピードが落ちた。なぜ、どうしてと分刻み秒刻みに記憶の断片をつなぎ合わせずにいられなくなったからだ。あの死体について、ガス・ダンカンの死について、それを発見したことについて。この直感が正しければ、被害者について、殺人について、といったほうがいいかもしれない。

ジェーンは携帯電話を取り出してオーに電話した。いかにもオーらしい懇切丁寧な留守番電話のメッセージが流れだすと、笑みが浮かんだ。

「ブルース・オーです。お電話ありがとうございます。まことに恐縮ですが、そちらさまのお名前と電話番号をお教えください。お名前はスペルで、電話番号はまちがいのないようにゆっくりと、二回お願いします。折り返しお電話いたしますので、ご都合のよい時間をお知らせください」

「今、エヴァンストンへ帰るところ。携帯からかけてます。でも、あと一時間ぐらいで――あ、ちょっと待って、最初に言ったかしら、ジェーンです。ジェーン・ウィール。一時間ぐらいあとで電話ください、うちの電話番号は――あ、でも、待って、自宅の番号はご存じよね。携帯のほうを先にお知らせするわ。これ、新しいのよ、最近電話会社を変えたから。あ、でも、音声《ヴォイス》メールをもらってもまだ再生できないから……」

録音時間が切れた。

伝言を簡潔にまとめるコツがジェーンはいまだにつかめない。まあいいわ。オー刑事のことだから、そのあたりも察してくれて、わたしが家にはいって五分以内に電話をかけてくるにちがいない。

自宅に着き、使いこんだなめし革のダッフルバッグを裏口の床におろすのと同時に電話が鳴りだした。ジェーンは大慌てで部屋に飛びこみ、受話器を取った。「ずいぶん長くかかったじゃない、オー刑事？」

「まあ、ごめんなさい。番号をかけまちがえてしまったようだわ。許してくださいね」なんとなく聞き覚えのある女の声。「ご迷惑だったかしら、ごめんなさいね」

その悩ましそうな、でも、好奇心をそそる物言いで、相手がだれだかわかった。

「オリーじゃない？　こちらはジェーン・ウィールですけど」

「あらまあ、よかった。ますます惚けてしまったのかと思ったわ。あなたの電話番号をまちがってメモしちゃったのかと。名刺の文字がものすごく小さいから、大きなノートに書き写したのよ。で、今かけてる番号も携帯電話の番号も、ちゃんと見える大きさになったというわけ」とオリー。どうやら簡潔に要点を述べるという電話のマナーのコツが呑みこめていない同輩のようだ。「え、なあに？　余計なことは言わなくていいってドットが言ってるわ。あなたのお邪魔をしちゃいけないって」

ドットがほとんど唇を動かさずに物静かに喋っている姿が目に浮かんだ。そういえば、あのふたりに昔の勤務先の名刺を渡したのだった。会社の名前を線で消して、自宅の電話と携帯電話の番号を名前の下に書きこんで。ミリアムの言うとおりだ。そろそろ新しい名刺を作らなくては。ジェーン・ウィール〝に添える肩書きは〝ピッカー〟ないし〝ディーラー〟ないし〝ヴィンテージ・アイテム売買〟。なにはともあれ今現在の新たな社会的立場を表明するものを。

「今、クライアントと商談中でお忙しい？」

ベイトマン家のセールの係員に小さな嘘をついたことを思い出した。室内装飾家《インテリア・デザイナー》とかなんとか言った覚えがある。

「いいえ、大丈夫、今は手がすいてますから」

〈シャングリラ〉レディたちから電話がかかってきたことになぜこんなに興奮しているのかわからない。シリアルの〈チェリオス〉をひとつかみ取り出して、リタに食べさせた。晴れてジェーンの養子となったジャーマン・シェパードは、自分に注意が向けられるのをさっきからおとなしく待ち受けていた。リタはジェーンの膝に大きな前肢の片方を載せて離れないようにしながら、〈チェリオス〉をむしゃむしゃと食べた。優秀なコマーシャル・プロデューサー時代に身についた習性から、ジェーンは鉛筆を手に取っていたずら書きを始めた。番号でも注意でも苦情でもなんでも、必要と思われることを書き留めるための準備は万端だ。

「メアリの新しい住まいへ行ってきたのよ。ドットと一緒に。セールの話を聞かせてあげたの。あなたと会ったことや、あなたがベイトマンの〈シャングリラ〉の物を全部買ってくださったことをね。そうしたら、彼女がぜひあなたと会いたいって言うものだから……なあに、ドット？　ああ、そうね、メアリは介護付き住宅で少し退屈してるようなの。だって、あそこにいる人たちは、これまで彼女が接していた人より頭の回転が遅いでしょ。それはそれとして、あなたの電話番号はわかってるから、今度あなたも一緒に連れてくるわってメアリに言ったの。あなたが今インテリア・デザインを請け負っているところが小型〈シャングリラ〉のスペースになりそうだということも教えてあげようと思うんだけど、どうかしら？」

セールで買った物の持ち主または売り主と個人的に会うのは、みずから定めたピッカー規定に違反するが、メアリの目下の住まいである〈グランド・ヘリテージ〉のロビーで三時にドットとオリーと落ち合い、メアリに紹介してもらうということになった。売り主と会わないようにしているのは、大がかりなエステート・セールで入場待ちの列に並んでいたある土曜日の朝に、とあるディーラーとの世間話のなかで聞いたような理由からではなかった。

「遺族の親戚はかならず値段をつり上げたがるのさ。両親のがらくたがとてつもない値打ち物だと思ってるんだ。『アンティーク・ロードショー』（骨董の鑑定番組）に出てくる阿呆どもを見て、うちのパパが昔使ってた鉛筆削りも新品同様《ミント》の価値があるんじゃないかと、突如思いつくわけだ。州の会計監査官に立候補した男の甥の鉛筆を長年削ってきた鉛筆削りなのにさ。第一、おれがそれを欲しいのはベークライトの台が五ドルか十ドルで売れるからなのに、連中は二十五ドルの値付けをしてくる。わかるだろ？」

よくわかった。その男はエステート・セールで買ったその鉛筆削りに、アンティーク・モールの自分の売り場で二十五ドルの値札を付けていたから。もしかしたら、三十ドルか三十五ドルまでつり上げたかもしれない。

高値を付ける親戚がいてもジェーンはちっともかまわなかった。悲しみに沈んだ顔の親戚が一ドルか二ドルでどうかとすまなそうに勧める皿や花瓶が、裏をひっくり返して〈カリフォルニア・ポッタリー〉の刻印を読み取れる人にとっては、あきらかにそれをうわまわる価値があるというケースも一方で頻繁にあるのだから。〈グリズウォルド〉の鋳鉄の焼き型をふたつ見つけたのも、とあるエステート・セールの地下室だった。ひどく重いうえに嵩張る物だったので、セールの客の精算をしていた遺族からこの〝汚らしい古い物〟を引き取ってくれないかと頼まれた。相手の手に五ドル札を押しこんでから、泥棒になったような気分で自分の車まで全力疾走した。ミリアムの値付けはおそらく八十五ドル、低くても七十五ドルだろう。その場合、仕入れたジェーンには三十ドルが支払われる。あるいは仕入れ値を引いて四十ドルずつ折半ということになるかもしれないと思った。ミリアムが弟子に優しい師なのはありがたい。ただ、自分たちが売っている物の価値を知らない遺族からそんなふうにして買い取るうしろめたさは残る。セール主や家族を避けるのはそうした良心の呵責ゆえだった。

「いいかい、きみが支払った五ドルは家族にすれば余得なんだ」ティムはそう言う。「それが分別ゴミとして家の外に置かれてたら、その五ドルは彼らの懐にははいらなかった。ついでに言えば、べつのピッカーに無料《ただ》でくれてやってしまったかもしれない。そんな物には価値がないっていう芝居をするやつがいたかもしれない。〝そうですか、じゃあ、ガレージでネジや釘を入れるのに使いましょうかね、ああ、孫にやって砂箱にさせてもいいな〟とか言って、トラックまで悠々と戻るのさ。思わぬ儲けにほくそ笑みながら。掘り出し物は目の肥えた人間に見いだされるべきなんだよ、ジェーン。きみはそういう目をもってる。目だけじゃなく、汚れるのも平気でゴミみたいながらくたを漁る忍耐力も必要だけど、その資質もきみにはある。あとはツキだ」

「ツキは？」ジェーンが訊くと、ティムはひと息入れた。

「ツキというのは二点セットだからね。ひとつはいい時にいい場所に居合わせるってこと。そのためにまずは、どのセールが一番いいかを見極めること、早起きして現地到着するのも必須。そのへんはわかってるようだけど」

「もうひとつはなんなの？」

「受け入れること」とティム。「たとえば、バター飴色をしたベークライトのカウボーイハットのブローチを子どものがらくた宝石箱で見つけたとする。カウボーイブーツをぶら下げたやつ、しかも紐はオリジナル。値札に書かれた額の小銭を相手に手渡し、ポケットにブローチをしまったあとも、なに食わぬ顔でセール場をうろうろする。赤カブみたいに真っ赤になって今にも逮捕されそうな怪しいそぶりを見せちゃだめだ」

「わたしはそんな……」

「ぼくの目は節穴じゃないぞ、ベイビー。今言ったような状況だと、きみはかならず白目を剝いて想像する。そのブローチを孫娘にやったおばあさんのことを。おばあさんはまだ少女のころ安物雑貨屋《ダイムストア》の釣り銭でそれを買ったんだと、そして、馬が好きだという孫娘にそれをやったんだと。リトル・サリーはお祖母ちゃんからもらったそのブローチを毎日つけてた。でも、大きくなったサリーはフレアジーンズを買いたい。で、お祖母ちゃんの生きてきた歴史をたった十セントできみに買わせることによって手放そうとしてる。彼女はきっと後悔する。おとなになったサリーはラメッジ・セールやオークションがよいを始め、お祖母ちゃんからもらったブローチに似たブローチを探そうとする」

うるさい、と言ってティムの口を閉じさせたかったが、声がかすれてしまいそうな気がした。

「ツキは受け入れるものだよ、ジェーン」

ティムがピッカーの心得を説いているあいだ、ジェーンはフラワーショップをうろうろしていた。レッドウェア（赤土の焼き物に釉薬をかけた陶器）の小ぶりのピッチャーを手に取り、注ぎ口のごく小さな欠けを見つけた。ほとんど目に留まらない疵《きず》だが、ティムがそれをもっと価値の低い花器と一緒にそこに置いて、おおざっぱでくだけたフラワーアレンジメントに使っている理由がわかった。

「オーケー」

「なにがオーケーなんだ？」

「ツキがやってきたら受け入れるわ」

「やけにあっさりと言うね」

「ツキを受け入れる」ジェーンはやっと笑った。「なぜなら、おとなになったリトル・サリーがなによりも必要とするのは、お祖母ちゃんからもらったカウボーイハットのブローチだから。自分が欲しいのは新しい服よりも、しゃれたレストランでの食事よりも、職場での昇進よりも、カウボーイハットのブローチなんだと悟った彼女は、ラメッジ・セールやフリーマーケットや古着屋へ足を向けるようになるんだから。そういうところで彼女は自分の好きな物、憧れる物、買わずにはいられない物を見つけるの。でも、カウボーイハットのブローチは流行り物じゃないから、何度もセールへかよわなくちゃならない。そしてある日、どこかのハウス・セールで宝石箱のなかにそれを見つける。そのときはもう小銭ではとても買えなくなってるんだけど、そんなことはかまわない。だって、そのセールで彼女が支払うお金はそれまでずっとブローチを捨てずに取っておいてくれた人の手に渡るんだもの」

「やれやれ、勘弁してくれよ」ティムはつぶやいた。「きみは今はおとなになった愛すべき少年少女たちの手に自分の遺品《エステート》が落ち着くのを、天使のように家の上にふわふわ浮かんで見守っているつもりなのか？」

「縁起の悪いこと言わないで。そのころ、あんたとわたしは高級老人マンションにそれぞれ自分の部屋をもって、幸せな老後を送ってるはずよ」

ただ、メアリ・ベイトマンとの対面に気が進まないのは、いつも頭の隅にあるそうしたうしろめたさとはちがっていた。〈シャングリラ〉で使われていた物のほとんどを通り相場よりもむしろ高い代金で引き取り、それらを今、〈EZウェイ・イン〉の壁に掛けたり片隅に飾ったり、あるいは洗って乾かしたのち棚に置いたりしていることなのだ。この奇妙な罪悪感はなぜかティムにさえ語れなかった。

約束の時間まであと十分。〈グランド・ヘリテージ〉の駐車場に車を停めたまま、ジェーンはグローブボックスにまだある指をどうするか、真剣に悩んでいた。こんな穏やかならざるものを介護施設で暮らす老女に見せられるわけがないという気持ちももちろんある。

「ところで、メアリ、わたしったら偶然にも指を見つけてしまったの。でも、もしかしたら、これ、あなたが持っていたいんじゃないかと……」

会話のきっかけはこうなるのだろうか。

だが一方で、これはまちがいなくベイトマンの指で、それならば、メアリは自分で持っていたくないとしても、自分以外の人が持っているのも嫌なのではないかとも思うのだ。

「それに、渡したくないという気持ちもあるのよね」ジェーンは本心を声に出して認め、グローブボックスに目をやった。

なぜこの指を手放したくないのかはわからない。この不可思議な愛着。がらくたを取っておく理由を尋ねられたら独創的かつ冗長な言い訳がいくらでもできるのに、なぜこれほどまでにベイトマンの指と別れがたいのかわからない。少なくとも今はまだ。

駐車場の逆側に停められた小型車、シルバーのサターンからドットとオリーが降り立った。オリーは相変わらず早口に喋っていて、ドットは前方にじっと目を据え、ときおりうなずいている。パステルカラーのジョギングスーツにジョギングシューズという高齢者のユニフォームを着こんだ老女ふたりを見ると、ジェーンの顔はほころんだ。車のドアを開けるのと同時に、携帯電話が鳴りだした。着信メロディは賑やかなメキシコ民謡の『ラ・クカラチャ《ゴキブリ》』。

またもニックがメニュー・オプションから勝手に曲を選んだのだ。

10

「お耳に入れておきたい情報がふたつあります、ミセス・ウィール。どちらが謎の解明につながる貴重な情報かはまだわかりませんが、どちらも手がかりにはなると思います」

ジェーンは運転席で体をかがめた。オーの話を聞くまではドットとオリーに見つけられたくなかったから。

「ミスター・ベイトマンが過去に暴行の被害を受けたという記録は警察に残されていませんでした。事故に遭って指を負傷した、もしくは切断したという記録もありません」

「それじゃ解明とはほど遠いわね」〝警察記録なし〟と手帳にメモした。

「ただ、ミスター・ベイトマンに関する情報が記録に残っていました。彼は賭博罪で収監されています。わずか半年という短い期間ですが。どうやら事件の調書の紛失が理由で釈放されたようです」

「それってふつうのことなの？　調書が紛失したら出てこられるの？」

オーは口ごもった。「ふつうというわけでは。でも、ありうることです。その事実が判明したあとになんらかの取り引きがあったのかもしれません。あるいは、最初からその調書が信頼に足るものではなかったということも考えられます。当時の賭博罪についての法律は混乱していましたからね。州法と連邦法のあいだに矛盾があって、イリノイの酒場の経営者や酒類販売者の多くが、いわゆる賭博の現行犯逮捕を目的とした手入れを受けています。ミスター・ベイトマンの事案に関してもずさんで不完全な記録しか残っていないのです」

「詳しい事情を知る方法はないのかしら？」

「わたしの経験では、調書が紛失したら紛失したままです。問題の事案では関係者のほとんどが故人ですし……担当した判事も弁護士も。あなたがミセス・ベイトマンと話をする機会はありませんか？　なにかの方法で彼女と連絡が取れればいいのですが。ごくふつうの感じでそのときの話が聞ければ。友人との会話のなかで驚きの事実が判明するということもありますから」

ジェーンは上体を起こした。ドットとネリーは〈グランド・ヘリテージ〉の正面玄関の重厚な両開きの扉のそばに立って、駐車場のほうに視線を走らせている。ジェーンは車のドアを開けて降り立ち、ふたりに手を振った。

「なんとかやってみるわ」


メアリ・ベイトマンはほかのふたりとはまったくちがっていた。パーティでときどき出会うような正反対の両面を併せもつ人だった。ひどく風変わりなのに、どこか懐かしい。型破りな人柄と型破りな容姿で相手を魅了しながら、一緒にいるとこのうえなく心が落ち着く人。

彼女に手を取られると温かさが電磁波のように伝わってきたが、両手の握手それ自体はむしろクールで力強かった。これを日記に記すときには〝心の友《ソウルメイト》〟などという言葉を遣いたくなるかもしれない。ニックが目を剝いて身震いし、「六〇年代じゃないんだよ、頼むよ、お母さん。フラッシュバックしないでよ」と言うに決まっているけれど。

「レナード、ドットとオリーとジェーンにご挨拶してちょうだい」メアリはユーカーのパートナーに訪問客を紹介した。「レナードと組んで双子のバグウェルを負かしたところなの。そうよね、ハニー？」メアリはふたりの老女のほうを指差した。お揃いの赤いジョギングスーツを着たふたり組は腕を組んで、休憩室の反対側に置かれているコーヒー沸かし器へ向かっていた。

レナードとは優雅な身繕いの八十代とおぼしき男性だ。黄褐色のスラックスに濃紺のシルクのシャツ。非の打ち所のない結び目を襟元にこしらえた赤と濃紺の縞のネクタイ。自分のカードの上で両手の指を組み合わせている。彼は片手を持ち上げると、すでに丸まっている指をうねらせるようにして振ってくれた。彼の動きは、そうやって指を振るのも首をかすかに傾げるのも、大変な努力の賜物なのだろう。それでも、目の動きはすばやく、女から女へ、さらにもうひとりの女へと視線が移り、最後にメアリに落ち着いた。そこで彼の全身からため息が吐き出された。いつまでもメアリに視線を留めていたいというように。

「レナードは話ができないの。脳卒中の後遺症で。でも、正ジャック《ライト・バウアー》（ユーカーの切り札）と裏ジャック《レフト・バウアー》（切り札と同色のジャック）のちがいはわかるのよ。そうよね？」メアリは最後のゲームの勝ち札となったクラブのジャックを手振りで示した。「じゃあまたね、ベイビー」

レナードの目に涙が溜まるのを見た気がしたが、メアリが廊下のほうを向くが早いか、若い男が足早にやってきて、レナードの車椅子をカードテーブルのまえから移動させた。

「ここは配慮が行き届いているのよ」ドットが言った。「付添人がそばにいて入居者がいっときでもひとりにならないようにしているの」

「今の人はレナード付きの看護師」とメアリ。「ここではね、逃げるにはああするっきゃないのよ」

「レナードはたいしたものだわ、ええ」とオリー。「毎日あんなきちんとした身なりをしているの？」

「馬鹿お言いじゃないわよ、オリー。どんなに惚けたってネクタイは締められるわ。できなきゃ、お金を払ってだれかにやってもらえばいいんだし」

メアリは運動のために使いはじめた歩行器のぎこちない動きとは裏腹に、しなやかなエネルギーを発散させて、廊下の先にあるこぎれいなワンルームの自室へ一同を導いた。長い銀髪にはウェーブがかかっていた。メアリはジェーンの訪問中、その髪をアップにして宝石のあしらわれたかんざしで留めてから、またおろし、くるりとねじって髷にしたかと思うと、それもまた振りほどき、今度は一本に編んでうしろに垂らした。そんなに巧みに指を動かせて、髪を三つ編みにできるほどに両腕を上げられるのだ。そのことだけでも、彼女が称賛に値する手先の器用さを失っておらず、奇跡的にも関節炎をまぬがれているという事実を知るのに充分だった。

ジェーンはわれ知らず自分のたっぷりしたショートヘアを指で梳いた。メアリが介護施設に入居したことがドットとオリーを落胆させたのも無理はない。メアリは自分で自分の面倒を見られるばかりか、ほかの入居者を補助できるように見える。大雪に閉じこめられたある新年のボウリング大会の思い出話をオリーが始めようとすると、メアリは抗うように両手を上げた。

「だめだめ、オリー、せっかくのお客さまを〈シャングリラ〉の大昔の話で退屈させるなんて」ゆったりと語尾を伸ばして〈シャングリラ〉と言った。「あの店はもう死んで葬られたのよ。葬られたの。でも、それが見事に生まれ変わったというお話を聞きたいわ、ミズ・ウィール」

メアリはブルーの目の持ち主だった。ふだんジェーンが信用するのは茶色の目だ。なんとなく茶色の目のほうが真実を求めているように感じられるから。聞き手としても語り手としても。茶色の目は控えめだが豊かで、深みをたたえながらも鮮やかだ。茶色の目こそ真のソウルメイトに備わってしかるべき信頼できる目だ。しかし、メアリの目はジェーンが信じるいっさいを窓の外に投げ捨てた。

今やそのきらきらしたブルーの目から目が離せない。はっとするほど美しいメアリの目にジェーンは催眠術をかけられたようになった。昔のモノクロ写真も映画スターのような彼女の魅力をとらえていたが、生身の彼女が発する不思議な魅力とは比ぶべくもない。

「お粗末な生まれ変わりになるんじゃないかと心配なんですけど、愛情だけはたっぷりそそぎました」

「まあ、そうなの」メアリはマニキュアをした手を組み合わせ、背筋をさらに伸ばして話を聞こうとした。

ジェーンはまず、自分はインテリア・デザイナーではなくピッカーなのだと正直に語った。それがつい最近、ひょんなことからピッカーとしての経験が生かされるような、あるインテリア・デザインのプロジェクトに参加することになったのだと。〝マクフリー・ショーハウス〟の奨学金集めやティムとの関係について語るうちに、気がつくとチャーリーとニックの話、複雑な状態に陥っている結婚生活と、同じく複雑な状態にある職業的立場の話までしていた。お喋りなオリーでさえもこんな長話はしないだろうというくらい喋りつづけたあと、涙ぐんでいる自分に気がついた。

メアリは身動きひとつせずに聞いていた。ドットは立ち上がり、コップに水をついでくれた。オリーはジェーンが話しているあいだじゅう、うなずいたり甲高い声で相槌を打ったり忙しかった。コップ一杯の水を飲みながら気づいたのは、ティムに説得されて〝マクフリー〟のキッチンの内装《デコレート》を手がけることになった経緯や、ティム自身は地下のパーティルームに〈シャングリラ〉のコレクティブルを使うつもりでいるという説明はしたが、自分と酒場との関わりについてはほとんど触れていないということだった。自分が酒場の娘だという肝腎なことをメアリに伝えていなかった。

「なぜこんなとりとめのない話ばかりしてしまったのかしら。ごめんなさい」

「パンチボードも見つけたの？」とメアリ。「あれがなんだか知ってる？」

「ええ、はい、見つけました」

さあ、ここからよ。相手の共感をいいことに余計なことまでぺらぺら喋ってしまったけれど、今度はわたしが彼女の話を聞いてあげる番。彼女が取り戻したい過去のすべての話を。

「そのイベントで使わない物があるなら、遠慮なくｅＢａｙのネット・オークションで売ればいいわ。孫娘がよく言うの、なんでもかんでもあそこで買おうとする間抜けがいるんだそうね」

ジェーンはうなずいた。その手の間抜けなジェーン・ウィール・タイプについては嫌というほど知っている。

会話の方向をベイトマンその人と〈シャングリラ〉の黄金時代に向けようとした。

「黄金時代？　自分以外の人間がすることはなんでもおもしろおかしくて魅力的でロマンチックだと、そんなふうに思う人もいるわよねえ。じゃあ、酒場を経営するというのがどういうことかを教えてあげるわ、ハニー。単純な重労働なのよ、バースツールから重たい尻をなかなか上げられない男連中、女房や子どもの待つ家へなかなか帰ろうとしない男どもに飲み物を出すっていうのは」

「メアリ」

めったに口を開かないドットがそんなふうに友達の名を呼ぶと、劇場いっぱいに長三和音《メジャー・コード》が響いたような効果があった。全員が期待をこめて彼女のほうを向き、コンサートの始まりを待ち受けた。

「〈シャングリラ〉は清潔で素敵なお店だったじゃないの。ただ仲間に交じりたくてやってくる、すばらしい人たちも大勢いたわ。つらい時代にはとくに。ベイトマンはいつでも、だれが来ても歓迎してくれた。だから、わたしたちはみんな自分の家にいるような気分になれたのよ。高級じゃないけれど、でも……」ドットは一瞬自分がどこにいるのかわからなくなったような顔をした。「愉しくて落ち着く場所だった」

「〝だれもがきみの名前を知ってる場所〟」ジェーンは『チアーズ』のテーマソングの一節を引用した。

延べで四百年以上、世間を見てきた六つの目が穴のあくほどジェーンを見た。

「十年ほどまえのテレビ番組の主題歌です」どうして謝らなくてはいけないような気持ちになるのかしら。

「そうね」とメアリ。

「そうそう、たしかにみんなの名前を知っていたわね」とオリー。「名前を知らない人がいたら、その人のところへ行って、わたしたちの店へなにしに来たの？　って訊いたものよ」

ドットはうなずいた。〈シャングリラ〉で過ごした日々を擁護しだしたら一日じゅうでも話していられるのだろう。

ジェーンはこの三人の老女が羨ましかった。テレビのテーマソングやコマーシャルソングの断片などで散らかっていない彼女たちの頭が。ボウリング・チームのユニフォームを考えたのはだれか、ユーカー・ナイトの夜食メニューを決めたのはだれか。彼女たちの些末《トリビア》なこだわりの記憶はジェーンのそれといい勝負なのかもしれなかった。たとえば『チアーズ』でダイアンの不倫相手の教授を演じていた俳優の名前とか。むしろ、この老女たちが記憶していることのほうがよほど重要で現実的だった。少なくともジェーンにとっては。たぶんそれは、彼女たちが繰り返し人に聞かせてきた物語がほんとうの意味で自分たちのものだからなのだろう。「覚えてる？　『となりのサインフェルド』でジョージが……」で始まる会話を同世代の人たちと何回したことか。同世代の仲間と共有している記憶とは、一度も会ったことのない、これから会うこともないであろう何百万人もの他人とも共有している記憶だ。テレビ。ジェーンは胸の内でつぶやいた。だれもわたしたちの名前を知らないところ。実生活で子ども時代を共有しているティムとの会話にさえ、たびたびテレビや映画や流行歌の話題がちりばめられる。テレビは人と人との距離を広げる。わたしたちは鎧のようにその距離をまとっている。

「それについては少々うしろめたさを感じてるの。でも、そのひとつだけよ」メアリがオリーに向かって言っている。「なにしろ痛み止めが手放せない状態だったし、正直に言うと、なにもかもさっさと事を片づけようとするスーザンがちょっと癪に障ってね」

メアリはそこでジェーンのほうを向いた。「写真のことよ。ハウス・セールの業者に、地下室に置いてある物はみんな売ってかまわないって言っちゃったから。ただ、写真があったことを忘れてたのよ」

「だったらお返しするわ」

「あなた、写真も買ったの？　どうしてまた写真なんか？」

「そこにそれがあったから」

またも六つの目の凝視。

「だからほら、なぜ山に登るのかと質問されたら、そこに山があるから、って答えることがあるでしょう？」

無言。

「わたしはがらくたを買う人なの。がらくたを集めてるんです。なぜそれを買うのかを自分でわかってるとはかぎらないの。子どものころの思い出とつながってる場合もあるわ。それがうちのキッチンにあったのを覚えてるとか、母に捨てられてしまった物だとか。でも、ほかの人の思い出の品とか、見知らぬだれかの人生を想像させる物を買ってしまうこともある。赤いベークライトの持ち手がついた古いケーキブレイカーは、そのベークライトのために買ったとしても、気に入ってる理由はそれだけじゃない。だれかの人生のどこかで、お母さんか親戚のおばさんがふわふわのエンジェルフード・ケーキを焼いて、切り分けたひときれを〈ルレイ〉のパステル・シリーズの〝シャロン・ピンク〟のデザート皿に置くときに、その時代遅れの可愛らしい調理器具が使われたかもしれないでしょう。そんなふうに想像するの。スライスしたての苺をスプーンでケーキの上に載せて、みんなが大切に思ってるその人のた

ケーキブレイカー

Cake Breaker

柔らかいケーキをつぶさずに切るための製菓用品。柄の部分にベークライトやスターリング・グラスが使われていたり、凝ったデザインがほどこされているものもある。

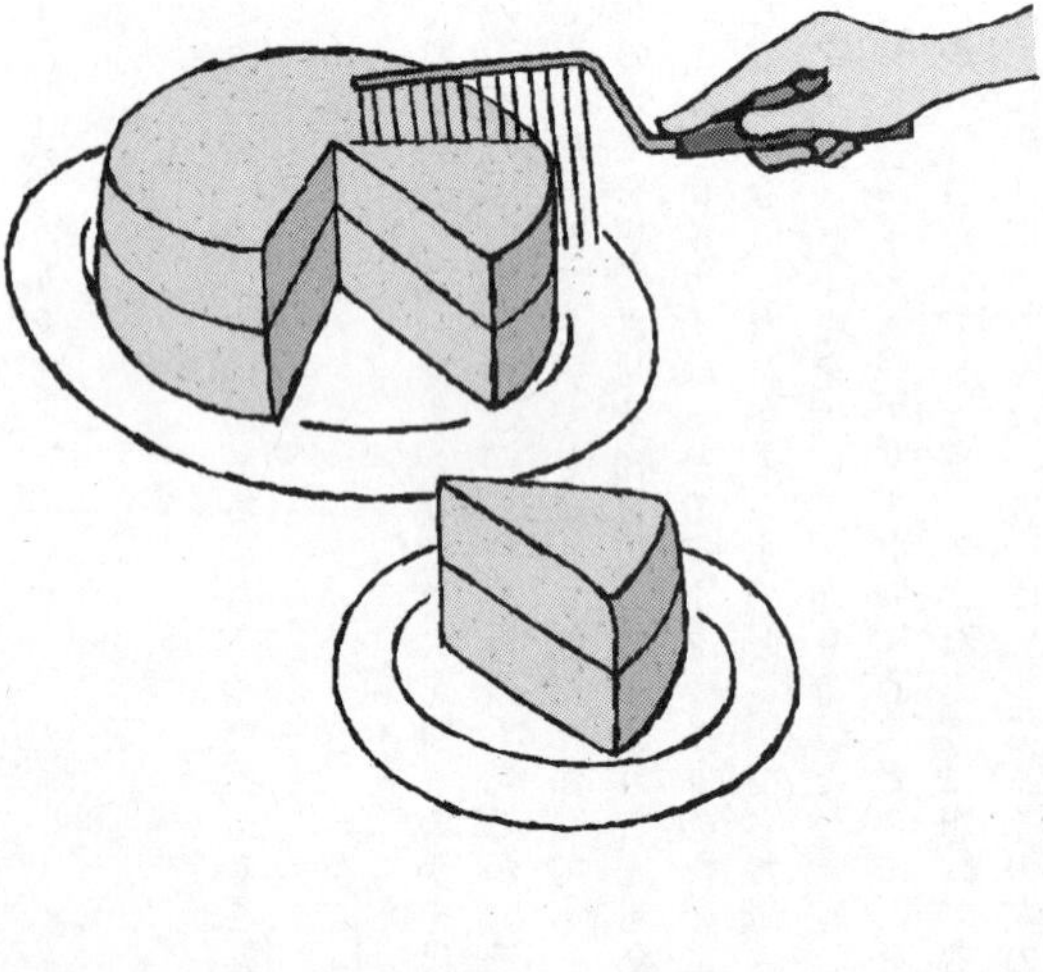

めに『ハッピー・バースデイ』を歌って、そのあと……」

しまった。彼女たちはわたしを鍵の掛かる病室へ送る方法を考えているかもしれない。

「がらくたの話になるとちょっとおかしくなるんです、わたし。すみません」

「なに言ってるの、謝る必要なんかないわ」とメアリ。「素敵な話じゃないの。過去を大事に取っておきたい人がいて、そういう話をしてくれるなんて嬉しいわ」

「あなたが頭のなかでこしらえた話だとしてもね」オリーも同意した。

ドットはうなずいて、ジェーンの手を軽く叩いた。ジェーンは膝の上に置いた両手をぎゅっと握りしめていた。まるでシスター・ローズに昼食抜きの罰を宣告されるのを待つ従順な女子生徒のように。

急いで頭のなかに一覧表を作成した。すると、わずか一時間足らずでこの三人の老女をまえにして自分の結婚生活や最近の職業的立場を語り、頭のいかれたピッカーであることを暴露し、そのくせ、肝腎なベイトマンと結婚式の写真に写っていた血が滲んだ包帯については、まだなにひとつ情報を得ていないということに気がついた。

「あの写真のことを気にかけてる人がいるんじゃないかと思ってました」ジェーンはメアリに微笑みかけた。

「あたしはいいのよ、ハニー。あたしの写真は全部ここにあるもの」メアリは自分の頭を指差した。「このなかにあるはずの写真がなくなったり、はっきり見えなくなったりしたら惚けてきた証拠。でも、そのときは事実を突きつけてほしくないわねえ」

「写真が記憶を残す助けになるってこともあるんじゃない？」とオリー。

「気分だけが娘のばあさんにはなりたくないわ。しわくちゃの写真を指でついて、あれがミニーおばさんよ、なんて言うような。でなきゃ、あたしの義理の娘よ、ちょっと待って、これはたしか一九四三年か四四年に写したんじゃなかったかしら、なんて。そういうのは嫌。忘れちゃったら、また新しい思い出をつくるわ。このジェーンは生まれついての保管者なのね。なんだか過去のいろいろなものを博物館に展示して、歴史やらなにやらを教えてくれる人たちみたいだわね。でも、あたしはちがう」

メアリは自分の横のテーブルに置いた黒いビーズのポーチを開くと、きらびやかなゴールドのケースから口紅を取り出した。それから、蝶番式の口紅ケースの内側に付いている細長い小さな鏡を見ながら、唇の輪郭に沿って紅を引いて、話を続けた。

「あたしはちがうの。あの写真はスーザンのために残しておいたのよ。自分の歴史を知る必要があるのはあの子だから。あの子の母親の写真まで全部手放してしまったのは浅はかだったわ。あたしがこの世におさらばするまえに、写真を見る機会をあの子に与えてやるべきだった」

「写真をまとめて彼女に送ります。あのなかにあった結婚式の写真はきっと気に入ると思うわ」

「そうね、あの子になら」メアリは化粧ポーチを閉じ、穴を穿つようなブルーの目でジェーンの目を見据えた。「でも、あたしはもう結構。ああいうごちゃごちゃした物にはもう関心がないから」

帰宅の道すがら、ジェーンはメアリ・ベイトマンから受けた印象を整理した。写真の話をしたあとに、メアリは、もし介護施設での生活から解放されたら屋根裏部屋に住みたいと言っていた。「ゆったりした広いスペースに、飾りのない背もたれのまっすぐな椅子をいくつかと新しいレコードプレイヤーを一台置くの。CDプレイヤーでもいいけど、とにかく最高の物を。音楽と、ああ、電話もいるわね、中華料理の出前を注文するために。それに、いいベッドも。シンプルで、新しくて、清潔なベッド。ゴミを捨てられない懐古趣味の老人にはなりたくないわ」メアリは鼻に皺を寄せた。

いいベッドとメアリが言った瞬間、ドットとオリーはくすくす笑った。つり上げた眉と目配せが両者のあいだで交わされた。

メアリが本心を語っているのかどうかジェーンには判断できなかった。懐古趣味に陥りたくないと口では言いながらも、部屋のなかにはその言葉を裏切るような品々が見受けられた。ベッドのそばには開いたままのロマンス小説が置かれていて、栞《しおり》に使われているのは細長いネガフィルムだった。古い時代のモノクロ写真で、雑貨屋の売り場のまえで人がポーズを取っていた。写真は全部で四枚。写っているのはすべてメアリとベイトマン。頭と頭をくっつけてカメラに笑顔を向けるところから始まり、つぎはお互いに笑いかけ、最後の一枚でふたりはキスをしていた。頭をのけぞらせ、羽根飾りのついた帽子が落ちないように、てっぺんを手で押さえるメアリ。ネガは透明なラップでくるんで四辺をテープで留めてあった。人が大切なものを保護するときの細心の注意が払われていた。ただ、いかにも雑な間に合わせのように見えるその細工が、自分の感傷を周囲に知られないためであることを物語っていた。過去は過去だと公言している人がしそうなことだ。どこに頼めばラミネート加工をしてもらえるのかと孫娘に尋ねたくない人がしそうなことだ。自分だけの思い出を守りたい気持ちが強すぎて、写真を額に入れて飾ることはどうあってもできない人が。

〈シャングリラ〉の話をするときにドットとオリーがベイトマンをファーストネームで呼んでいたことにも気づいた。ボウリング・チームの話題や、毎年彼女たちがおこなっていたクリスマスの飾りつけの話題でメアリもふたことみことベイトマンについて喋ったが、彼のファーストネームは一度も口にしなかったのも、妙に不自然な印象だった。

そして、いうまでもなく、あの口紅。あれはほとんど新品に近い〈クリニーク〉の〝アースレッド〟だ。メアリがポーチにしまうまえに気がついた。でも、口紅を手早く収めたゴールドのケースはヴィンテージの〈カルティエ〉！　三〇年代の物だろうか。メアリには内なる博物館員がいるのかもしれない。

11

ジェーンはキッチンの戸棚で見つけたあり合わせの物で夕食をこしらえた。アーティチョークと黒オリーヴと焼いた赤ピーマンとバジルペーストひと瓶を混ぜただけのソースでパスタを和えた。料理はできればもうしたくない。〝ジャングルの動物〟宣言をしたい。ちなみにこれは、ウィール家の人間は男女を問わず、見つけるのも仕留めるのも食するのも各自でおこなうという意味だ。

ニックは予想より数日早いジェーンの帰宅を喜び、いそいそとキッチン・テーブルにつくと、今日の出来事や宿題の話を始めた。先生に嫌われているけれど、自分も先生が大嫌いなのだそうだ。料理をしてキッチン・カウンターのそばを忙しく動きまわっていないと、ニックをテレビに盗られてしまうのはわかっている。鍋になにかをそそぎ入れ、かき混ぜているかぎり、息子をキッチンに引き留めておける。ジェーンはつぎにクッキーの材料を漁りはじめた。

「ぼくが卵を割ろうか？」ニックが言った。

背丈はほとんど母親と変わらなくなっているのに、その一番大事な段取りには参加したいらしい。子どもというものはエプロンをつけてキッチン・カウンターのまえのスツールに立つと、その小さな大仕事から始める。ニックの声は低くなり、毎朝長い時間をかけて髪に櫛を入れている。親離れが加速しつつあるのはたしかだが、それでもまだ母親のそばにはいたいのだろう。

「お父さんも夕食に来るんだよね？」

夕食のために来るんじゃないわ。ジェーンは心のなかで言った。チャーリーはわたしたちのために来るのよ。

「たぶんね。お母さんが今日帰るとは知らないから、あなたの顔を見に来るじゃないかしら」

「ごちそうを作って驚かせてやろう」

「あなたがそうしたいなら」

霧が散るようにニックの体から希望が消えるのがわかった。

「お父さんとお母さんはあなたのためならこれからもいつだって一緒にいるわよ、ニック。自分たちのためにはそうできないかもしれないけど。この意味わかる？」

「わかるよ、なんでも」ニックは肩をすくめ、ジェーンを見ずに卵の黄身をフォークでつついた。「ミキサーを使ってもいい？」

夕食がすむと、ジェーンはカレンダーでチャーリーのスケジュールを調べながら、自宅に置いているキッチン用品の在庫確認をした。〝マクフリー〟のキッチンに使う物はほとんど自前で揃えられるはずだった。ティムはほかの部屋の担当者全員から予算オーバーなしの確約を取っていたが、ジェーンに関してはさほど心配していなかった。

「きみが安物買いなのは知ってるからね。ラメッジ・セールで仕入れたがらくたをあの屋敷のなかに運びはじめたら、頼むから新しいちゃんとした物を買ってくれとみんなが金を投げて言うだろうな」

だが、そういうがらくたなら余裕をもって予算内で収まる。あの可愛らしい鉤編みの小さな鍋つかみは五セントか十セントだった。だからこそ夢中になれて、テレビのまえに座った祖母がかちかちと音をたてて小さな鉤針を動かしていた思い出がよみがえる。それに、そういう手製の宝物を実用にする人などいない。ふつうは抽斗にしまうか壁に飾るかするものだ。で、他人の抽斗や見捨てられた箱のなかにそういう宝物を見つけると、ジェーンは鉤編み作品の保護者をもって任ずる。それだけのこと。その彩りで一日を明るくするために自分の抽斗のスペースにささやかな隙間をつくろうと考える孫娘や息子はいないだろうから。第一、昔の鍋つかみは小さすぎて実用的でないし、近ごろのグルメたちがブイヤベースをコンロで作るのに使う重たい琺瑯引きの鋳鉄の鍋をつかむには繊細すぎる。それにしても、孫世代のヤッピーたちはあんなお宝を抽斗のひとつにしまっておくことすらできないのだろうか。

「それは曾お祖母ちゃんが作ったのよ」と言えるのに。卵を割ったりミキサーを動かしたりする仕事を子どもに言いつけながら。

チャーリーは今、皿をすすいでいる。ジェーンが料理をしたときには皿洗いは彼の担当だから。キッチン・カウンターには、まだ温かいクッキーを盛ったスカラップ・エッジ（帆立貝の貝殻のように波打つ縁）の淡いブルーの大皿が鎮座している。絵に描いたような幸福な家庭の光景。ジェーンはテーブルに置いた箱をまえにして、コレクティブルのキッチン用品を選り分けながら、これが以前に自分が制作していたコマーシャルのワンシーンなら、このキッチン用品は飛ぶように売れたかもしれないと思った。

「今週末ウィスコンシンで開かれる大会にニックが出るだろう。コナー夫妻から申し出を受けたんで、ニックを頼もうかと思うんだ。彼らと同じモーテルに泊まれば安心だから」チャーリーが言った。「それでいいよね？」

「ええ、いいけど、でも……」

ジェーンは赤と緑とバター飴色のベークライトの平皿のセットを数えるのをやめて、チャーリーを見た。「あなたはニックの試合を見るのが好きなんじゃないの？　わたしはてっきり……」

「もちろん、好きだよ。ただ今週末はこの夏の発掘現場でチームを組んだ連中の集まりがあるんだ。だから……そっちに……顔を出したいんだよ」

夫の顔が赤くなった？

「ああ、そうなの。いいわよ、もちろん。ジルに電話して詳しいことを訊くわ。ニックの支度を手伝ってもらうように頼んだり、いろいろあるし」

「ジルにはもう話した。そういうことも話はついてるよ。金曜日は学校があるから、出発は午後になる。もし週末いっぱいカンカキーにいたければ、いてくれていいよ」

ジェーンはうなずいた。

「鳥のように自由の身《フリー・アズ・ア・バード》（ビートルズの曲のタイトル）ってわけだ」チャーリーは浮ついた自分の言葉に心のなかで毒づいた。たぶんそこで警告のネオンサインを頭にひらめかせるべきだった。「ぼくはぼくでパーティで大学院生と愉しくやってくるよ」

ジェーンは笑みを浮かべ、数えかけの平皿に向きなおった。

「ようし、じゃ、そういうことで」どこからこういう言葉が出てくるんだ？　チャーリーは自分の額をはたきたかった。ネオンサインから追伸の警告が送られそうだ。自分が何者だったかを思い出せ。

メアリ・ベイトマンと会ったが情報は得られなかったという報告をするためにオーに電話をかけようとしたまさにそのとき、電話が鳴った。

「我が愛しの少女探偵ジェーン、耳寄りなニュースだぞ」ティムだった。〝耳寄りなニュース〟というところをティムはわざと一本調子に言った。

「ところで、きみの好みじゃない〈ロゼビル〉の花瓶をぼくにくれる決心はついたか？」

「上等ね」

「リリーから電話があった。アレルギーの持病なんかないって認めた。ダンカンを殺したのは自分だって」

「上等だわよ」

「なあ、くれよ」

ティムは続けた。「じつは、ガス・ダンカンには甥がひとりいた。生きてる親戚はその甥だけで、ガス所有のあばら屋のうち二軒はすでに甥の名義にしてあった。死んだ時点で正真正銘ガスの家だったのは自分が住んでた一軒だけだった」

「どこが耳寄りなのよ？」

「甥のビル・クランドールがうちの店へやってきて、その二軒にあるがらくたをぼくの〈T&Tセール〉で買い取ってくれと言うのさ。なかをちらっと覗いて全部燃やしたいと思ったけれども、いや待て、タイニー坊や（ディケンズ『クリスマス・キャロル』に登場する子ども）を雇おうと考えなおしたそうだ」

ティムは得意げだったが、ジェーンの頭は混乱した。〈EZウェイ・イン〉と同じブロックの南側に建つガス・ダンカンのあばら屋三軒はもちろん知っているが、そのうちの一軒に本人が住み、あとの二軒は貸しているとばかり思っていた。

「それがちがうんだな。ガスは一軒に住んで、そこがゴミで埋まるとつぎの一軒に移ってた。最初の一軒に約十年、二軒めに六年、きみとドンが遺体を発見した家には三年ぐらい住んでたんだ」

「ゴミってどんな？　たしかに彼はゴミのなかで死んでたけど、ほかの二軒も物を捨てずに置いたままにしてたってこと？」否定的な口ぶりとは裏腹に、かすかな興奮を覚えてうなじのあたりがぞくぞくした。

「山のようなゴミをね。でも、ビル・クランドールによれば新聞や皿や手紙や本や、ありとあらゆる物が詰まった箱がいくつもあるらしいよ。建物を買ったときに、つまり、居酒屋やレストランを買い占めてたころ、以前の持ち主が置いてったがらくたが。クランドールが言うには、ガスはそういう物をひとつも捨てないで箱詰めにして家に持ち帰った。だから、ひょっとしたら、ベイビー、きみとぼくとで……」

「犯行現場でハウス・セールなんか開けないわよ」

「お気の毒さま、それはきみの思いこみ。警察も一般市民も、ガス・ダンカンの敵も友も、だれひとり殺人とは疑ってない」

「ガスには友達はいなかった」

「だからって、彼が殺されたってことにはならない。やっぱりきみはネリーの娘だな。日に日に口ぶりがおばさんに似てくる」

「ガスが自分で自分の指を骨までスライスするなんてことは……」

ジェーンはふと言葉を切った。警察はなんて言った？　父さんとリリーとティムはなんて言った？　みんな口を揃えて、サンドウィッチをこしらえようとしてたダンカンがたまたま指を切ったと言い張っている。なにかを、たぶんトマトでもスライスしようとしていて心臓麻痺を起こし、倒れたのだと。さもなければ、心臓麻痺を起こしながら、奇妙な条件反射のようにナイフで切る動作を続けたのだと。いいだろう。そういうこともありうるかもしれない。でも、ちがう……だって、そのためには……。

「ティム、憶測で言ってるんじゃないの。このことについては自分が正しいとわかってる」

「うん、聞いてるよ」

「トマトがなかったの」

「トマトがなかった？」ブルース・オーは訊き返した。ブルーチーズ詰めのオリーヴとオニオンのピクルスとレモンのスライスを盛るのに使われた、三つに仕切られた皿《スリー・コンパートメント・ディッシュ》に感心しながら。オーは酒場の道具についてもキッチン用品についても知識はないに等しい。妻のクレアは一生懸命、コレクティブルのなんたるか、ジャンクのなんたるかを彼に教えこもうとしているのだが。一方、ジェーン・ウィールはジャンクたるものは存在しないと説く。あらゆる物がコレクティブルなのであると。この酒のつまみ用の小皿《スナック・ディッシュ》がオーは気に入った。クロームの光沢とモダンな形がしゃれている。左右のしっかりした持ち手は深みのある赤で、筋状の彫刻入り。彼はその持ち手の一方を人差し指で叩いた。

「ベークライトですか？」

「〈チェイス〉よ」ジェーンはうなずいた。

なぜミセス・ウィールと話していると、会話はかならずしも英語では進まないと感じることが多いのだろう。

「ベークライトではないんですか？」

「ああ、ごめんなさい。そうよ、持ち手はベークライト。〈チェイス〉社のクローム・トレイなの」ジェーンはトレイを手に取って高々と持ち上げ、裏に刻まれた〈チェイス〉社のシンボル、半人半馬の射手をオーに見せた。トレイからオリーヴが二個こぼれ落ちると、拾って口のなかに放りこんだ。

「こんなにたくさんのアクセサリーがなければ、マティーニに時間を取られることもないのにね」

チャーリーはジェーンが今飲んでいる物――楊枝に刺せるだけ刺したオリーヴが浸かっている〈グレイグース〉のウォッカのロック――はベルモットを一滴も垂らしていないのだからもはやマティーニとは呼べないと言おうとして、言葉を呑みこんでいた。今夜、自宅に戻ると、ジェーンとニックが夕食を作っている場面に出くわし、クッキーの香ばしいにおいさえ漂ってきた。じつに喜ばしい光景だった。夕食のあとにマティーニでは順序が逆だとしても、それはそれで心を癒やす儀式だと思った。順番を逆さまにしたほうがおもしろいとジェーンは言うだろうし、結婚して数年間はチャーリーもそういう流儀が魅惑的に思えた。ジェーンは日々の約束事を好んだ。だが、それを月並みにおこなうのは好きではなかった。妻のそんな天の邪鬼な魅力をこれまで愛してきたのに、なぜ今は自分の心の声が聞こえてしまうのか。なぜ苛立ちや疲労感から妻の言葉を正し、小言や説教めいた言葉を口に出してしまうのか。

「トマトがなかったとはどういう意味でしょう?」もう一度オーは尋ねた。彼はミセス・ウィールからの電話を受けて大急ぎでやってきた。話を聞きながら一杯飲むのもいいだろうと思った。アンティーク・モールに売り場をもっているクレアは、ハロウィーンと感謝祭用のコレクティブルの仕入れと商品の並べ替えに大忙しだから。

「マンソンとかいうあの刑事さん、ガス・ダンカンの指が切れてたのは、トマトかなにかを切ってて心臓麻痺を起こしたんだと言うだけで、全然取り合ってくれないの。たしかにナイフを持ったまま流しのまえの床に倒れてて、指がほとんど切り落とされてたわ。だけど、カウンターにはトマトなんかなかった。食べ物はなにも。流しには汚れたお皿が積み上げられて、シリアル用のボウルやらなにやらいろいろあったけど、どれもすすいでなくて黴まで生えてるように見えた。洗ってないグラスもいくつもあった。不潔の殿堂みたいなあの場所にトマトがあったら、新鮮なトマトの赤い色があったら、目につくはずでしょう」

「あなたが物の細部に関して鋭い観察眼をおもちなのは知っていますよ、ミセス・ウィール。カンカキー警察の刑事が言いたかったのは、ガス・ダンカンが手にしていたのが鋸歯のナイフだったこと、発見された場所から考えて、なんらかの食べ物を用意するためになにかをスライスしようとしていた、そういうことかもしれません」

「トマトは喩《たと》えだったということですか？」チャーリーが訊いた。今夜、自分のアパートメントへ持ち帰る学生のレポートをまとめている最中だったのだが、気がつくとふたりの議論に聞き入っていた。

オーはうなずいた。

「なんの喩え？　レタスの？　あのゴミ溜めに足を踏み入れたときに目にはいったのはレタスだったけど。ファストフードのサンドウィッチを包んであった紙がそこらじゅうに落ちてたわ。床一面、それにコーヒーテーブルの上や椅子の肘掛けにも。で、〝具〟は、つまり、レタスやトマトやピクルスといったおまけは全部剝がされて、包み紙のなかで腐りかかってた」

ジェーンは考え深げに自分のマティーニをゆっくり時間をかけてひと飲みしてから、テーブルに置いた。

それからチャーリーとオーのほうを向いた。「これを見て」

「素敵ですね」

妻に対しては自分は物が嫌いだと、あまりに物がありすぎるから家のなかが散らかるのだと抵抗を示しているオーも、ミセス・ウィールがキッチンに描き出した情景がうっとりするほどすばらしいのは認めざるをえなかった。黒い鋳鉄の脚をもつ木製の小テーブルの上に、真鍮とベークライトから成るトレイが三枚置かれている。〈チェイス〉と彼女は呼んでいた。中心を取り囲む形でペンギンを配した丸形のアイスバケットがトレイのあいだに置いてある。豆粒ほどのサイコロを頭にあしらったカクテル・フォークが、赤とバター飴の色をしたベークライトのカードケースから飛び出している。そうした舞台背景によってオリーヴもオニオンもレモン・ピールもみないっそう美味しそうに見える。テーブルの抽斗のひとつが引き開けられ、揃いではない刺繡入りのこれまた魅力的なカクテル・ナプキンの束があふれ出ている。その小テーブルが本物の古いミシン台だと気づいて、さらに驚いた。当初は台の上に顔を出していたであろうミシン本体をミセス・ウィールは取ってしまって、この時代遅れな道具の寿命を延ばしたのだ。

「もし、このオリーヴが全部お皿の上に残っていて、しかも、中身が飲み干されてわたしの指紋がついたグラスがテーブルに置いてあるのに、オリーヴをいくつも刺したままの楊枝が一本グラスの横に転がってるのを見たら、わたしがオリーヴを食べなかったんだと思うでしょう？」ジェーンはオーの答えを待たずに続けた。「そのわたしがオリーヴの保存瓶に片手を突っこんで最後のひと粒を取り出そうとしながら死んでるのを見つけたら、変だと思うんじゃない？」

チャーリーもオーもなにも言わなかった。〝喩えのトマト〟のあたりでニックがおやすみを言うために階下《した》へ降りてきていたが、会話のなりゆきに困惑して口を開けず、隅のほうでじっと耳を澄ましていた。このまま黙っていれば、だれにも気づかれずにベッドへ行けるということを今は忘れてしまった。

「思わないよ、お父さんはオリーヴが好きだもの」

おとな三人はぱっと振り向いてニックを見た。

「最後のオリーヴを取ろうとしたのはお父さんのためだとみんな思うよ。でなきゃオー刑事のためだって」ニックはそばへやってきて、ジェーンのほうに身を乗り出すと、体を軽くかすめるような仕種をした。この年ごろ特有のハグだ。「おやすみなさい」

「冷蔵庫に食べ物が残っていたかどうかを警察は調べたんでしょうか？　それを食べるためにナイフで切っていた可能性があるような物が」チャーリーが尋ねた。

「マンソン刑事は、冷蔵庫のなかは出前の料理の食べ残しの容器でいっぱいだったと言ってたわ。日にちが経った物ばかりで全部腐ってたって。想像がつくでしょう」ジェーンはぶるっと身震いした。「ガスは新聞もダイレクトメールも処分してなかったし、生ゴミも何週間も出してなかった」

「ラングレー・コリヤー症候群ですね」とオー。ジェーンとチャーリーが首を横に振ると解説を加えた。「一九四〇年代までニューヨークに住んでいたホーマーとラングレーのコリヤー兄弟は自分たちの蒐集物と新聞とゴミが築いた山に埋もれて死んでいるのを発見されたんです。ラングレーは失明した兄のホーマーの世話をしていましたが、近所の人を寄せつけないために仕掛けた罠のひとつに自分がつまずき、兄ともども飢え死にしてしまったのです。がらくたをどけてふたりの死体にたどり着くのに何日もかかりました」

　チャーリーは自宅の居間を見まわした。四〇年代の植木鉢にプランターに花瓶。積み上げられたヴィンテージの旅行鞄。小さな子ども椅子の上にうずたかく積まれた四〇年代から五〇年代の小学校の教科書や古いカレンダー。パンチボウルのセットがはいった箱に、型押しガラスのタンブラーやホブネイル・ガラス（鋲釘のようなイボイボの飾りをつけたガラス）の瓶を並べたトレイ。木製の裁縫箱。ベークライトのボタンをいれた缶は本箱の隙間に押しこまれ、仕分けの時を待っている。しかも、週末のセールが始まる毎週金曜日にはその数がさらに増える。早朝開始のラメッジ・セールがある場合は、セールのための始動は厳密には木曜日だ。

「なるほど」とチャーリー。

「でも、わたしはゴミはちゃんと出してるわよ」

チャーリーはくちばしがなくて頭に穴のあいたアヒルの粗雑な彫像を手に取った。柵とは呼びがたい尖った杭のようなものがアヒルの下のほうを囲んでいる。

「異を唱える人もいるだろうね」

「それはゴミじゃない」ジェーンはチャーリーの手からアヒルを奪うと、ニックが理科の宿題で新聞記事を切り抜くのに使った鋏をコーヒーテーブルから取り上げ、アヒルの頭の穴に挿した。すると、鋏の刃の部分がアヒルのくちばしになった。アヒルの肢の部分を取り巻くように突き出ているダボが糸巻き立てだということに、そこではじめて気がついた。なるほどチャーミングでよく考えられた裁縫小物だ。民芸品《フォークアート》とコレクターは呼ぶのだろうが。

オーは控えめな咳払いをした。

「オリーヴの保存瓶に話を戻してよろしいですか？」

ジェーンは微笑んだ。ジェーンも我が息子の明敏なる指摘について考えていたので。

「どうぞ。わたしはきっとほかのだれかのためにオリーヴを取ろうとしていたんでしょうね」

ガス・ダンカンが自分の指ではないなにかを切ろうとしていたのであれば――それも疑わしく思えたが――ほかのだれかのためだったにちがいない。あの腐ったゴミの地雷の上を通り抜けて、キッチンのどこかに座り、世間話をしていただれかのために。彼の死を望んでいただれかのために。そのだれかが彼を死にいたらしめたのだ。なぜ？　ただ指がもう一本欲しかったから？

12

カンカキー警察は納得していなかった。ブルース・オーの穏やかにして完全に非公式な依頼を受けて、ガス・ダンカンのキッチンを訪ねた人間の痕跡を探すためにもう一度現場を捜査することに同意したものの、それが形式的なものであり、捜査意欲などほとんどないということは、ジェーンにもオーにもわかっていた。

「つまり、捜査担当者のだれも真相を知りたくないのね？　わたしはそれが刑事という職業の一番重要な部分だと思うんだけど」

「そう思うでしょうね」オーは注意深く答えを返した。いかにも用心して言葉を選んでいて、あらかじめ練習してきたのかと思うほどだった。「なんでもわかった気でいる刑事もいるのです。どんな文章にも疑問符を用いず終止符で終わらせてしまうようなタイプが。そういう手法は人に自信を与えます。事態を収拾できていると錯覚させますからね。そうなると、警察はあまり役に立たない。記憶をたぐることもしなくなる。事件を解決しようとするなら、自分はなにも知らないというところから始めて、あらゆることに疑問を投げかけなくてはなりません。それをしてはじめて、一緒に答えを探そうという協力者が現れるんです。こちらの知りたい答えはその人たちにしか提供できないんです」

「知恵問答みたい」ジェーンは顎の下の受話器の位置を調整しながら、車を高速道路に乗せた。そろそろ観念してあのみっともない携帯電話用のヘッドフォンを買ったほうがいいのかもしれない。ティムとふたりでさんざん笑い物にしてきたのだが、車を運転しながらこういう会話をするにはそのほうが安全だ。しかしまた、運転中にこういう会話をするのをやめればそれですむことでもある。携帯電話があれば時間が節約できるとも、物事が容易に無事に運ぶとも思っていない。携帯電話はEメールやファックス同様、不安レベルを全国的に高めるのに貢献しているだけだ。とはいえ、こうして今、カンカキーへ向かう車中、携帯電話によって元刑事と本音の会話をしている。

「知恵問答は言いすぎでしょう、ミセス・ウィール。家内はわたしが意見表明をするとおみくじ《フォーチュン》クッキーみたいだと言いますが。わたしが型にはまった助言をするのを嫌がるんです。片方の親が日本人の人間を中国のおみくじクッキーみたいだなどと言って型にはめるなといつも言い返しているんですけどね」

「奥さんはあなたのイメージを守ろうとしてるのよ」自分はチャーリーの癖をなおすのに手を貸しているだろうか。頭にずり上げた眼鏡を必死で探していることがよくあるけれど。チャーリーが学生からおっちょこちょいの教授だとして馬鹿にされるのは嫌だ。

「でも、型にはまっているのは家内のほうじゃないかという気もします。そんなものに耳を貸しているんだとすれば。家内の言い方を借りればクッキー・トークなんかに」とオー。

「おー」とジェーン。わたしはチャーリーのイメージを心配しているのだろうか。それとも、夫の癖にいらついているだけなのだろうか。チャーリーを馬鹿にしてるのはわたしなんじゃないの？

ガーバー邸に着いて箱をいくつか降ろすと、ティムが塗装作業の監督をしていた。ジェーンが運んできた、入念にテープ留めされて赤いマーカーで〝キッチン〟と書かれた段ボール箱を車から降ろすのを手伝いながら、ティムは言葉巧みに箱の中身を聞き出そうとした。

「これは銅のにおいがする」と、くんくん鼻を鳴らした。「まさしく七〇年代のにおいだ。ラックを取り付けて銅の片手鍋をぶら下げるつもりだろう。それもずらっと一列に。緑青《ろくしょう》が浮いた完璧なやつを。それなら三〇年代と四〇年代のテーマにぴったりだから、ぼくを信用させられると考えてるな。小ぶりのソースパンやソテーパンも紛れこませれば、キッチンにどやどやとはいってきた客たちが鍋に魂を抜かれて、一気に銅のゾンビになるかもな。みんなしてキッチン用品売り場へ押し寄せて、両手をまえに突き出し、〈ＶＩＳＡ〉カードをひらひらさせて〝銅のを買わなきゃ、銅のを買わなきゃ〟って呪文のように叫ぶかもな」

「なにそれ？　どうしてわたしがそんな銅鍋獲得レースを仕掛けなきゃいけないのよ？」

ジェーンは笑いながら段ボール箱を部屋の隅に積み上げ、オイルクロス（テーブルクロス用などにエナメルや桐油で防水加工した厚手の布）の古い一枚を上から掛けた。

「簡単だったろうからさ、きみとミステリアスなミリアムなら。そんな骨董の師匠が実在するのか怪しいけど、とにかく、きみたちは元ヒッピーの資本主義者の屋敷で開かれたエステート・セールで大量の銅鍋を買いこみ、今や銅鍋市場を開拓したにちがいないんだ」

「幼稚園であんたと友達になったのは正解だったわ。いつかこういう馬鹿馬鹿しい奨学金集めのイベントを取り仕切ったりするんだろうってことはあのころからわかってた。だから、銅鍋市場の開拓に向けてひそかにキッチンのデコレートに励んできたのよ。わたしって悪知恵の働く天才なの」

「オーケー、だったら、この箱にはいってるのは〈フィエスタ・ウェア〉か。いや、あのがらくた食器を自分の目の届かないところに置くわけがないな。きみが支払ってもいいと思う範囲の小銭で買えるやつを見つけたならば」ティムは指一本で唇をちょんちょんと叩いた。「待てよ、壁の色はクリーム色がいいと言って、木の床はそのまま残したがった。ってことは……そうか……〈ルレイ〉だ！　ウィスコンシンのラメッジ・セールで最後に箱詰めを買い占めたときから、〈ルレイ〉をぼくに認めさせようとしてたっけ」

「この推測ゲーム、すっごくおもしろいんだけど、ガス・ダンカン殺しに論点を戻してもかまわない？」

「ぼくたちはいつそんな議論をしてたんだよ？　殺し？　〝古いあばら屋の秘密〟に戻るのかい、ナンシー・ドルー？」

「マンソン刑事があの家のキッチンをもう一度調べることになって、今日の午後に彼の話を聞くのよ。ブルース・オーがわたしと会うようマンソンを説得してくれたの。どう説得したのか知らないけど、うまくいった」

ティムがジェーンの執念に憎まれ口のひとつも叩いてやろうとすると、ジェーンはシッと制して受話器を取り、番号ボタンを打ちこんだ。

「今日の夕方にそっちへ行くわ、母さん。ごきげんな広告板が何枚かあるから店の南側の壁に掛けようと思ってるの」

「今だっていろんな物が掛かってるじゃないか」ネリーの大きな声は部屋の反対側にいるティムにまで聞こえた。「あの壁はペンキを塗りなおすだけで崩れちゃいそうなんだからね」

「とにかく見るだけは見てよ、母さん。気に入らなければそれでもいいから」

「なにを飾ろうってのよ。ああ、わかった。でも、パンチボードはもう持ってくるなって父さんが言ってるよ」

ティムはキッチンで新たにコーヒーを沸かしていた。一階も地下も壁塗りはもうすんでいて、その出来映えにジェーンは舌を巻き、塗装業者が記録的な速さで目をみはる仕事をしてくれたというティムの言葉に同感した。ティムは今週末の内覧会までの完成を目指しており、このぶんでいくと間に合いそうだった。

「父さんはやっぱりパンチボードを飾りたくないらしいわ」コーヒーカップを受け取りながらジェーンは言った。

「じゃあ、かわりにぼくが引き取ろう」

「ほんとに？　わたしが見つけた物を鼻で笑う人が？」

「傷つくな、それ。ぼくが鼻で笑うのはジャンクだけ。パンチボードはクールだ。グラフィックがいかしてるし、アイディアは抜群。当たると秘密の景品がもらえるなんて最高だね。ここの地下室に飾ってもクールなんじゃないかと思ってたんだ。地下にバーカウンターを備えた娯楽室を設けるつもりだから、昔のビールの広告板の下に掛けたらかっこいいんじゃないかな」

「だってもう予算を遣いきったんでしょ？　そういう広告板だけで。例のウォーターフォール（〈クアーズ〉のトレードマークの滝をネオンにした広告板）とか」

「予算ぎりぎりってことにしとこう」

「じゃあ、どうやってわたしのパンチボードを買い取る資金を捻出するの？」

「よく言うよ、自分はあれを無料《ただ》同然でせしめたくせに」

「人聞きの悪いこと言わないで。いくら支払ったか知らないくせに。それに、あれはほんとにクールなのよ。仰せのとおり、グラフィックがいかしてて、お宝ちゅうのお宝なんだから」ジェーンはコーヒーを口に運んだ。

　ティムは目を細めた。ピッカー・ジェーンは着々と学習している。早々と手の内を見せすぎてしまった。パンチボードを狙っているということを知られてしまった。それどころか飾りたい場所まで教えてしまった。ティムの頭のなかではすでにあれらは自分の物だった。パンチボードが手にはいらなければ、壁に間の抜けた大きな隙間ができてしまう。あってはならない余白が生まれてしまう。

「わたしが創造に手を貸した物はわたしが破壊することも可能なのだ」ティムはフランケンシュタイン博士の声色を精いっぱい創作した。

「まあまあ落ち着きたまえ、親友、取り引きには応じるから」ジェーンはにやにや笑った。

「〈チェイス〉のティーセットはやらないぞ」

ジェーンが〈チェイス〉のティーセットを喉から手が出るほど欲しがっているのは知っている。ティムにはジェーンの欲しい物がわかるのだ、その渇望のまなざしと深いため息で。ただ、今は欲していない。今、彼女の頭にあるのはちがう物らしい。ジェーンは首を横に振った。

「署名入りの毛布もだめ」とティム。

それもジェーンが欲しがっている物だ。ウールに縫い取りをされた名前のなかに〝ネリー〟があるからには自分が入手するべきだという理由で。あの気持ちのいい毛布をネリーが寄付したとでも思いたいのだろう。そうすれば失われた子ども時代の鬱憤の収まりもつくというわけだ。たとえ記憶を呼び覚ますことになっても。これを〝創造的郷愁〟とジェーンは呼びたがる。再構築した歴史でも、ないよりはましだから。

「あっそう」

「オーケー、お互いの手札を全部並べよう。なにを狙ってる？　ぼくが持ってる小型グランドピアノか？」

「冗談じゃない。なんの苦労もなく見つけられるピアノなんか。わたしの望みは〝不信の自発的一時停止〟。わたしを信用して真相解明に全面的に協力してほしいってこと。ガス・ダンカンは殺された。マンソン刑事に会うのに一緒についてきてくれたら、情報が入手しやすくなるんだけど」

「マンソンはぼくを嫌ってる」

「そうね。だから、あんたに気を散らされて、言うつもりのなかったことまで口走るかもしれないでしょ」

「パンチボード何枚？」

「二枚。〈ジャックポット・チャーリー〉はチャーリーの研究室用に取っておきたいけど」

「いいだろう、乗った」ティムは即答した。

「あともうひとつ……」

「そうくると思ったよ」

「ダンカンはやっぱり殺されたんだと納得したら、あんたの家にある物のうちなにかを……」

「だめ。絶対にだめ」

「帳簿価額で二十五ドル以下の物でいいから」ジェーンはねばった。

ティムはちょっと考えこみ、フルスピードで頭のなかに在庫目録を作成した。代替の利かない自分の宝がジェーンの感傷的で特殊な好みに侵されることはなかろうと判断した。

「乗った」

ガス・ダンカンの家で落ち合うのでよければ十分だけ時間を割くとマンソン刑事は言った。警察署に来させたくないのだとジェーンは察した。この約束にいかなる意味においても公的な印象を与えたくないのだろうと。それでもガスの家にもう一度はいるチャンスを得たのだから喜ぶべきだろう。

ティムは家の裏手へまわり、ポーチのステップからジェーンを呼んだ。

「ここからなかが覗ける。窓の手入れには関心がなかったらしいな。彼を発見したのはどこだ？」

「あの流しのまえに倒れこんでたのよ。右手の横にナイフが落ちてた。左手の指がまるで……」

「ああ、うん、わかった。百回聞いたから。ガスが右利きなのはたしかだね？」

「それはまちがいないと思う。父さんのまえで書類にサインするのを何百回も見てるから。居間の椅子のそばの灰皿や脇テーブルはみんな右側にあったたし。左手に腕時計をしてたし」

ジェーンはなおもキッチンを覗きこみ、犯行現場の全景をもう一度目に映すことを自分に強いた。

「どんな腕時計？」答えを期待していない問いかけだ。

「〈ブローバ〉。ダサいけど、そこが逆にクールっていうたぐいの。あれはきっと五十年ぐらいまえのだわ」

一瞬で細部を見て取るジェーンの観察眼はティムも認めざるをえなかった。もっとも、死体に全神経を集中しなければならない状況では、キッチン用品までは目がいかなかったらしい。

「ジェイニー、テーブルの話を聞くのは今はじめてだけど」

じつはジェーンもテーブルを見るのは今がはじめてだった。前回はダイレクトメールや新聞や汚れたグラスや皿に覆われていたので。それらは今もテーブルのほぼ全面を覆っているが、金色の斑点を散らしたゴージャスな赤いフォーマイカ（合成樹脂）のテーブルも見えていた。コンディションはいいようだ。埃や汚れの層によってむしろ守られてきたように見える。汚れを取れば見事によみがえるだろう。揃いの椅子が四脚。シート・クッションも見える。ふっくらとして破れもない。五〇年代のキッチン・テーブル・セットに感嘆の声を漏らしていると、背後から耳障りな太い声が聞こえた。

「死んだ男の件についてはこれっきりにしてもらえるんでしょうね？」

「マンソン刑事、お久しぶり！」ティムは片手を差し出した。マンソン刑事がしぶしぶ手を差し出すと、両手でしっかりとその手を握った。キスまでして見せ場をつくるつもりなのではないかと、ジェーンは一瞬心配になった。

「殺人犯がカンカキーで野放しになってると心配するなんて頭がいかれてるんじゃないかとジェイニーに言い聞かせてるんです。たとえそうだとしても、あなたが事件の担当なら心配はいりませんよね」

わたしの頭がいかれてる？　ティムったら呆気に取られた刑事に向かってまつげをはためかせた？　ゲイ嫌いの男はティムの天敵で、そういう男を隙あらばいたぶろうとする悪い癖があるのだが、こんな大胆不敵なパフォーマンスは一度も見たことがない。

「ああ、そのことなら……」マンソン刑事は手を引っこめた。すぐにも手を洗いたそうだが、かなり露骨にズボンの片方で拭くにとどめた。「とにかく、なかにはいりましょう」

ジェーンは小躍りしたかった。家のなかに入れてくれるの!?　つぎの瞬間、その意味するところを知った。家のなかは犯行現場ではないということ、警察が捜索してもなんの証拠も発見されなかったということだ。

なかにはいると悪臭が鼻に襲いかかった。ダンカンの死体があったときと変わらぬぐらいにひどい。マンソン刑事は流しの上方の窓を開け、テーブルに置かれた皿を見やりながら首を横に振った。

「ガス・ダンカンの死因に疑いを抱かせるようなものはなにも発見されませんでしたよ、ミセス・ウィール」それから口先だけでつけ加えた。「残念ながら」

「訪問者があったことを示す証拠も？　このキッチンにはいった人は彼のほかにひとりもいなかったの？」

ティムは助け船を出してくれないばかりか、気を散らす係としても役立っていなかった。なんと巻き尺を取り出してキッチン・テーブルに視線をそそいでいる。

「いやいや、訪問者はいましたよ。皿にもグラスにもべたべた指紋が残ってました。ダンカンは何カ月も食器を洗うことも、掃除や洗濯もいっさいしなかったのでね。この家に足を踏み入れた人間はみな痕跡を残してます。検針員も宅配業者も。出前専門の中華料理店で聞きこみをしたところ、この家のドアはいつも開けっ放しで、配達は文字どおり彼のところまで届けなければならなかったそうです。つまり、彼が座っている椅子まで。冷蔵庫からビールやソフトドリンクを出してくれと頼まれることもあったとか。この家に注文の品を届けるのを嫌がるハイスクールの学生アルバイトもいたようです。薄気味悪いと言って。いくらチップをはずまれても嫌だと」

「じゃあ、指紋の照合はもう……」

「中華料理店のルー・ウォンに話を聞きました。ガス・ダンカンが死んだ日の前夜にひとりで夕食を届けにきた店員です。今朝ウォンをこのキッチンへ連れてきたところ、彼の記憶にまちがいありませんでした。ここへ向かう車のなかで語ったとおりです。彼の話と部屋の様子との相違点はひとつもなし」

「だけど、あのナイフについては？　まえの晩に中華料理の出前を取ったのなら、流しでなにを切ってたの？」訊いても無駄とわかっていた。マンソンは捜査を終わらせてしまったのだから。

「春巻きですよ。冷蔵庫に残っていた古いふたつの容器の春巻きが細かく刻んでありましたから。キッチン・カウンターにも容器がひとつあって、そっちの春巻きはまだ切られていなかった」とマンソン刑事。「ルー・ウォンによれば、ガス・ダンカンは料理を食べるまえにかならず細切れにしていました。嚥下に問題があって、癌ではないかと本人は言っていたようです。ただし、医者に一セントでも持っていかれるのはごめんだと」

「そうなんですか？」ティムはいつのまにか背後からマンソン刑事に近づいていて、今は真うしろに立っていた。ぎょっとしたマンソン刑事はつんのめり、キッチン・カウンターに体をぶつけた。

「なにが？」マンソン刑事は叫んだ。

「彼は癌だったんですか？」

「いや。血圧は相当に高かったらしいが。肥大型心筋症、心臓の壁が厚くなる心筋症で。最後に会った一年半まえは薬を飲んでいたと甥は言っています。〈ラシックス〉（降圧利尿剤）を飲んでいるので馬なみに小便が出て大変だとこぼしていたと。その薬も見つかり、検死官も確認済みです。カリウム値が高いので利尿剤との併用で栄養補助食品も飲んでいました」

「煙草も吸ってたんですよね。あんなに灰皿がある」とティム。

ベークライトの灰皿が何十個もあることをジェーンに気づかせようとしているらしい。それも、六十年まえに店仕舞いをしたようなカンカキーの古い酒場の宣伝入りだ。今、気がついた。

多彩な灰皿で揉み消された煙草の銘柄の種類の多さにもジェーンは気づいた。毎晩同じ中華料理店の出前をとる律儀な男が、煙草に関しては移り気だったということか。

「まあ、そういうわけで、自然死の線は崩れませんでした、ミセス・ウィール。単純にして明白な事実ですからね」

オーの耳打ちが聞こえてきそうだ。まったく単純ではありません。まったく明白でもありません。

ジェーンは車に乗りこむマンソン刑事に礼を述べた。ティムは指をひらひらさせ、おどけた笑みを盛大に送った。マンソンの気を散らす役割を放棄したことをこれから問いつめてやらなくては。マンソンを脱線させるためにここへ連れてきたのに。わたしじゃなく。乗ってきた車のほうへティムの体を押そうとすると、マンソンが自分の車の窓を下げてジェーンに声をかけた。

「お父さんに会ったら言ってあげてください。やはり自然死だったと。なにも心配はいらないとね」

13

ジェーンは〈EZウェイ・イン〉の調理場のドアからなかにはいったが、そのまま調理場を通り抜けて店のなかへ進むのではなく、奥の部屋へ行った。昔からずっと〝奥の部屋〟と呼ばれているその部屋は、保管室兼オフィスであり、だれかが始めた酒場ならではのたわいない議論が激化しそうな気配になってきたときに頭を冷やすための場所でもあった。部屋には小さな机と隅に押しこまれたツインベッドがある。ベッドの頭の部分はアルコーブに挟みこまれる形になっているため、酔いを醒まさせようとネリーが引っぱっていって無理やり寝かせた常連客が、ふと目を覚ましていきなり起き上がったりすると痛い思いをしなければならない。ドンはベッドと逆の隅に昔ながらの安楽椅子《レイジーボーイ》を持ちこんで仮眠用にしていた。擦りきれた肘掛けに煙草の焦げ跡がついた地図はジェーンの記憶にも焼きついている。

今は部屋に備えられたそれらの家具には目もくれず、西側の壁につけて置かれた金属製の戸棚へまっすぐに向かった。棚には電球一個入りの箱が几帳面に積み重ねられている。四十ワット、四十ワット、四十ワット、それからやっと、まえの二列に隠れるようにして百ワットがひとつ。この部屋で唯一の明かりにジェーンは近寄った。机を照らす張り出し燭台式のランプに。スイッチを切り、乾いた布巾で手を守りながら電球をねじってはずすと、四十ワットのその熱い電球をひんやりした新しい百ワットに取り替えた。ふたたびスイッチを入れると、部屋は見ちがえるほどに明るくなった。部屋の広さからすればそれでもまだ充分な明るさではないのに、この部屋の乏しい明かりに慣れている目にはまぶしかった。

〈EZウェイ・イン〉のこの奥の部屋はジェーンにとって危険をはらんだ場所だった。子どものころ、ここで気が遠くなるほどの時間を過ごした。放課後にドンが学校へ迎えにきて、この店へ直接連れてこられた。午後のなかばのその時間帯はドンとネリーにとってはかき入れ時だった。〈ローパー・コンロ〉の終業の笛が吹かれると、組み立てラインの工員たち――コンロの扉のネジ留めや組み立てや溶接など、工場での八時間の作業で疲れきった男たち――は〈EZウェイ・イン〉に集まり、瓶ビールであれ生ビールであれ先を競ってごくごくと喉に流しこんだ。ジェーンもまた、鉛筆を握りしめて字を書いたり学習帳に色を塗ったり、首都の名前を丸暗記したりして過ごした長い一日のあとのささやかな息抜きを必要としていた。ジェーンが木の机のまえに座っていると、ネリーはいつも苛立たしげに靴を踏み鳴らしてエプロンで手を拭き拭き現われた。

「ココナッツクリームだよ」二年生の学校生活をあれこれ訊くというような時間の無駄遣いはいっさいせず、学校鞄の横にパイをひと切れ置いた。「チョコレートクリームはお昼に売り切れたから。牛乳も飲むだろ？」

ジェーンは答えるのをためらった。牛乳は嫌いだったが、おやつのクリームパイと一緒に飲まなくてはいけなかった。でも、たまに、ネリーが気もそぞろなときには〈ペプシ〉を頼み、まんまと手に入れた。

「ほらほら、向こうは大忙しなんだからね」と、しきりに店のほうを振り返るネリーに、こう言ってみることがあった。

「〈ペプシ〉ある?」

母はたいてい肩をすくめて営業中の店へ駆け戻った。客に飲み物をつぎ、料理を出し、テーブルの食器を回収し、テーブルを拭き、両替をするドンとネリーほどすばしっこく、しかも優雅な舞のような動きをするおとなを見たことがなかった。店に戻ったネリーの手がまたふさがって飲み物をすぐに持ってこられないと、ジェーンはしかたなく調理場へはいり、業務用冷蔵庫の馬鹿でかい両開きの扉の片方を開けて、自分で牛乳をコップについだ。クリームパイをかじりながら牛乳を飲み、奥の部屋の机のまえに腰を据えた。図書館から借りた本があれば両親が自宅へ帰るまでの二時間、薄暗い明かりの下で目をすがめて読んだ。本を持ち帰るのを忘れたときや、最後の一、二章をすぐに読み終わってしまったときには、奥の部屋だけでする独り遊びを創作して放課後のその時間をやり過ごした。

たとえばベッドで寝転がって夢想を愉しんだ。そこに登場するのはナイトクラブの歌手や映画スターや旧西部《オールドウエスト》の入植者になった自分。どれも、おとなになったらなりたいものばかり。また、ドンの安楽椅子に体をあずけて、机の抽斗にたくさんはいっているメモ用紙の一枚に〈EZウェイ・イン〉の客をスケッチすることもあった。娘は将来画家になるものとドンは信じていた。

「見てごらん、チャックそっくりじゃないか」ジェーンが描いた似顔絵をネリーに見せながら、よくそう言っていた。「角刈りの髪の感じがじつによく描けてる」

おとなになったジェーンにとって、この奥の部屋は危険な場所だ。この部屋に足を踏み入れたとたん、いつも寂しくてお腹がすいていた二年生に戻ってしまう。悲観主義者のジェーン、人見知りで寂しがり屋で運命論者のイーヨー（『くまのプーさん』に登場するロバ）に。あるいは、ティムがよく言うように、浅はかで目眩《めまい》がするほどハッピーなジェーン——おやつのクリームパイと〈ペプシ〉と、ほとんど航行不能な海のごとき小学校時代を、空想のおもむくままに泳ぎまわれる時間と空間を母親から与えられていたラッキーな少女——に。

自分には独立と放任が同等に与えられていたのだと今は思う。子ども時代を振り返るときになにを選ぶかは自分次第。今、頭にあるのはパイでもなければ仮眠用のベッドでの夢想でもない。アメリカ合衆国の地図の塗り絵でもない。ジェーンは今、机を照らすランプの明るさがこれで充分かということだけを考えていた。その質問を受けた父の目の表情を読み取るために。

その質問？　なにをもったいぶっているんだろう。訊きたいことは山ほどある。だが、なによりもまずこう訊きたい。「ガス・ダンカンが心臓麻痺で死んだと確信してるのに、どうして今朝、マンソン刑事に電話して警察の捜査結果を確認したの？」

バーカウンターでウィスキーの注文に応じていた父をいざ奥の部屋へ呼ぶと、その質問をぶつけるのは容易ではないと悟った。

「また来たのか、どういう風の吹きまわしだい、ハニー」ドンは不思議そうに部屋を見まわした。「あのマッチ箱がまだあったのか。もう注文するのはやめたとバーニーに言ったんだがな」

ドンは椅子の脇の棚に重ねられた電球の箱を覗きこんで、ネリーの〝低ワット数の電球崇拝〟を愚痴った。

「ひと月まえまでは二十五ワットを使ってたんだよ。二十五ワットはもう生産していないと言ってようやく納得させた。四十ワットにするしかないとね。こんなに明るいと母さんの目がくらんでしまうな」

「母さんは百ワットの電球をいつもこのうしろに一個だけ隠してるのよ、父さん。八年生のときに宿題がしやすいようにこれで明るくして母さんをびっくりさせたこともあったわ」

ジェーンは棚の奥にあるそのパッケージを見せた。

「なんだ、そうか」ドンは顎をしごきながら、にやりとした。百ワットの光を浴びた顔全体が明るくなった。「母さんが秘密にしてることがほかにもあるのかね?」

ジェーンは一拍おいて唾を飲みこんだ。「父さんにはあると思うけど」

ドンは安楽椅子に腰をおろし、掌を上にして両手を広げた。「そりゃあ、いくつかはな。もはや重大な秘密とは思えんが」

「ガス・ダンカンが死んだから?」と喉まで出かかったが、言えなかった。ここでフィルム・ノワール時代の俳優を気取る必要はない。今は映画スターになったつもりの夢想をしているのではないのだから。わたしは私立探偵サム・スペードを演じるハンフリー・ボガートじゃないし、むろん相手はシドニー・グリーンストリート（ボガート主演の『マルタの鷹』で謎の男を演じた俳優）じゃない。ここにいるのは自分の父親だ。正直者で、のんびり屋で、どこから見ても善人のドン。〝先生が憎らしい〟と言う娘に〝憎い〟という言葉を遣うのを許さなかった男だ。それは人を罵倒する口汚い言葉と同じぐらい罰当たりな言葉なのだとドンは言った。そんな言葉を口にしてほしくないと。仲間はずれにする女子や意地悪をする男子がいるとジェーンが訴えると〝優しさでやっつけてやれ〟というのがドンの口癖だった。そう言われた娘が今、少女じみた探偵物の筋書きを頭のなかで進行させ、〈EZウェイ・イン〉の奥の部屋の百ワットの電球の下で自分の父親を問いつめ、ガス・ダンカン殺しを告白させようというの？　憎んでもかまわないのだと父が言った唯一の男、ガス・ダンカン殺しを告白させようというの？

「ガス・ダンカンが殺された夜、父さんはなにを……？」ジェーンは切りだした。

「ちょっと、ジェーン、なんて顔をしてんのよ。まるで幽霊じゃないの、縁起でもない。あんたの父さんはガス・ダンカンを殺しちゃいないわよ」ネリーが戸口から言った。「殺したいと思ってただけよ」

母が奥の部屋へやってくる気配には気づかなかったが、突然その声を聞いても驚かなかった。弟のマイケルも父もジェーンも、ネリーは靴にサイレンサーを装着しているのだと信じて疑わなかった。母はいつでも音もなく背後に、あるいは寝室の戸口に現われ、恥ずかしいことやみっともないことをしている現場を押さえるのだ。

「母さん、わたしはべつに父さんが……」ドンも同時に口を開いた。「ネリー、これはわたしとジェーンの……」

ネリーはふたりの言葉を遮った。「ガス・ダンカンを殺したのはあたしよ」

ジェーンはいっそこの場で卒倒したいと、気絶したいと心から願った。そういうことが起こるのなら今この瞬間しかないと。実際、今にも倒れそうに見えたにちがいない。父が慌てて腰を上げ、安楽椅子に横たわらせてくれたから。

「ネリー、いったいなにを言いだすんだ?」

ネリーはこわばった、だが満足げな笑みを浮かべた。

ドンはバーカウンターへ戻り、ジェーンのためにグラスに水をつぐと、店の戸締まりを確認した。新装開店は数日先なのだが、それは常連客が来ないという意味にはならない。現にドンとネリーは訪れる客を毎日受け入れていた。大工がトンチンカンやっている横で、ネリーがカーテンを吊しているかたわらで、飲み物がボトルやグラスで供されていた。そもそも店を閉めなければならない理由はないというのがネリーの主張だった。

「そんなものに気がつく客はいないわよ」ドンが〝二週間休業します〟という貼り紙をするとネリーはそう言った。

「ネリー、見てごらん。おまえの言葉がこんなにジェイニーを驚かせてしまったじゃないか」ドンは娘の手を取り、水のはいったグラスを握らせて自分の手で包むようにした。

　ネリーは戸口に立ったままだった。最近のネリーの定番のスタイルは、ウエストがゴムのパンツにパステルカラーのゆったりしたスウェットシャツだが、そこにいる母を見ながら、ジェーンは五〇年代の前身頃がワイシャツ型《シャツウエスト》のプリント柄のワンピースを着たネリーを思い浮かべた。細いウエストにまわされたベルト、手を拭くためのエプロン。もしかしたらクリームパイのひと切れを持ってきてくれるのではないかとさえ思った。水をひとくち飲んでグラスを父に返すと、やっと声が出るようになった。

「母さんはやってない」

　ネリーのショッキングな発言に対する反論としてはいかにもお粗末だけれど、ジェーンとしてはこれが精いっぱいだった。

「あんたも父さんもあたしにはなんにもできないと思ってるんだろ。あたしは学がなくて本も読まないから、どうせ自分ひとりじゃなにもできないって」

　ジェーンは父を見た。こういうとき父が母の言葉を通訳してくれる場合があるので。しかし、この会話のどこに飛びこんだらいいのかとドンも途方に暮れているようだった。

「あんたがあそこへ行ったすぐあとに、あたしも行ってきたのよ、ドン。あんたが出てきてから、なかにはいったの。ガスはキッチンで小汚い頭をのけぞらせ馬鹿笑いしてたわよ。あたしを見ても驚いた様子も見せないで、げらげら笑いつづけてた。それから、あのナイフをあたしに向けて振って、あんたに言ったのと同じことを言ったの。建物は売ってやる。売ったところでおまえらがおれの持ち物であることには変わりないんだからなって。だから、あたしはあいつの小汚い顔の真んまえまで歩いていって、こう言ってやったのよ。これ以上たわごとをほざいたら、ちょん切ってや……」ネリーはそこではじめて言葉に詰まり、ジェーンを見た。ガス・ダンカンに浴びせた言葉を聞かせられる年齢に娘が達しているかどうかを決めかねているように。

「……うんと痛い目に遭わせてやるってね。たわごとはもうたくさん、これでおしまいだってね。あいつは顔を真っ赤にした。首の血管がぶち切れそうだった。そのまま家を出たけど、あいつをあの世へ送ってやったことはわかった。つぎになにが起こったかといえば、ガス・ダンカンが死んだとあんたたちから聞かされた。だから、今こうして報告してるのさ」ネリーは誇らしげだった。「あいつを殺したのはあたしなんだって」

ネリーは目をぱちくりさせて部屋のなかを見まわした。

「どうしてここがこんなに明るいの？」

ジェーンは黙って微笑み、肩をすくめた。

ネリーはひと声うなり、机の上の布巾をつかんで手をかばうと、百ワットの電球をねじってはずし、ジェーンがさっき机に置いた四十ワットのほうを手に取った。つかのま奥の部屋が闇に包まれた。と、〈EZウェイ・イン〉の表の入り口のほうでどさっという重たげな音とガラスの割れる音が聞こえた。そして、もう一回、どさっ。まずネリーが、続いてジェーン、ドンの順に店のほうへ走った。割られたガラスが三人の目にはいった。残ったガラスのぎざぎざの跡が、窓に掛けられたネオンサインの〝ドンとネリーの店〟を額縁のように囲んでいる。煉瓦がひとつ床に転がっていた。ジェーンはそれを取り上げ、煉瓦をくるんであった紙を剝がした。

おまえのしたことはわかっている
死体を埋めた場所も知っている
同じ金額
同じ時間
同じ場所で

「ジミーに電話して」ネリーは箒《ほうき》を手につかんだ。

ドンはうなずき、ため息をつき、かぶりを振った。

ジェーンの鼓動が速くなった。「母さん、なぜマンソン刑事にも電話してって言わないの？ガス・ダンカンの事件と関係があるかもしれないでしょ？」

ドンもネリーもジェーンをひたと見つめた。

「ジミーはガラス屋だ。ジミーならこの窓を修理する者を今すぐによこしてくれる」とドン。

「母さん、警察に通報しなくちゃだめよ。だれかが脅迫してるのよ。母さんはなにもしてないのに。いくら恐ろしいことを言ってガスを怖がらせたとしても、彼を殺したことにはならないのよ」

「おや、そうかい？　いいんだよ、あいつを殺したのはあたしなんだから。心臓が止まるほど脅かしてやったんだから」

「わかった、母さん、わかった。人殺しになることが母さんにとって重大な意味をもつなら、いいわ、その栄誉に浴せばいい。だけど、そのことで母さんを脅迫できる人間なんかどこにもいない」ジェーンは母が掃き寄せるガラスの破片のために塵取りを構えた。

「ああ、そうだね。ほらそれ、もっとこっち。ストップ、止めて」

「だったら警察に通報して、父さん」

「いや、ハニー、まだ早い」とドン。

いったいなにが始まってるの？　長年ドンとネリーと暮らすなかで気分のアップダウンはさんざん体験したが、こんな変わった軌道はローラーコースターでも例がないかもしれない。最初はドンがガス・ダンカンを殺したんじゃないかと気が気ではなかった。だから父は、ガスの死に関する警察の捜査結果が心配で、娘に隠れてマンソン刑事に状況を尋ねたんじゃないかと。そうしたらネリーの告白だ。心臓が止まるほどダンカンを怖がらせてやった結果だと自慢げに言うので、状況次第でありうる話だと信じそうになった。なんといっても、あの母には人間とは思えない力が備わっている。と思ったら今度は、未知の脅迫者が店の正面の新しくはめたばかりのガラス窓から煉瓦を投げこんでも、ふたりともまったく動じるふうもない。ここにいるふたりが人を殺してなどいないと考えられる以上、煉瓦を投げた輩《やから》はなにない。

をもってドンとネリーを脅しているのだろう？

「落ち着け、ジェイニー」窓の修理の手配を終えたドンが言った。「わたしがガスに会いにいったことが警察に知られたら面倒なことになるかもしれないと思ったのさ。マンソン刑事には警察の調べでわかったことがあるなら教えてくれと頼んだだけだ。やつが自然死だったのかどうかを。わたしはそう確信してたがね。母さんがガスのところへ行ったなんて初耳だよ。なんて馬鹿なことをしたんだ、ネリー」

「じゃあ、どうして父さんたちを脅迫する人間が現われるの？」

「いつものことよ。ねえ？」ネリーはドンに言った。

「ああ」ドンはやれやれというように長いため息をついた。

「そのことをちゃんと説明してもらえない？」ジェーンは叫んだ。「わたしの気がおかしくなるまえに！」

「べつになんでもないわよ。ガスは昔から父さんとあたしを強請《ゆす》ってきたんだから。たいした額じゃないけど。それも経費のうちと考えてきたし。担保みたいなもんよ。たいしたことなかった」とネリー。「その商売を引き継ぐ人間がいたってだけじゃないの？」

「少なくとも要求額は同じだ。神よ、ささやかな親切に感謝を」

目眩がしてきた。ここで引き下がらずに問いつめれば、最後には事実を聞き出せるだろうと思っても、こっちがそれまで耐えられるかどうか怪しい。ふたりは強請《ゆすり》に関する意見を交わしているつもりでも、部外者には車の保険料か樽入りビールの仕入れ値の話でもしているように聞こえるだろう。しかも、自分は部外者のなかでも最も外側にいるという心境に急速に陥っていた。

「もうひとつ訊きたいんだけど、母さん」

ネリーは箒で掃く手を止めてジェーンを見た。

「母さんはなにをちょん切ってやるってガスに言ったの？」

「なんだと思うのさ？　そりゃ、あいつの……」どんなむごたらしいニュースの詳細でも、厳然たる事実を伝える報道に身の毛がよだつ描写があっても、子どものジェーンに隠したことは一度もなかったネリーだが、一瞬ためらいを見せた。「……男の象徴《しるし》よ、決まってるじゃないか」

ジェーンは全身に安堵の波が広がるのを感じて微笑んだ。母が〝男の象徴〟をどうしてやるつもりだったかをさらに詳しく喋りだすと、微笑むだけでは足りず笑いだしそうになった。母のプランには隣家の〝ドーベルマン〟も登場した。母がその凶暴な計画を一篇の詩のように朗々と語るのを聞くことはほとんど快楽だった。母が〝ちょん切る〟と言ったのはガス・ダンカンの指とはまったく別物だったから。

14

ブルース・オーも、ガス・ダンカンを殺す動機のあった人がいるというジェーン・ウィールの意見に賛意を示した。ダンカンは強請屋だった。殺す動機があった人物とは彼女の両親のドンとネリーだということも指摘するべきだとオーは感じていた。ジェーンもそう考えたようだが、そのことでさほど悩んでいるようには聞こえなかった。

「ガスは最低でも五カ所の建物を所有してたのよ。もっとかもしれない。ほかの店子も強請ってたんじゃないかしら。そのうちのひとりが――いいえ、ひとりではすまないかも――家賃を支払いたくないと、あるいはガスが要求してた毎月の割り増しぶんをもう払わないと決心したってことも考えられる」電話口でジェーンはそう言った。

オーはその点でもジェーン・ウィールに賛同した。彼女と話していると知らず知らずのうちに彼女の探求熱につられてしまう。ちょうど今はお茶を飲みながら、ある学生が提出したDNA鑑定に関するレポート――なぜ学生はみな病的なまでにこのテーマを選ぶのだ？――を読もうとしているところだった。ジェーンのためにはここで賛同しないほうがいいとわかっているのに、それができない。

結局、実質的捜査はなにひとつおこなわれていないのだ。カンカキー警察のマンソン刑事が任務をつつがなく遂行した結果、ガス・ダンカンの死因が心臓麻痺であることを疑う理由はないと言っているのだから。〈EZウェイ・イン〉に投げこまれたという脅迫状には興味を覚えるが、ジェーンの両親には通報の意思がないらしい。

「なぜ警察に知らせる必要があるの？　そんなことしたら、あたしらが口止め料をガスに支払ってたことを世間に知らせるようなもんじゃないの」ネリーは首を振り振り、子どもたちにいい大学で教育を受けさせたのは金の無駄遣いだったとぶつぶつ言った。生きる知恵がまったく身についていないと。

「今までまるく収めてきたんだよ、ハニー。そのことを忘れないでくれ。昔、愚かな真似をした仲間がいてな、その代償をわたしたちが支払うのはしかたがないんだ」ドンの口調はいくぶんやわらいだが、やはり妥協を許さぬものだった。

「今あなたが言ったとおりにお父さんは言われたんですね、ミセス・ウィール？」とオー。

「ええ。まるく収めてきたって。父はそう言ったの。でも、なにか恐ろしいことがあったという意味じゃなかったのよ。うちの父はそんなことが……」

「わたしが気になったのは〝仲間〟という言葉なんです。だれを指して〝仲間〟と言ったんでしょう？　お父さんはなにかの団体に属していたんでしょうか？」

「父は選り好みしない人よ。たぶんエルクス・クラブ（秘密結社）にもキワニスクラブ（国際的奉仕団体）にもはいってるわ」ジェーンはエルクスもキワニスもその存在意義すら知らないことに今さらながら気がついた。「〈EZウェイ・イン〉から生まれたゴルフ・チームだってあるし、いくつものボウリング・チームの発起人にもなってるし。それがどうかした?」

「ほかにはどうです? お父さんが投資した友人はいませんか? 会員と財産を共有していませんでしたか? ご両親が団体で旅行したことは?」

「なぜそんなことを? うちの親は旅行なんかしなかったけど、それが重要なこと?」

「おふたりがどこかのグループに属していて、犯罪を目撃した可能性がないとはいえないからです。ある人物が過ちを犯し、メンバー全員でそれを秘密にしようということになったかもしれないでしょう? さしあたり餌を全部投げこんで引っ掛かるものから調べようとしているだけです、これまでわたしがいた職場の同僚の言い方を借りるなら」

ジェーンの口ぶりにはためらいがあった。大きく息を吸う音が何回も聞こえていた。が、今は吐き出す息がさほど速くなくなっている。なにかを思い出したのだろう。思い当たることがあったのだろう。

「どうでしょうか、ミセス・ウィール?」

そのとき、オーの耳にある音が聞こえた。現代生活に欠かせぬ機器の致命的欠点のひとつ。そのカチリという音はミセス・ウィールにべつの電話がかかってきたことを意味する。彼女はちょっと待ってとオーに言ってから、また電話口に戻ると、そのもう一件の電話のほうに出なければならないと言って謝った。というわけで、オーは彼女が戻ってくるまで待たされることになり、そうなると彼女の息遣いの変化について考えるしかなかった。で、机のまえでまたお茶を飲んだ。それから、学生のレポートを読むという気の進まない作業を再開した。

ジェーンとしてもオーとの通話を中断したくなかった。〈シャングリラ〉で使われていた物を一緒に見ながら母と交わした会話を思い出したところだったのだからなおさらだ。何事にも動じず、郷愁とも感傷とも無縁なネリーが、あのとき〈EZウェイ・イン〉のバーカウンターをまえに娘と並んで座り、過去を懐かしんだのだ。傷ついた人間がいっぱいいたとネリーは言った。自分たち夫婦の友達も傷ついたと。母さんはなにがその人たちを傷つけたと言ったんだった？　しかし、この割りこみ着信を無視するわけにはいかない。

「もしもし、メアリ、お元気？」

「ええ、元気にしてるわよ、お嬢ちゃん」とメアリ。「あのふたりにあなたの番号を教えてもらったの。仕事の邪魔をしたんじゃなければいいんだけど」

ジェーンはにっこりした。なるほど、携帯電話の番号も名刺に書いておくと仕事のうえで有利に働くというのはほんとうらしい。名刺の主にはそれなりのオフィスと収入と職業生活があるのだと相手は思ってくれる。

邪魔などされていないから大丈夫だとジェーンが答えると、メアリは用件にはいった。孫娘のスーザンに昔の写真の話をしたそうだ。やはり写真を見たいとスーザンも言うので、あなたさえかまわなければ譲ってほしい、いくらであれジェーンがハウス・セールの業者に支払った額で引き取らせてもらいたい——。

「じつはあの写真をいくらで買ったかはお教えできないの。あれは部屋の一部だったから。お金なんていりません。元の持ち主のところへ戻るのならわたしも嬉しいわ」

「部屋の一部？」

「箱詰めにしてあの部屋に置いてあった〈シャングリラ〉の物をまとめて全部買ったということ。酒場で使う道具や灰皿やカードや、ユーカーやクリベッジ（カードゲーム）の盤や……」

「部屋にあった物を全部？」メアリはジェーンの目録紹介を遮った。

「ええ」

沈黙が返された。ジェーンは自問した。ベイトマンの指のことをここで打ち明けるべきだろうか。メアリは真剣に考えこんでいる。この沈黙がそう語っている。あの広口瓶のなかにベイトマンの指が漬けられているのを思い出したのだろうか。〈シャングリラ〉のグラス類と一緒にあれを箱に詰めたのはメアリなのだろうか。

「ほかの部屋は？　ほかの部屋にあった物もあなたがまとめて全部買ったの？」心配するというより、おもしろがるような口調だった。

「いいえ、いくつかは選んで買ったけれど、酒場の道具を見つけたとたんに、ほかの部屋のことが頭から消えてしまって」

「どうして？」

その質問をジェーンは待ち受けていた。メアリからずばりと訊かれれば〈ＥＺウェイ・イン〉のことを話せる。その話題――自分は居酒屋の娘だということ――のきっかけをつくったのが自分でなければ話しやすい。メアリがひとり娘を亡くしているので言いにくかったのかもしれない。自分の愛する娘は死んでしまったのに、こうして生きている娘もいるという事実をメアリに思い出させるのが怖かったのだ。メアリとは友達でいたかった。メアリに好かれたかった。死体にたかる蠅のように故人の遺品に群がるゴミ漁り屋《スカベンジャー》のひとりにすぎないと思われたくなかった。居酒屋の娘だとなぜ清掃動物《スカベンジャー》のようだということになるのかは自分でも説明がつかないが、どこかそういう部分があるのはたしかだ。

「わたしの両親も〈EZウェイ・イン〉という店をやっていて……」と語りはじめたところで、カチリと音がした。またべつの電話がかかってきたのだ。電話にはかならず出るといつもニックに言っている。どんな状況であれ。たとえ、署名と日付がはいった刺繍のヴィンテージ・リネンの引っぱり合いの真っ最中であろうと、密封蓋のついた広口瓶の箱詰めを他人に持っていかれそうになっていようと、しかも、通常の緑色の一パイント広口瓶の海のなかに薄い琥珀色の四分の一パイント広口瓶がひとつ混じっていようと。とにかくどんな状況であっても、割りこみ着信があったらかならずその電話に出ると、息子に約束している。「メアリ、そのままちょっとだけ待っててくださる？　すぐに戻るので」

「ジェーン、緊急事態発生。今から例のあばら屋に来られないか？　どえらいものを発見した」凧も顔負けというくらい高々と舞い上がったティムの声。ガス・ダンカンのゴミの山の下に大量の宝が埋まっていたにちがいない。

「ちょっと待ってて、すぐ戻る」ジェーンはメアリとの通話に戻った。だが、なにも聞こえなくなっていた。切り替えるときに自分で通話を終わらせてしまったか、メアリが電話を切ったかのどちらかだった。

「ティム、急いで電話しなければならないところがあるから……」ティムとの通話に戻ると歌声が聞こえてきた。今後は当たりのセールでわたしが浮かれてもからかうなときつく言ってやらなければ。ティムはあきらかにお月さまの向こうまで行っている。

「なんなの、ティム？」

「ハニー、ぼくにはどうでもいいことなんだけどさ、ここにはカンカキーの全歴史が埋まってるぞ。新聞にジャンク、でも、すごいのは写真だ。信じられないだろうけど。大きな古い木の額縁に収まった集合写真。そうだよ、きみの大好きなやつ。ガスは写真家のスタジオでもあった建物を買い取ったのかもな。きみの愛するベークライトもゲットしたぜ、ベイビー。未開封のボタンカードやアクセサリーや抽斗の取っ手や手芸品がはいった箱もある。ダイムストアの在庫品を見てるみたいだ。一九三二年物ってところだね。きみの好みにどストライクだろ。信じられない財宝だぞ。開けゴマのアリババが洞窟の扉を開けたときはこんな気分だったんだろうなあ」

心臓が疾走するのがわかった。血管がどくんどくんと脈打っている。うなじの毛が逆立ち、皮膚がむずむずした。それ以外にも、言葉にすれば月並みな、だが偽りのない、ありとあらゆる身体反応がティムから発信されたニュースによって起こった。ティムとジェーンは——彼はわたしを仲間に加えようとしているんだから、この括りでいいはず——金塊を掘りあてたらしい。それを見るのも、その目録を作るのも、値付けをするのも、そう、売るのも、わたしたちが最初！　でも、そのまえに買わなくちゃね。買えるの？　ティムの〈T＆Tセール〉のポリシーが、わたしの仕入れを阻んだりしない？

「わたしが最初に買っていいの、ティミー？」

「今からそんな心配をしてもしょうがないだろ。この音を聞けよ。今、釘打ちされた木箱を開けた。さて……」

カチリ。ああ、そうよ、ニックにいつも言ってるのよ。たとえ彫刻がほどこされた六センチ幅の赤いベークライトのブレスレットに手を伸ばしてるときであっても、電話を受けてみたら、あの胸のむかつく本の買い付け人の声が聞こえたとしても、それでもとにかく、割りこみ電話にはかならず出る。そうニックに約束したのよ。

「ちょっと待ってて、ティム。もしもし」

「ああ？」

「自分から電話しといて、ああ？　はないでしょう、母さん」

「ああ、もしもし。あんた、運転中なの？　車のなかで電話してほしくないから訊いてるんだよ」とネリー。

「いいえ、運転中じゃありません。今、べつの電話に出てるところ。ちょっと待って」

「脇へ寄せなさいよ」

「運転中じゃないってば。そのまま切らないで待ってて。ああ、ティム、母さんからだった。

できるだけ早くかけなおすわ」

「今どこにいる？」とティム。

「〈ジュエル・オスコ〉の駐車場。オレンジジュースを買いにきたんだけど、ここからオー
刑事に電話しようと決心したの」

「〈ジュエル・オスコ〉の駐車場から？」なぜ？　と問いたげだ。

「実家からはしたくなかったから」

「なるほど、そういうことね。刑事との話じゃね。いや、今は探偵か」

通話を切り替えると、ネリーはほかのだれかと話していた。怒鳴っている。

「母さん、わたしだけど。父さんに怒鳴るのやめてよね」

「父さんはいない。こらっ、芝生にはいるんじゃないよ、あんたたち！　この先に公園があるだろ。ボール投げをするならそこでおやり」

「母さん、もうすぐハロウィーンよ。窓に石鹸で落書きされちゃうわよ」

「ああ、そういうのはやらせてやればいいのさ。だけど、他人《ひと》んちの芝生を荒らすのは……」

「電話の用件はなんだったの、母さん？」

「あんたの弟から電話があったの」

「それで？」

「カリフォルニアから」

「母さん、大きい声で話して。右も左も車で声が聞こえない」

「じゃあ、車をどこかに停めなさいよ。待ってるから」

「ここは駐車場！」金切り声になった。「まわりは車だらけ、しかも動いてる車！　マイケルがなんて言ってきたの？」

「感謝祭に帰ってくるって」

「ああそう、よかったじゃない」

「だから、あんたもほかの予定を入れないでちょうだいよ」

「あのね、わたしは今、うちから五分の〈ジュエル・オスコ〉にいるわけ。今は九月なわけ。今から十一月の予定を立てなくちゃいけないの？　感謝祭プロデューサーでもいるの？」

「マイケルに言ったんだよ、どうせあんたは……あれ、なによ、この音？」

「べつの電話がかかってきたみたいね」割りこみ着信というシステムが考案されたことにはじめて感謝を捧げた。

「ジェイニー、例の脅迫状のことをあれから考えていたんだが」ドンだった。

「ちょっと待って、父さん、もうひとつの電話を終わらせるから。母さん、こっちからかけなおすわ」

「……あのクソ重い鍋はあたしじゃ持ち上げられないんだから」母が喋っている。父の電話に出ていたあいだも喋りつづけていたのだろう。

「あとでかけなおす！」ジェーンは携帯電話に向かって叫んだ。

「……支払う相手がわからないうえに、煉瓦の一件も気に入らん」父が喋っている。やはりひとりで喋っていたらしい。

「待って、最初のところが聞こえなかった。もう一度……ああ、もう！」またもカチリという音が耳にはいった。「父さん、べつの電話がかかってきたからそっちに出なくちゃならないわ。ニックとの約束で電話にはかならず……」

「ジェーン？」今度はオリー。「お仕事中お邪魔してごめんなさいね」

「いいえ、ちっとも、オリー」オリーが想像しているのは、車のハンドルに覆いかぶさるような恰好でオレンジジュースのパックを開けようとしているジェーン・ウィールではなく、大きな机をまえにしたジェーン・ウィールなのだろう。嬉しいことに。

「メアリから電話があって、写真を受け取りにあなたのオフィスまで車に乗せていってくれないかと頼まれたんだけど、名刺に住所が書かれていないことに気がついたのよ」

「この電話は携帯電話なの。車を使って仕事することが多いから」

「車を使って？」オリーは訊き返した。

「車を走らせて。ほら、クライアントを訪問したりするでしょう。今はカンカキーにいるの。このまえお話しした〝マクフリー・ショーハウス〟の関係で」

「あれはカンカキーで開かれるのね？」

「ええ、わたしの生まれ故郷の。わたし、カンカキーで育ったんです。その家の内装をするんだってお話ししなかったかしら？」

「カンカキーだという話は聞いてなかったと思うけど」

「カンカキーはご存じ？」

「もちろんよ。ボウリング大会があって幾度も行ったわ。野球の試合もよくあったし。もちろん、メアリはそのことを……」

割りこみ着信。ジェーンはハンドルに頭をぶつけた。

「ちょっと待っていただける、オリー？　すぐに戻るから」もう泣きそうだ。

「もしもし、ジェーン、ティムからあんたの番号を聞いたの。リリーよ」

ジェーンはリリーにも電話を切らずに待ってと言ったが、オリーのほうに戻っても、もう電話が切れているだろうと感じていた。案の定だった。

「もしもし、リリー？」

「弟のボビーが、あんたと話をしたほうがいいんじゃないかって言うの。弟の知り合いが警察にいて、あんたがまたガス・ダンカンの家へ行ってマンソン刑事に会ったたって聞いたから。マンソンがもう一度あそこを調べなおすそうじゃない？」

「そうだけど？」マンソンは依然としてガス・ダンカン殺害を否定しているとリリーに教えてやろうとして、思いとどまった。こちらがなにも言わなければ相手が沈黙を埋めようとする。そのことをジェーンはオーから学んでいた。沈黙を埋めるほうの側にまわるまいと思った。

「なぜあたしがあそこへ行ったかは説明できるわ」とリリー。「それに、あたしは……」

また音がしたが、これまでに割りこんだ着信音とは音の種類がちがった。

「リリー？　べつの電話がかかってきてるんじゃない？　待ってるから出ていいわよ」

だが、そのあとまったく音がしなくなったので、リリーがこの通話を保留にしたのではないとわかった。携帯電話の画面もそう語っていた。

〝通話が終了しました〟。

15

ガス・ダンカンの持ち家、地元の人々が〝あばら屋〟と呼ぶ家はリネット・ストリート八〇〇番台のブロックに三軒並んで建っている。三軒とも同じ造りで、申し訳程度のフロントポーチが付いた別荘風の小さな木造家屋。とんがり屋根に左右対称の窓。子どもの図画のモデルのような雰囲気。鉛筆で描いた煙が煙突から立ちのぼっていればいうことなしだ。

リネット・ストリートはわずか四ブロックをまたぐジグザグの短い通りだが、〈EZウェイ・イン〉の南側を碁盤の目のように走る道の単調さを破っていた。カンカキーにいたころにはジェーンもほとんど毎日、その三軒のあばら屋のまえを車で通っていた。目障り、瓦礫の山、ゴミ溜め。近隣の住民のおおかたはその三軒をそのように形容する。が、ガスは賢かった。前庭の芝生に生えた蔓草や雑草を伸び放題にさせた。家をふさぐまでに伸びた雑草や家のまえに散らばった錆びた車の部品は、リネット・ストリートの住民たちをいらつかせるだけでなく、怖がらせ、怯えさせるに充分だった。いよいよ市が土地の収用手続きに乗り出そうとすると、ガスが呼び集めた一団がピックアップ・トラックで現われ、間一髪で、ある程度の量のゴミを運び去り、市の許容範囲の高さまで雑草を刈り取っていった。そして本人はフロントポーチに置いた折りたたみ椅子のひとつに巨体を据え、住民からの苦情があるならその文書を見せろと職員にすごむのだった。

朝、〈ジュエル・オスコ〉でジェーンはレジ係と客の話を小耳に挟んでいた。近々、あのあばら屋が取り壊されるのだという。なんでも数年まえから八〇〇番台のブロックの先のほうでブルドーザーがエンジンを吹かして停まっていることがあったが、これでやっと取り壊し作業が始まるというような話だった。

ジェーンはリネット・ストリート八〇一番の家のまえに車を停めた。ティムのマスタングのうしろにつけて。ガスが住んでいた八〇五番からは遠いほうの一軒だ。車から降り立つと、腕組みをして上体をそらせ、その三軒を眺めた。住民の見方は正しいとつくづく思った。人間が住むところとは思えない朽ち果てた家。ガス・ダンカンしか住めなかった家。大きな嵐にでもなればひとたまりもないだろう。風がそよと吹いただけでも倒れそう。人が頬を膨らまして、ふっと息を吹きかけても崩れてしまうかもしれない。

が、それでも……ジェーンはその三軒にペンキを塗って、杭柵と薔薇の垣根を張りめぐらした光景を思い描いた。薔薇がポーチの屋根を支える錬鉄の柱を這い上がるさまを。鍛金のノッカーをつけた玄関扉のまえにはファイバーマット。手入れの行き届いた芝生は青々として、家に通じる小径もきれいに掃かれ、前庭には果樹が一本植わっている。窓を守る鎧戸の色は緑にしよう……自分の目を覚まさせるために両手で肩をぴしゃぴしゃ叩いた。これでは煙突から細い煙をたなびかせた落書きをする子どもと大差ない。

「わかるわかる。この三軒を買って改修できないかしらなんて考えてたんだろ。一軒めにぼくが住んで、つぎの一軒にきみが住んで……三軒めにはだれが住むんだろ？」ティムは一軒めの家のなかに立っていた。玄関扉のずたずたの網戸のうしろに。

「あら、どこからそんなロマンチックな考えが浮かんでくるの？」ジェーンは目をみはり、まつげをはためかせた。

「浮かぶさ、当然。きみの様子を見ていれば。頭のなかで家と庭を設計しなおしてるのは見え見えだった。唇が動いてたよ、ベイビー。きみの唇は口ほどにものを言う」

「なんて？　わかるの？」

「いいか、ハニー、きみが欲しい物を見つけると唇が勝手に動きだすのさ。祈禱書を読んだりロザリオの祈りを捧げたりするときみたいに。オークションで〈マッコイ〉の植木鉢がはいった箱が登場すると、今にも発作を起こすんじゃないかとまわりの連中ははらはらしてるだろうな」

ひょっとしたらばれているのではないかと思っていたのだ。ディーラーもほかのピッカーもみんな、目当ての物が視界にはいると首を振ったり身震いしたり目をぱちくりさせたりしていることには気づいていた。チャーリーが岩や化石を見て舌打ちを始めると、感嘆の声をあげる前触れだとわかる。ティムもこれぞという品を見つけると、財布を入れたポケットを叩きだす。

「どうしてこんなに長くかかったんだよ？」ティムはジェーンを家のなかに引き入れた。

もっと暗くて臭くて恐ろしげでもよかったはずだが、その三大要素に大騒ぎするのはティムが先にひとりですませていた。今はすべての窓が開けられ、すべての流しと排水口に業務用の消毒剤が噴霧されていた。ティムの一番のお手柄は、〈ホームデポ〉で買った金属製の作業灯一ダースのうち四基を玄関に設置し、家のなかをこれ以上ないという明るさで照らしたことだった。となると、もちろん汚いところも照らし出されているわけだが、汚ないものはむしろ目に見えたほうが恐ろしくない——そこになにが棲んでいるのかを判別できたほうがいい。ティムは使い捨ての薄いビニール手袋とペーパーマスクをジェーンに手渡した。

「それほどひどくはないだろ。地下室なんてかなり整頓されてるほうだったよ。段ボール箱の数はとほうもないけど、ちゃんと積み重ねて、それぞれ印もつけてあるし、意外に湿気てない。それは画期的なことじゃないかな。このあたりの地下にはカンカキー川の影響がほとんどないみたいだ。信じがたいけど。あのさ、聞いてるの?」

ジェーンは携帯電話を取り出してコンセントを探した。この一時間ですっかり充電が切れてしまったのだ。おまけに、通話が途中で終了したり会話が中途半端になったりした相手にかけなおそうとしても、だれにもつながらない。オーとはまだ話が終わっていないし、メアリとオリーともあれで終わりというわけにはいかないのに。最も気がかりなのはリリーだが、彼女の自宅にかけても店にかけても応答がない。

「作業用の電話とかここに引いてる?」

ティムは首を横に振り、自分の携帯電話を差し出した。さらに、肌身離さず持っている手帳を調べてリリーの第三の連絡先の番号を教えてくれた。

「ボーイフレンドの家か、弟の家かはぼくも知らない」ティムは一式揃った銀食器の数を夢中で数えている。

ジェーンは彼の肩先から覗きこんだ。「それ、もしかしたら……？」

ティムはかぶりを振った。

ふたりともふうと息を吐いた。ティムもジェーンもホテルで使われていた銀食器や皿や器には目がない。ダウンタウンから姿を消して久しいカンカキー・ホテルの銀食器でも手にはいろうものなら狂喜乱舞だ。ジェーンがこれまでになんとか入手したのは銀のデザートボウル六個とそれより少し大きめのボウル一個。ティムに見せて、おそらくサラダボウルだろうと判断した。ティムのほうは自分が関わったハウス・セールで主鉱脈を掘り当てていた。カンカキー・ホテルの食器の大半は、オークションにかけられるまえに元従業員のミセス・スラグモアに売られていて、彼女はそれらを箱にしまってラベルもつけず、長いこと自宅の地下室に放置していたのだ。そういう事情でティムは銀のトレイと薬味入れ、厨房で使われていた銀製の調理器具数種、それにティーセットを持っている。ジェーンとしてはティムがガス・ダンカンの死を殺人だと認めたらすぐにも、そのうちの何点かを譲ってもらいたかった。約束どおりに。もっとも、条件の帳簿価額二十五ドルは優に超えるだろうが。

「でも、ホテルはホテルだぞ。ガスはいったいどこの……？　頭文字は〝L〟か」

「L？」ジェーンはにんまりした。「掘り当てたかも」

「ああ、そうか、そうだよな。ラファイエット・ホテルか。山ほどあるぞ」

ティムはその箱のまわりで踊りはじめた。一応タッチダウン・ダンスとしておこう。タッチダウンを決めた直後のフットボール選手が見せる歓喜の足踏みをしているから。もちろんティムはランニングバックでもなんでもないけれど。彼はヴィンテージの高級テーブルウェアをこよなく愛し、〝L〟で始まるラストネームをもつ長身でハンサムな男というだけ。でも、これはタッチダウンのあとのエクストラポイントで得点したに等しい快挙だ。

ジェーンはガス・ダンカンのあばら屋の一軒めのキッチンに足を踏み入れた。人が暮らしていたとはとても思えない汚れようやゴミの散らかりようを見ても驚かなかった。ただ、散乱の質がわずかだがちがう。荒れ果てたというよりは荒らされたという印象を受ける。ハウス・セールでの習慣で部屋のなかに視線を走らせた。左から右へ、天井から床へ。すると抽斗が引き抜かれたのち、かろうじて閉められた形跡があることに気づいた。リネン類の一部が抽斗からはみ出している。食器棚の上部も開けられていて、扉がきちんと閉まっていない。埃がつくる模様も不自然だ。こびりついた脂と埃のなかに新しそうな指の跡が見える。

「キッチンはもう調べたの?」

「そっちを最初に調べるのはきみだろ。ぼくのうちで使う物を探したいんじゃないのか? つまり〝マクフリー〟のことだけど」

「この家の戸締まりはどうなってた? ふつうの安全錠とか南京錠とか?」

「まさかと思うだろうけど、裏口が開いてた。ビル・クランドールがぼくのために開けといてくれたのかもしれない。彼はここにある物にはたいして期待してなかったしね」

「だれだっけ？」

「ダンカンの甥だよ。ここの名義上の所有者はクランドールだけど、ガスは自分が八〇五番に住んでるあいだは、この三軒に近づくことを禁じてた。クランドールによれば叔父のガスはとにかく変わり者で、整理しなければならない物がたくさんあると口癖のように言ってたそうだ。整理がすんだらおまえの好きなようにしていい、三軒まとめて焼き払うなりなんなりしろと。焼き払えとはね」

ガスは整理とやらをこのキッチンから始めたのだろうか。

ジェーンはリリーに電話するためにこの部屋にはいったことも、彼女の三番めの連絡先に電話しようとしたことも忘れ、裏口の左側に積み上げられた箱を調べはじめた。もしかしたら、ガス・ダンカン本人がつい最近、引っ越しのために食器棚の中身を取り出して箱に詰めたのかもしれない。ガスは自分の所有する不動産のあらかたを売却し、この三軒のあばら屋を甥に与えていた。彼は町から出ていくつもりだった、あるいは少なくともリネット・ストリートから離れるつもりだったのかもしれない。

「ティム！」

ティムもキッチンへやってきた。大判の白いリネンのナプキン一枚を顎の下に挟みこんで。

ナプキンの片隅には趣味のいいイニシャル刺繍で栗色の〝L〟の文字がはいっている。

ジェーンは木箱のまえにしゃがみこんだ。膝を痛める日は遠くないとティムから脅かされそうな、両足を踏ん張ったピッカーのポーズ。こういう箱をテーブルの高さまで持ち上げなければならないのがピッカー稼業である。キャッチャーのように九イニングしゃがみっぱなしは無理としても。四十歳を過ぎれば関節も曲がり角にさしかかる。

まず手に取ったのはパンチボードの〈モア・スモークス〉だった。赤、白、青の円のなかでルールが説明されている。数字の最後が5の番号の赤いチケットを引き出すと煙草五箱が当たる。最後が0の白いチケットでも煙草五箱。ジェーンはキッチンの薄明かりのほうにパンチボードを向けた。ティムはここにはまだスタンド式の作業灯を持ちこんでいないが、流しの上の埃に覆われた小さな窓から細い光が射している。ジェーンがパンチボードをその光にかざした瞬間、それが無価値だとティムは見抜いた。突き破られた穴《パンチ》がいくつかあったから。ジェーンはパンチボードを光に向けてひねったり裏返したりして、それらの穴が作る模様を眺めた。

「すごい溜めこみ屋《モリネズミ》！　こんなパンチボードを取っておくなんて。つまり、穴があいた使用済みの物を」ジェーンは首を横に振った。

「まったくだ、いかれてる！」ティムは笑いだした。「捨てよう」

が、パンチボードを取り上げようとしたティムの手を、ジェーンはぐっとつかんで放さなかった。

「じゃあ、きみの車に放りこんどいてやるよ、モリネズミ」

「それを言うなら、ミズ・モリネズミ」そこで突然、リリーへの電話を思い出し、ティムに教えてもらった番号を押した。留守番電話のメッセージが男の声で聞こえたので、電話を切った。

ティムはパンチボードのほかにも、ジェーンが〈EZウェイ・イン〉で中身を調べたいというキッチン用品のはいった箱をいくつか車に積んだ。この不潔なキッチンであらゆる物をきれいに洗って、用途やコンディションを見分けるのは不可能と思われた。ジェーンが見つけた持ち手が赤いベークライトのアイスティー用スプーンなどは一度も箱から出されたことがないのか新品同様で魅力的だったが、ガス・ダンカンの持ち物のほとんどは何十年ぶんもの蜘蛛の巣をかぶり、べとついた埃にまみれていた。こんな汚い箱が店に持ちこまれるのを見たら、ネリーがわめき立てるのは必至だけれども、娘のがらくた洗いを手伝う作業がネリーに深い満足感を与えるであろうということもわかっていた。ネリーは物を溜めこむのは嫌いでも、物を自分の手で清潔にするのは大好きという人だから。ティムは三軒のあばら屋のどれかをセール場にできるぐらい掃除するべきか否かで悩んでいた。

〝マクフリー〟の内覧会は今週末におこなわれるので、その後、そっちの仕事は会場の受付係と案内係に引き継がれる。ジェーンの協力があれば、二週間であばら屋セールの準備もできなくはない。ティムはすでにジェーンに協力を求めたつもりだった。庭にテントを張るのも悪くない。ただ、自分たちは黴臭い古い地下室や屋根裏部屋に置かれた物をかき分け、錆びついた金物や黴の生えた〈タッパーウェア〉をものともせずに突き進むことができるけれども、カンカキーの住民がここをセール場と認めてくれるかどうか、自分はおもしろいと思っても、シカゴのディーラーたちを誘いこめるかどうか、今ひとつ自信がない。なんといっても、ここはガス・ダンカンの洞窟なのだから。

そこへビル・クランドールが現われ、玄関扉からちょっとだけ頭を差し入れて、使い捨ての手袋をはめたジェーンと握手をした。ジェーンが手袋をひと組差し出すと、叔父のゴミ溜めを検《あらた》める気はないからと言って断った。自分としては、できるだけ高く買い取ってもらいたいだけなんだと。

「ガスに自分の持っている物の価値がわかってるとは思えなかったね。がらくたを手放したくなかっただけなんだよ」クランドールも大男だが、叔父よりははるかに健康そうで身だしなみもよかった。顔はどことなく似ているが、ガスが浅黒い肌に黒髪だったのに対して、甥は色白で髪は砂色だった。

「ガス・ダンカンの低カロリー版だな」ビル・クランドールの駆るジャガーを見送りながら、ティムがつぶやいた。

「派手な車に乗ってるのね。なにをしてるのかしら」

「本人から聞いたところでは、ガス叔父さんと同業種らしいよ。州南部に不動産を所有して、住まいはシカゴの南の郊外住宅地。自分の手を使って労働してるようには見えない。小指にダイヤモンドの指輪をしてたのに気がついたか？」

ジェーンはうなずいた。プロの手でこぎれいに手入れされているにちがいない爪がマニキュアの補修塗りを必要としていることにも気がついていた。それに、白いリネンのシャツの汚れにももっと注意を払うべきだろう。ビル・クランドールはビニール手袋を借りたがらなかったが、いずれにせよ、叔父のゴミ溜めを調べていたのはたしかだ。

ジェーンは自分の車に積みこむ物の一覧を作ることをティムに確認した。ほんとうにセールを開くなら、まず全商品の解説が必要になると思ったから。きれいに洗ってよく調べたいキッチュなキッチン用品、使用済みのパンチボード。こちらは数にして三十はくだらない。さらに、種々雑多な文書と競売物件やセール場の場所を示す古い切り抜きで満杯のファイル・ボックスがひと箱。ティムが紙屑と断じた黄ばんだ用紙やら手書きの便箋やらで膨らんだ袋もひとつ。そうした古い紙類は〝マクフリー〟の担当スペースで使ってもいい。袋のなかを覗くとねじれた細長い紙が見えた。ガスは出前の中華料理についてきたクッキーを食べたあとに、おみくじを取っておいたらしい。思わず笑みがこぼれた。これも〝マクフリー〟のキッチンの食器室に使えそう。

ガスの書きつけた文字も読んでみたかった。賃貸契約のメモ？ ナプキンやマッチブックの裏に？

わたしにもこのあたりに自分の居場所を確保する余裕はあるだろうか。自宅で氾濫を起こしている物を保管するための場所を。両親やティムを訪ねたときに泊まることができる部屋を。もし、それができて、今のこの不定愁訴というか冷戦というか、なんであれ自分たちが苦しんでいるこの状態から抜け出せたら、このままエヴァンストンでニックと住みつづけることができるだろう。たぶんチャーリーとも。もしかしたら、この案は結婚生活を維持するための、健全な家庭生活を持続させるための解決策となるかもしれない。夫婦が別個に住《す》み処《か》をもつということが。幸せな結婚生活を送っている夫婦のなかに寝室を分けている人たちがいる。友達にも隣人にもそういう夫婦はいる。ただ、ジェーンの場合、寝室をチャーリーと分けたいとは思わなかった。むしろ独り身の寂しさがことさら身に染みるのはあの部屋だった。でも、キッチンは？　書斎は？　居間は？　自分の思いどおりにしたい。自分だけの部屋に。

ジェーンとティムがあらかじめ立てていたスケジュールはこうだ。夕食休憩を取ってから〝マクフリー〟での作業にあたる。体力に余裕があれば、もう一度あばら屋へ戻って探索を続ける。ティムは八〇三番の家にも明かりを持ちこんだが設置はしなかった。明日までに八〇一番の探索が終わればラッキーなほうだろう。小さい家なのにどちらも隙間なく物が置かれていて、八〇一番は印刷物《エフェメラ》が多く、古いカレンダーに地図などジェーン好みの物が目につく。八〇三番は酒場やレストランの道具が多かった。カードやサイコロが何ケースもあり、SPレコードがぎっしり詰まった段ボール箱もひとつやふたつではない。どれも四〇年代から五〇年代につぶれた酒場の地下室に残されていた物の雰囲気を漂わせている。そうした古い時代のがらくたが放つにおいにティムもジェーンも頭がくらくらした。これは蒐集依存症に特有の症状だった。

「八〇五番はどうする？　ガスの住まいは？」ジェーンが訊いた。「あそこも調べたの？」

「あそこは厳密にはビル・クランドールの家じゃない。今のところは。親戚がほかにいないから、いずれ彼の所有になるんだろうけど」

「そうね。でも、ざっとは見たんでしょ？」

「鍵が合うかどうかは確かめた。八〇一番と八〇三番には同じ錠前が使われてたから、自分が楽できるように八〇五番も同じにしてるんじゃないかと思ってさ」

「で？」

「思ったとおりだった。ああ、ざっとは見たよ」

「で？」

「なにもなかった、ほんとうに。あったのはガスの日常の必需品だけ。わかるだろ？　でっかいサイズのへんちくりんな服だの、卑猥なビデオ・コレクションだの、そのたぐいの物ばかり。ぼくたちの好奇心をそそる物は最初の二軒にしかなさそうだ」

「キッチン用品以外は、よね？」

「ああ、まずまずの家具とテレビ、ふだん使いのジャンクといったところかな」

ジェーンとティムはさらに一時間を費やして山積みの物の分類をしながら、これまでに見つけた物の品目を書き留めた。ジェーンはわれ知らず大きな声で鼻歌を口ずさんでいた。ときには歌詞を探して唇が勝手に動いてしまう。ティムは財布のはいったポケットをリズミカルに叩いていた。

狭い寝室の片方に挑戦してみるとジェーンが言うと、ティムは吸入器を片手に地下室に取りかかった。ティムの場合、地下室にもぐると〝職業病〟の喘息が出やすくなるが、それでも地下室の誘惑には抵抗できないのだ。ジェーンもペーパーマスクをつけた。クロゼットの湾曲した木のポールにハンガー吊りされた服を奥へ押しやるたびに埃がもうもうと舞い上がったので。

ティムの興味を惹きそうな服が数点あった。ベークライトのボタンが使われたゴージャスなウールのコート二着は奇跡的にも虫食いの穴がない。なにがこれらの二着を救ったのかは不明。〈ドブス〉のマーク入りの帽子箱を開けると、フェルトの中折れ帽《フェードラ》が三つはいっていた。灰色のを選んで頭に載せ、縁をまえに傾けてみる。レイモンド・チャンドラーの小説に登場するハードボイルドな探偵ふうに。

「ジェーン！　ジェーン！」とティムの声。

追加の明かり一式が取り付けられた地下室はまるで舞台装置のようで、人の居住スペースにはまったく見えなかった。天板に白い陶材が張られ、小ぶりで細い抽斗がひとつついたファーム・テーブルの下に箱が三個押しこんであった。ティムはジェーンに先に見てくれと頼んだ。

「これはガスが腰掛けがわりにしてた物の一例じゃないかな」

ジェーンは写真アルバムとサイン帳とハイスクールの卒業アルバムを箱から取り出した。この小さな家の元の持ち主の物だったのかもしれない。あるいは、ガスに不動産を奪われた大勢の人々のひとりの。世紀の変わり目の家族写真。家族の集まりや特別な行事の折々に撮られた写真。カンカキーの町の中心的な建物の立派な外観も残されていた。サイン帳に綴られた幸運を祈るメッセージや詩はすべて〝最愛のミナ〟へ宛てられている。ジェーンがつい読みはじめるとティムは先へ進むようにうながした。ジェーンに見つけさせたい物が箱の底にあることをティムのにやにや笑いが語っていた。

それは一枚の写真だった。オークの額に収まった三十×七十センチの大きなモノクロ写真だ。大集団が戸外でカメラに向かってポーズを取っている。駐車場だろうか？　背景に写っている雑木は葉を落としているが、地面に雪はない。人々のコートや帽子を見ると早春ではなくて晩秋という感じ。十一月ぐらいだろうか。梯子の上から撮ったのかもしれない。立っている人々をカメラが見おろしているように感じられる。その一団によって隠れたうしろの建物はおんぼろで今にも崩れそうに見える。右端に車が一台停まっている。キャディラックらしい。年式は一九四四年？　一九四五年？

ティムはしきりに踵を上げ下げしている。それがなんの写真か、そこにだれが写っているのか、ジェーンが気づくのを今か今かと待っている。写真はもちろん、ティムの興奮ぶりもジェーンは愉しんだ。その写真はジェーンの求める条件をすべて満たしていた。モノクロの鮮明な画質、大集団を構成する個々の人々、そのひとりひとりの顔がはっきりと写っている。細部まではっきりというわけにはいかないし、何人かはわざとらしいとぼけ顔を作っているけれども。体をよじって逃げようとする女にキスしようとしている男もひとり。ここにはたくさんの物語がある。そのなかでも最高なのは、ジェーンが一番興味を覚えるにちがいないのは、ガス・ダンカンの語る物語だとティムは思った。体は晩年よりほんの少し痩せているという程度だが、太い葉巻を歯で挟んだ彼が発散している空気はだらしなさよりむしろ陽気さで、太い両腕を大きく広げ、初々しい顔に笑みを広げた二十代のふたりの若人を抱擁している。今、ジェーンの頭に載っている灰色の中折れ帽をかぶったガスは、そのふたりに全世界を与えようとしているかに見える。ふたりは喜んでそれを受け取ろうとしている。ガス・ダンカンの盛大な抱擁に心地よく包まれた満面の笑みの男と女は、カメラにまっすぐな視線を向けていた。ジェーンは指一本を縁にあてて帽子をうしろへ押し上げ、低い口笛を吹いた。

そのふたりはドンとネリーだった。

16

　ドンとネリーは外出ということをしなかった。ふたりは毎日、家の外で生活しているわけだから。朝から晩まで、ふたりは〈ＥＺウェイ・イン〉で働いた。そこは外に出かけたい多くの人たちが向かう場所だった。気まぐれな従業員のひとりがどうにかこうにか店に姿を現わすのが六時。やる気のある仕事人間にとって、客に酒を出すという仕事はかならずしも魅力のある職種じゃないからな。学校行事に両親が来るのが遅れて、あるいは――このほうが頻度が高かったが――来てくれなくてジェーンがめそめそ泣くと、ドンはよくそう言ったものだ。やっと仕事を終えたふたりは近所の馴染みのレストランに寄って夕食をとった。ただし、それは外食ではなく、家に帰る途中でなにか腹に入れるというだけのことだった。

　ふたりは映画にも芝居にも行かなかった。コンサートや展覧会へ足を向けることもなかった。カードゲームやディナーにふたりを誘い出す友人もいなかった。ユーカー友達は、毎日ふたりと一緒に〈ＥＺウェイ・イン〉にいた。知り合いが経営するカフェで夕食をとるときには、そのオーナーも同席してコーヒーとパイを口に運びながら会話に加わった。ふたりにすればそれがディナー・パーティに一番近いものだった。

夜、自宅に帰り着くまでにドンとネリーの社交的活力は使い果たされていた。微笑むのも笑うのも、からかいも励ましもおだても、人の話に耳を傾けるのも人に助言するのも、うんざりするほどやったあとだった。ドンはたいてい新聞の一ページか二ページを読むのがやっとで、「学校はどうだった？」というような通り一遍の言葉をジェーンとマイケルにかけてから、新聞のスポーツ面を毛布代わりにして、専用の安楽椅子で眠りこけた。

診断未確定ながら重度の躁状態が続いているネリーはなにかというと洗濯物を見つけ出し、埃を払い、床を掃いた。火曜日または水曜日の夜になると冷蔵庫の掃除をしている母の姿をよく見かけた。庫内の棚を拭いたあとにはかならず扉や上部や左右の側面も拭いた。ネリーにすればいくらきれいにしても足りず、これで終わりということはないのだった。ネリーは毎朝、みんなからパジャマを受け取って洗濯機に投げこむために、寝室のまえで待ち受けていた。家族が職場や学校へ行くまえに洗濯機に投げこめるように。ドンとジェーンとマイケルの三人が喫煙者になると、筋金入りのノンスモーカーのネリーは、三人べつべつの灰皿に〈タレイトン〉または〈マールボロ〉または〈ケント〉の吸い殻が一本でもあればめざとく見つけて捨てることを繰り返し、くたくたになっていた。

何十年も居酒屋商売をしてきたドンとネリーには、昼間はしゃにむに働いて家へ帰ったら静かな習慣のなかにくつろぎを見いだすというパターンができあがっていた。ドンのくつろぎの場は自分専用の安楽椅子。ネリーは箒を持って部屋の隅から隅まで走りまわる。だから今、夜の六時半に実家へ戻り、ドンの筆跡で残されたメモを見つけると、少なからず驚きを覚えた。

ジェイニー、母さんと出かける。帰りは十一時ごろ。

ジェーンは携帯電話という現代のテクノロジーに対して新たなフラストレーションを感じた。今やどこにいても連絡が取れる時代である。ニックにはお母さんは出かけるときにかならず携帯電話を持っていくと言ってある。電源を入れて、いつでも使える状態にしてあるから、用事があればいつでも連絡がつくと。電話を受けられない場合でもお母さんの声が応答すると。ニックにはそうした安全策を講じてある。が、当の自分はテクノロジーの過渡期にあたる世代で、携帯電話を忘れるのではないか、息子をがっかりさせやしないかと絶えず気をもむ一方、携帯電話を持つことを頑なに拒否する両親への心配も絶えない。両親が行き先を告げずに出かけてしまったら最後、こちらからは連絡がつかなくなる。しかも、出かけることがめったにないため、行き先の目星をつけることもできない。あのふたりに携帯電話を持たせることができないのは、携帯電話は一時の流行り物、いずれ廃《すた》れる危険で高価な機器だとふたりとも信じて疑わないからだ。

まったく、ふたりはどこへ行ったの？　ティムが取り付けたぎんぎらの光の下、たっぷり時間をかけて写真を見尽くしたジェーンは今、同じ光でドンとネリーを照らし、いったいどういうことなのかと問いつめたかった。人を憎んではいけないとドンに教えられた。どんな人にも優しくしなければいけないと。ただし、ガス・ダンカンは例外だと。ガス・ダンカンは自分たち家族の敵であると、悪魔だと、ドンとネリーはもちろん、ジェーンとマイケルも軽蔑してかまわない醜いヒキガエル野郎なのだと、ドンはジェーンに教えこんだ。ガス・ダンカンを憎むことは家族が団結しておこなう数少ない活動のひとつだったのだ。今、その重大要素——ガス・ダンカンに対する家族ぐるみの憎悪——を取っぱらわれて機能不全に陥り、家族そのものがまやかしだったことが露呈している。完全なる機能不全だ。嘘に基づいた家族の結束だったのだから。

ふたりはどこへ行ったの？

腹立ちまぎれにスープ缶を開けて鍋にそそぎ入れた。ガスの火を調節しながら、ニックがこの祖母の家で暮らしたら餓死するだろうと思った。ニックもニックの友達もスープをボウルに移して電子レンジで温める世代だ。こういう小さな片手鍋はジェーンのエヴァンストンの自宅では数年まえから使わなくなっている。ネリーは電子レンジも携帯電話やＣＤと同じく一時的な流行り物だと言って譲らない。

チャーリーの仕事の後継者がいつの日かドンとネリーの住んでいた場所を掘り返し、傷みのひどい片手鍋を見つけたら、それを宙に振りながら使い道に思いを巡らすのだろうか。世紀の変わり目のグルメ雑誌のアーカイブで当時の家庭料理の定番だったと紹介されているカスレ（白インゲン豆と豚・羊などの肉の煮こみ）やブイヤベースには、この鍋は少々小さすぎると思うのだろうか。

鍋のミネストローネの味見をしながら、これまで何千回となく頭をよぎった疑問がまたも浮かんだ。〈EZウェイ・イン〉ではいくつもの巨大な鍋に完璧な味つけのチャウダーやスープを一から作っているネリーが、どうしてこんな塩辛すぎる缶スープに耐えられるのか。〝家庭料理〟がどうして店のために作られるのかと、子どものころから幾度訊いただろう。皮肉が通じない性分のネリーは、缶のスープが嫌なら、冷凍ディナーの備蓄がたくさんあるから選んでお食べと答えたものだ。

流しのまえに立ち、今日の夕食を鍋からすくって食べながら、車が私道にはいってくる音、ガレージドアが上げられるきしみ音を聞き取ろうと耳を澄ました。だが、なんの音も聞こえない。ドンのメモには帰りは十一時ごろと書いてあったけれど、とにかく耳をそばだてた。キッチンの時計はヴィンテージでもなんでもなく、実用本位で退屈な八〇年代の時計で、その秒針がハミングのような音をたててまわっている。ネリーのアフリカン・バイオレットは花をつけて、いつもどおり窓台に置かれている。特別に手をかけているわけでもないのに、この鉢植えはあたしのためにいつも花をいっぱい咲かせてくれる、とネリーはよく言う。よく見ると、プラスチックの小さな植木鉢のうちの二個を煉瓦の上に載せ、ほかの植木鉢よりちょっと高くしてあった。柔らかみのある暗い赤のその煉瓦を手に取ると、〝キングズリー・ペイヴァーズ〟という文字が読めた。このあたりの製造元の名前なのだろう。リネット・ストリート八〇一番の家の裏でも同じ煉瓦が積んであるのを見かけた。足もとの危ない裏のポーチのそばに山積みになっていた。

ドンとネリーはどこに行ったの？

ガーバー邸へ行ってから、またあばら屋へ戻るという約束をティムとしているのだ。食器室に使う壁紙はもう車に積んである。ティムをびっくりさせてやるつもりだった。ティムは〝マクフリー〟で分担しておこなわれている部屋の内装を、自分が住むときにはやりなおすつもりでいるのだろうが、あの食器室はティムも気に入るという自信があった。

山積みの煉瓦？　窓の……煉瓦？

「窓から投げこまれた煉瓦。そうよ」思わず声に出した。

ドンとネリーは当然のようにガスに金を支払っていた。近所の強請屋のガスに。ふたりは強請られることを受け入れていた。まるでそれが当然の償いであるかのように。強請られるのは腹立たしく迷惑な行為なのに、実質的には無害だったということか。もしもだれかが、新世代の強請屋がガス・ダンカンの習慣を引き継いで、もっと儲けてやろうと考えたとしたら？　新たな強請屋もガスのような名ばかりの企業家で、でも有害にもなりうる人間だったら？　窓から煉瓦を投げこむような輩なのだから。そいつがガスを殺して指を切り落とした人間だったら？

ふたりはどこにいるのよ？

ジェーンは手帳を開き、ぱらぱらとページをめくってエステート・セールや自分のために考案したゲーム、〝ラッキー5〟の記述を目で追った。それから、電話をかけなおさなければならない相手の番号に目を走らせた。

オーの番号をそらで打ちこんだ。留守番電話のメッセージが流れてきても驚かなかった。

電話を受けられる状態にあるなら、もっと早くに彼のほうからかけなおしてきたはずだから。そう思いながら、できるだけ簡潔になるよう頭のなかで伝言を組み立てていると、型どおりの「メッセージをお願いします」のあと、一瞬の間を挟んでジェーンをびっくりさせる言葉がつけ足された。「もし、この電話がミセス・ウィールでしたら……わたしは今、あなたの領域で動いています。のちほどこちらからご連絡します。お知らせしたいことがありますので。あなたがお持ちの……ええと……瓶詰めの中身について」

わたしの領域ってなに？　憶測に推測に山勘の世界ってこと？　オーは、幸いにも、ジェーンが携帯のヴォイスメールを再生できないことを思い出し、それでも諦めきれずに自分の留守番電話の応答につけ加えたのだ。まだ犯罪事件とはされていない事案の表現はかなり詩的なうえ如才ない。〝瓶詰めの中身〟とはむろんスープでなくてベイトマンの指だ。グローブボックスでばしゃばしゃと撥ねている物のことはジェーンも忘れてはいなかった。ようやく昔の暴行の申し立て記録のようなものを見つけてくれたのかもしれない。そこから、なにかしらつながりが……でも、なにがどうつながっているの？　ベイトマンの指がガス・ダンカン殺しの犯人を指差してくれる？　まさか。ベイトマンの指については真相を知りたいという好奇心があるだけ。そういうことが起こった事情をつい知りたくなってしまっただけ。ただし、ガス・ダンカンの指はちがう。あれは、彼の心臓が自然に止まったのではないというメッセージだ。それなら——双方の指に関連がないなら——ベイトマンとガスがどこかでつながっているという印象をなぜ捨てきれないのだろう。直感だけでは証明できない、ふたりの男のつながりとはなんなのだろう。

〝マクフリー〟の会場、ガーバー邸へ車で向かい、現地に着くとさっそく、食器室に使う物の荷解きを始めた。携帯電話をつねに一メートル以内のところに置いて。両親には帰ったらすぐに電話をくれとゴチック体の大文字でメモを残してきた。オーも留守番電話で同じ伝言――「すぐに電話をください」――を受け取っているはずだった。

　食器室に棚を造ってほしいということはまえもって塗装業者に伝えてあり、すばらしい棚ができあがっていた。彼らはジェーンがステンシルでデザイン文字を刷り出すかスポンジで模様を描くかするのだろうと思っているようだ。あるいは、棚の背面にホーム《H》&ガーデン《G》・テレ《T》ビジョン《V》の番組で紹介されているような、缶詰や箱のだまし絵《トロンプルイユ》でも描くのかもしれないと。「あれは大流行しましたからねえ」という彼らの当て推量にジェーンは笑みを返し、ティムにも全部仕上がるまで見てはならないと言い渡していた。

　黄ばんでクリーム色になった古い紙がたくさんはいった箱を解き、エルマイラ・セルフリッジの学習記録をひと山にした。綴りテストや歴史の帳面を。こういう物をなぜ買ったのかと訊かれても答えられたためしがないのだが、今回ははっきり答えられる。

　壁紙だ。子どもっぽいゴチック体の文字や、手書きの筆記体が残された練習帳の紙面はそれだけで華やかなグラフィックとなる。エルマイラの成績表とお絵描き帳は子ども版の伝記といっていい。

つぎの山は〈シャングリラ〉で使われていた各種の紙。ひと括りにされた帳簿の束は父が精査して感嘆の声をあげられるように実家に置いてきたが、ばらばらの用紙や、名簿、勘定書、領収書、ウィスキーの注文書などがはいった箱もある。なかの紙面はどれも無傷だが経年感は否めない。文字は昔のタイプライターの書体。といっても、コンピュータがプログラムしたものではなく、あの奇天烈な手動の旧式〈スミス・コロナ〉が実際に打ち出した文字だ。ベイトマンの手書きのサインの細い筆跡。薔薇のラベルやペーパーコースターもある。レターヘッドとロゴが醸し出すシンプルな美しさにジェーンは酔いしれた。

ガス・ダンカンの地下室で見つけて、ティムに捨てられそうだった箱や袋もある。不動産の競売物件が載った古い新聞の切り抜きに、ガスが名前や番号を走り書きした紙も混じっている。それらはみな、黴の生えたモノポリー（サイコロを使った資産獲得ゲーム）のゲームボックスを地下室で開けたときに見つけたもので、こんなものに価値を認める人間はジェーン以外にいないだろうと考えたティムは、使用済みのパンチボードの箱と一緒にその箱も段ボール箱に投げこんでいた。ティムが狙っているのはジェーンが持っているほう、すなわちベイトマン家のセールで獲得した未使用のパンチボードだ。紙類はいずれも使用に耐えられる程度には乾いているので、扇形に広げ、コラージュに使えそうな紙を大小取り混ぜて探した。とりわけ魅力的なのはクッキーのおみくじ。ガスのあの肉厚の手に〝あなたはまもなく大きな川を渡ることになるでしょう〟と記されたおみくじが握られているところを想像した。この小さな紙切れにタイプ打ちされた、鼠の列みたいな小さい文字の予言を真剣に受け止めていたら、ガスは死なずにすんだのだろうか。袋のなかにあったべつのおみくじの裏を見ると、ガスの手書きの文字も異様に小さい。〝会合二時。権利証書〟。なるほど、これならクッキーのなかにも収まりそうだ。

箱いっぱいのレシピカードもある。おばあさんになってからのマーガレット・マン（無声映画時代の女優）に似た女性のエステート・セールでレシピ箱ごと買ったのだ。〈ジェロー〉で固めたフルーツサラダが好きなのはだれか、エンドウ豆とポテトのクリーム煮をエルマーは何杯おかわりしたかというようなことを、マーガレットは細々《こまごま》と余白に書きこんでいる。ジェーンはマーガレットの奇抜なレシピ、〈リッツ〉クラッカーで作るアップルパイもどきや、チキン・ア・ラ・キング（チキンのクリーム煮）にも挑戦してみた。ニックとチャーリーはおかわりを求めたが、マーガレットの手になるレシピカードと、昼食会に招いた人たちについて書かれたメモをジェーンが興奮ぎみに見せると、とたんに食欲を失った。

「バターをまるまる一個だって？」チャーリーは自分の胸をわしづかみにした。

「ヘビークリームってなに？」健康おたくのニックは泣きそうな声で尋ねた。

ふたりはマーガレットの招待客リストにあふれる詩情を見落としたばかりか、高脂肪料理の歴史的意義を認めようとしなかった。

ティムには食器室とキッチンを二日で仕上げると約束していた。今、袋や箱のなかでじっと待っている物たちがなければ、そんな約束はできなかっただろう。こつこつ集めてきた〈バッファロー・チャイナ〉（レストラン食器）はこうしたオープン棚にこそ映える。古めかしいトースターも、五〇年代のミキサーも……それも、スピードが一定で波形ガラスを使った初代の物でなければならない。なめらかなチョコレートシェイクを作ろうと思ったらあれしかない。〈ホール〉のカラフルなペアの丸っこい水差し《ボール・ジャグ》も、棚の一番上に並べるつもりで全部持ってきている。荷解きと配置以外で自分に課した任務はこのオープン棚のデコパージュ。それもほとんどすでにイメージができあがっていた。

まず粘着糊を広い範囲に塗ってから、手書きの文字のある紙切れを、つぎに、アールデコ調の形式張った図柄のレターヘッドをぺたぺたと貼りつけていった。言葉の並び順はあまり気にせず、むしろナンセンスな感じを狙って手早く作業を進めた。あとで見返したときに、重なり合った部分で偶然に生まれたジョークや、ちぐはぐな言葉が創り出す奥の深い不条理が見つかるかもしれないから。

ガス・ダンカンのあばら屋で遅くまで作業を続けるつもりでいるティムは、箱の中身を全部確認するのはジェーンが来てからにすると約束していた。どうすればいい？　悩ましい。リネット・ストリートへ行き、ガスが溜めこんだ異種混合の箱の山の探索に没頭するべきか。そのまえに実家で両親を待ち受け、膝の上に例の写真を載せて座りこんで問いただすべきか。ふたりがついに折れて告白するまで……でも、なにを？

切り貼りした紙の上から仕上げ剤《シーラー》を叩くようにして塗ってから、うしろへ下がり、その出来映えにわれながら感嘆した。エルマイラとガスとマーガレットとベイトマンによる多彩なアートが交差し混じり合って、言葉とグラフィックのアート壁紙ができあがっていた。パーマー式の筆記体と、〈ロイヤル・タイプライター〉が打ち出した文字と、アメリカ合衆国地図の塗り絵が織りなす格子模様。淡いピンクのテネシー州の隣に、感謝祭のグラスホッパー《バッタ》・パイ（砕いた〈オレオ〉クッキーを使ったミントクリームの薄緑色のパイ）のレシピ。とてもおいしくできたとマーガレットは余白に書いている。レオはわたしが見ているとは知らずにお皿を舐めていた、と。水色のテキサス州を斜めに横切っているのは〝愉しいことを考えれば歩みが遅くなることはありません〟と書かれたおみくじ。ジェーンはティムが几帳面に箱にまとめた掃除用具のなかから雑巾を取り出し、手についた糊を拭いて満足げにうなずいた。〈マッキャンズ〉のオートミール缶や追加のピッチャーを取りに食器室にはいるたび、ティムは新しい文言を読むだろう。エルマイラの学習記録から新しい単語の綴りを拾うだろう。ベイトマンが〈シーグラム〉一ケースをいくらで仕入れ、ガスのおみくじクッキーの紙切れになんと書いてあったかを知るだろう。マーガレット版ビーフジャーキーのトースト載せをためしてみるかもしれない。

　腕時計を見ると、まだ十時だった。よかった。大急ぎでリネット・ストリートへ行って段ボール箱を一、二個解くぐらいの時間はある。ドンとネリーと話をするまえに少し頭のなかを整理したい。持ってきた物を箱に戻しはじめてから、使用済みのパンチボードもここへ運び入れていたことに気がついた。それらを指で繰ってみた。昔馴染みのボードばかり。煙草を景品にした〝シガレット〟ボードや、景品名をとくに謳っていないが景品が出るカラフルなボードがわんさとはいっている。裏に〝キー〟を貼りなおしたボードも何枚かあった。いずれにしても、穴をあけられた箇所がある使用済みの物だ。数枚を食器室の窓台に並べ、昼間の光のなかでどう見えるかを確かめるためにそのまま置いていくことにした。最終的には処分するかもしれない。穴があけられていたのではコレクターにはなんの価値もないから。とはいえ、穴のあいたパンチボードにもひとつだけ意義がある。あのボードで、サクランボをくるんだチョコレートを獲得したときの背筋がぞくぞくする興奮を思い出す人間もいるということだ。つまり、自分のことなのだけれど。

リネット・ストリート八〇一番の家は明かりが煌々とついていた。だが、だれもいない。家のまえに停まっているはずのティムの車もない。雑巾やマーカーやセール用の値札や目録を運ぶのに彼が使っている木の靴磨き箱がキッチン・テーブルに置きっぱなしにされている。ティムはキッチンの掃除も始めていたようだ。少なくとも今はテーブルや台の表面が拭かれているので、グラスや皿や小間物を並べて、ひび割れや欠けた縁を確かめられた。

十時といえば、ティムのディナータイム。カンカキーという土地の四角四面な印象をやわらげるためにヨーロッパ式のゆるやかなライフスタイルを採用しているというのがティムの言い分だった。わたしの夕食を持ち帰ってくれますように。缶詰のスープをお腹に入れたのははるか昔なのだから。ジェーンは昼間ためしにかぶってみたガスの中折れ帽を見つけ、髪の埃よけにまたかぶった。

〝雑貨〟と書かれた箱のテープを指で切り開いてみた。パッケージ入りのペーパーコースターがはいっていた。優美な丸い紙にピンクとゴールドの帆立貝《スカラップ》模様の縁取り。揃いの客用タオルのパッケージは未開封で、ピンクとゴールドの取り合わせが一ダース、ターコイズとゴールドの取り合わせも一ダース。ベイビー・シャワー（出産前の女性に贈り物をするパーティ）には最適だけど、ヴィンテージのベイビー・シャワー・タオルを家の飾りにする人がいるかしら？　もちろんいるわよ、とミリアムが答える声が聞こえるようだ。コレクターがやらないことはないのよ……。

ジェーンは手を止め、息も止めた。地下室からなにか聞こえた気がしたのだ。もう一度耳を澄ます。今度は屋根の上からの音のように聞こえた。雹《ひょう》だろうか？　玄関の外に目をやった。ここ数日でめっきり涼しくなり、上着やセーターが必要なほどで、風のある今夜も肌寒い。前庭のオークの古木が突風を受けてまたしても大きく揺れた。と、ごん、と大きな音がした。屋根を強く打つ音が。中西部では九月に雹が降るのは珍しくないが……ドングリが落ちたのだろう。屋根は相変わらずうるさかったが、〝雑貨〟と書かれたつぎの段ボール箱に移った。ティムが最初に言っていたベークライトを見つけたかったから。ところが、その箱のテープは貼られてからの年数が経ちすぎて、段ボールと一体化してしまっている。地下室にカッターナイフがあるというティムの言葉を思い出し、地下室への階段を降りた。

少女探偵ナンシー・ドルーのミステリ・シリーズはたくさん読んだし、チャーリーとニックが愛好するホラー映画にもずいぶんつきあったから、見捨てられた暗い地下室へひとりで降りてはいけないということぐらいわかっていた。でも、この地下室はまるで映画のセットのように明るい。ティムが設置した強力な作業灯は地下室のありとあらゆる場所に向けられ、ありとあらゆる隅を照らしていた。ティムは蜘蛛や得体の知れない生き物が大の苦手で、鼠の走る音が聞こえたとか虫が這う気配がするとか言ってからかうのはよそうという取り決めを大昔に取り交わしている。そういうわけでジェーンは平気な顔をして階段を駆け降りると、昼間ティムが段ボール箱のテープをびっと破いていた作業台へ直行した。カッターナイフは彼が置いたところにそのままあった。用心深く刃をしまい、ジーンズ・ジャケットのポケットに滑りこませた。それから、いつもの習慣で地下室の左から右へ、天井から床へ視線を走らせた。

狭いその地下室には、ジェーン好みのシカゴの小規模なエステート・セールにはたいていあるような隅の空間がほとんどなかった。シカゴに多いバンガロー風の小住宅は見かけによらず広くて充実した地下室を備えているが、この部屋はほんとうに狭く、しかも箱がぎっしりと積み上げられていて、ティムの言ったとおり、かなりきちんと印がつけられていた。床の上に手書きの封書がひと束あった。紐で縛られ、十通以上あるだろうか。ゆるんだ紐から何通かが飛び出している。どの箱から落ちてきたのだろう? ひとまとめにしておきたかった――手紙のはいった箱ごと持ち帰って、ベッドで読んでもいい。まずは、どの箱に手紙がはいっているのか見当をつけなければ。床に落ちている束をオーバーオールのポケットに押しこみながら、積み上げられた箱をじっくりと観察した。

左から右へ箱の印を追ううちに、多くの箱の中身がもともとは酒場の道具だったとわかってきた。おそらくは、つぶれた店をガスが買い取ったときに、その店の地下室から無傷のまま運びこまれたのだろう。ガスが中身をあけて紙類や本や鍋類を詰めるのに再利用している段ボール箱の列を見ていくのは、瓶ビールの歴史をたどるようなものだった。〈パブスト〉、〈ブルワリー〉、〈シュリッツ〉、〈ハムズ〉、リリー。リリー。彼女は三個重ねられた段ボール箱の上に、頭を壁にもたせかけて座っていた。なにかが詰めこまれたべつの箱を片方の膝に載せて。その箱が、入念に梱包されテープ留めされた段ボール箱と段ボール箱のあいだに彼女をとどめているように見えた。可哀相なリリー。こんなにたくさんの死んだ男の物に囲まれて、死んだ女になるなんて。

17

「そんなしかめっ面しないでよ」

「べつにしかめっ面なんかしてないよ」ティムは額に皺を寄せ、目を細くした。

「そういうのをしかめっ面っていうの」

「してないっていうの」ティムは額の皺寄せに専念し、口を意図的にへの字にした。

「だけどさ……」今度は顔全体に重力に屈するよう命じた。

「なによ？」ジェーンは訊き返した。「わたしが悪いんじゃないんだからね」

「ああ、そうとも、きみは悪くない。まったく、全然、きみは悪くない」ティムはジェーンから二歩三歩と離れてから、また戻ってきた。「ぼくはこの数カ月で関わったセールのなかでも最も興味深いものとなりそうなセールのパートナーとしてきみに協力を求めてるんだ。摩訶不思議なことが起こるもんだね。前回、きみがぼくの店へ来て死体を発見して、ぼくはささやかな仕事を失った。で、ようやくそのことが人の記憶から薄れかけた今、民家二軒ぶんの手つかずのまま埋もれたお宝が手にはいろうかという矢先、またもきみがベークライト製の箱を膝に載せたリリー・ダフの死体を発見するとは。一応、注釈を加えると、もはやぼくたちはさわることができないベークライト製の箱だ」

「わたしは今度のセールのパートナーだったの？」ジェーンは目を丸くした。

「きみはあばら屋を犯行現場に変えようとしてたんだな」ティムは頭から湯気をたてていた。

「これで満足かい？」

　マンソン刑事がジェーンとティムのまえに現われた。笑みなのか笑みではないのかよくわからない表情を浮かべている。この多目的表情は、日曜大工式に簡単に組み立てられ、にこやかな笑顔から苦《にが》りきった渋面まで広範囲の解釈を可能にする。

「若く美しい女性が殺されるのを見て満足な人間なんかいるんでしょうか、ミスター・ローリー？」

　マンソンは〝女性〟という言葉を強調したわけではなかったが、ティムにはそのように聞こえただろう。遠まわしの告発とティムは解釈するだろう。被害者はいつも〝女〟で、ゲイの男は当然のように容疑者にされるのだと。ジェーンはふたりの会話に割りこみたかったが、ティムの速攻の反撃には追いつけなかった。

「あのね、刑事さん、ぼくは動転してるんです。リリー・ダフは友人でしたから。彼女とぼくは出身高校が催すイベントに一緒に取り組んでたんです。その彼女が死んだんだから動転もしますよ。おまけに、彼女はここで、ぼくの作業場で死んだんだから」ティムはひと息入れた。そこからは、ジェーンに詫びるような調子になった。「満足かいだなんてひどいことを、無礼で無神経な皮肉を言ったのは……」ティムは言葉を切って考えこんだ。「……昔からずっとそうだけど、親友のジェーンに対して……彼女が正しくて自分がまちがってるということを認めるのがすごく難しいからなんだ」

ジェーンはティムの体に両腕をまわし、ふたりはひしと抱き合った。マンソンはふたりの注意をなんとか自分のほうへ向けようとした。

「正しいとか、まちがってるとか、なんのことです？」

「ガス・ダンカンは殺されたんだとジェーンは最初から言ってたのに、だれも真に受けようとしなかった。ごめんよ、ジェーン」ティムはジェーンに向かって囁いた。

「許してあげるわよ、パートナー」ジェーンも囁き返した。

ティムは顔をしかめた。うっかり〝パートナー〟などと口走ってしまったが、この代償は高くつきそうだ。

「われわれが捜査しているのはリリー・ダフの死であって、ガス・ダンカンの死ではありません」ジェーンとティムがすぐさま反論しようとすると、マンソンはつけ足した。「現時点ではまだ」

ジェーンは供述を取られた。家のなかのどこかで物音が聞こえたと思ったけれど、とくに気にせず作業を続けていたのだとジェーンはマンソンに話した。屋根にドングリがぶつかる音がしたから、その音だったのだろうと納得し、ティムのカッターナイフを取りに地下室へ行ったのだと。そこでなにかが起こっているとは思いもよらず。もうひとつ、マンソンに話したのは、午後に二軒のあばら屋にはいった瞬間の第一印象だった――八〇一番も八〇三番もだれかが探したあとのような印象を受けた。急いでなにかを探したような形跡があった。段ボール箱のいくつかはテープが剥がされていたし、埃のなかに変な道筋ができていて、でも——。

「でも、なんですか、ミセス・ウィール？」マンソンははじめて関心を示した。

「わからないの、ガスがなにを取っておいたのか、あるいは隠してたのか、もしかしたら、彼自身が探し物をして歩きまわったのかもしれない。とにかく、家探しをしたというんじゃなくて、なんていうか……探してる本人もなにを探してるのかわからないような。でも、もし……」

「もし？」マンソンとティムが同時に訊き返した。

「もし、なにかがあることはわかってるんだとしたら……。とにかく、だれかが見てまわったのよ。たぶん、なんとなく」

「ひととおり調べたということですか？」

マンソンとティムの視線は、びっくりしているジェーンを素通りして質問者にそそがれた。

ジェーンは振り返った。ブルース・オー元刑事の姿を目にして、どんなに嬉しかったことか。

「そうなの、オー刑事、ひととおりなの、ひととおり調べたっていう印象だったの」

マンソンは戸口で見張りについている制服警官をぎろりとにらんだ。血も凍るようなそのひとにらみで、この家にはいる許可を与えたのはおまえのミスだというメッセージが伝わることを願って。リネット・ストリートに連なる三軒のうち八〇一番のこの家は、警察によって封鎖された正式な捜査現場であり、ブルース・オーはもはや正式な捜査官ではない。ダンカンの家を再訪してほしいというオーの要求には応じたが、オーがすでに警察の人間でない以上、マンソンとしては元同業のよしみで便宜をはかる必要はないと感じていた。実際、オーとの関係は終わらせたいとさえ思っていた。

「きみは外で待っているべきだろう、オー。立ち入り禁止線の向こうで」

「そうだったな」オーは誠意ある口調で応じた。彼がすみやかに玄関扉の外へ向かうのをジェーンは見守った。帽子をかぶっていたら、軽く持ち上げて謝罪の意さえオーは示したかもしれない。

この家のなかで見つけた帽子を、自分がまだかぶっていると思い出したのはそれから数分経ってからだった。聴取が終わって前庭から通りのほうへ歩いているときに、ティムが帽子のことを訊いてきたのだ。ブルース・オーはふたりが停めた車のあいだに立っていた。車によりかかるでも、だらしなくまえかがみになるでもなく。オーのその姿勢のすばらしさにジェーンは感じ入った。一方、ジェーン自身はまっすぐに立っていられず、ティムにもたれて歩いていた。ふたりとも家から出るときには疲労困憊していた。疲労のあまり肝腎なことをオー刑事——たとえ警察を辞めても、ジェーンにとって彼はやはり刑事なのだ——に訊くのを忘れてしまったほどだ。夜中の十二時をとっくに過ぎているのにイリノイ州カンカキーのリネット・ストリートになにしに来たの？

「この時間でもまだ開いているレストランはありませんか、ミセス・ウィール？　コーヒーかお茶でも飲めるようなところは？」オーが尋ねた。「あなたもいかがです、ミスター・ローリー、時間が許せばですが」

ジェーンは少し背筋を伸ばした。コーヒーを飲めば回復するかも。結局、わたしは殺された女性の死体を発見しただけなんだもの。ハイスクール時代から知っている女《ひと》だけど。ドンとネリーの待つ家へ帰りたくなかった。今はまだ。

「〈ピンクス〉」ティムとジェーンは即答した。

ふたりの意見が一致することはたくさんある。極上のアメリカン・アート・ポッタリー（十九世紀に始まる陶芸ムーブメント）の陶器は単独で飾るのが最高だという点でも意見が合う。シンプルな深緑の花器を炉棚にひとつ置くだけで、その家の物語が部屋にはいってきた人に一瞬で伝わるのだから。安手の物、たとえば、三〇年代、四〇年代にダイムストアで大量に買われていたカラフルな植木鉢などは、むしろ集団で置いてやったほうが映える。群れることによって本来の甘やかなノスタルジーがいっそう強く伝わるから。密封されて屋根裏部屋に置かれている箱のほうが、密封されて地下室に置かれている箱よりも格上だが、お宝と屑はそのどちらからも発見される。ジェーンもティムもたいていの場合、白ワインより赤ワインを好むが、ウォッカかワインかという選択ならかならずウォッカを選ぶ。ただし、〈ピンクス〉でなにを注文するべきかということになると、きっぱりと意見が分かれる。

〈ピンクス・カフェ〉はスカイラー・アヴェニュー橋に寄り添うようにしてカンカキー川の土手に建つ、今にも壊れそうな古いレストランだ。店の裏側をかろうじて支える支柱らしきものによって、床の水平はなんとか保たれているが、入り口からはいるときには地面と同じ高さなのに、裏口から出ようとすると階段を三十段降りなければならない。この店を始めたミスター・ピンクはすでに世を去って伝説となっている。一見客《いちげん》が気にくわないと、表の入り口を閉めてしまったのでお帰りは裏口からどうぞと言って追い出してから、ウェイトレスのアギーや店に残っていた常連客と一緒になって耳をそばだて、わいわい騒いで木の階段を飛び跳ねながら降りていく一見客の足が、カンカキー川に落っこちる寸前でぴたりと止まるのを確かめていたそうだ。ドンとネリーはミスター・ピンクの逸話を語るのが大好きだった。ネリーは愉しそうに恨み言を言い、ドンは猫も杓子も訴訟を起こすようなことはなかった時代をちょっぴり哀しげに懐かしんだ。

「今だったら、あいつは確実に訴えられるな」ミスター・ピンクの話の締めくくりにドンはいつもそう言った。まるで、話のなかでそこだけが問題だとでも言いたげに。

ティムは〈ピンクス〉で注文してもいいのはコーヒーとペストリーだけだと主張した。この店の鉄板も鍋も冷蔵庫も食材の仕入れ先も信用ならないと。ジェーンは食品の栄養表示とにらめっこする心配性の母親のように店のまえで自問自答してから、アメリカン・フライを推薦した。

「スクランブルド・オムレツみたいなごた混《メ》ぜ《ス》もあるし、ポテトやバターをこってり塗ったトーストもあるけど」と言いながら、空腹を感じていることに罪悪感を覚えたが——あんなリリーを見つけたばかりなのにお腹がすくの？——空腹は空腹なのだからしかたがない。

「こんな深夜まで店を開けているレストランがカンカキーにあるとは驚きです」オーが言った。

「そこが〈ピンクス〉のすごいところなの」とジェーン。「ただ店を開けてるだけってところが」

「終夜営業のダイナーだから」ティムが説明した。「といっても終夜営業だけだけど」

「午前零時から午前八時ぐらいまでよね」

〈ピンクス〉は長年ハイスクールの生徒にとって天の賜物のように存在してきた。〝なにもやることがない〟というのが毎夜の鬨《とき》の声である田舎町において、〈ピンクス〉はなくてはならない店だったのだ。映画やパーティ、深夜のゴルフコースでの飲み比べ、無免許運転の遠征、ロマンチックな逢い引き《ランデブー》のあとには、だれもが〈ピンクス〉を訪れた。〈ピンクス〉にはティーンエイジャーとカンカキー社交界のあらゆる階層の典型的なおとなが混在していた。深夜勤務の工員もいれば、バーで閉店までねばっていた呑んだくれも、彼らを酔っぱらわせたバーテンダーもいた。家族と顔を合わせたくなくて残業をしていたビジネスマンもいた。そうした夜型人間たちは、くたびれ果てて深夜にやってくるとはいえ、〝ピンクス・メス〟、すなわち、卵三個にチーズとあり合わせの野菜と果物を投入し、料理人がその場の思いつきで薬味を足して、ごちゃごちゃに混ぜた代物に果敢に挑戦できるほど腹をすかせていた。「オリーヴいただき！」という叫びがあがると、べつのブースのだれかがこだまのように「こっちはレーズン！」と叫び返し、それにまたべつのだれかが「ほんとにレーズンだといいがなあ」と応じた。これで客の全員が一瞬ぞっとして、それからまた全員が卵やベーコンを皿からすくい、バターがこってり塗られたトーストを頬張った。

「なんにします？」アギーの孫娘のボニーがやってきて、注文用紙の上で鉛筆を構え、オーの注文に耳を傾けた。全粒小麦パンのトーストと、紅茶。

「それだけで結構」とオー。

「なんにします？」ボニーはティムとジェーンに向かって頭を振りながら、また言った。

「きっと精白パンのトーストとコーヒーを持ってくると思うけど、気を悪くしないでくださいね」ティムはオーに警告した。

小さな容器入りのジャムを積み上げてテーブルに塔をこしらえながら、カンカキーへ来たわけを話そうとするオーがジェーンにはチャーミングに感じられた。

「ミセス・ベイトマンを訪ねました」とオーは語りだしたが、ジェーンはそれを制し、ティムの手に自分の手を重ねた。店の入り口のほうを顎でしゃくると、ティムも振り向き、口笛を小さく吹いた。

リリー・ダフの弟のボビーがふたりの男とともに表のドアからはいってきたのだ。どちらもどこかで見たような顔。ハイスクール時代からのボビーの友達ならば、こちらも顔だけは知っているのかもしれない。三人ともいい歳の重ね方をしていなかった。ここへ来るまえに相当飲んできたようだ。互いに体をぶつけ合いながら、ハイスクールの女子生徒たちのテーブルのひとつに視線を送っている。彼女たちを脅して、注文した物が運ばれてくるまえにそのブースを横取りするつもりらしい。客のなかに序列があるのは〈ピンクス〉の昔からの慣例だから店側も邪魔立てしない。「調理場の火事が我慢できないなら調理場から出ていけ」がこの店のモットーだから。どのみちハイスクールの生徒はチップをけちるし、酔っぱらった工員のほうは十ドル札と二十ドル札をしょっちゅうまちがえてくれる。

ボビーは女子生徒のひとりの肩越しに流し目を送り、ぼそぼそと仲間と立ち話をしている。ブースの奥のブロンドがすっと立ち上がり、あんたたちはまだいてもいいけれど、あたしは車で帰ると告げるのに長くはかからなかった。残りの生徒たちは子羊よろしく従順だった。運転者のあとを同乗者が追いかける形で一同は出ていった。ボビーと彼の友人ふたりはたちどころに見ちがえるような素面《しらふ》となり、ブースを占領した。女子生徒のひとりが店に対して気が咎めたのか、立ち去り際に慌ててテーブルに投げた五ドル札を、男のひとりがつかむのをジェーンは見逃さなかった。

「ボビーはまだ知らないのかもしれないな」

ジェーンは首を振った。気がつくと、おそらくは殺されたのであろうリリー・ダフから完全に心が離れ、今は彼女の死を情報としてとらえていた。自分は知っているのに三十七歳のボビー・ダフはまだ知らない。その情報はまもなく彼にも伝えられ、彼の人生を一変させるだろう。子どものころのリリーとボビーが思い出される。同じ学校にかよい、酒場の主人を親にもつもうひと組の姉と弟を。ボビーもリリーに負けずやんちゃだったが、ふたりは仲がよかった。リリーは自分より二学年上のジェーンのクラスの男子を脅していた。その男子は、金魚の糞のように姉貴にくっついていると言ってボビーをからかったのだった。ふたりはともに喧嘩っ早く、忠誠心が篤かった。両親の店を継いで切り盛りしている姉をボビーも今は手伝っていると、ティムから聞いていた。今回、彼はガス・ダンカンから店を買い取るために借金もしたそうだ。〝最後の事務手続き〟をするはずだった日にもドンとネリーとともに立ち会おうとした。ひょっとしたら、彼もガスに強請られていたかもしれない。数分間、ボビーの顔を観察するうちにジェーンはふたつのことに気がついた。ひとつは、今、自分がボビーに対して図らずももってしまった力だ。彼の姉がリネット・ストリートの地下室で殺されて、この世にもういないということを彼より先に知ってしまった——彼の人生を一変させ、その髪を真っ白にし、そのハンサムな顔に皺を刻むであろう情報をすでに入手している。これが反発を生むのではないかと思った。そして、もうひとつ、ボビーは姉の死んだ時刻のアリバイを警察から尋ねられるだろうということ。もはや〝ピンクス・スペシャル・メス〟を食べるどころの気分ではなかった。

カンカキーでは夜更けに住民が家におらず、酒場がもう閉まっていれば、いる場所はごく限られる。警察か救急病棟か〈ピンクス〉に。通りに面した窓の外にパトカーが停まるのが目にはいった。ボビー・ダフと同年輩の制服警官がはいってきて、脇目も振らずボビーに近づいた。制服警官がブースに腰を押しこんで耳打ちするとボビーははじかれたように立ち上がり、警官の片肘をひっつかんで店を出ていった。

ジェーンは窓から顔をそむけた。駐車場でボビーにそれが告げられる瞬間を見たくなかった。それからまた窓のほうに向きなおった。その瞬間をほんとうは見たいのだとわかって愕然とした。ボビーの表情を確認したい。偽りではない哀しみとショックが彼の顔に浮かぶのを見たい。まやかしではない恐怖の表情を、嘘泣きではない嗚咽をこの目でちゃんと確かめたい。けれど、窓に顔を向けたときには、ボビーを後部座席に乗せたパトカーが通りに出ていくところだった。

アメリカン・フライを手に取ってみたが、この〝ごた混ぜ〟をつつくだけで胸がむかついた。ティムは、だから言っただろうとばかりに片眉を上げたが、慈悲深くも、からかわずにいてくれた。オー刑事と事件の話をしだすとなぜかかならず、わっと泣きだす寸前のこうした段階を乗り越えたいという気持ちになる。

オーはコーヒーカップをまえに途方に暮れていた。アギーの孫娘はティムが予測したとおりコーヒーを持ってきた。しかし、受け皿にはノーブランドのティーバッグも置かれている。「どんな味になるのか想像もつきませんが、感謝の意を表するためになんとかこのティーバッグを使いたいと思います」とオー。「こんなふうに感じるのはいったいどうしてでしょうね?」

「あなたもカンカキーの住民の仲間入りをしたってことですよ、オー刑事」とティム。「今あなたが困惑してるのは、自分はここでなにをしてるんだ? っていう大きな疑問が頭のなかを蠅みたいにぶんぶん飛びまわってるからでしょう。うしろめたさがあるのは、ここにいるよりもっとましなことが人生でできるはずだっていう、二番めに大きな蠅のせいです。で、三番め、これがじつは一番大事なんだけど、やっぱりあなたは感謝してるんですよ。頭のネジはかなりゆるんでても、正しいことをやろうとしてる人間たち、相手をできるだけ喜ばせようとしてる人間たちがいる町に自分も今いるってことにね」

ジェーンはミリアムから受けた注意と〝ラッキー5〟を書きこむのに使っている手帳を取り出した。リストを作ることで頭のなかを整理したかった。どんな情報をここに書きこめばいいのかはおぼつかないが。

「血はなかった」目をつぶり、あばら屋の地下室の情景を瞼に浮かべた。「彼女の顔はゆがんでた。ねじくれて、そっぽを向いてた。見たくなかった物を見てしまったかのように。リリーが死んでるのはすぐにわかった」

「非常に明瞭なんです、生と死のちがいは。生あるものの呼吸とは単に胸を上下させるだけではありません。瞼を震わせ、皮膚の下を脈打たせ、体温を生じさせます。これらはみな、人が目で見てわかる状態です。だから、あなたも見た瞬間にわかったのでしょう、ミセス・ウィール。思い出させて申し訳ない。それと、またも死体の第一発見者となってしまったのもお気の毒でした」

「じゃあ、死因はどうすればわかるんです？ そっちは報告書待ちですか？ 有力情報をマンソン刑事が電話で教えてくれるなんてことはないだろうし」とティム。

「わたしがいくつか電話で確かめてみます」とオー。

「ミセス・ベイトマン？ メアリ？」とジェーンは訊いた。「さっきあなたが言いかけたのは……？」

「彼女に会ってきたんです。昔の事件を個人的に調べているんだと彼女には言ってあります。ミスター・ベイトマンの賭博の負債に関して、なにか彼女が記憶していないか、あるいは情報を提供してもらえないかと考えたので。むろん、秘密は厳守すると言いました。ミセス・ベイトマンはとても率直な方でした。ただ……」オーは言葉を切り、コーヒーカップの分厚い縁を指で叩いた。

「ただ？」ジェーンはうながした。

「わたしに早く帰ってほしくて、そのことをあからさまに態度に出していました。そういう意味でも率直な人でした。帰りの車を運転しながら、彼女との会話からはなにひとつ新しい情報が得られなかったと気づきました。たとえば、ベイトマンは数カ月だけ拘置所にはいっていたけれど、弁護士が抜け道を見つけてくれたので出てこられたと彼女は言いましたが、店を賭博場にしていたのかとわたしが尋ねると、ベイトマンはほかの酒場の主人と同じことをしていた、そのことについて夫は正直だったの一点張りなんです」

「いいなあ、正直な賭博師」ティムが口を挟んだ。「正直にいかさまをするのもいいな」

「不正直にいかさまをするよりはましね」とジェーン。

ウェイトレスがコーヒーのおかわりをつぎにやってきた。オーのコーヒーカップの上でポットを持つ手が止まった。受け皿のティーバッグの袋は開けられているが未使用のままだ。オーは首を横に振りながらコーヒーカップを片手で覆った。アギーの孫娘は理解し合えたとでもいうように、こっくりとうなずいた。

「それで、なにがわかったの？」

「おいおい、ナンシー・ドルー、話を聞いてなかったのか？　優秀な元刑事が今言ったばかりじゃないか、メアリ・ベイトマンからはなにも情報が得られなかったって」ティムはあくびと伸びを一緒にした。

「会話からは情報が得られなかったとしても、あなたのことだからなにかつかんだはずよ、オー刑事。ねえ、カンカキー川沿いの紅葉ってきれいでしょ。でも、ピークは二、三週間先なの。〈ピンクス〉は古風で稀少なレストランなのに、シカゴの新聞で好意的に紹介されたことは一度もないのよね。〝マクフリー・ショーハウス〟のオープンは今度の日曜まで待たないと……」

「昔の女性は人と話すときはかならず椅子に座って自分の両手を握っていましたね。そういえば、ある時代の子どもたちは教区立学校、つまりカトリック学校にかよっていたので、座って話を聞くときに両手を組み合わせる習慣ができているということも、だいぶまえに知りました。机のまえではそうするようにと修道女が子どもたちに教えこんでいた。あなたも今そうしていますね、ミセス・ウィール」

ジェーンは両手を組み合わせたまま身を乗り出し、うなずいた。ティムは口もとに薄い笑みを浮かべて首を振り、ジェーンと同じようにテーブルの下の片膝の上で組み合わせていた両手をそっと解いた。

「あのふたり……ドットとオリーも同席してたのね？」

オーはうなずいた。

「彼女たちとも少し話しました。三人ともやはりきちんと座って両手をこうして握りしめていました」オーは実際にやってみせた。両手を体のまえに出し、掌を上に向け、右手を左手の上にして置いた。彼はさらに左手の指で右の人差し指を包んで、ぎゅっと握りしめた。

「こうやって自分の手を握り合わせていました、メアリとドロシー、いやドットは、こんなふうに体をほんの少し揺すってもいましたね」オーは自分の体を前後に揺すってみせた。気づくか気づかないかの最小限の動きだったが。

ジェーンとティムはオーの恰好を真似て、体を揺すりはじめた。

「そうやって手を守ろうとしていたんだな、その指を」

「そうね。でも、だれから？」

18

ジェーンは抜き足差し足で食堂からキッチンへはいった。ネリーの靴がドアのそばの定位置に置かれていた。ドンの帽子はコート掛け用クロゼットの釘に引っ掛けられていた。ふたりとも帰ってきているわけだ。行き先不明の謎の外出から。

キッチン・テーブルには、〈EZウェイ・イン〉の正面で撮られた集合写真が相変わらず壁に立てかけて置いたままにしてある。写真のまわりにも乱れた様子はない。プラスチックの造花と果物を山盛りにした籠はテーブルの真んなかにでんと置かれているし、木の丸テーブルに掛けたオイルクロスも皺ひとつなくなめらかだ。キッチン・カウンターの上のコンセントに差しこまれた常夜灯の明かりで見るかぎり、部屋のなかはジェーンが出ていったときとなにも変わっていなかった。でも、ほんとうにそうだろうか？　じつは、そこもここもネリーが整えているのでは？

ネリーはある空間に存在する物をさわりながら幽霊のように動きまわる術を身につけており、ネリーが部屋のなかを通ったあとは、灰皿の吸い殻は消え、皿の菓子が手つかずのように置きなおされ、曲がっていた壁の絵はまっすぐに、カーペットの毛羽は一定の向きに揃えられた。ネリーは家のなかから人の生活感を消し、整頓と清潔のオーラを残していく。昔、学校が終わって、だれもいない完璧に整った家にひとりで帰ってくると、玄関扉を開けてはいったところでしばらく石像みたいにじっとして恐怖を鎮めながら、室内に目を走らせ、どこも変わったところがないことを確かめたものだ。家にいるのは自分ひとりで、得体の知れない生き物がカーテンの陰やクロゼットの扉のうしろにひそんでいないということを。

ネリーの流儀は身の安全を確認する尺度を、ある空間において自分の安全が確保されているかどうかの判断基準をジェーンに与えた。だが、それは人間の手が触れない無菌の寂しさと源を同じくするものだった。放課後、自宅の居間にある物を乱すまいとして何時間もじっと座りこんでいたことを思い出す。テレビではうるさい番組をやっていた。『三ばか大将』の再放送だか騒々しい漫画だかを。一応テレビをつけて音を流していただけで、それが〝三ばか〟のうちのモーとカーリーであろうと、お喋りなウサギやアヒルであろうとどうでもよかった。ジェーンはテレビのまえに置かれている父の安楽椅子で本を読み、宿題をした。ランプの明るさは最大限で、なんと七十五ワット。新聞を読むにはそれぐらい明るくしなければだめだとドンが主張し、ネリーがしぶしぶ認めたのだ。夕食を外ですますために両親が店から車で迎えにくると、教科書や読みかけの本をもう一度鞄に詰めなおし、父の椅子のピロークッションの皺を伸ばし、ドアのそばの敷物の位置をなおした。それでも、痕跡は残った。コップを拭くのに使ったナプキンがキッチンのゴミ箱からはみ出ていた。ジュースを飲んだあとでコップを拭いたディッシュ・タオルのたたみ方が中途半端だった。カーテンは引いたけれど、窓の外を覗いたときにつまんだところにわずかな乱れがあった。

　ネリーは家のなかへはいるなり、違和感を与えているそれらの事物へと向かい、曲がっている物をまっすぐにし、皺を伸ばし、はみ出ている物を押しこみ、姿を消した。ネリーが着いてから五分足らずで部屋も家もネリー化した。

　今夜もそういうことが起こったのだろうか。ドンとネリーはキッチンにはいり、あの写真に息を呑み、腰を落ち着け、じっくりと眺め、両手を揉み絞ったのだろうか。ドンはポットのコーヒーとコーヒー受けのクッキーをくれとネリーに言ってから、椅子に腰をおろし、写真に写っている全員の名前を言ってみせたのだろうか。ネリーも何人かを指差して、だれだかわかる人について非難がましいことを口にしたのだろうか。

　それから、ふたりともあくびを始め、埃まみれの箱のなかをティムとふたりして夢中で調べているジェーンの姿を思い浮かべ、どうせ帰りは遅いだろうなどと言いながら、ベッドへ向かった。ネリーは額入り写真のガラスについた指紋を拭き取り、もとの場所に戻した。テーブルに散らばったクッキーの屑を拭き取り、重たいオイルクロスの皺をぴんと伸ばし、皿を戸棚にしまい、明日の朝のためにコーヒーメイカーに水を満たした。こうして家のなかのあらゆる物が、人の手が触れていないかのように整然とした状態に戻された――ネリー化した。だから、両親がキッチンを通り抜けて寝室へ向かったのか、それとも今ジェーンが想像したような深夜のストーリーがあったのか、もはや知りようがなかった。

なかなか寝つけなかった。ようやくうとうとしても三十分おきに目が覚め、地下室に積まれた段ボール箱の上に座っていたリリーを思い出した。リリーはなにかをわたしに伝えたがっている。夢のなかでごく自然にジェーンはそう思った……リリーの姿は瞬間的に異様なほど鮮明になったか思うと、つぎの瞬間にはまたぼやけた。リリーは手招きをするように片手を差し出し、なにかを指差しているように見えた。なにを指差しているのかはっきりしない。あの箱？　彼女の体を押さえているように見えた箱の中身？　朝の五時三十分になると眠るのを諦め、ベッドから起き上がって母の古いシェニール織りのローブを羽織った。キッチンへ行き、コーヒーメイカーのスタートボタンを押すと、鉛筆と紙を手に椅子に腰掛けた。リストを作るために。メモを取るために。とにかく書くことによって頭のなかを整理しようと思った。

リリーはゆうべ、わたしを訪ねてあそこへ来たの？　わたしが着くのが遅くなったので彼女の遺体を発見することになってしまったの？　リリーを見つけたときにはそこまで考えられなかった。ジェーンの頭はすでに整理と保管の作業を始めようとしていた。それにしても細切れの情報があまりに多い。文字どおり分断されたイメージが。ベイトマンの切断された指、指の一本がほぼ切断されていたガス・ダンカンの死体。そして、可哀相なリリー。寝不足の朝の脳みそをなんとか回転させて考えを整理しようとしても、結局は同じパラドックスへ戻ってしまう。指がつながっていないふたりの男は接点が見いだされぬままつながっているということだ。では、リリーはどうか。言葉遊びをするつもりはないが、そういう意味では無傷だった。死んではいても。頭を殴られたの？　血は流れていなかった。でも、警察官のひとりがなにか言ってなかった？　とにかく体のどこかを切断されていないのはたしかだ。手も指も切り落とされていないのは。

発見されたのはおそらく死後一時間以内、いや、三十分も経っていなかったかもしれない。現場で耳にした警察関係者の話からすると。

「だれがリリーを殺したとしても」ジェーンはメモ用紙に鉛筆を走らせながら声に出して言った。「わたしがあの家にはいったときにまだ地下室にいた」落書きした犬の顔の上で鉛筆が止まる。「あの物音は犯人だった……あれはリリーをあそこに座らせたあと、地下室のドアから出ていった音だったのかもしれない」

ドアの脇に煉瓦が積まれていたことを思い出した。あれが道をふさいでいたのではないか。ドアが開けられたときに煉瓦の位置が移動した、脇に押しやられたとは考えられないか。その拍子に一番上のひとつが落っこちたのかもしれない。ジェーンは〝リリー〟と書いてその下に〝煉瓦？〟とつけ加えた。〈EZウェイ・イン〉に窓から投げこまれたのは〈キングズリー・ペイヴァーズ〉の煉瓦だった。表面にマークがはいっていた。八〇一番の地下室にあるのがどこの煉瓦かを今日確かめよう。地下室にはいれるならば。はいれなければ、あの破壊行為を警察に届けるよう両親を説得しようか。そうすればマンソン刑事に煉瓦の関連性を認識させることができて、そこからリリーの死の謎が解けるかもしれない。それにしても煉瓦の登場が多すぎる……。

「あんた具合が悪いの？」

ジェーンは椅子から飛び上がった。悲鳴をあげるのはなんとかこらえたけれど。

ネリーが背後から音もなく近づいてくるのは今に始まったことではなく四十年間体験しているのに、いまだに心底恐ろしい。母は赤ん坊の息遣いにも負けぬほど静かに動けるうえに、相手の横かうしろへ現われ、もう何時間も会話を続けていたかのように話しだす。ジェーンとマイケルはこれを〝いきなりネリー〟と呼んでいた。母との会話はいつも話の途中から始まる。

「びっくりするじゃない、母さん」

「おやそう？」ネリーはべつに気分を害するふうでもなかった。

それから、ジェーンと自分のためにコーヒーをカップにつぎ、チョコレート・ドーナツの包みを開けた。ドンとネリーが〈EZウェイ・イン〉のパン棚で売っているドーナツらしい。チョコレートのがちがちの殻《シェル》に包まれた、今ではだれも食べないドーナツ。朝食用ペストリーの世界におけるヴィンテージ・アイテム。箱のなかからひとつを選び、コーヒーに浸した。パン屋のクロワッサンとも、しゃれたフードショップのマフィンとも、とろけるようにおいしい〈クリスピー・クリーム・ドーナツ〉とも、比較のしようがないほど異質な食べ物。高脂肪で（しかも、使われているのは体によくない種類の油脂で）、保存料もたっぷり使用され（だから消費期限《シェル・ライフ》は〈トゥインキー〉なみ）、硬い茶色の殻が食欲をそこなう（チョコレートよりもカルナウバ・ワックス（椰子蠟を原料とする床磨き）の含有量のほうが高そう）。

ジェーンは最初の一個をみくちで食べ、二個めもたいらげた。

「ゆうべはどこにいたの？」

「外よ」とネリー。

「へえ？」ジェーンは母流の必要最小限の単語で運ばれる会話に合わせようと努めた。

「寄り合いがあったのよ。あんたは？　ティムとふたりでジャンク漁りにいったのかい？」

ネリーはうっかり情報を漏らしていた。こんな場面に遭遇したことはジェーンの四十年の人生でもほんの数回しかない。しかも、ネリーは質問に質問で答えた。話題を変えて娘の質問をかわそうとした。これは、ネリーの記憶と秘密が形作る世界にかつてないほど肉薄しつつあるということにほかならない。

「わたしは今度のことの真相を知りたいのよ、母さん」ジェーンは穏やかに切りだした。

「どうして母さんと父さんのほうから話そうとしてくれないの」

「だから、ガス・ダンカンを殺したのはあたしだって言っただろ。それだけじゃ、あんたには殺人の告白に聞こえないのかい？」

「母さん、わかってるはずよ、わたしがなにを……」

「ああ、そうだったね、ああ。あたしがいくらあいつを殺してやりたくても、あたしにはそんな権利はないんだったね」

「いや、ネリー、おまえが欲しかったのはその権利じゃなかったのかもしれないぞ。言葉どおりの意味なら、わたしたちはもう権利を勝ち取ったんだからな。つまり、あの建物の権利証書を」格子縞のウールのローブを羽織り、ふわふわの毛皮の縁取りがあるスリッパを履いたドンが静かにキッチンへはいってきた。「おはよう、ハニー。わたしのぶんのドーナツを残しておいてくれたかい？」

ジェーンは父が自分でコーヒーをつぎ、キッチンの丸テーブルにつくのを待った。ネリーは布巾を取りにいこうと腰を上げかけた。ドンがカップと受け皿を置いた拍子にコーヒーが撥ねてテーブルに作った、小さな丸い液体の跡を拭くために。が、ドンはネリーの腕を手で押さえた。

「いいからほうっておけ、ネリー」

ネリーは不満そうな声を漏らして、ドンの言葉に従った。とりあえず今は。ナプキン立てから紙ナプキンを一枚取り出し、ドンのコーヒーカップの外側を拭きはしたが、椅子から立つのは我慢した。

ドンはドーナツを持った手で写真を示した。三人は写真のまわりに半円を描く形で座っていた。丸テーブルは手狭な四角いキッチン・スペースの壁に押しつけて置かれていて、壁に立てかけられた写真はあたかも朝食に招かれた客のようだった。

「ガスの家でこれを見つけたのか？」

問いかけというより声明のようだと思いながら、ジェーンはうなずいた。

「もっとまえに話しておくべきだったんだろうな」ドンは娘の目をまっすぐに見据えた。

「フェアじゃなかった、こんなに長いこと……」

「なぜフェアじゃないのよ?」ネリーの目に怒りの炎が上がった。「子どもは親のすることを全部知らなくちゃいけないの? 親が馬鹿をやったときでも? 子どもを親より賢く立派に育てることがなによりも大事なんだとあたしは思ってたけど。それがあんたの口癖だったじゃないの。子どもを立派に教育して世間に送り出すっていつも言ってたじゃないの。ジェーンとマイケルにわざわざ知らせる必要なんかなかったわよ。自業自得だったんだから、あたしたちの」ネリーは〝あたしたちの〟を強調した。「子どもは関係ない」

ドンはなだめるようにネリーの腕を軽く叩いた。ネリーがテーブルを拭こうと椅子から立つのを止めたときから、父の手は母の腕に置かれたままだった。ドンは深々と息を吸い、ネリーに向かって首を振ってから、かすかに笑みを浮かべた。

「しかし、一枚の写真は千の言葉に値するとはよく言ったもんだ。わたしらはわたしらの言葉でジェーンに語らなければならん。ジェーンの意見を聞くのはそれからだ」

こうしてドンは語りはじめた。ネリーは句読点代わりに幾度か鼻を鳴らし、罰当たりな言葉を吐いた。ジェーンは相変わらずドーナツをぱくつき、メモ用紙にいたずら書きをしながら聞いていた。衝撃の告白ではなかったし、度肝を抜く新事実もなかった。納得のいくことばかりだった。ドンとネリーはそうやってカンカキーで生きてきたのだろうと思えた。

牛乳配達人、鉄道の信号手、農場労働者、印刷助手。ドンは二十歳になるまえにそれだけの仕事に就いた。母親と大恐慌で破産した病弱な継父を支えるために。父の経歴はジェーンもほぼ知っていた。牛乳配達をしているときに犬に追いかけられた話、ズボンの尻ポケットに空の牛乳瓶を一本入れて、犬に襲われたときの武器にしていたという話をドンはよく子どもに聞かせた。幼いころには、父の踝《くるぶし》にある大きなぎざぎざの傷痕の輪郭をなぞったものだ。家で子犬を飼わせてもらえないわけをその傷が語っていた。ひょんなことからジェーンが里親となったジャーマン・シェパードのリタは、ドンがこの家へ入れるのを許したはじめての犬だった。人間の知り合いになれそうな犬だと思えたのはこの犬がはじめてだと言って。ドンにすれば、犬が人間の親友になる場合もあるとは断じて認めたくないのだ。

大学へ進んで専門職に就くというドンの夢は、家族を養うために否応なくハイスクールを中退すると同時に潰《つい》えた。そこでドンは夢を修正した。

「自分が自分のボスになれれば幸せに生きられるだろうと悟ったのさ」ジェーンとマイケルにいつもそう言っていた。どんなに仕事がきつかろうと、どれだけ時間を取られようとかまわないのだと。一日の終わりに自分が店の主人でいられれば。

「イースト・アヴェニュー沿いの〈ブラウン・ジャグ〉っていう店で、ある晩、ガスが近づいてきた。居酒屋を買って自分で商売を始めたらどうかと言うんだ。その気があるなら準備してやろうと」

「突然そんなことを？　父さんはどうしてガスを知ったの？」

「ガスを知らないやつはいなかったさ。どうして知ったんだったかな。ガスはなにしろ顔が広くて、あっちこっちに不動産を所有していて、酒場ではだれかれなしに気前よくおごるというたぐいの男だった。たしか駄菓子と煙草の商売にも乗り出したころだ。行商と宅配を兼ねたようなことをやっていた。それであっちこっちの店に顔を出しては、だれそれが困ってるとか支払いが滞ってるとかいう話の最後の部分を聞きかじり、力を貸すだの金を貸すだの知恵を貸すだのと言うわけだ。それから時間をおかずにその現場へ出向き、買い取る、または担保に取って金を貸す」

ドンはローブのポケットからパイプを取り出した。しばらくまえから紙巻き煙草はやめているので、家のなかで喫煙具と名のつく物に火をつけることは努めて控えているが、パイプ煙草は今でも吸っているのをジェーンは知っていた。ドンはパイプで写真を指し示した。

「その写真を撮ったのは〈EZウェイ・イン〉の賃貸契約書にサインをしたときだ。母さんと所帯をもったのはその数年まえで、金を貯めてやっとカリスタ・ストリートのあの小さな家に住めるまでになった。その春、家の手付けの支払いをしていた。ガスからチャンスをもらったのは、〈EZウェイ・イン〉をやらないかと持ちかけられたのは秋だ。商売をするのはわたしだが、建物はそのままガスのものだと言う。要するに、家賃をやつに支払わなければならない。だが、これで自分が自分のボスになれると思ったのさ」

「そうよ」とネリー。「大家にはあんたを支配する力なんかないんだもの」

「おまえはあのころからそういう考え方だったな、ネリー」ドンの声音には怒りの色も非難の色もなかった。

ドンは写真をじっと見つめた。希望にあふれ、満面に笑みをたたえた若かりしころの自分たちを。せつなさはあっても恨みがましさはドンから感じられない。父の話しぶりはふだんガス・ダンカンのことを語るときの辛辣な調子とはまるっきりちがっていた。

「それからなにがあったの？」

「ガスはたくさんの人間に店を持たせた。いろいろな場所で彼らに便宜を図った。成功した連中もいれば、うまくいかなかった連中もいる。うちは成功したほうだ」

「おおかたは酒で体を壊して早々と墓にはいっちゃったからね。居酒屋っていうのは朝から晩まで無料《ただ》で酒が飲める商売だから。でも、最後につけがまわるのよ」

「とにかくわたしらはうまくやった。ダフもな。2＋2の足し算ができて酒浸りにならずにすんだやつは成功した。ラリー、ジャック、オールド・ピンク、みんな踏ん張って商売を興した。戦争中はみんな儲かった。川沿いのあのちっこいフライドチキンの店も大成功した」

「〈ダフの店〉もあったわよね……」父さんも母さんもリリーが死んだことを知らない。ふたりに伝えなければ。

「ビル・ダフは〈ＥＺウェイ・イン〉から一本先の道に店を構えた。おまえも知ってるだろうが、今はリリーと弟のボビーが店を継いでる。いずれにしてもガスはしじゅう目を光らせ耳をそばだてて用心深く見張っていたんだ、店子の弱みを握るまで」

「弱み？」

「弱みを握って、でっちあげるのよ」ネリーが言い足した。

「わたしに喋らせろ、ネリー」

電話が鳴った。ドンは立つなというようにネリーの腕を叩き、自分が立ち上がって電話に出た。

ドンの顔に浮かんだ表情と口から漏れるきれぎれの言葉から、リリーのことを自分の口から伝える必要がなくなったのだと悟った。だれかが今その情報を父の耳に入れているのだと。受話器を置くとドンはこっちへ戻ってきて、ネリーのうしろに立ち、両の肩に手を置いた。両親のこんな直接的な接触をまのあたりにするのは三十年ぶりだった。

「リリー・ダフが死んだのよ」ジェーンは言った。

ネリーはつかのまジェーンを見つめていた。それからドンの手を押しのけて立ち上がった。

「いかさま野郎は墓のなかからでも人を殺すんだね」ネリーはテーブルにこぼれたコーヒーとドーナツの屑を拭き取った。

「いかさま野郎は死んでもじっとしてないんだろうよ」父の目に涙が浮かんだ。「あのリリーもやっと酒場の主人らしくなってきたところだったのに」

「だれが知らせてくれたの？」ジェーンは訊いた。

電話の主は父の古くからの友人でリリーの店を手伝っているベニーだった。ベニーは町のほとんどすべての酒場でどこかの時期にバーテンダーをしたことがあるという男だった。極端な訥弁《とつべん》で会話が不得手な彼は申し分のないバーテンダーだった。生まれながらの聞き上手だから。そのベニーが電話の向こうで泣いていたそうだ。ボビーと連絡が取れないが、連絡が取れたとしてもどうしていいのかわからないと言って。

ボビーはゆうべ遅くに警察官と一緒に〈ピンクス〉から出ていったことを両親に教えた。

「気の毒なやつだ。やっとトラブルから一歩抜け出せたと思ったら、リリーがこんなことになるとは……」

「リリーのことについてベニーはほかになにか言ってた？」

「詳しくはおまえから聞いてくれと言っていた」

「なぜよ？　なぜこの子に……？　ああ、くそっ！　まさかあんたが彼女を見つけたなんて言うんじゃないだろうね？」ネリーは流しのまえへ移動して手を洗いはじめた。「いったいどうしたら年がら年じゅう死人と関わりができるの？」

「わたしをそんなふうに見ないでよ。ガスを殺したのはわたしじゃないわ、そうでしょ？」

ジェーンも立ち上がった。ガス・ダンカンについての質問を続けたかった。なにもかもが悪い方向へ向かい、だれもかれもが迷惑をこうむることになった原因はなんだったのかと問いたい。ガスはなにを握ってたの？　ドンとネリーのどんな弱みを握ってたの？

けれど、今の父にはガスとの話を最後まで語ることはできなかった。もう少し待つしかなさそうだ。ドンは何人かに電話で知らせるとベニーに約束していた。母はリリーの弟に届ける食事のメニューを考えはじめた。

「だれかがボビーを手伝うことになるんだろうね。あの男は仕事じゃ使い物にならないよ。リリーだけがあの不良と刑務所のあいだに立ちはだかってたんだ。あたしなら伸《の》してやるんだけど」

疑問ならそれこそ無数にあり、そろそろ答えを出さなければならなかった。ブルース・オーはゆうベカンカキーにいた理由を教えてくれず、今夜話すとジェーンに約束していた。まずオーから始めれば、ベイトマンからガスへ、そしてリリーへと通じる道筋ができるかもしれない。ジェーンはゆうベオーから聞いた携帯電話の番号を押した。まだ朝の八時にもなっていないが、オーは起きているにちがいないと思った。

いつでもそちらへ伺えるとオーは言ってくれたが、ジェーンとしてはネリーを同席させることだけはなんとしても避けたかった。そこで彼の泊まっているモーテルから〝マクフリー〟までの道順を教えた。午前中にキッチンを仕上げる予定だから。午後からリネット・ストリートでティムと作業に専念できるはずだったが、こういうことになってしまったので、もう無理だろう。ガスのあばら屋は三軒とも当分のあいだ封鎖されるだろうから。

実家で昔、寝室にしていた部屋はキッチンのすぐ脇にある。そこでもう一度オーバーオールに着替えた。〝マクフリー〟で作業するなら、最初から埃まみれでペンキの飛び散った服でもかまわない。オーバーオールの前ポケットに両手を突っこんでパンツのウエストをまっすぐに調整した。と、分厚い紙束が手に触れた。封書の束をポケットから取り出しながら、ガスの地下室の床にあった物だと思い出した。夢のなかでリリーが指差していたのはもしかしたらこれのことだろうか。彼女はわたしにこれを読んでもらいたかったの？　ジェーンはベッドのへりに腰をおろすと、紐で縛られた束から一通を引き抜き、折りたたまれた黄色の便箋を開いた。流れるような文字のなかに花のデザインをあしらった優雅な筆記体で綴られていた。

この部屋の低ワットの電球の下で手書き文字の判読を始めたところで、例の集合写真に写った人たちのことを話す両親の声がした。まるで、この世にいない人のおぞましいリストを読みあげているみたいに聞こえた。その人たちがいつ、どのようにして死んだかということまで話している。生き残っているのはうちの両親だけ？　リリーの父親についての話をしはじめているようだ。リリーの父親はいつ、どのようにして死んだのかと、ジェーンはキッチンにいるふたりに寝室から尋ねた。

「女房のルーエラが先に逝って、どうにもならなくなったのさ。一年ぐらい経ってからかな、ダフは跡を追ったんだ」ドンがキッチンから答えた。

ジェーンはキッチンに戻った。「自殺したの？」

「ああ。ある夜、ルーエラは浴槽で手首を切った。家へ帰ったダフがそれを発見した。結局、そのことが彼を崩壊させた。ある日、ダフは家から出てきて、ガレージで車のエンジンをかけた。だが、どこへ行く気もなかったのさ。ベニーがさっきあんなに動揺したのはそれでなんだ。ガレージでダフを見つけたのはベニーだった。ベニーは家のなかに飛びこんでボビーに父親の死を知らせなくちゃならなかった」

「リリーはどこにいたの？」

「看護学校の最終学年だった。両親が死んでリリーが家へ戻ってきて、あとのことを全部引き受けるようになると、ガスは、店を続けたいなら同じ契約をリリーと結んでやってもいいと持ちかけた。彼女は承諾した」

「それっていつごろのこと?」

「さあ、十年ぐらいまえか? 十五年か? あのころのリリーは学校に行っていたとはいえ、出入りを繰り返していたからな。しばらく働いたかと思うと学校へ戻り、それからまた町へ戻ってきて、また少し働くという調子で。しかし、やはり看護師の道は諦めたくなかったんだろう。ああいう仕事が好きらしいとダフから聞いたことがあるよ。それでも父親が死んだあとは店を継ぐと決心した。ボビーに帰るべき家とやるべき仕事を与えるためにそうしたんだろう。あいつは職に就かずぶらぶらしてたから」

「リリーは働き者だった」ネリーは最大級の褒め言葉を進呈した。「だれが彼女を殺したのよ?」

第一発見者のジェーンの耳には情報がはいってきているとでもいわんばかり。が、母の質問にジェーンが答えるまえにドンが言葉を挟んだ。

「だれも殺しちゃいない。自殺だ。あの一家の宿命なのかもしれん」

「いったいなんの話?」父がどこかで聞きちがいをしたのではないかとジェーンは思った。それとも、これも夢のなかの一場面なのだろうか。体をつねりながら、父が情報開示してくれるのを待った。

「薬だよ。彼女はなにかの薬を飲んだのさ。なぜ彼女があばら屋の地下室にいたのかはだれにもわからんが」

「そんな……現場ではたしか、彼女は頭をぶつけたとか殴られたとかって聞いたわよ」神経の昂ぶりを抑えられない。最初はガス、今度はリリー。リネット・ストリートで人が殺されることは絶対にありえないの？　みんなそう思ってるの？

一時間後、ジェーンは〝マクフリー〟で段ボール箱を解いていた。お気に入りのリネン類の何種類かを家から持ちこんでいた。ダンスする銀食器の刺繍があしらわれたディッシュ・タオルや小さなドレスと帽子の形をした鉤編みの鍋つかみなどを。いよいよテーブル・セッティングに取りかかることにした。〈フィエスタ・ウェア〉（一九三〇年代に製造が開始された色鮮やかな五色の陶器）ほど値が張らず人気もさほどではないが、テーブルでは誠実にして確固たる存在感を示す〈ウェッジウッド〉の〝ハーレクイン〟シリーズの皿を選んだ。それとはミスマッチなベークライトの持ち手のカトラリーも使い、ナプキンも赤一色とした。そのナプキンを分厚い溝があるバター飴色のナプキンリングに通して置くとテーブル全体に統一感が生まれた。

流しの上のオープン棚のひとつにはジュース用の透明なグラス十個を慎重に並べた。グラスは一個ずつちょっとしたちがいがあるが、どれも〈ヘーゼル・アトラス〉で、HとAを組み合わせたキュートな小さいマークが底にはいっている。ひとつひとつ異なる柄なのによく似ていて、同じテーマで多彩なバリエーションがつけられているのが特徴だ。日曜日に花を持ってくるのを忘れないようメモした。茎を適当な長さに揃えた新鮮なデイジーの小さな花束を十個こしらえて〈ヘーゼル・アトラス〉のグラスに挿し、流しの上に花でいっぱいのグラスを横一列に飾ろう。その光景を思い浮かべて鼻歌を口ずさんでいると、オーが裏口のドアをこんこんとノックした。

「自殺したあとにどうしたらあんな恰好ができるのかしら？　死にかけてるのに、あの箱を手に取って膝の上に載せたってこと？」前置きをはぶいてそう言い、荷解きをして出したばかりのぴかぴかのクロームのケトルで湯を沸かした。買い付け袋のなかにはいっている〝コンスタント・コメント〟（オレンジとスイートスパイス味の紅茶）よりも風変わりなお茶をオーが所望しないよう祈りながら。

「カンカキー警察の新たな友人のひとりと今朝、話をしたのですが」オーは礼を言ってフレーバーティーを受け取った。「リリー・ダフはペニシリン系の経口薬を限界量まで服用してアナフィラキシー・ショックを起こしたんです。彼女には強度のペニシリン・アレルギーがあり、そのことは本人もわかっていました。携帯電話で一件電話をかけています、おそらく薬を飲むまえに」

「でも、だれかに移動させられたんでしょう？　彼女を段ボール箱の上に座らせて膝にあの箱を載せた人がいるはずだわ」

「いや。自分で段ボール箱の上に座って、もうひとつの箱を膝に載せたんでしょう、体が動かないように。体を押さえておくための物が必要だったんじゃないですか？」

「そんなのなんだか不自然じゃない？」

オーはうなずいた。「でも、警察は自殺であることを疑問視していません。電話をかけた相手は弟でした。ゆうべ警察が弟を家に帰したときに留守番電話に残された伝言を確認しました。リリーはひどく取り乱し、恐ろしいことがわかったと言っています。それが真実なら自分は生きていられないと」オーはそこでお茶を口に運び、ひと息ついた。「さらに、弟をひとり残していくことを詫びているんです」

「だけど、わたし、現場で警察官が話してるのを聞いたのよ、彼女の頭に――外傷があるとか――」

「現場の推測ですね。彼女はたしかに頭を壁にぶつけています。箱の上に座ったままで。喉が詰まって痙攣を起こしたのでしょう。しかし、頭の傷は死因とは無関係です」

「警察のその説明にあなたは納得してるの?」

このことを論じているあいだも手を動かしていなければならないと感じた。そうしないと、段ボール箱の上に座っているリリーの姿が瞼から消えなくなる。なにかを伝えようとしているリリーの姿が。そうなったら、オーがなにを言っても耳にはいらなくなってしまう。

オーが来るまえに食器室の小窓と壁続きのキッチンの揃いの小窓に短い物干しロープを渡してあった。そちらの窓はちょうどキッチン・テーブルと向き合っている。ワイシャツ用の薄い箱のひとつを取り出して蓋を開けた。中身はカラフルなハンカチ。鉤編みのレースの縁取りや刺繍入りの物。レディのハンドバッグにかならず一枚か二枚のハンカチがはいっていた時代の名残だ。ジェーンは一見無作為に選んでいるように見える仕種でハンカチを一枚ずつロープに引っ掛けると、隅を折りこんで小さな三角形を作り、年季を感じさせる木の洗濯ばさみで留めていった。こうして窓の上端に三角形のハンカチ・カーテンができあがり、部屋の一方の側に彩りと動きが添えられた。

「素敵ですね」オーは感心したように首を振った。

ジェーンは真正面からオーを見た。オーは質問されていたことを思い出した。果たして自分は警察の説明に納得しているのだろうか。最初に頭に浮かんだ答えはノーだった。だれが説明しようと、自分が説明できなければ納得はできない。それに、この段階で民間人に説明することをこれまでは許されていなかった。しかし、自分はもはや警察官ではない。一介のコンサルタント、私的に調査をおこなっているにすぎない。今朝入手した情報によって、リリー・ダフの死にまつわる事実には納得している。

「彼女の死はアレルギー反応がもたらした結果だとわたしは確信していますよ。ペニシリン系の薬をみずから飲んだのだと。ええ、自殺だったと確信しています」

「わたしがどうしても気になるのはあの座り方なの。あのベークライトの箱をテーブル代わりにしてるように見えたから。ラップデスクのように……」ジェーンはポケットに手を入れて、まだ読んでいない手紙にさわった。「彼女は膝の上に箱を置いてなにかを読もうとして……」

「ただいま、ルーシー、今帰ったよ（コメディ番組『アイ・ラブ・ルーシー』の主人公の夫の台詞）」

ティムが玄関から声をかけた。裏口からはいってキッチンを通るのはなしだと約束させているから。そのほうができあがった部屋を見る驚きが大きいからと。〝マクフリー〟のほかの部屋の担当者も終日出たりはいったりして、オープニングに向けた最後の仕上げをするのだろう。ジェーンは少しでも長くキッチンに居残っていたかった。

「はいってきちゃだめよ。こっちから出ていくから」

「ルーシー、エセル（ルーシーの親友で隣家の主婦）とふたりでなにを企んでるんだ?」

ジェーンはオーを見た。オーは狐につままれたような顔をしている。

「テレビ番組のパロディをやってるの。ルーシーとエセルは……」

「ええ、『アイ・ラブ・ルーシー』ですよね。知っています。今、リリー・ダフが弟の電話に残した伝言のことを考えていたんです。かりに彼女が地下室でなにかを見つけたのだとすればなんだったのかと。ミスター・ダンカンはファイルとか記録とか、なにか残していたんでしょうか？　そのなかに彼女がなにかを見つける可能性のあるような……なにかを。帳簿とか会計記録とか台帳とか、呼び名はさておき」

「ああ、その手の物なら箱に山ほどあったわ。ガスは自分が買い取った古い建物の記録を全部保管してたみたいなの。町じゅうに散らばってる建物のね」

「その声はオー刑事かな?」

「そうよ、ティミー、あと一分でそっちへ行く」ジェーンは中身を空けた箱の最後のひとつを持ち上げ、裏のポーチに出した。

オーとともに居間へ移動すると、暖炉のそばにウィングチェア二脚が置かれていて、ティムはその一方に家具カバーやら手編みの肩掛けやら掛け布やらを山積みにしていた。ジェーンはシェニール織りの見事な一枚に目をつけた。居間の担当のカレン・ハックという女性がラメッジ・セールで無料《ただ》同然の値で手に入れたとティムが言っていたうちの一枚だ。カレンは聖スタニスラウス教会のバザーの最後の一時間でビニールのゴミ袋を満杯にして二ドルを支払った。それが今、ウィングチェアの一方に山積みされている品々しめての値段だ。彼女はそれらを洗濯し、家具カバーにアイロンを掛け、十ドルで買った椅子をよみがえらせようとしている。ジェーンは感動した。部屋全体の雰囲気はかならずしも趣味ではないけれど――やや均整が取れすぎ、伝統にとらわれすぎの感あり――清潔でいかにも居心地がよさそうで、とても上品だし、古めかしいソファの上方の壁に掛けられたオークの枠の鏡などは心憎いほど勘所を押さえている。カレンはすばらしい花瓶もセールで手に入れていた。花をふんだんに活けるつもりなのだろう。相当な費用をかけて作りあげた部屋に見えるにちがいない。この部屋で実際に最も高価なのはティムのフラワーショップで買う花だとしても。

「地下室にたくさんあった箱にはなにがはいってたの、ティム？　つまり、リリーは……もう聞いたんでしょ？」

「自殺のことか？　うん、聞いた。今朝、ボビーからの電話で。あの家がどういう状況だったかを、それと、ぼくが今日またあの家のなかにはいるのか知りたかったみたいだ」

ジェーンは腕時計に目をやった。エヴァンストンの自宅へ電話してニックに伝言を残さなければ。サッカーの試合での健闘を祈ると言ってやらなければ。ゆうべは実家に戻るのが遅すぎて電話できなかったから。なんて言えばいいのだろう。昨日電話するつもりだったんだけど、厄介なことにまた死体を見つけちゃって、って？　チャーリーにも知らせなければならない。でも、なぜかしら良心が咎める。リリーに対して自分が責任を負っているような気がするのだ。死体を発見した人間は、そこでなにが起こったのか真相を知る義務があるという気持ちにさせられる。人の命を救うとその人に対して責任を感じるのと同じように。ああ、これではまるで、ゆうべ食器室の壁紙を作るのに使ったおみくじの文言みたいじゃないの。

ジェーンは自宅の電話にニックへの伝言を残すと、オーとティムとともに腰をおろした。殺人事件ではないとされる事柄について、自分がなにを知らないのかを理解するために。

「リリーの死は自殺だというのが警察の見解なら、ガス・ダンカンの死について捜査が再開されることもないんでしょうね。わたしたちはそっちに関しても振り出しに戻るわけね」

ティムはジェーンを見た。無表情に。「わたしたち？　だれだよ、わたしたちって？」

「ゆうべ、わたしの言うことを信じるって言ったじゃない。ガスの事件についてはわたしが最初から正しかったたって」

「リリーは殺されたとぼくも思った。ならガスもそうだったんだと信じる気になったのさ。ふつうそうだろ、あっちとこっちを結びつけるもんだろ。だから、警察犬なみに鍛え抜いたきみの鼻はさすがだと思った。だけど今は……」ティムの声が尻すぼみになった。

「殺された人間がいると信じたくないわけね。そうすれば、あのあばら屋に戻って、がらくたの在庫目録を作れるから」

「ガス・ダンカンの死は……」オーはふとためらい、慎重に言葉を選んだ。「もっと複雑ですよ」

ジェーンは喜びを面《おもて》に出さないよう努めた。このさわやかな秋の朝に自分たちが論じているテーマは殺人だ。が、ガス・ダンカンの死は自然死でなかった可能性もあるとオーに思わせたのがなんだかは知っておく必要がある。

「わたしの経験では、ある人間の死についてだれかが人を雇って調査を依頼するという場合、やはり、事件性がある、もしくはあったと考えられるだけの理由があるのです。そして、わたしはある人に雇われました」

携帯電話の着信音が小さく鳴った。『ラ・クカラチャ』ではないからジェーンの携帯にかかってきたのではない。『ヘルナンドス・ハイダウェイ』（ブロードウェイ・ミュージカル『パジャマ・ゲーム』中の一曲）でもないからティムの携帯にかかってきたのでもない。音符ふたつで構成されたごく単純な着信音。オーはふたりに軽く頭を下げてから腕時計に目を落とした。オーの説明によると彼の依頼人は時間に非常にうるさい人で、今日の午前中にかならず電話してくれとその依頼人から言われていたそうだ。オーは電話機をポケットから引き抜き、二度めのコールで電話に出た。

通話中、オーが発したのはほんの数語で、ほとんどは依頼人が喋っていた。ふだんなら他人《ひと》の電話に耳をそばだてるような行儀の悪い真似はしなかっただろう。でも、ここへ来てますます奇々怪々奇っ怪な《キュアリアサー・アンド・キュアリアサー》（『不思議の国のアリス』のなかの言いまわし）展開になってきたので、我慢できずに立ち上がった。家具カバーの一枚を振り広げ、コンディションを確かめるふりをしながら、オーが座っているソファのうしろへさりげなく近づいた。そうすると、彼がコーヒーテーブルの上の鉛筆を取るために電話機を傾けて少し耳から遠ざけた瞬間、発信者の番号がまだ画面に表示されていることに気づかざるをえなかった。それがやけに見慣れた番号でなかったなら、メモしようという考えも浮かばなかったかもしれない。カンカキーの市外局番に続くその番号を。ほぼ毎日、自分がかけている番号を。

それは〈ＥＺウェイ・イン〉の番号だった。

19

〈EZウェイ・イン〉が正式には店を開けていないことはむろんジェーンも知っていた。新装開店が予定されているのは数日後だ。しかし、そのことと、パン配達のフランシスと〈ローパー・コンロ〉の工場長だったギルが、今〈EZウェイ・イン〉で遅い朝食のビールを一杯飲んでいることは矛盾しない。ほかの常連もたまに来る客も同様で、ドンとネリーが月曜日の新装開店に向けて磨き洗いをしたり艶出しをしたりという作業を続けていても、いつものようにモーニング・コーヒーや寝起きの一杯を飲みにきた。店を閉めていながら、客を閉め出すという考えがジェーンの両親の頭には浮かばないのだった。

ドンはクリスマスや感謝祭でさえ、バーニーやヴィンスやカープやシェフの行き場をなくしてはいけないとの配慮から、ネリーをおだてて最低数時間は〈EZウェイ・イン〉の調理場に立たせていた。それどころか、ある年の感謝祭にはバーニーとヴィンスをネリーの実家へ一緒に連れていったこともある。七面鳥を食べながらフットボールの試合を見る場所がそのふたりにはないことをドンもネリーもわかっていたからだ。リトアニアからの移民であるネリーの母親と父親は自分たちがアメリカに構えた家よりはるかに大きな心の持ち主だったから、娘夫婦が家族以外の人間を家に連れてきても不審に思ったりせず、むしろ食後のカードゲームの頭数や、お腹をすかせてクーゲル（ユダヤの伝統的家庭料理）を喜んで食べてくれる人が増えて嬉しいというふうだった。

今日も店には何人か客がいるのだろうし、だれでも表の入り口からはいり、バーカウンターの角をまわりこんで食堂へ進めば、壁付けの公衆電話をかけられる。だから、オーの携帯電話に〈EZウェイ・イン〉の番号が表示されたからといって、オーを雇ったのがドンとネリーであるとは、あるいはふたりのどちらかであるとはかぎらない。

しかし、そうはいっても、両親以外のだれかが店にふらりとはいって、そこからオーに電話をかけたとは、ジェーンのたくましい想像力を最大限に膨らましても考えにくい。

オーにどういう訊き方をすればいいのだろう。探偵と依頼人の関係は、医師と患者、司祭と告解者のそれのように侵されざるものなのだろうか。オーとのあいだに築きつつあるほぼ友情といってもいい関係を危険にさらしたくなかった。細かいけれども細かくなりすぎない質問の仕方を練っていると、ティムがあっさりこう訊いた。

「で、依頼人ってだれなんですか？」オーが携帯電話をポケットにしまうのと同時に。

「ビル・クランドールです、ガス・ダンカンの甥で、唯一の親戚の」オーはジェーンのほうを向いた。「今、〈EZウェイ・イン〉から電話をかけてきました。あばら屋の近くにいると言ってます。ゆうべわれわれはどこにいたのかと訊かれました。わたしが警察に話をつけて、今日あの家にはいることができるのかとも」

「いい質問だ」とティム。「ぼくも今同じことを考えてた」

オーはあの三軒の真んなかの八〇三番の家が封鎖される理由があるとは考えていなかった。というより、八〇一番も八〇五番も立ち入り禁止になるとは思えなかった。厳密な法解釈では自殺も犯罪だが、警察の捜査はゆうべのうちに終わったと見なしていい。いずれにしても、八〇三番の封鎖はまちがいなく解かれるだろう。あの家で死体が発見されたわけではないのだから。

「ジェイニー、きみはこの件に首を突っこまないほうがいいんじゃないのかな」

ジェーンはティムには冷ややかな笑みを返すだけにとどめ、オーに質問を投げかけた。

「ビル・クランドールがどうしてあなたを雇うことを思いついたの？」

「わたしも同じことを本人に訊きました。すると、大学でわたしの講座を受講した知り合いがいると言うんです。自分もミスター・ローリーのフラワーショップで起こった殺人事件について叔父から話を聞いていたので、わたしの名前を思い出したと」

「たしかに、あの事件は画期的な市場開拓になった。あの直後はうちのブーケ・ビジネスが急に活気づいたし。あなたのお役にも立ててよかったですよ」

「私立探偵が新聞に一行広告を載せてもほとんど宣伝効果はないって聞くのに。しかも、あなたはまだ開業もしてなかったわけでしょ」

「はい。わたしもちょっとおかしいと思ったので、その知り合いとやらの名前を確認したんです、講座を受講したという人物の。一応、夏期講座の名簿にそれらしい受講者の名前がありました。出席したのは一度か二度だけですが。いずれ探偵業でも始めようかと授業中に喋ったことがあったのかもしれません」

「でも、やっぱりおかしいわよ。あなたが個人的な調査を引き受けるかもしれないと、いちかばちかで依頼したんだとしても、そもそもなぜ彼が調査を依頼しようなんて考えるの？ガス・ダンカンは自然死だったのに。少なくともわたしにはみんなが口を揃えてそう言いつづけてるわよ」

ジェーンの携帯電話が鳴りだした。ティムは着信メロディに合わせてカスタネットを叩くように指を鳴らした。

「この曲の選択はあんたがニックに入れ知恵したの？　ふつうのに戻すやり方をわたしが知らないのを知ってるでしょうが」

チャーリーの声は穏やかだったが、最初のふたことみことで、なにかよくないことがあったのだとわかった。彼は安心させるような調子でジェーンの名前を二度呼んだ。悪い知らせがあるときには、まずジェーンを落ち着かせるために、夫はいつもそうするのだ。

「ニック？　ニックになにかあったの？」

「なにもないよ。あの子は学校へ行ってたから。なにが起こったのかも知らない。今日はサッカーの試合だから家にいない。ニックに関してはなにも問題ない」

「じゃあ、あなたは、チャーリー？　大丈夫なの？」

「大丈夫、みんな無事だ。何者かが家に押し入っただけだ。うちに泥棒がはいった」

「そんな、嘘。それで泥棒は……」言葉が続かない。自分にとっては家に置いてあるすべての物に価値があるが、泥棒はなにを金目の物と見なすのだろう。鉤編みのリネン類を売り飛ばせばヘロインを一回ぐらい打てるの？〈ラッセル・ライト〉の不揃いなカップや受け皿は路上で売れるの？ベークライトのブレスレットは盗まれただろう。ｅＢａｙに出品されたベークライト製品は高値で売れているから。泥棒はｅＢａｙでどれだけ稼げるかを知ってるの？スキャナーとかも持ってるわけ？

「ぼくの研究関連の物には手を触れてなかったよ、ありがたいことに。現場で採取した標本にも、本箱に飾ってある稀少な化石にも。コンピュータのハード・ドライヴにもディスクにも興味がなかったようだ」とチャーリー。

「そりゃ……」そうよ、泥棒がそんなものに興味を示すわけないもの。喉まで出かかった言葉を呑みこんだ。「あなたが家に置いてるものがなんだかわかるほど泥棒は利口じゃないもの、チャーリー。その点は神に感謝するべきね」

「だが、きみの物が、ジェイニー……」

「ベークライトね？ああ、悔しい。彫刻のある指輪は今はめてるし、赤いフープピアスはスーツケースにしまってある。でも、波形の溝がはいったバター飴色のブレスレットを盗られたのね？ボタンもでしょ？あの小さなベークライトの針入れと彫刻ボタンのはいった木の裁縫箱も盗られちゃった？ああ、大ぶりのベークライトのクッキーボタン（菓子のクッキーを思わせる二色使いのヴィンテージボタン）が最低二ダースははいってたのに。ものすごく可愛くてちっちゃいドングリボタンもふたつ。そうだ、リアリスティクス（ベークライトの特質を生かして自在に形作られたボタン）を入れたキャンディ缶もあの裁縫箱に入れといたんだわ。どうして全部を一カ所にまとめちゃったのかしら、ああん、もう！　悔しい！」

ティムも仰天して、今は隣に立っていた。ジェーンの体に腕をまわし、携帯電話を手から奪い取ろうしている。オーはジェーンからティムに視線を移した。ふたりのうち、こちらのほうが電話の内容をわかりやすく通訳することを思い出してくれるのではないかと期待しながら。

電話機を確保したティムがチャーリーと話しはじめると、ジェーンは両手で頭を抱えた。オーがお茶を飲むかと訊くと、うなずき、自宅が泥棒にはいられたとだけ言って、首を横に振った。

ティムはにやにやしながら、わかった、ジェーンに伝えるとチャーリーに言って電話を切った。

ジェーンは携帯電話を取り返そうとした。「待ってよ！　なぜ切っちゃったの？　チャーリーはなんて？　なによ、なんで笑ってるのよ？」

「最初に言っておく。きみのボタンは無事だ。アクセサリーも盗まれてない。客用の寝室にあるボタンと裁縫道具一式も。一階とガレージにある物がそこらじゅうに投げ散らかされただけだ。ミリアムのために梱包してガレージに置いた箱とか、まだ梱包してなくて〝最新〟と書いて棚に保管しておいた物とかを全部。割られた陶器がいくつかあるみたいだけど、チャーリーの話から想像するに、たいして価値のある物じゃない。きみがミリアムに送ろうとしてたガレージ・セールで仕入れたがらくたばかりだ。どっちにしても家のなかがとんでもない状態ではある。きみが他人の写真をいっぱい詰めこんで重ねてるスーツケースも中身をあけられて床に放り出されてるらしいよ」ティムは声をあげて笑いだした。「ああ、ごめん、ハニー。いや、ほんとに。だけど、なんだかきみのがらくたが泥棒を本気で怒らせたみたいだから」

「どういう意味よ？」

「銀器もなければ、電子機器もない、絵画もない、金目の物はなんにもない。少なくとも、他人《ひと》さまの家に盗みにはいるような輩がすぐに見分けられるような値打ち物はない」

「どうしてそれを笑うわけ？」ジェーンはオーが差し出すお茶のカップを受け取りながら言った。傷ついていた。

「だから、謝ってるだろ。でも、またレオ・リーブリングに逆戻りしたようだってチャーリーは言ってたぞ」

ジェーンは立腹と傷心を持続させようとした。実際、腹が立っていたし、心を傷つけられたのだから。が、しかし、レオ・リーブリングの名前を聞かされると、にやけるのを止められなかった。

「一時間ぐらいしたら、きみのほうから電話してくれってさ。そのときに詳しく話すって。一時間で家のなかをできるだけ片づけて、きみのガレージの在庫目録を作っておくとも言ってた。ただし、ぼくが言いつかったのは、きみが怒りまくったらとにかく〝レオ・リーブリング〟って名前を出せということだけだ」

「リーブリング？」オーが怪訝そうに尋ねた。

「チャーリーと結婚したとき、わたしはまだ大学院生で、超がつくほど有名な教授のゼミを受けてたの。それがレオ・リーブリング、ロマン派の詩の研究の第一人者。著書が八冊か九冊あったかしら。もちろんロマン派の詩に関する学術書よ。それで、レオ・リーブリングのゼミに所属するのはほんとうにすごいことなんだと思ってた。それがある夜」ジェーンは噴き出すまいと必死だった。「バスルームで歯を磨いてたらテレビのニュースでリーブリングって名前が聞こえた気がして、教授の死去を伝えてるんだと思ったの。慌ててバスルームから飛び出して、どうしよう、大変なことになったと言いかけたら、チャーリーが黙ってわたしを見つめてることに気がついた。どうかしたのかと訊くとチャーリーはこう言ったの。ぼくにははっきりわかる、きみはその教授のゼミと自分の狭い世界に埋没してるって。レオ・リーブリングは立派な男で、すばらしく優秀な教授なのかもしれないけど、NBCがジョニー・カーソンのトークショーを中断させてまでその死を伝えるほどの著名人だと思ってるんだとしたら、少しおかしいよって。で、そのあとふたりで何時間も笑ったはずよ。以来、〝レオ・リーブリング〟はわたしたちのどっちかが自分の世界しか見えなくなったときのキーワードになったの」

チャーリーがその名前を持ち出したことによって、ジェーンは夫がこの部屋にいるような錯覚に陥った。彼の気配が感じられた。うちのことはチャーリーがちゃんとやってくれるだろうと思った。いつでもそうしてくれているように。善き夫だ。ジェーンは心のなかでつぶやいた。これほどチャーリーの写真の下に添えるのにふさわしい言葉はない。善き夫。そのことが妻によって過小評価されているのでは……？

「レオ・リーブリングならわたしも知っています」オーが言った。

「ご健在なんですか？」ティムが尋ねた。

「完璧なまでに」

「よかった」とジェーン。「なにを聞いてももうショックは受けないけど、これ以上はショックを受けなくてすみそう」

「お宅を狙った泥棒はあなたが仕入れた最新の物に興味があったようですね。発送するために梱包したばかりの物に。テレビでも電子機器でもなく？」この質問はティムに向けられた。ティムは首を横に振った。「エヴァンストン署の友人に電話して状況を聞いてみましょう」

ジェーンはズボンの尻ポケットに手を差し入れた。両親と話しながらメモを取りかけた紙が手に触れたが、取り出したのはそのメモ用紙ではなく、ガス・ダンカンの段ボール箱で見つけた、クッキーを食べたあとのおみくじだった。

完璧を追い求めるあまり善きことを見失ってはなりません

「これ気に入ってるの」ジェーンはおみくじをティムに手渡した。

「だったら、チャーリーとのことをちゃんとしろよ、スウィートハート。きみの宝探しで見つかる物はどうしたって完璧にはならないってことを認めろよ。きみがへこんだり欠けたり剝がれたりしてる物を愛するのは使い古しに愛着を感じてるからだろ。結婚だって時が経てばへこんだり欠けたり剝がれたりしてくるさ。〝善きこと〟を受け入れろよ、ハニー。〝完璧〟に関する文句は全部ぼくにまかせてさ」ティムは幼い子どもにするようにジェーンのショートヘアをくしゃくしゃにした。

「そんなこと言って、もしかしたらあんた……」

「ミセス・ウィール？」とオー。「お取りこみ中すみませんが、〈EZウェイ・イン〉でミスター・クランドールと待ち合わせをしています。あなたも一緒に行きますか？　あなたをわたしの同僚《アソシエイト》のひとりだとして紹介してもかまいませんよ。彼が見つけたがっている具体的な物がわかるかもしれません」

ジェーンはこのチャンスに飛びついた。ゆうべはティムがパートナーと呼び、今度はオーからアソシエイトという呼び名を頂戴した。めちゃくちゃになった家のなかはチャーリーが片づけてくれるとわかっているし――まあ、めちゃくちゃですんで悲惨まではいかなかったようだし――こっちのめちゃくちゃは一部分だけでも自分で片づける必要がある。つまるところ、ミニヴァンのグローブボックスに置いたままの広口瓶には、居場所をなくした指がまだ浮かんでいて、どこかを指差しているのだから。

キッチンは覗かないとティムはジェーンに約束していた。居間は、最後の仕上げをするためにやってくる〝マクフリー〟のボランティアのデコレーターや同窓生たちの拠点とするつもりだった。ショーハウスの公開は今週末からで、三週間にわたって客を迎え入れることになっている。入場料は一回五ドル、回数制限なしの〝マクフリー・パス〟は十五ドル。これはティムのアイディアだ。ショーハウスが幕を閉じる三週後には〝マクフリー・ガラ〟と名づけたグランド・フィナーレが催される。一枚五十ドルのチケットを購入してそのグランド・フィナーレに参加する人たちには、ヴィンテージのパーティ衣装を着てくるように勧めているが——卒業記念ダンスパーティ《プロム》で着た衣装なんかどう？——もうひとつ、ティムが勧めているのは小切手帳の持参だった。ショーハウス委員会は今回のイベントのために集められた家具や室内装飾品のオークションも予定しているからだ。

　自分でも入札しようと目をつけている物も何点かある。この新しい住まいにしっくりと馴染みそうな物が。これぞ慈善と欲望との完全なる融合。ティムとショーハウス委員会が母校のために集める奨学金は前例のない額になりそうだった。おまけに、あちこちのセールで埃をかぶった状態で見いだされてこの家へ持ちこまれ、階段を昇って各部屋へ運びこまれたたくさんの物のなかから、好きな物を一番に選べるのだ。ガラに参加する同窓生の趣味はだいたいわかっているから、入札で競合しそうな相手はほとんどいないと予測がつく。

　ただし、いうまでもなく例外がひとり……オークションの夜にジェーンをここへ近寄らせない方法はないか？

通常のフリーマーケットの掘り出し物より値打ちがあるとふたりとも認める物に関して唯一のライバルとなるのは当然ながらジェーンで、そうなった場合、ジェーンが入札価格をとてつもなく引き上げるのは目に見えている。二階のバスルームにベッキーが使った、署名入りのスウィートグラスの編み籠にジェーンが目の色を変えるのはまちがいない。客用寝室に山積みされた手縫いのウールのベッドカバーも彼女の好みにどストライク。主寝室にあるヒマラヤスギ《シーダー》の内張りの古いトランクを手に入れるためにはオークションの札《パドル》を狂ったように振りまわすことだろう。やはり、ジェーンをガラへ来させないための説得力ある理由を見つけなくては。

ただし、ここに抜け道がひとつ……彼女はすでにパートナーだ。

ティムには協力者が必要だった。いくら俊足で明敏で鑑識眼にすぐれ、この道を究《きわ》めた人間であっても、上質で稀少なアンティークのたぐいまれな調達人、ティム・ローリーであっても、同時に二カ所にはいられない。州南部のかなり期待がもてそうなガレージ・セールとレイク・フォレストの優雅なエステート・セールの開催時間が重なればジレンマに陥る。本人には悟られまいとしているけれど、ジェーンが目利きであることをティムは認めていた。ジェーンを愛しているし、もちろん好きだし、信用してもいる。それに、ここが肝腎かなめなのだが、ジェーンをもっと鍛えてやれると思っている。ぼくが植木鉢やらボタンやらのジャンクの世界から彼女を救い出す。ティムはアルコール自主治療会《AA》の助言者《スポンサー》さながらの熱意に燃えた。で、決心した。ガラの直前に彼女に正式な申し込みをしよう。オークション会場からジェーンを引っぱり出し、ぼくの〈T&Tセール〉のロゴを使わせよう。

ティムは地下の娯楽室を見渡して、にっこりとした。そこにあるのはティーンエイジャーの夢そのもの。座り心地のよさそうなソファに床用の大きなクッション。あるエステート・セールの屋根裏部屋で手に入れたラグがカバー代わりに掛けてある。傷みがひどいので床に敷くのは無理だが、元々は上質なチベット絨緞だ。ローテーブルがいくつも置かれ、片隅に押しこまれた可愛らしい小型冷蔵庫には炭酸飲料やスナック菓子がいっぱいはいっている。広い地下室のこちらの半分はいわば家族向けで、ポップコーンを食べながらゆったりとテレビでも見るように設えられている。

部屋のもう半分のL字形をしたスペースに進むと、タイムスリップ空間が現われる。跳んでる《スウィンギング》六〇年代の独身男の部屋、〝悪ガキども《ラットパック》〟とも〝シナトラ一家〟とも呼ばれる仲間たち――フランク・シナトラ、ディーン・マーティン、サミー・ディヴィス・Jr.、ピーター・ローフォード、ジョーイ・ビショップ、シャーリー・マクレーン――の半数は招《よ》べそうなホームバー、フェルト張りの天板の古めかしいポーカーテーブルに緑色のガラスの傘のペンダントライトという、非の打ち所のないラスヴェガスの秘密部屋。テーブルにはドロー・ポーカーを六人でするという設定でカードが配られており、ベークライトのチップが赤い大理石模様のチップホルダーからこぼれ落ちている。

どうしても欲しかったパンチボードをジェーンが置いていってくれたので、それらをバーカウンターの上方に飾った。〈チェイス〉のクロームのカクテルシェイカー。甘やかなバター飴色の持ち手がついたトレイ。バーテンダー入門書とカナッペのレシピ。鏡面仕上げの撥ねよけパネルの上にあるガラスの吊り戸棚に並べられているのは、ありとあらゆるサイズと形のカクテルグラス。カウンターの上に置かれたアールデコのクロームのアイスバケットは特大サイズで、揃いの氷ばさみもついている。仕切りのあるクロームの皿はオリーヴやレモンツイストやオニオンのピクルスを早く盛ってくれとせがんでいる。ベークライトのダイスカップのなかには通常のベークライトや象牙のサイコロのほかに、特殊なゲームに使われるサイコロ――〝プット・アンド・テイク〟ダイス（コマの形をしたダイスの側面のうち三面にput、残りの三面にtakeと書かれている）――もある。四角い銀の平皿の上には〝ホースレース〟という文字がプリントされたカード。これも酒場のゲームのひとつで、まず、四人のプレイヤーが山札《ストック》のなかから異なる絵柄と名前の馬を一枚ずつ選んでから、カードの下半分を水につけると魔法のごとく勝敗がわかるという仕掛け。カードを置いて、結果を見せる。敗者は人数ぶんの飲み物代を支払う。

蓋に〝あなたのはどれ？〟というエッチング文字がはいった象牙色のプラスチック箱が開いていて、ウェイターの補佐役である色つきの小さな丸いドリンクマーカーがなかから覗いている。たとえば、混んだ店のなかを移動するウェイターが、あどけない目をしたブロンド娘にライウィスキーのソーダ割りを注文されたとする。ウェイターはライウィスキーとソーダのマークがはいった青色の丸いマーカーをトレイに落とす。スコッチのソーダ割りとバーボンの水割りの注文を受けた場合も同じようにして、バーカウンターに戻る。バーテンダーは注文を受けた飲み物を作ってから、各グラスの縁に色ちがいのマーカーをつけるというわけだ。偉大なる発明。それとも、とんでもない暇つぶしか？

ティムは五〇年代製作の青緑と白の携帯ハイファイ装置のうしろに隠されたCDプレイヤーの再生ボタンを押した。『ビヨンド・ザ・シー』を歌うボビー・ダーリンの声が地下室を満たすと、ひとりうなずいて頭上の照明を落とし、べつのスイッチをはじいた。すると、バーカウンターの上で白い光が瞬いた。

「どうだ、見たか、民衆よ」ティムは声に出して言った。「このパーティ御殿はぼくの家なんだぞ」

呼び鈴が鳴った。一瞬、来客を出迎えたらギブソン（マティーニのオリーヴのかわりにオニオンを添えたカクテル）のストレートアップとチーズパフ（チーズ味のシュー菓子）を用意しようかと思った。玄関まで行ったときにはさすがに時間と場所の感覚を取り戻していたけれど。フロントポーチにひとりの男が立っていた。片手をポケットに突っこみ、もう一方の手で郵便受けの差し入れ口の意匠を凝らした真鍮の蓋をいじくっている。長身で黒髪、目も黒い。人の年齢をあてるのが得意なティムだが、この男はなかなか難しい。まだ少ない白髪と少年のような肌からすると四十、背中の曲がりぐあいと服の選び方からすると六十。前ファスナーの黄褐色のコットン・ジャケットに折り目正しくゆとりのあるズボンを組み合わせている。靴は黒、ぴかぴかに磨かれている。五〇年代後半から六〇年代前半のレトロなファッションには一分の隙もなく、もし、この見知らぬ男が意図的にその時代のファッションに身を包んでいるなら、賛辞を送ってやりたい。

「あれを見たもんでね」男はポーチの屋根から垂れている〝マクフリー〟の横断幕を示した。

「ああ、すみません、今それを出したばかりで。それだけじゃ日時がわかりませんよね。あそこに書いてあるんだけど」ティムは玄関扉の右側に置く予定の木の看板を指差した。「今度の日曜日からなんです」

「売り家なんだろ?」

「いや、ショーハウス用にデコレートしたんですよ。家のなかを見てまわって、インテリアのアイディアを参考にしてもらおうという趣旨で」この紳士にはこういう説明をしても通じないだろうとティムは感じはじめていた。

「無料《ただ》で見せるのかい?」

「五ドルいただきます」

「その金はだれの手に渡るんだ?」男は玄関扉の枠によりかかった。

「ビショップ・マクナマラ・ハイスクールの……奨学金」

「金儲けがうまいね、あんたの懐にその金がはいるなら」

「ええ。ぼくの懐にははいりませんけどね」相手は急いでいるようには見えず、こうして埒《らち》もないことを喋っているだけで満足している様子だ。ティムは玄関扉を閉める口実を考えはじめた。と、訪問者は背筋を伸ばし、腕時計に目をやり、うなずいた。

「ありがとうよ、うまくいくといいな」そう言い置いて手を振りながら、ティムの両親が住むフロリダの高齢者村にも走っていないような大型車の運転席に乗りこんだ。リアウィンドウにどこかの大学のステッカーが貼られていたが、その名前を読み取るまえに車が発進し、猛スピードで通りの角を曲がって消えた。

「いくらなんでも変だろう、今のやつは」ティムは声に出して言った。

玄関扉を閉めるのと同時に、裏口でけたたましい音がした。食器室のポットか鍋でも落っこちたのだろうか？　キッチンはまだ見てはいけないのだが、なにかがこぼれたり損傷を受けたりしていたらまずいのではないか？　こういう事態であればジェーンも確かめてほしいと思うだろ？

裏口の脇に靴脱ぎ室《マッドルーム》と呼ばれる狭いスペースがあるが、当世風の建て売り住宅に備えられているものほど広さも実用性も備えていない。幅が一・五メートル、奥行きが二メートル、コートを引っ掛けるための釘がいくつかとブーツを置くための台がひとつあるだけだ。ジェーンはその台に段ボール箱や紙袋をいくつか置いていたが、今はなくなっている。オーと出かけるときに持っていったのだろう。箒とバケツと塵取りがドアのうしろに落ちていた。騒々しい音はこれだったらしい。ジェーンの選んだ古風な箒と塵取りを拾い上げると、どちらにも〈フラー・ブラッシュ〉（一九〇九年創業の掃除用具戸別訪問販売会社）のマークがあることに気がついた。

「いいねえ」ティムはまたも口に出して言った。これは正真正銘の〈フラー・ブラッシュ〉だ。ジェーンを褒めてやろうと思いながら、もう一度言った。「いいねえ、いい感じだよ、パートナー」

オーのパートナーとして、またはオーが言ったように〝アソシエイト〟として紹介されるとしても、このブルージーンのオーバーオールではあまりプロっぽい感じがしないのではなかろうかとジェーンは心配だった。

「心配はいりませんよ。わたしのネクタイを見てください」

オーの妻のクレアは評判の高いシカゴのショッピング・モールに売り場をもつアンティーク・ディーラーで、ネクタイは妻の監督下にあるということを、初対面でオーから聞かされていた。すごいのなんの、そのネクタイが正真正銘の掘り出し物ばかりなのだ。四〇年代から五〇年代の多種多様な人物や物をモチーフにした奇抜な手描きのものも多いが、アールデコの幾何学模様と色の組み合わせに目をみはる、プリント柄のヴィンテージ・ネクタイまでオーは所持している。今日締めているネクタイの当時のタイトルは〝丸い穴どもに打ちこまれた四角い杭ども〟だったかもしれない。丸い穴に打ちこまれた四角い杭の図柄が赤と黒で延々と繰り返されているから。

「とってもエレガント。奥さまはすばらしい目利きね」

ふと思った。もしかしたらクレアに会ったことがあるのではないかしら。入場待ちの列でいつもわたしより少しまえに並び、折りたたんだズック袋をふたつ抱えて、だれかれなしに笑顔を振りまいている、恐ろしく体重がありそうなポニーテールの女がクレアなのでは？　それとも、いつも自分の物をテーブルの下に積み上げて、「それは売約済みよ、ベイビー、もうあたしの物なの。ほら、それ、おろしなさいよ、スウィーティー、あたしが買ったんだから」と、近寄った相手にがなりたてる痩せぎすのブロンド女かしら。いやいや、ちがう。オーの妻があんないかにもなディーラー像にあてはまるとは思いたくない。クレアはもっとエレガントなプロフェッショナルなのだろう。金曜日や土曜日のセールの列に並んでいる人たちがいつもひがんで陰口を叩いているような、一般公開のまえの先行セールの招待状を受け取って、自分の店に置く物を先に見つけられる人なのだろう。

「どうせここは漁られたあとだからね」とことん着古した服を着て、早朝の寒さで手がかじかまないよう指先を切った手袋で防備した、ごま塩髪の年配の男も女もいつもそう言う。実際にどれぐらいの数の先行セールが開催されているのか知らないが、愚痴めいたつぶやきは毎回列に並んで待つ儀式の一部なのではないかとジェーンは思っていた。常連組のそうしたつぶやきは素人のコレクターを怖じ気づかせるだけでなく、長々と待たされたあげくろくなものが見つからなかったときの都合のいい言い訳にもなる。「ほらな、言ったとおりだろう」と仲間内で言い合いながら、空っぽの買い付け袋や箱を持ってそのセール場をあとにし、各自のリストにあるつぎのセール場の番地へ大急ぎで向かう。車を運転しながら、列に並ばされている客の気をそぐような悪口の練習をする。

「ビル・クランドールはガス・ダンカンの死因が心臓麻痺じゃないと考える理由を言って、あなたを雇ったの？」

「いいえ、自然死を疑うほんとうの理由は聞いていません。彼はただわたしに調査を依頼しただけなんです。叔父の資産が侵害されていると考えているようですが。たぶん盗まれた物があるということではないかと。それで、生きている叔父を、つまりこの数日のあいだに訪ねた人間を調べてほしいと言うのです。叔父が交わした数件の不動産契約が――あなたのご両親に店を売却したこともふくめて――彼の言葉を借りれば、〝ふざけた真似《ファニー・ビジネス》〟を呼びこんだ可能性があるからと」

「ガスが死んだ夜に彼を訪ねた人間なら、今ここで言えるわよ。わたしの母、父、リリー・ダフ、中華料理の出前を届けた男……ビル・クランドールにはあの夜に出入りした全員がわかってるはずだけど」

「帳簿類と預金口座を全部調べたが重要な業務記録が紛失していると言っています。何者かが盗んだのだろうと」

「それに近い物ならわたしだって持ってるけど。〝マクフリー〟に置いてある。でも、ばらばらの紙とか古いルーズリーフのノートとか、ページが破れてるような物がほとんどよ。使い終わったマッチブックに書かれたメモもあった。出しそこねたゴミ袋って感じの袋に紙がごっそりはいってた。ティムとふたりで掃除をしたときに、使用済みのパンチボードやボール紙の古いコースターなんかのジャンクと一緒にわたしがもらったの。だけど、きちんとした書類なんかなかったわ。業務記録のような物はなにも」

「セールから帰ってきた家内にこういう質問をすると怒られるんですが、ここではお訊きしなくてはならないようです」とオー。「なぜです？　なぜ、ゴミ袋と大差ないような物が欲しいんですか？」

「いくらで買ったかと訊くことにはお許しが出てるの？」

オーは首を横に振った。

「でしょうね。わたしの場合は手書きの物を集めてるの。ベークライトのブレスレットや〈マッコイ〉のクッキージャー（ガラスや陶製の蓋付き菓子入れ）ほど人気はないけど、なぜか惹かれるのよね。というか、自分以外の人にとって大事な意味がある手書きの物ならほとんどなんでも好きなの。手書きのレシピカードが詰まったレシピ箱とか、一九〇〇年代前半のサイン帳とか。アルヴァがジェシーへの餞《はなむけ》に〝陸路でも海路でも、きみが旅する場所でぼくを思い出してほしい〟なんて書いてあったり。そういうのは大事にしたいのね。そういう物を買って、たまに感謝されたこともあるのよ。昔の綴りテストのような子どもの学習記録がはいった箱が五十年間保管されてたトランクを買ったときだけど。そうだわ、こんなこともあった」記憶がよみがえり、ジェーンは興奮して顔を火照らせた。「女子修道会のセールに行ったときよ。その修道院の建物が売られてしまって、修道女たちががらくたを大量の箱に詰めてたの。抽斗やブリーフケースの中身を全部あけて段ボール箱に収め、ビニールテープで蓋を留めて、一ドルか二ドルの値札をつけて売ってたのよ。もう天国！　宣伝用の古いシャープペンシルやらキーリングやらホリーカード（教会で配られる聖書の場面や聖句が書かれたカード）やら修道女が使う便箋やら……なんでもかんでも一緒くたにはいってたんだもの。ある箱にはレタリング教本や〝パーマー式ペン習字〟の練習帳がついた手引書もはいってたわ。大文字のFの流麗な字体がぼろぼろのノートの紙面で躍ってた。あの箱のなかを見ると今でも頭がくらくらしちゃう」

そこで息継ぎをしてオーの顔を覗きこんだ。奇妙な目でこちらを見てはいまいかと不安だったので。が、奥方の教育がよろしいようで、相変わらず行儀のよい好奇心をたたえた表情をしていた。勇気百倍、ジェーンは先を続けた。

「手書きが好きなのは人が残した物だからなの。人が自分自身を残したということでしょ。ものすごく個人的な記録だわ、写真よりずっと。それに、手書きが醸し出す雰囲気も好きなのね。アートとして。あるいは、グラフィック・デザインの要素として。壁の装飾に使うこともあるのよ。ひとつひとつの文字がたまらない。タイプライターのキーが打ち出した文字が。ネームピンも集めてる——ほら、四〇年代に流行った、真珠貝の内側を台にして〝ジャニス〟とか〝メイ〟とか、名前の綴りが針金で書かれたピン。書いてある物がとにかく好き。言葉や名前や文字が何回も何回も書かれてるっていうことが」ジェーンはにっこりした。「〝マクフリー〟にいらっしゃれば食器室で実物をお見せするわ。あらゆる種類の印刷物や手紙や手書きの物を壁紙と戸棚のシートに使ったから」

「ええ」とオーは言いかけたが、ジェーンはかぶりを振った。

「やっぱり、業務記録のようなまとまった物は見なかったわ。おみくじクッキーの紙切れのメモ。あとで読むつもりの手紙はここに持ってるし」ジェーンはズボンのポケットを叩いた。「ただ、これは私信みたいよ」

〈EZウェイ・イン〉の駐車場が満杯なのを見てもべつに驚かなかった。むしろ、店を開けていたときよりも閉めている今のほうが客が多いように思える。駐車場に停められた馬鹿でかい車を目にするとつい口もとがゆるんだ。両親の友人のおかたは時代に逆行する、ゆったりしたフォードアの大型車に乗っている。ジェーンたちが運転を覚えたての子どものころに乗ったような車ばかり。ニッキーは、ぼくが十六になったらミニヴァンに乗るのはやめてくれといつも言う。ミニヴァンを駐車させるのは絶対に無理だからと。だが、そんなことはないはずだ。自分がティーンエイジャーのころのファミリーカーは、現代《いま》では珍しくないSUVと同じぐらい大きくて重量もあった。門限に合わせて実家のガレージに車を入れながら、これができるならクイーン・メリー号をドックに入れる資格も取れるにちがいないといつも思ったものだ。

ネリーはジェーンの車が店の駐車場にはいってくるのを見守っていた。同乗者がいるらしい。たぶんティムだろう。壁に飾るがらくたか、取りはずさなかった食堂の棚に並べるがらくたでも運んできたんだろう。その努力を買わないわけではないが——ネリーにも店の見栄えをよくしたいという気持ちは多少なりとあるから——娘が見つけてくるがらくたにはほとほと参っていた。たとえば一九〇八年に作られたカンカキー町の絵入りの飾り皿。そんな古いだけのジャンク、どうでもいい。当時も小銭で買えて今はその価値すらない記念品も邪魔なだけ。もちろん、ジェーンはなにも訊いてこないから、こっちもなにも言わなかったが。知ったかぶりの娘が最後に意見を求めてきたのはいつだっけ？　そのうえ、知り合いでもなんでもない人たちが写った写真まで家に持ちこむ。いったいどういうつもりなんだろう。

むろん、自宅のキッチン・テーブルに置いてある写真はべつだ。あの写真に写った人たちのなかにはジェーンの知っている人もいるし、まだほんの子どもだったネリーとドンもまるでクリスマスの朝みたいな笑顔を振りまいている。ガス・ダンカンはさしずめサンタクロースだ。そうよ、あのころのガスはあたしたちのサンタクロースだったのよ。ネリーは声には出さず言った。彼は若い夫婦にこの商売を始めるきっかけを与え、金儲けをしてまえへ進む道筋をつけてくれた人だ。そのガスにもう少し金を多く稼げる方法がほかにもあると耳もとで囁かれたら、どうして拒絶できる？　ナンバーズやパンチボードのような小規模な賭博はどの店でもおこなわれていた。〈EZウェイ・イン〉の奥の部屋には一時期スロットマシンが置いてあった。あの機械が厄介なのはネリーにもわかっていた。とにかくスペースを取るうえに音がうるさいのだ。いずれにしても、賭博で儲けるために大勢の人間が金を巻き上げられていた。ドンやほかの酒場の主人がガスにいくら支払っていたのか、そういうことが始まった当時のネリーは知らなかった。

最初、ガスが店でやらせたのはたわいないゲームだったが、そのうち、べつの物もやれと言いだした。断れば、数カ月まえから店で始めたたわいないゲームがたちの悪い連中に見つかるかもしれないとほのめかして。自分たちが恐れなければならない相手がだれなのかネリーにはさっぱりわからなかった。警察なのか、ガスの上にいるらしい連中なのか。

「ナンバーズなんてしょぼいゲームで免許を取り上げられて営業停止にでもなったら泣くに

泣けないだろ」集金に来たガスがドンに向かってそう言っているのをはじめて聞いたときのことをネリーは思い出した。そうだ、あのころは小さな家と車を買って、その支払いをしていた。子どもをつくりたいと夫婦ふたり、夢と希望で胸を膨らませていたころだ……やだやだ、こんなことを思い出してもしかたがない。

素っ頓狂なネクタイを締めた見慣れぬ男を連れて、ジェーンが裏口からはいってきた。おおかたティムの仲間の骨董商かなにかで、〈スリム・ジム〉の古いラックを二十ドルで譲ってくれとでも言うのだろう。ティムもティムの仲間も、うちの店にある古いがらくたを狙っているから。

ネリーが調理場で待ち受けていると、ジェーンがドンに友人を紹介する声が聞こえてきた。ふたりがガスの甥のビル・クランドールの隣に腰をおろすのもネリーは見届けた。あいつが煉瓦を投げこんだんだろう。そうに決まってる。あばら屋と一緒に強請の稼業も叔父から相続したにちがいない。ふん、もうそんなことどうでもいい。すべて終わったと、今朝ネリーはドンに言ったばかりだった。今さらなにを恐れることがある？ 政府が賭博を引き継いで、酒場での賭博は終わったんだから。〈ロッタリー〉、別名〈ロト〉がみんなを解放してくれたんだから。合法になってしまったら金儲けはできない。だから、ガスもゲームを店でやらせるのをやめた。口止め料はそのあとも要求しつづけたけれど。子どもらに知られたいのかい？ 息子のマイケルはカリフォルニアで弁護士になるんじゃなかったか？ いずれ判事になるかもしれないと言わなかったか、ドン？ 名門大学の授業料の出所について悪い噂が息子の耳にはいったらみっともないぜ。

ガスのこけおどしをドンは見抜いていた。あの程度の微罪を犯したのはなにも自分だけではないことも。だが、そこで運を天にまかせたいとは思わなかった。新聞に自分の名前を載せたくなかった。こんな面倒に巻きこまれた経緯《いきさつ》をジェーンとマイケルに知られたくなかった。

あれから四十年だ。もうたくさん。ネリーはゆうべ『ロー&オーダー』の初期のシリーズの再放送を見て、今の自分になにが必要かを悟った。そして、そのことを今朝、車のなかでドンに告げた。

「実効ってものがあるじゃない。あたしたちもそれを使っていいはずよ」

「時効だよ、ネリー」ドンは笑みを浮かべた。

「なんだっていいけど。とにかくそれを使って、こんなことは全部おしまいにすればいいのよ」

ジェーンとマイケルのことはどうするとドンが尋ねると、ふたりとももうおとななんだからかまわないとネリーは答えた。あの子たちだってみっともない過ちのひとつやふたつ犯してるだろうから、親が四十年まえだか五十年まえだかになにをやらかしたかなんて気にしやしないと。

「それにね、あたしらの娘は私立探偵気取りであの写真をじいっと眺めて質問するのをやめないわよ。あの子はうちでナンバーズをやってたと知っても平気だろうけど、あたしらがいつまでも真実を教えなければめそめそ泣きだすわよ」

子どもってのはそういうもんなの。ネリーは心のなかで先を続けた。食事を与えて、服を着せて、教育を受けさせてやっても、そのうえまだ、真実を話してほしいと言うもんなの。

「わたしらにはあの子たちに真実を話す義務がある。たしかにおまえの言うとおりだ、ネリー」

雨音が聞こえるより早く、ネリーは窓の外を見た。ものの一分で大きな雨粒がすさまじい勢いで空から落ちはじめた。ジェーンの車の窓がおろされているのに気づくと、ネリーは裏のドアの脇の釘に引っ掛けてある青いレインコートをつかんだ。雨降りの日にゴミを出したり地下貯蔵室に通じる外階段を駆け降りたりするときには、みんなそのレインコートを着ていく。ネリーは痩せた小柄な体をレインコートでくるむようにしてからフードをかぶり、ジェーンの車まで走った。運転席に乗りこんで窓を巻き上げながら、パワーウィンドウにしないことがジェーンとチャーリーにはどれほどの倹約になっているのだろうと訝った。

「こっちのほうがヴィンテージだとでも思ってるのかね」助手席側に身を乗り出してそっちの窓も巻き上げながら、ぼそりと言った。運転席側のドアが開けられても、ネリーは目すら上げなかった。

「あたしはとっくにパワーウィンドウにしたよ。ちょっと、シートを拭く雑巾を持ってきなさいよ。あんたが帰るまえに拭いといたげるから」

「詰めてくれよ、ミセス・ウィール、運転はおれがする」

きれいにひげ剃りをして髪を短めのポニーテールにした四十がらみの男が――ポニーテールの男は見るだけで虫酸が走る――車に乗りこみ、ネリーを助手席へ押しこんだ。男は最少でも四十個は鍵がぶら下がっているように見えるキーリングをコットンの上着のポケットから取り出すと、いささかの迷いもなくひとつを選び、エンジンをかけた。後部座席のドアが開けられ、べつのひとりが乗りこんで、座席に置かれている袋についてぶつぶつ言った。運転者はバックで車を出すと、スピードを上げて砂利を飛び散らせながら駐車場をあとにした。

後部座席の男がうしろからスカーフでネリーに目隠しをした。頭にかぶったレインコートのフードの上から。

「手は縛らないでおいてやるよ、ミセス・ウィール、今んとこは。だが、おれは銃を持ってるんだ。だから、あんたがハンドルや携帯電話に手を伸ばしたり窓をおろそうなんて気配を見せたら、これを使う。わかったな？」

ネリーはうなずいた。運転の仕方など知らないし、携帯電話も持っていない。くそいまいましい窓は自分で今、巻き上げたばかりだ。なにしろこの土砂降りなんだから。ネリーは世界大恐慌と戦争の時代を生き抜いてきた。老齢と癌で衰弱する両親の看病もした。流産を二度体験した。一年まえには重さ五十ポンドの玉葱袋を足の上に落として、つま先を骨折した。五十年間、居酒屋の調理場をひとりで切り盛りしてきた。延べ五十人の男が使った便所を毎朝、掃除している。たかが銃一挺でこのあたしを脅せると思ったらおおまちがいだよ。

20

ブルース・オーはやはりまだ私立探偵というよりは公務員っぽい、とジェーンは思った。あまりにオープンというかわかりやすいというか。もっとハードボイルドな雰囲気で会話を進めなくちゃだめ。白《ブラン》のイメージを消して暗黒《ノワール》を強調しなくちゃだめ。そして、わたしをアソシエイトにしなくちゃだめ。

「ミスター・クランドール」ジェーンは口を開いた。「わたしにはあなたがなにを探してるのかわからないの。紙の記録のなにがそんなに重要なの？　もし、わたしたちがそれを見つけたら、それとわかるの？」

「いい質問だ。叔父はそのことに関して秘密主義を通してたね。全部遺してやるから、自分が死んだら家にある物をよく調べろと言われてたんだ。知恵のまわるやつならそこに幸運を見いだして一生安定した収入を得られるからとね」

「だけど、なぜそれが紙なの？　どうしてあなたは業務記録だと思ったの？」

クランドールは耳を掻いてから、自分のグラスを指差した。ドンが彼を無視していることにジェーンは気づいた。毎月の集金にやってくるガス・ダンカンに対して父が見せた態度とまったく同じだ。

「さあね。ただ不動産関係の書類なんじゃないかと思っただけさ。賃貸の契約書類とか。そこで、叔父があばら屋に溜めこんだがらくたにざっと目を通してから、ローリーとあんたを雇ったわけだ。一応目録の作成と値付けをするために」

オーはふたりの会話に耳を傾けながら、バーカウンターを指で小さく叩いていた。

「財産の譲渡に関して調べたのですか？　ミスター・ダンカンが生前に交わした売買契約の？」

クランドールはうなずいて、紙を一枚オーに手渡した。

「これがあんたが見たいと言ったリストだよ。ガスが手放さなかったのはあのあばら屋三軒だけだ。どうだい、ミセス・ウィール？　あの家に値打ち物はあったのかい？」

「あそこで見つけた物で大きなセールが開けると思うわ。あなたはお金が稼げて、買いにきた人は掘り出し物を見つけられるはずよ。ただし、本業をやめても安泰というほどの物はなかったけど」

クランドールはうなずき、首をぐいと伸ばしてドンの注意を惹いた。

「ところでなんなの？」とジェーン。

「なにが？」

「あなたの本業。どんな仕事をしてるの？」

「あれやこれやいろいろと。州南部のアーバナ・シャンペーンにアパートビルをいくか所有してるんだ。イリノイ大学の学生に部屋を貸してるのさ。学生は高望みをしないからね」

学生街のあくどい大家ってわけね。曲がった根性は叔父さんに負けてないわね。

「母さんにはもう会ったかい？」ドンがジェーンに尋ねた。

「なあ、おれがなにか……？」クランドールが問いかけてもドンは無視し、ジェーンが首を横に振るとカウンターの反対側へ静かに移動した。

「今日あの家へ戻れれば、段ボール箱の中身を急いで調べることはできるけど。ティムもわたしも一度ざっと見てるから大至急で目録を作ることも可能よ。ただ……帳簿とか正式な記録はすでにあなたが持ってるんでしょ。そのなかでなにかを見逃してるっていうことはないのかしら？」

「家賃と修繕費と税金に関する記録以外はなにも見つからなかった。数字もその関係のものばかりだし、なにかの暗号みたいなイニシャルも名前もなかった。〈EZウェイ・イン〉はEZウェイ・イン、〈ダフの店〉はダフの店、〈ピンクス〉はピンクス。ほかの店も同じさ。叔父は毎月一日か二日に集金に行ってたらしいね。それもちゃんと書いてあった。店子から受けた注意事項のメモも」

「そうしたメモのうち、〈EZウェイ・イン〉の地下貯蔵室のパイプ修理についての記述を読んだ覚えがあります。あなたから帳簿を見せていただいたときに。つい二カ月まえの記録だったと思います。この建物が売却されるまえですね」ドンはバーカウンターのオーの左側にもたれていて、オーはそのことに気づいていた。充分会話が聞き取れる近さだということに。オーはドンのほうを向いた。「ミスター・ダンカンはパイプの修理をしたのですか?」

ドンは首を横に振った。「やつはいつもわたしの言うことをメモするだけだ。翌月の一日にまたやってくるまで姿を見せたことはなかった」

「つまり、父さんはパイプのことを報告したんだ? ひどい水漏れがあるってことを彼に教えたのよね?」

「ああ」

「念のために訊いてみただけ。暗号かなにかをつぶやいただけかもしれないって、ちょっと思ったから」

ドンはカウンターの下に手を伸ばし、一昨日、店の正面の窓から投げこまれた煉瓦を引っぱり出した。窓にはもう新しいガラスがはめられている。ガラス屋のジミーはたしかに仕事が速い。ジェーンは感心したが、ドンが煉瓦を掌でつかみ、重さでも測るように持ち上げたことの不自然さをすぐには理解できなかった。だから、ドンがその煉瓦をクランドールのまえに叩きつけ、空のグラスを跳ね上がらせると、フランシスほか朝の常連客に負けず劣らず肝をつぶした。

「ここにおまえの暗号があるぞ。ガス叔父さんからの贈り物がな」ドンは早口で一気に言ったが、その声には一歩も引かぬ強さがあった。「ガスは大嘘つきのペテン師の、強請野郎だった」ガスに与えた称号ひとつにつき一回、ドンは煉瓦に指を突き立てた。「やつはおまえに煉瓦の山も遺した。おまえはそれをどの店の窓に投げこむかを知っていた。あいつが徴収に来る車にはおまえもよく乗ってたからな。あいつがなにを遺してくれたかはわかってるんだろう？　毎月おとなしく口止め料を支払ってくれるカモのリストを持ってるんだろう？」

クランドールは笑みを浮かべた。よくもこれほど不愉快な笑みを浮かべられるものだとジェーンは驚いた。彼はいったん頭をうしろへ引いてから、もう一度まえに突き出した。獲物に襲いかかろうとする蛇の動きだ。ドンの片手はまだ煉瓦の上にあった。ブルース・オーはすばやい視線をジェーンに送って煉瓦の上のドンの手に注意をうながしてから、ふたたびふたりの男の観察に戻った。ジェーンは父の手に自分の手を重ねた。煉瓦をつかんだ父の手から力が抜けるのがわかったが、自分の手の力をゆるめずに優しく上から押さえつづけた。

「これだけじゃないのさ、ドン。あの情報が必要なんだよ。あんただけじゃなく、ほかにも……」クランドールの声は先細りになった。彼の頭の動きは蛇というよりむしろ亀に似ている。虚勢を張って頭をまえへ突き出しているが、いつでも引っこめて隠そうと身構えている。

「ネリーはどこまでパイを買いにいったんだい？　シカゴハイツか？」フランシスが訊いた。全員の目がフランシスに向けられた。フランシスはコーヒーをかきまわして、ちびちびとすすりながら、ネリーがデザートを持ってきてくれるのを待っていた。

「いったいどういう意味だ、フランシス？」ドンが訊き返した。

「調理場にパイでもないかと訊いたら、パイはないけど、昨日だれかが持ってきたコーヒー受けのケーキならあるかもしれないと言ったんだ。そしたら、ネリーが出ていくのがここから見えたんで、〈コニーの店〉にでもパイを買いにいったのかもしれないと思ったのさ。でも、いくらなんでも帰ってくるのが遅いだろ。だから訊いたのさ、ネリーはどこまでパイを買いに……」

フランシスはこの話を今日いっぱい延々と語りつづけるかもしれなかった。彼の会話のほとんどは音楽テープのループ再生よろしく、だれかが止めるまで果てしなく繰り返されるのだから。

「出ていく？　どういうこと？　なにを見たの？」

フランシスは自分の席の横の窓を身振りで示した。「おまえさんの車に乗るのが見えたんだよ、ジェイニー。車をバックさせて通りに出ていくのが」

ドンはぱっと上体を起こした。ジェーンはスツールから飛び降り、窓辺に駆け寄って、フランシスが指差す場所を見た。

「わたしの車がない」

「なんてこった、フランシス、なぜすぐに教えなかった？　ネリーが運転できないのは知ってるだろう！」ドンは叫んだ。

フランシスは肩をすくめた。「どうせ〈コニーの店〉までだしさ。おれはネリーが〈コニーの店〉へ行ったと思ったんだよ。なぜってネリーに訊いたんだから。調理場にパイでも……」

「警察に電話して、父さん！」

ドンは食堂の公衆電話のまえへ行き、硬貨を投入口に落とし、ジェーンを呼び寄せた。ナンバープレートの番号と車の特徴を電話の相手に伝えるために。

「あなたの奥さんが、ネリーが、特別な事情で娘さんの車を運転するということは考えられませんか？」オーが訊いた。

「家内はエンジンのかけ方も知らない」

「第一、車の鍵はわたしが持ってるのよ。なのに、だれがどうやって車を出したの？」

クランドールは体のまえで両手を広げただけでなにも言わなかった。クランドールの小指の指輪に目がいくのはこれで二度めだ。ジェーンは彼のほうに身を乗り出した。

「だれがわたしの母親をさらったのかしらね？」

「おれを尾行してた連中がいる。もしかするとそいつらが……」

ドンはもう一度煉瓦をカウンターに叩きつけた。

「ガスがときどき用を言いつかってた連中がシカゴにいるのさ。おれはそいつらとは知り合いじゃないぜ。でも、ずっと跡を尾けられてたんだ。あんたも尾けられてたんだよ、ミセス・ウィール。あんたは死んだ男の物を持ってるから記録も持ってるはずだとやつらが言うのを聞いたんだ」

「わたしはガス・ダンカンの物なんか持ってないわ。わたしが持ってるのは彼が溜めたゴミの一部。もっとも、好みは人それぞれだから……」

「ガスじゃなく――ガスだけじゃなく――もうひとり死んだ男がいるだろう」とクランドール。ドンが煉瓦を持ち上げるのを見ると、唇を引きつらせた。

ジェーンは最近まわったセールのおさらいをして、自宅のガレージに積み上げてある段ボール箱を思い浮かべた。もうひとりの死んだ男って？　ミリアムに送るつもりで置いてある物はたくさんあるけど……。

「わたしのうち、泥棒にはいられたのよ。チャーリーは、わたしがガレージに置いた最新の物のなかにあるなにかを探そうとしたようだと言ってた。だったら、ベイトマンよ、ベイトマンの物よ」ジェーンはクランドールを見た。「死んだ男ってオスカー・ベイトマン？」

「おれはどのベイトマンも知らない。とにかく、ポニーテールの男はビジネスを続けたいんだと言った。そりゃそうだろうとおれも言った。なんの話をしてるのかわかってるような顔で。じつはわかっちゃいない。連中はおれが隠し事をしてると思ってるんだ。徴収を続けてもいいが、おれが持ってるある物を渡してくれなきゃ困る。それがやつらの言い分だ。オーケー、わかったと答えたが、口から出まかせさ。おれは記録なんか持ってない。なにも持ってない。でも、ひょっとしたら地下室にあるかもしれない。そう思ってあんたとローリーに見つけてもらおうと思ったのさ」

「徴収《コレクティング》？」ジェーンは尋ねた。

ドンは娘を見た。「徴収ビジネスだよ、ジェーン。強請だ。ガスはわたしたちを……話は何十年もまえに遡る。自分のためにガスはみんなに賭博をやらせたんだ。ナンバーズやパンチボードを。〈ピンクス〉は奥の部屋を賭博部屋にしていた。そういう店はほかにもあった。スロットマシンはどこでも置いていた。ロッタリーの出現でナンバーズのようなゲームが廃《すた》れると、ガスは大物のコネを失った。そいつらが改心して正直者になったのか、ガスを見放しただけなのかはわからん。いずれにせよ、それからあとのガスは毎月の支払いを少額で我慢するようになった。口止め料さ。金を払えば自分の持ってる記録を公開しないでやるというわけだ」

「その記録を公開したら彼自身も罪に問われるのでは？」とオー。

「ああ。だが、やつには養うべき家族もわずらわしい係累もいなかった。そういう厄介事を避ける術が身についてるんだとよく言っていたな。自分は仲介役だからだと、あいだにはいってる男にはだれも関心を払わないんだと。だったら、なぜ底辺にいる男に世間が関心を払うのかとわたしは訊いた。われわれはみな底辺にいる男だったからな。安酒場で小銭の商いをしている男たちだったからな」

「彼はなんと答えたの？」

「おまえらの問題はそこなんだと。自分の評判や家族のことや、世間にどう思われるかということを気にするのが問題なんだと。その点はやつの言うとおりだった。新聞に名前を載せたいと思う男はわたしたちのなかにひとりもいなかった」

ゆうべジェーンがあばら屋で見かけた警察官が店の入り口からはいってきた。オーが対応にあたり、今なにが起こっているのか、もしくはなにが起こっているとここの人々が考えているのかを警察官に伝えた。フランシスがまたパイの話を始める声が聞こえた。

「〈ダフの店〉のビル・ダフは？　彼と奥さんになにがあったの？　もしかしたらリリーは

両親に関することを知って、それで……」ジェーンは中途半端に質問を終わらせた。こうして疑問を投げつづけていれば、父も自分もネリーを心配して半狂乱にならずにすむのだろうかと思いながら。

「ねえ、リリーの母親の名前は？」

「ルーエラだが、なぜだ？」とドン。

ジェーンはかぶりを振った。三十年まえの手紙の束をポケットから取り出し、文面に目を走らせた。父がまた語りだした。

「ビル・ダフは抜けようとした。ガスに刃向かおうとした。みんなにもそう宣言した。ガスは自分の上にいる連中が黙っちゃいないとダフを脅した。ガスを憎んでいないやつはもちろんいなかったが、ダフとガスの仲はもっと険悪だったんだ。おそらくシカゴから賭博を引きあげた連中はわれわれをガスにくれてやったということなんだろう。ガスは欲の皮を突っぱらせず、多くを望まなかった。完全に自分の思いどおりになる何人かがいればいいと考えたのさ。大儲けができなくても小遣い稼ぎができれば充分だったんだろう。やつはすべての記録を持っていた。サインがある書類や同意書やなにもかもを。賭博のあがりからわれわれが支払わされていた金の全記録を警察の手に渡すことができるとにおわせた。そうなったら、みんなは逮捕されるだけではすまず、裏社会の連中からもひどい目に遭わされるんだと。そいつらと通じた警察官がわれわれの口を封じようとするだろうと。ガスが仕えているシカゴの大物も黙っちゃいないだろうと。そんなときにダフが公表すると言いだして……」

「シカゴの親玉がルーエラを脅しにかかったのね？」ジェーンは手紙の一通に見つけた一カ所を指で押さえた。

「警察は自殺だと言った。おそらくそうだったんだろう。シカゴの大物が現われて亭主を刑務所送りにしてやると言ったんだろう。それが新聞に載ったら彼女には為す術がなかった。彼女の両親は金持ちで、父親は医者だった。ダフとの結婚に反対していた。リリーにボビーというふたりの子もいる。ルーエラには耐えられなかったんだろう。ガスが手紙のような物も持っていたとしたら、リリーはそれを見つけたのかもしれんな。彼女はボビーとふたりで店を引き継いでからもガスに口止め料を払いつづけていたわけだから、だいたいの事情は知っていたはずだが、母親が死んだのは父親のせいだと……」

ジェーンは片手を上げた。「奥の部屋で電話が鳴ってるんじゃない？」

〈EZウェイ・イン〉の食堂に公衆電話を引いてから三十年後、ドンとネリーはようやく店の奥の部屋に専用の回線を引いた。ただ、そのことはだれにも教えていなかった。そうと知ったらだれもかれもが公衆電話代わりにそっちの電話を使うのは目に見えていたから。奥の部屋に電話があると知られたくなかったので、その電話では大きな声で話したことがなかった。電話のベルにも鳴ってほしくなかった。結果として、その専用回線の番号はドンとネリーのほかにはジェーンと弟のマイケルしか知らなかった。

「クランドールがこっそり出ていかないように見張っててね」ジェーンはオーに耳打ちして奥の部屋へ走った。

あのくそったれな電話に出るのにいつまでかかるのさ？　ネリーはうんざりとびっくりが半々に混じり合った気持ちで首を横に振った。大事件がついにこの身に降りかかったというのに、それを知らせるための電話を取らせることができないなんて。

「しょうもない連中だよ」ネリーは声を張りあげて受話器を置いた。「まだしばらく誘拐されたままでいなくちゃならない」

メルがフランクを見た。フランクはスチュワートを見た。スチュワートはほかのふたりにこのばあさんを殺させてはならないと考えた。それはまずいだろう？　といっても、人を殺すことの正当性を信じていないという意味ではない。常日頃からふたりに説いているように。

「いいか、おまえら、物事にはかならずふたつの立場があるんだ。立場が逆のやつには消えてもらわなくちゃならない」

こんなふうに言うといたって単純な、まとまりのいい話になった。彼らの世界にはいくつかのルールがあり、彼らはそのルールに従って生きていた。しかし、このばあさんにはどんなルールも通用しなかった。彼女は彼らが理解するどっちの立場にも立っていない。拉致する女をまちがえてしまった。彼女はこともあろうにフードのついたレインコートを着ていた。フードのついたレインコートを着られたひには相手がちがってもわからない。しかるべき時間、しかるべき場所に彼女はいた。それはジェーン・ウィールであるはずだった。ところが、ジェーン・ウィールではなかったのだ。スチュワートたちがジェーン・ウィールを間近で見たのはたったの二回。ベイトマン家のハウス・セールから自宅まで尾行し、そのあと私道に車を入れてふたことみこと話した。が、それだけでは彼女とフードつきのレインコートを着たどこかのばあさんを見分けるのは無理だ。これはおれたちの落ち度ではない。つまり、おれがそうだと認めなければ。というわけで、スチュワートはまだあまり言葉を発していなかった。

スチュワートがネリーに命じた内容はこうだ。店に電話をかけて、そこにいる全員に自分は無事だ、警察には知らせるな、こっちから指示を送るまでじっと待てと言え。こっちから送る指示とはなんだろうとメルは思った。このばあさんにこれ以上つきあわされるのはごめんこうむりたかったから。彼女はこのアパートメントに着いたときからずっと、埃を払ったり汚れを拭いたり散らばった物をたたんだりしている。なんだかうちの祖母ちゃんを見ているようだ。メルの祖母も彼女と同じく口を閉じるということがなかった。このばあさんは車のなかではだんまりを決めこみ、自分がジェーン・ウィールではないという手がかりすら与えなかったくせに、今はフルスピードで喋りつづけている。しかも、ここへ着いたときからノンストップで。

フランクのやつはおれに責任を押しつけようとしている。メルは心のなかでつぶやいた。フランクはいつだって即席の言い訳を思いつくやつで、このばあさんの拉致もおれのせいで失敗しそうだと言いはじめている。

「ここには食べ物はないのかい？　ランチを作ってあげようか？」

ネリーは狭いアパートメントのなかをうろうろしていた。目隠しに使われた薄っぺらいスカーフは透けて見えるので、自分が今どこにいるのか正確にわかっていた。町の西のはずれにある倉庫ふうのオークション・ハウスで、車三台が収容可能なガレージが隣接しており、ここはそのガレージの上のアパートメントだ。なかなかいい住まいじゃないか。寝室が三つに、トイレと浴槽とシャワーが完備したフルバスルームがふたつ。ネリーが見たのはバスルームの片方だけだが。どっちにしても、男三人で使っているにしてはたいして散らかっていない。自分が使ったタオルをそこらにほっぽり投げて、歯を磨いたり髪を梳かしたりしたあとの洗面台をティッシュで拭いておくという気遣いができない男はせいぜいふたり。

なにかを使ったあとは拭くというちょっとした常識が、ちょっとした努力が、結果的には時間とエネルギーの節約になるのに、それがわからない人間はどこかおかしいんじゃなかろうか。周囲に対するプライドが全然ないなんて。自分が去ったあとを見て人がどう思おうと気にならないなんて。ネリーがモーテルに泊まったのは人生でほんの数回だが、自分たちが帰ったあとに掃除をしにきたメイドにはやることがひとつも見つからなかっただろうと自信をもって言える。自分たちが出たあとの部屋は、はいったときと変わらぬぐらい清潔だったはずだと。いや、言わせてもらうなら、ネリーの流儀で掃除と整頓をした部屋は最初にはいったときよりもきれいだったはずだと。

ガレージの上のこのアパートメントもこれまではガス・ダンカンの賃貸物件のひとつだった。ここは〈エイモス・オークション・ハウス〉の一部なのだから、そういうことだろう。

先週、エイモスが売買契約の書類にサインして買い取るまでは、この建物もガスが所有していたにちがいない。〈EZウェイ・イン〉が今は晴れてドンとネリーの物になったのと同じ経緯だ。あれは大変だった。あの事務手続きは。たぶん、ドンにとっては大きな意味のあることだったのだろう。が、ネリーの感覚ではちがった。人がなにを所有するか、書類なんかで決まりゃしない。大事なのは四十年間あの店を守ってきたということだ。それこそが所有者を決めるのだ。調理場にあるあのでっかい鉄のコンロ。あたしはあれで月曜から金曜まで毎日ハンバーガーを五十個作っている。あれがほかの人間の所有物だなんて、ドンは本気で思っているんだろうか？　毎日毎日、剃刀の刃で汚れをこそげ取ってきれいにしているあの鉄板も、建物と設備を合法的に所有するまではあたしの物じゃないとでも？　急いで調理しなければならないときは肉をどこに置けばいいか、調理した物を温めておきたいときはどこか、ネリーには全部わかっていた。あのでっかい鉄板の温度をそれこそ三平方センチ刻みで頭に叩きこんであった。だからあれは、ほかのだれの物でもなく、自分の物なのだ。

裏の網戸はどうよ？　調子の悪い蝶番をだれも修理してくれないし、ガスが新しいのに取り替えてくれるわけもないから、古いパンティストッキングを金具の穴に通して縛りつけ、網戸が用をなす程度に弾みをもたせた。だから、あの網戸も当然あたしの物。ドンもほかの店の主も書類にサインして譲渡証書を金庫にしまいたければそうすればいい。あたしの物はいっぱいある。この手で使いこなせる物はみんなあたしの物。

それはそれとして、今はこの三人のぼんくらの望みを探り出すのが先決だ。とりあえずべーコンでなにかを作ってやることから始めようか。ネリーは三人のうちのだれかが許可を与えるのを待たずに、食料品がはいった買い物袋と冷蔵庫のなかを調べ、卵とベーコンとじゃがいもと玉葱を見つけた。つぎに食器棚をチェック。ここを根城にしているだれかさんは料理好きと見え、香辛料も薬味もひととおり揃っていた。

〝ピンクス・メス〟のネリー版でこの三人の腹を満たし、仲良くなってやろう。さっき店に電話して娘を電話口に呼べと言われたが、そのまえにもう少しこの三人と時間を過ごしたほうがいいのかもしれない。そうすればこの面倒にジェーンを巻きこまずにすむかもしれない。スチュワートは立ち上がり、キッチンを覗きこんだ。ばあさんは小型の果物ナイフを使っているが、そのナイフで男たちと戦うという考えは頭に浮かばないようだった。そのナイフよりも大きくて武器になりそうな物がキッチンにあるとも思えない。スチュワートの見るかぎり、彼女は自分がどこにいるのかも、なぜここにいるのかもまったくわかっていなかった。おれたちのために料理を作りたいなら勝手に作らせておけばいいだろう。ファストフードに辟易しているところだし。

出張は胃腸を荒らす。スチュワートは制酸薬の〈ペプシドAC〉を飴代わりにしているありさまだ。百挺の銃を隠して運び、うち九十九挺を一回の実戦で使うということもあったが、なにより彼をへたばらせているのはくそいまいましい胃酸の逆流だった。おまけにメルとフランクは助けになるどころか、日に三回〈マクドナルド〉メニューを食べられれば幸せというやつらだ。ネリーがパンをトースターに入れ、冷蔵庫を開けてバターの有無を確認しているのを彼は見守った。このアパートメントには定期的に泊まっているので、なるべく健康的な食品をストックしておこうと努めているけれども、これがなかなか難儀なのだ。

「卵をベーコンの脂で炒めるつもりだったのか？」スチュワートは訊いた。

ネリーは彼の目を見てから、全身をすばやく眺めまわした。

「ポーチド・エッグにするかい？　トーストの上にふたつ載っけてやろうか？　あたしのやり方ならベーコンも体に毒じゃないよ。ゆっくりと炒めて、かりかりにしてから、余分な脂をしっかりと抜くからね」

スチュワートはうなずいた。このばあさんにはランチがすむまでいてもらおう。それからジェーン・ウィールに電話をかけさせ、車に乗せてどこかで降ろさなくてはならないが、おれたちの身元が割れるようなことを喋るなと脅しておけばいい。彼女だって家族が痛い目に遭うのは嫌だろうから。この仕事は案外簡単に片づきそうだ。うまくすれば、死んだ男の物をどうしたのかを電話口でジェーン・ウィールに言わせることもできるんじゃないか？

ジェーンは奥の部屋の電話のそばに陣取り、ふたたび電話が鳴りだすのを待ちかまえていた。四十ワットの電球をまた百ワットの電球に取り替えていた。手紙の文字がまちがいなく読めるように。机の上に手紙を並べて入念に読んだ。明るい光に照らされたなめらかな表面に一通を広げながら、これはただの手紙じゃないとすぐに悟った。ラップデスク代わりのベークライトの箱にすがるようにして一通一通を読んだリリーもそうだったにちがいない。三十一歳の女の情熱あふれる手紙を読みながら、必死で踏みとどまっていたリリーの姿が瞼に浮かぶようだ。約束と懇願と絶望の言葉で埋められたラブレターの最初の呼びかけは〝最愛のガス〟。結びのあとの署名は〝あなたの愛するルーエラ〟。

リリーが見つけたのはクランドールが言っていた物ではなかった。これらの手紙に書かれていたのは口止め料の支払日や金額や人の名前ではなかった。彼女の母親と、町じゅうの人間から嫌われていた男、ガス・ダンカンにまつわるとんでもない真実だった。リリーはあのあばら屋の地下室でひとり、精神的に追いこまれた母親と、嫌われ者のガスと、可愛い弟ボビーにまつわる真実を知った。ボビーをトラブルから救い出すために、リリーは何回も故郷に帰ってきた。ボビーにはなかなか運が向いてこないようだった。なにをするにもボビーは姉を頼っていた。弟の父親がガスだと知ったリリーの気持ちをジェーンは思いやった。しかも、ガスはそのことを知っていた。彼はこれらの手紙を読み、保管していた。嫌われ者のあくどい大家としての人生で溜めこんだほかの屑やゴミと一緒に。ボビーが自分の息子だと知りながら、毎月リリーとボビーも強請っていた。町のほかの酒場の主人と分け隔てなくふたりからも口止め料を徴収していた。

リリーはおそらく、手紙を読み終えて封筒に戻してから、ペニシリン系の薬を取り出したのだろう。〝マクフリー〟のキッチンへやってきたとき、自分にはペニシリン・アレルギーがあると言っていた。その薬を飲んだらどういうことになるか、彼女にはわかっていた。なのに、その薬を持ち歩いていたのは、探している物がもし見つかったら、もうまえには進めないと思ったからだろう。ジェーンは手紙を折りたたんでポケットに戻した。

ガスの甥のクランドールを尾行し、わたしを尾行し、ネリーを誘拐した男ども。彼らは何者なのか？　ポニーテール……。ポニーテールの男をどこかで見かけなかった？　それがなに？　近ごろの男の半分はポニーテールだ。ブルージーンズに薄汚れたスウェットシャツがユニフォームだった昔のヒッピーと同じ。もうひとつ、なにか思い出さない？

ジェーンは立ち上がり、調理場のドアの向こうの駐車場を見た。父の昔馴染みの客がいまだに乗っている古めかしい大型のセダンに交じってパトカーが三台。こんなときでも笑みがこぼれる。外国製の小型車に囲まれると父はいかにも居心地が悪そうだし、大きなSUVを見れば見たで偽善的だと言うのを思い出したので。見ろ、父さんのビュイックがガソリン食いだというなら、あれだって……。

そこではっと思いあたった。ベイトマン家で大量の買い付けをした日、父が乗っているような古めかしい大型車が自宅の私道にはいってきた。セールをやるのかと訊かれた。運転している男はポニーテールだった。

ジェーンはだれかをひっぱたきたい衝動に駆られた。だれでもいい、当局の人間のエンジンをジャンプスタートさせたい。サイレンを鳴り響かせて駐車場から飛び出し、母を見つけ出してもらいたい。が、〈EZウェイ・イン〉に居残っている客たちと穏やかに話している地元警察の四人の警察官はそんな行動を取ってくれそうになかった。

調理場を落ち着きなく行ったり来たりしていると、ガスの家で見つけた例の写真が目にはいった。額からはずして調理場のまな板の上に置いてある。両親は今朝これを自宅から店に持ってきたのだろうか。父に向けてその写真を振ってみせたが、父はフランシスの話を聞く警察官の言葉に耳を傾けていた。警察官はフランシスのパイ話を中断させ、ネリーのあとからジェーンの車に乗りこんだ男たちの話に戻そうと頑張っているところだった。

「なぜ額からはずしたの？」ジェーンは尋ねた。

ドンは首を横に振った。「そうじゃない。同じ写真がうちにもあったんだよ。母さんが今朝、奥の部屋で見つけたんだ」

ジェーンは写真を持って奥の部屋へ引き返し、じっくりと眺めた。額縁のガラスの反射がないほうが細かいところまでよく見える。写真をさらに近づけてみると、隅にいるのがダフとルーエラの夫婦だとわかった。オールド・ピンクは万歳している。指で作っているのは勝利のVサインか。この年のこの集団においてピースサインはないだろうから。ドンもネリーもほんとうに初々しく、魅力的だ。とくに母の華やかさときたらどうだろう。抜群のスタイル、カールした豊かな髪、モデルばりの笑顔。四〇年代のファッションもちっとも野暮じゃない。短めの裾にフリルをあしらった肩パット入りの上着がすばらしく似合っている。少なくとも五十人は写っているこの一枚のなかではネリーがダントツの美人だ。ただし、うしろにいるとびきりのブロンド美人を除けば。彼女ならネリーと張り合える。そのしどけないポーズ、煙草の持ち方、流れ落ちるように片目を隠した髪。だれをお手本にしたの？　女優のヴェロニカ・レイク？　ローレン・バコール？　それとも……メアリ・ベイトマン？

メアリとオスカーのベイトマン夫妻は写真の上から二列めの中央に写っていた。

ジェーンは父のところへ写真を持っていき、ふたりを指差した。

「ベイトマンとメアリだ。メアリは美人だった。すこぶるつきの美女だった」

「わたしが持ってきたのは〈シャングリラ〉の物だって父さんたちに言わなかった？ ベイトマンがシカゴで営業してた店の物だって？ どうして知り合いだと教えてくれなかったの？」

ドンはかぶりを振った。「すまん、ジェーン。古傷に触れたくなくてな。それでつい……悪かった。今回のことは最初からわたしが判断を誤ったんだ」

ジェーンはベイトマンのポーズを観察した。片腕をメアリにまわしているが、ガス・ダンカンに視線を定めているように見える。あきらかに両者の視線は絡み合っている。どちらの男も満面に笑みをたたえ、どちらの男も葉巻を歯で挟んでいる。

「このふたりはパートナーだったのね、ガスとベイトマンは？」

今やジェーンにもすべてが見えていた。この写真に写っている酒場の主人たちに賭博をやらせることを思いついたのはガスだけではなかったのだ。ガスは賭博の道具をシカゴから仕入れていた。ベイトマンから。だから、ドンは〈シャングリラ〉にあったパンチボードを見てあんなに驚いたのだ。過去の亡霊がよみがえったのだから。

「オー刑事」ジェーンはオーを呼んだ。「賭博罪で拘置所にいたベイトマンが名前を明かすおそれがあったとすれば——つまり大物の——それが調書を紛失する充分な理由になるの？

正々堂々と司法取り引きができないなら釈放するしかないということなの？」

「可能性はありますね。その名前というのが、賭博に関わっていた警察官や判事の名前だったとすれば、可能性がもっと高まります」

「どうしてベイトマンにそんな力があるの？　だって、すでに収監されてたわけでしょ。そのまま塀の外に出さなければ危険を防げるのに。彼を闇に葬るという手もあっただろうに」

オーはまたバーカウンターのほうに目をやった。クランドールはまだそこに座っていた。

「そうか、記録。ベイトマンもガスも自衛策を取ってたのね、記録を隠すことで」

奥の部屋でふたたび電話が鳴った。ジェーンは今回は猛ダッシュで部屋に飛びこみ、三度めのベルで受話器をつかんだ。

「母さん？」

「ずいぶん時間がかかるんだねえ」とネリー。「いいかい、よくお聞き。ここにいる男どものうちふたりは眠らせた。いつまで寝てるかはわからないけど。三人のうちひとりはなにか用事ができて出てったから、残りのふたりに〈ヴァリウム〉をたっぷり飲ませて昼寝させてやったのさ」

「〈ヴァリウム〉なんか飲んでるの、母さん？」ジェーンはショックを受けた。たしか鎮静剤だ。でも、どんな手段を使おうと母を鎮静させられたためしはない。

「なに言ってんのよ、頭を使いなさいよ」

「今いる場所がわかる？」

「もちろん、わかるさ。そりゃそうと、あんたの車のなかにこいつらの欲しがってる物でも置いてるの？」

「置いてないと思うけど。なにを探してるか訊いた？　ねえ、なにを探してるんだって？」

「ガス・ダンカンの持ってたリスト、名前や日付のはいった。強請のファイルだろ。それにベイトマンの物。そういうことはあとで話すから……」

「そうね、そうよね、でも、わたしはそんな物は見たことないわ。見てないはずよ」

「ネリーはどこにいるんだ？」ドンが叫んだ。警察官たちも奥の部屋の戸口に押し寄せていた。

「父さんがなんだって？　店の洗い物が残ってるって言ってるのかい？」

「母さん、どこなの、そこ？」

「あっ……」それを最後に電話が切れた。

ジェーンはすぐさま＊69を押して最後にかかってきた番号を調べ、電話番号をメモさせるために受話器を警察官に手渡した。

「電話番号から住所を調べられるわよね？」ジェーンはオーに尋ねた。オーはうなずいた。オーの手にはガスが売却した建物のリストがあった。ジェーンは手を伸ばした。

「見てもかまわない？」ガスから建物を買った店子の氏名・住所・店の電話番号を目で追った。警察官が今かかってきた電話番号のメモをジェーンに手渡した。リストにはそれと一致する番号はない。「これは専用の回線なのかしら。ガスの所有していた建物のどれかにはちがいないんだもの。クランドールに確かめて。その連中がクランドールを追ってたなら、もしかしたら、自分たちに連絡する方法を教えてたかもしれない」

ジェーンは振り返り、クランドールが座っているところを見た。驚いたことに彼はシャツを着替えていた。目をしばたたき、すがめ、もう一度見なおす。その場所に今座っているのはクランドールではなく、ボビー・ダフだった。

「クランドールはどこへ行ったの？」

警察官のひとりが男性用トイレのほうを手振りで示した。

ジェーンはボビー・ダフに近づいた。が、口を開いてもなにを言えばいいのかわからない。

「リリーのこと……大変だったわね。あと少し彼女が待っててくれたら……」口ごもってしまった。

「待つ？　なにを？」ボビーが訊いた。

「ガス・ダンカンを殺して、彼の持ってる記録を奪った犯人をわたしたちが見つけるのを。こういうことを全部やめさせてやるつもりよ」

ドンがクランドールとの会話の句読点に使った煉瓦がカウンターに置きっぱなしになっていた。ボビーはそれを取り上げ、手のなかで裏返した。姉が死んだという事実が不意に彼に襲いかかった。トラブルから救い出してくれる姉はもうどこにもいないのだ。ジェーン・ウィールはまだそばに立っている。こっちがなにか言うのを待っているのだろう。ボビーはまだだれも強請ってはいなかった。煉瓦を二個か三個投げこんだだけだ。今ならまだ、こういうことから抜け出せるかもしれない。

「窓のこと謝るよ。そういうことをするなとリリーに言われてたんだ」

「そういうこと？」

「ガスの強請を引き継いでやろうかとちょっと思ってさ。ガスが死んだ夜にあんたの親父やおふくろや大勢であいつに会いにいっただろ。おれとリリーも行ったんだ。ガスを殺したのはおれたちじゃないけど」とボビー。「おれはあいつのビジネスを手伝いたかったのさ。口止め料の徴収とかを代行してもいいかなって思って。ガスはげらげら笑って、カモがいるかぎり、だれでも強請はできるって言ってた。自分の持ってる記録は見つけられないだろうからって。じゃあ、おれがその記録を見つけたふりをしてやろうと考えた。ばれっこないじゃんか。なんの証拠もないのに何十年もみんながあの野郎に黙って金を支払ってきたんだぜ……間抜けな話だよな。で、地下室にあった煉瓦を取ってきて窓から投げこんだ。だって、あの会合で、ドンとネリーがこれ以上強請に応じるのはやめようなんて言いだしたからだよ。間抜けだろ。リリーだってそう言ってたし」

ボビーの幼い風貌がジェーンには耐えがたかった。垂れた前髪が目にかかっている。喋り方までニックと大差ないような幼さだ。彼の手を見ると、今はざらついた煉瓦を撫でていた。するると、考えるより先に、頭に浮かんだ質問が口をついて出た。

「あんたのお父さんが亡くなったとき……自殺したとき、発見したのはだれだったの、ボビー？」

「ベニーだよ。ベニーはときどき店番をしてたから。しょっちゅううちへ来て、おれたちに料理を作ってくれた。おれと外をぶらついたりテレビを一緒に見たりすることもあった。自分になにかあったら息子の面倒を見てくれって、親父に頼まれてるんだってよく言ってた」

「お父さんは精神的に落ちこんでたの？　つまり……それ以前から」

「酒の量がどんどん増えて、ふさぎこんでたな。世間のことはどうでもいい、大事なのは母さんだっていうのが親父の口癖だった。その母さんが死んだんだから、なにもかも諦めたくなったのも当然だよな」

オーもやってきてボビーの話に聞き入った。

「諦める？　それはどういう意味？」

ボビーは肩をすくめた。「自殺したいってことだと思うけど」

「あなたはそのとき、お父さんを見たの？」

「ベニーが見せてくれなかった。血だらけだからって。おれは生きてる親父を覚えていればいいって。なんかそんなようなことを言ってた」

「血だらけ？　お父さんは窒息死だったんでしょう？」ここではボビーの記憶を共有するべきだということを忘れて尋ねた。

「そうだけど、車の排気管にホースを取り付けようとして指を切っちまったんだよ。ベニーは……」

「ええ、ベニーはそのときなんと言いましたか？」オーが横から質問した。関心をあらわにして。

「ベニーは、親父が指を切り落としたって言った」ボビーはぶるっと身震いした。「あんな状態で車に戻ってエンジンをかけることができたのが不思議だって。あれじゃ失血死したようなもんだって」

21

ドンはジェーンとオーを呼び寄せ、ガス・ダンカンが所有していた不動産のリストを示した。ドンが指差したのは〈エイモス・オークション・ハウス〉だった。オークション・ハウスに隣接するガレージの上のアパートメントには電話帳に番号記載のない電話があり、ネリーがかけてきた場所の番号と一致するという。

「オークション・ハウスはここから十ブロックほど西へ行ったところにあるの」ジェーンはオーに説明した。

「どうやってなかへ突入する計画なんだい？」とドンは訊いた。「まさかサイレンなんか鳴らしていかないだろうな？　そんなことをしたらやつらを怯えさせて……」

「覆面パトカーを一台出します」店の客から話を聞くのを諦めたカンカキー警察の警察官のひとりが言った。「われわれも応援に向かいますが」

警察官たちが店の表の入り口から出ていくと、ドンは首を振った。

「フランシス、店番を頼む。すぐに戻るから」

「だめよ、父さん、わたしたちが行くわ」

オーは男性用トイレの脇に立っていた。彼がやわな錠を壊さんばかりの勢いでドアを押し開けると、フランシスは飛び上がった。

「いったいなにが始まってるんだよ、ドン？」

トイレの窓が開け放たれ、網戸が床に落ちていた。

「ミスター・クランドールはわれわれを置き去りにする決心をしたようですね」オーは窓を見ながら言った。

「父さんは電話のそばにいて。母さんがまたかけてくるかもしれないから。母さんからなにか聞いたら、わたしの携帯電話に知らせて」ジェーンは父を抱擁した。「それと、ボビー・ダフを引き留めておいてね。たぶん彼には行くところなんかないはずだけど。グラスが空にならないようにしといてあげてもいいと思うの」

ジェーンとオーは裏口から外に出た。が、ジェーンは突然、足を止めた。

「そうだ、わたしの車は持っていかれちゃったんだったわ。父さんの車の鍵を取ってくる」

ジェーンが店のなかに戻るまえにティムの車が駐車場にはいってきた。かりにここでジェーンを拾う練習をしていたとしても、これほどスムーズにいったとは思えないタイミングのよさだった。オーは後部座席に、ジェーンは助手席に乗りこんだ。

「〈エイモス・オークション・ハウス〉へ行ってちょうだい、ティム。ネリーが誘拐されたの」

「だれがネリーを誘拐したって？」ティムは早くも車をバックさせて駐車場をあとにしてい

た。

ジェーンの視線を受けたオーは掌を上にして両手を投げ出した。

「実行犯の氏名はまだわかりません、残念ながら」

「とにかく悪党どもよ」

「探偵映画に登場する自分を想像したことは何度もあるよ。追跡シーンで活躍したり、秘密のミッションでヒーローを演じたりするシーンを何回も思い描いた。だけど、よりによってネリーを悪党どもから救出する場面を想像したことは一度もなかった。たぶん今後もぼくのファンタジーのレパートリーにはならないだろうな、いや、ほんとに」

毎週末を〈エイモス・オークション・ハウス〉での物色にあてているティムは、ガレージの上がアパートメントであることはもちろん、オークション・ハウスの建物の裏手に連絡道路があることも知っていた。車が目的地に近づくと、オーはその道路に停まっている覆面パトカーを指差した。そこに待機してアパートメントへの出入りを監視しているのだ。突入する気配はない。犯人たちがなにをネリーに要求しているのかも、なにをジェーンから奪おうとしていたのかも、カンカキー警察はまだなにひとつ情報をつかんでいないのだから。ここへ向かう車中でティムはジェーンとオーに〝マクフリー〟に来客があったことを告げた。

「最初はべつに不審にも思わなかったんだ。だれかが横断幕の点検にでもきたんだろうと思って。そうしたら、裏口で大きな物音がして、行ってみると箒が落ちてた……裏のポーチをよく見ると、煙草の吸い殻が捨てられてるのを見つけた。まだ火が消えてない新しい吸い殻だった。それで、知りたがり屋《ミスター・キュアリアス》の来客が玄関でぼくと話してるあいだに裏へまわった人間がいたんだとわかった」

「その客は車で来たの？」

「淡い黄色のヨットみたいにでかい車でね。よくいるだろ、一見レトロっぽいけど、じつはまるでレトロじゃないってタイプの男だよ。細いネクタイを締めてウィンドブレイカーを羽織ってるような」

「ネリーの誘拐犯はわたしがガスの家から持ってきた物を探してるのよ――ベイトマンの家から持ってきた物かもしれないんだけど。いろんな記録のなかに自分たちの探してる記録が見つからなかったので、今度は、紙と名がつくあらゆる物のなかになにかがあると想像してるらしいの」

「特定の人物の不利益な記録となりうるような物はありませんでしたか？　たとえばイニシャル、日付、金額などは？」オーが訊いた。

「なんにも。強いて言えば、おみくじクッキーの紙切れかしら。謎めいた感じとはほど遠いけど、あんな物を彼が取っておくのは変だと思った」

「なにかの暗号だったりして？」とティム。

「暗号もなにも、工場で印刷して無作為にクッキーにはいってた紙切れよ。ほかにメモのようなものはなかったし」

ティムはオークション・ハウスの正面の私道を素通りして建物の背後へまわり、大きなガレージ兼倉庫エリアのうしろに車を停めた。アパートメントに通じる外階段が見えた。ジェーンの車は見えないが、三台収容可能なガレージのどこかに停められている可能性が高いことは全員がわかっていた。

ネリーが悪党どもにつかまっているという実感がじわじわと体に広がりはじめた。機能的に動くために不安と恐怖を打ち消そうとしてきたが、抑えこまれていた不安と恐怖は今や怒りに変わりつつあった。ギャンブラーだかコレクターだか知らないけど、どこのどいつよ？わたしの生まれた町へやってきて、わたしの母親を誘拐したやつらは？

車から降りようとすると男ふたりに反対された。

「あの階段をひょいひょいと昇れるわけじゃないんだぞ」とティム。「きみはナンシー・ドルーでもランボーでもないんだから」

「彼の言うとおりですよ、ミセス・ウィール」とオー。

「オークション・ハウスからアパートメントへ行ける方法はないの？　そこのドアが大きく開いてるけど」

トラック運転手が木箱を積んだ台車を〈エイモス・オークション・ハウス〉の広い裏口から運び入れているところだった。〝日曜のお昼はセールへ――午前九時より先行セール開催〟という看板のまえを、連絡道路へはいるときに通っていた。セールの商品が届きはじめているらしい。

「内階段はエイモスのオフィスのすぐ脇にあるから、その階段を昇ってもアパートメントまで、というかアパートメントの外廊下までは行けるはずだよ」とティム。

ふたりのどちらかに止められるまえにジェーンは車から降りた。大きく開かれたドアに向かって、トラックの積載スロープ伝いに歩きだすと、ティムとオーが走って追いかけてきた。

自分のプランが成功するとはジェーンも思っていなかった。そもそも自分にプランがあるのかどうかさえ定かでない。電話口の母に怯えた様子はなかったが、それを言うなら母はなにが起ころうと怯えはしないだろう。だからといって相手が銃を持っていないってことになる？　母を脅していないってことになる？　まさか。ただ誘拐するぐらいではネリーを動揺させられない。恐れ知らずのネリーの態度が有利に働く可能性があるとしても、逆に犯人を本気で怒らせてしまう可能性もあるのでは？　悪党は見くびられないためになにより悪党らしくふるまうのでは？　ネリーを誘拐した男たちはたぶんシカゴの胴元の用心棒だろう。人を殺したことはなくても指を切り落とす程度のことはやっているはずだ。ジェーンは人差し指と中指を交差させ、母の姿を見た瞬間に、ネリーの無事を確認した瞬間に、具体的なプランが頭に浮かぶよう祈った。


ネリーはぴんぴんしていた。有頂天だった。キッチンの抽斗のひとつに粘着テープを見つけたのだ。そこで、ランチに使った皿を全部すすいでコンロをきれいに拭き終わったあと、その粘着テープと鋏《はさみ》を持って、メルとフランクが悪党ベイビーみたいに熟睡しているソファへ近づいた。

このふたりを眠らせるのはたいして難しくなかった。ネリーほど警官と泥棒が出てくる番組を見尽くしていれば造作もないことだった。バスルームの薬棚に〈ヴァリウム〉の処方薬の瓶を見つけたので、錠剤を砕いてスクランブルエッグに投入した。炒めた玉葱とベーコンをその上に大量に載せて医薬的風味を隠すことも忘れなかった。冷蔵庫にあったマッシュルームもソテーしてから、薬効をうんと高めてやろうと、カウンターの上の飲みかけのボトルのワインをがぼがぼと振りかけた。〈ヴァリウム〉がどういう薬なのか正確なところは知らなくても、『ダラス』や『ダイナスティ』や『メルローズ・プレイス』のシリーズは再放送まで見ているから、薬瓶を見るなり、それが鎮静剤の商標であることはわかった。それに、この男どもがなにかの任務を帯びて町を嗅ぎまわっているのだとしたら睡眠不足だろうと思った。コーヒーを淹れてくれと彼らは言った。冷蔵庫にカフェイン抜きのコーヒーの袋があったから、カウンターの上のレギュラー・コーヒーの缶のかわりにそれを使った。本物のコーヒーを飲むと目が冴えるが、カフェイン抜きを飲むと眠くなるのだとネリーは信じて疑わない。〈EZウェイ・イン〉の客にもいつもそう言っている。

スチュワートはメルとフランクにネリーをまかせてジェーン・ウィールの車を調べに階下のガレージへ行った。メルが〝マクフリー〟の会場となる屋敷の玄関にプリティボーイを引き留めているあいだに、ガスの物がはいった紙袋をフランクが急いで裏口から盗んだ。それらはジェーンの車のトランクに投げこまれたが、トランクにはジェーン自身が積んだ箱もいくつかあって、ひょっとしたらそこにベイトマンの物があるかもしれない。スチュワートはあとのふたりにそう言っていた。ネリーにすればスチュワートが自分で車を調べたがったのはラッキーだった。というのは、スチュワートのポーチド・エッグには薬を紛れこませることができなかったのだ。彼の体は相当に傷んでいるのがわかった。バスルームに〈マイランタ〉のシロップを見つけたから、そのなかに〈ヴァリウム〉のカプセルの中身をあけてやろうかとも考えたが、胸焼けの薬を飲むように勧めたりしたら薬戸棚を見たと気づかれ、怪しまれるかもしれなかった。最近のジェーンがやけに生き生きとしているのも無理はないとネリーは思った……こういう探偵ごっこはたしかにおもしろい。

ネリーが後片づけをしているあいだ、メルとフランクは満足げにソファでくつろいでいたが、スチュワートが出ていって二分後には眠りについてくれた。さらに五分、ふたりに猶予を与えてから、ネリーは粘着テープと鋏に手を伸ばした。

まず両足からいこう。そうすれば、もし目を覚ましてつかみかかってきても、ひっくり返る。やはり足から始めるのが一番いい。ひとりずつ両足首をくっつけると粘着テープを目いっぱいきつく巻きつけた。ついでに、ぐるぐる巻きにした両足をソファの脚に固定させた。これもひとりずつ。つぎにフランクの両手を粘着テープで巻いた。膝の上で組んでいたのでわけなかった。おもしろ半分で最後に首も一緒にひと巻きしてやった。両手を引っぱると首が揺り木馬みたいに振れる光景を思い浮かべながら。

メルは両腕を左右に広げ、片手をソファの背のうしろに、もう一方の手を膝の上に垂らしていた。その姿をしげしげと眺めたネリーは、この二本の腕はくっつけないほうが安全だと判断した。そこで左右の手にべつべつに粘着テープを巻きつけて鉄灰色の肢を二本こしらえた。こうして親指もほかの指も使えなくしておけば、なにもできないだろ? それでもまだ多少の危険は残ると思われたので、二本の肢をべつべつに頭とくっつけておいた。これなら髪が引っぱられればかなり痛いから少なくとも動きは鈍るだろうと考えて。仕上げに粘着テープを四角く切り、半開きのふたつの口をふさぎ、ネリーの作業は完了した。

ドンに電話をかけ、銃を持ったスチュワートが階下のガレージにいることをひそひそ声で伝えた。でも、メルとフランクのほうは始末したから大丈夫だと。

「ネリー、早くそこから出ろ!」と叫んでから、ドンは言い足した。「慎重にな」

「はいはい」

アパートメントのドアの外ではジェーンがティムにひそひそ声で話しかけていた。ティムはごくりと唾を飲みくだし、こっくりとうなずいた。オーはふたりの背後で階段に目を光らせていた。ジェーンは大胆にもドアをノックし、なにか言うようティムに合図を送った。

「ミスター・エイモス、衣装簞笥はどこに荷下ろししますか? それと例のエンパイア様式のチェストはどうします?」ふだんの声より一オクターブ下げてティムは言った。

「シッ!」と言いながら、ネリーはドアを開けた。「死人を起こしちまうだろ」

「母さん、まさか……」ジェーンはなかへ飛びこみ、母を抱擁しようとしたが、ネリーはひょいとかわした。「まさか、犯人たちを殺しちゃったんじゃないでしょうね?」

「殺しちゃったかもしれないね。さあ行こう。父さんがもう限界なんだよ」

オーは階下に待機している警察官に携帯電話で連絡を取った。ネリーはスチュワートの人相や特徴をオーに伝えた。ネイビーブルーの上着を着ていて、ぴかぴかに磨いた黒のローファーを履いているということも。

「それと、ちょっぴりまえかがみの歩き方をする。胃をかばうみたいに」

「毒を飲ませたのか、ネリー？」ティムが訊いた。

「飲ませてもよかったけど、その必要がなくなったのさ。あんたたちが助けにきてくれたから」ネリーは両目を細くしてティムを見た。「もしも、誘拐されたのがあんただったら、図体のでかい乱暴者ふたりをあんなふうに縛りあげることができたかねえ？」

「粘着テープの扱いにはぼくも慣れてるよ」ティムは片腕をネリーの体にまわして階段を一緒に降りようとした。

「このあとのプランは？　あんたが現場のリーダーかい？」ネリーはオーに訊いた。

「いえ、そういうわけでは。この階段を降りてオークション・ハウスを通り抜ければ、スチュワートと鉢合わせしなくてすみます。彼はガレージから外階段を上がってくるでしょうから」

ジェーンは母をオーに紹介し、一同は階段を駆け降りた。展示室にはいると警察官六名の姿が目にはいった。いっせいに銃がこちらに向けられた。オークション・ハウスのオーナーのエイモスはオフィスの窓からこわごわ覗いていた。たまたま配達に来ていた男たちもエイモスの隣にしゃがみこんでいた。

「誘拐犯たちがいるのは階上《うえ》よ」ジェーンは彼らに教えた。「でも、あのふたりはどこへも逃げられないと思うわ。ガレージにいるひとりは……」

マンソン刑事がドアを叩きつけて展示室へはいってきた。

「逃走した。その男はガレージにはもういない。連絡道路に逃走用の車を置いていたか、さもなければ……」マンソンはオーのほうを向いた。「ひそかに内階段を昇って様子を探っていたか」

「そんなことあるもんかね、マンソン。階上にいる鈍臭いふたりが身動き取れなくなってるなんて、あいつにわかりっこないんだから」ネリーはジェーンのシャツの袖についた糸屑をつまんだ。

「あなたが無事とわかってよかったよ、ネリー。ドンは今にも発作を起こしそうだ」とマンソン。「うちの者に警察の車でみなさんを〈EZウェイ・イン〉まで送らせますが、われわれはあなたの車を調べさせてもらいますよ、ミセス・ウィール。逃走犯の指紋その他の残留物が見つかるかもしれないので。スチュワートだったね、ネリー？　そいつの名前は？」

母がスチュワートの特徴と胸焼けについて一分間語るのを聞いてから、ガレージ・エリアに足を踏み入れると、車がそこにあった。うっかり手を触れたら大変なので両手を背中にまわし、後部座席を覗きこんだ。エルマイラの学習記録やらなにやら、〝マクフリー〟の食器室の装飾に使った物の残りが床にばらまかれている。トランクが開けられ、そこに置かれた袋からもいろんな紙が落ちているのが見えた。茶色の紙袋がひとつかふたつ見当たらない気がするけれど、ベイトマンの物やガスの物のうちどれぐらいの量が、今朝の段階でトランクに置いたままにしてあったのかは思い出せない。

「車からは当然あなたの指紋が検出されるでしょうね」オーがうしろから近づいてくる気配にはまったく気づかなかった。足音をたてずに忍び寄る技を競う大会があればオーはネリーの対抗馬になれるかもしれない。

「彼らがなにかを見つけてくれるなら、邪魔したくないわ。自分たちがなにを探してるのかいまだにわからないんだもの。だけど、もしあなたが……」ジェーンは最後まで言わなかった。

オーはポケットに手を突っこんで使い捨てのビニール手袋を取り出すと、その手袋をジェーンに手渡した。小さく肩をすくめながら。〝ボーイスカウト団員なら〝備えあれば憂いなし〟と言うかもしれませんね、とでも言いたげに。

ジェーンは手袋をはめ、すばやく、かつ静かに車のドアを開けた。マンソン率いるカンカキー警察の警察官たちに現われてほしくなかったので。グローブボックスを開け、車の取扱説明書と〈クリネックス〉ティッシュの箱のうしろから、ベイトマンの指がはいった広口瓶を取り出した。それを目にするとなぜかほっとし、貴重品の保管場所として最もわかりやすい場所がスチュワートの目に留まらなかったことを喜んだ。瓶を軽く振ってみた。スノードームのコレクターが棚に飾ったお気に入りの品々の位置を調整するときのように。

それから、瓶をポケットに滑りこませて、手袋を脱いだ。

「わたしたちはいったいなにを探してるのかしらね？」

「通常なら名前や日付の書かれた手帳です。大金の支払いが継続的におこなわれていたのでしょうから。奇をてらった方法で帳簿がつけられていたのかもしれません。以前に担当した事件では、犯罪の実行犯として雇われた男が、その雇い主の名前を自分の手下のひとりの体にタトゥーで残したことがありました」

「そんなものが証拠になるの？　たとえば、わたしがティムの名前のタトゥーを体の……どこかに……入れて、彼がなにかをやったと言ったとしても、なんの証拠にもならないでしょう？」

「しかし、ミスター・ローリーにとっては、それを否定するのは恥ずかしいことですよ。否定したとしても、だれもが彼に注目するのは必至です。一回でも失言すれば、さらに人の目が彼に集まります」

「なんだか馬鹿げてるよ、ぼくに言わせれば」いつのまにかティムがふたりのうしろに来ていた。「居酒屋だろうとレストランだろうと……カンカキーでこういう商売を続けてきた人間が……三十年も四十年もまえにささやかな賭博の場を提供したからって、だれが気にする？」

ジェーンが展示室を覗くと、ネリーがマンソンに対して、どうすれば礼儀正しい警察官となれるかを講義している最中だった。オーとティムもジェーンの視線の先を追った。

「うちの母さんや父さんも、この町で店をやってるほかの人たちもみんな、家の名を汚したくなかったのよ。最初はそれがこんなに長く自分たちを縛りつけることになるなんて思いもよらなかったはずだわ。悪知恵が働くガスは強請の相手をまちがえなかったということね。この連中なら家族を守るために口止め料を支払うだろうと見抜いてたのよ」

マンソンはオーとジェーンとティムを手招きで呼ぶと、ネリーともども部下の制服警官に押しつけ、〈EZウェイ・イン〉へお送りするようにと指示を与えた。

「どうしてマンソン刑事を知ってるの、母さん?」ジェーンは訊いた。「母さんのことをネリーと呼んでたけど」

「だれだってあたしのことはネリーと呼ぶじゃないか。この町の警察官なら全員知ってるさ。うちは二十回も泥棒にはいられてるんだから。それに、警察官と知り合いになって味方につけといたほうがいいって父さんがいつも言ってるだろ。そのうちのひとりが署長になって、のちのちは市長に立候補するかもしれないんだから。遅かれ早かれ、昔、あたしらが酒の販売免許を取ったころは、だれでも味方につけとけば損はなかったんだよ」

「たしかにそうね。父さんはカウンターの上に民主党の候補者支持を表明するマッチブックを置いてたけど、その隣にはいつも共和党の候補者支持のマッチブックも置いてあったっけ」

「みんな同じ扱いにすると決めてるんだ」

三人が〈EZウェイ・イン〉へ戻り、郡保安官の選挙の対立候補二名のパンフレットがバーカウンターに置かれていることをジェーンが指摘すると、ドンはそう言った。行きがかり上ドンの抱擁を受け入れざるをえなくなったネリーを見て、ジェーンは吹き出した。家族間の表立ったスキンシップをなるべく避けようとするニックと母が重なって見えた。

「だれが勝つかわからないから全員を支持するしかなかったのさ。酒場の主人ならいつでも勝者の側につきたいものさ。土曜の夜に店を閉めるのが少々遅くなっても見逃してもらえるようにな。むろん、今ではもう関係ないが。客も主人も歳を食って十時を過ぎたら身がもたん。法律が許す営業時間よりずっと早くに店を閉めてるんだからな。西海岸の野球の試合が延長戦にでもならないかぎり、みんな十一時までには無事に家に帰り着いてベッドにもぐってるよ」

マンソン刑事も店に来ていて、すでにボビー・ダフの事情聴取を終えていた。ボビーはしょげかえり、スツールから降りたマンソンに背中を叩かれると危うくビールのグラスに頭を突っこみそうになった。

「悲惨なケースですね。家族全員が死に、それも全員が自殺とは」

「彼の父親はちがうわ」とは言ってみたものの、新たな情報を提供する用意はまだできていない。「ビリー・ダフはね」

マンソンはうめいた。「また殺人ですか、ミセス・ウィール？」

「ええ、だれかが彼の指を切り取ったあと、彼が車のなかで自殺したように見せかけたのよ。それがだれなのか、うすうすわかりかけてるの」

「今日のうちにわれわれに教えてもらえるでしょうか？」とマンソン。

「スチュワートじゃないよ。あいつの仲間のぼんくらでもない」ネリーが口を挟んだ。「歳が若すぎるから」

「オー刑事からの情報次第では、スチュワートと粘着テープ双生児の上にいるのがだれだかわかるかも。ベイトマンの事件を担当した当時の若い警察官や弁護士の社会的地位が上がっていれば──カンカキー市の要職に就いてるとか判事になってるとか──なんらかのつながりが見えてくるんじゃないかしら」

「どうしてそういう突拍子もないことを思いつくかなあ?」ティムが言った。

「さっき母さんが言ったのよ。警察官とは仲良くして味方につけなくちゃだめだって。いずれ昇進して偉くなるんだからって。偉くなった人間は失いたくないものが増えるでしょ。あんたもそれに近いことを言ってたじゃない、ティム。何十年もまえのささやかな賭博のことなんかだれが気にするって。でも、四十年まえに賭博に関わり、今は判事の職を失いたくない人物や、シカゴの船上《リバーボート》カジノの増設に反対票を投じたりしてる人物なら気にすると思うけど」

「公衆電話をかけたいので小銭をお借りしてもいいでしょうか? この電話は携帯電話からかけたくないので」

ネリーが首を横に振ってオーの腕をつかんだ。

「こいつはたまげた」とドン。「あの専用回線を彼に使わせようとしている。ネリーがこんな親切をするのをはじめて見たよ」

「専用の回線がここに引かれてるの？」ティムが尋ねた。

「と思うだろ？」

「マンソン刑事」とジェーン。「また新たな事件の捜査を始めるのがご苦労なのはわかるけど、ビル・ダフはなにかを語ろうとしたために殺された可能性があるのよ。妻の自殺によって彼は公表を諦めることにした。ダフを殺した人間はほかの酒場の主人への警告として彼の指を切り落とした」

ジェーンは父を見た。ドンは驚きと称賛のまなざしを娘に向けていた。

「真相はだれにもわからなかった。あの指の一件がメッセージのように思えたが、単なる噂なのか、ほんとうにメッセージだったのかは藪のなかだ。子どものこともあったしな」ドンはボビー・ダフのほうに首を傾げてみせた。「とくにあいつはまだ幼かった。まだハイスクールの生徒だった。リリーは、そうさな、リリーのほうは家族にまつわるすべてから逃れられるかと思ったが、結局この町へ帰ってきた」

ジェーンはリリーがあのあばら屋の地下室でなにを見つけたか、口走りそうになった。でも、まだ言えない。リリーが見つけたのはとても個人的な問題なのだから。ボビーはあの手紙をまだ読んでいないが、ビル・ダフは殺されたのだとジェーンに確信させたのはボビーの言葉だ。彼の父親はなにもかも諦めたくなった。当時の記憶をたどってボビーはそう言った。諦めるとは、生きることを諦めるという意味ではない。情報の公表を諦めるという意味だ。ダフの失敗は酒の飲み過ぎと、自分の決意を周囲に語る期間が長すぎたことだった。関係者の名前を暴露するまえに何者かが彼に近づいたのだ。

〈EZウェイ・イン〉は正式には開いていないので、様子を見に来た客を追い返すのはたやすかった。ドンとネリーの店でなにかが起こっているらしいと聞けば、磁石に引き寄せられるように客がやってくる。パトカーが何台も駐車場に停まっているのだから。この店でなにが起こっているのかを知るのは自分たちの義務だと常連たちはみな感じている。

フランシスは一部始終を知っているつもりだった。が、実際になにがこの店で起こっているのかも、自分がどんな発端を目撃したのかも、なんであれ自分の知らないことがどのようにして終結したのかも、全然わかっていない。それでも彼は近所の連中を外に追い出す役目を引き受け、テレビに出てくる警察官の声色を精いっぱい真似てこう言った。「ショーは終わりだ。さあ行くぞ」

ドンは表の入り口までフランシスに付き添い、彼に礼を述べた。いろいろありがとう、こんな危機的状況のなかで落ち着いてわたしらを支えてくれて感謝すると。フランシスが帰ると、ドンはネリーのほうを振り返った。「明日はパイを焼く予定があるのかい?」

「うちの客がみんなフランシスみたいにもうろくするまえに店を閉めるべきだと思わない?」

聴取を終えたマンソンは落ち着かなげに左足から右足へ体重を移動させていたが、ついにジェーンの腕を取り、両親から離れたところへ導いた。

「わたしの親父も当時、警察官でした。十年まえに亡くなりましたが。親父は日記をつけていたんです。ときどきそれを読むんですよ、まあ、懐かしくなるとね。ビル・ダフの事件の捜査は気が進まなかったようで、ダフがあんなことをしたとは思えないと言っていたのを覚えています。あいつはどうしようもない呑んだくれだが、あんな形で子どもをあとに残していくはずがないとよく言っていました」マンソンはそこでひと呼吸おいた。「ダフはカトリックの信者でしたからね」

ジェーンは黙ってうなずき、マンソンが先を続けるのを待った。なぜだか今はジェーンに全幅の信頼をおいているというふうだ。下手に言葉を挟んでマンソンをこの魔法から解きたくなかった。

「妻のルーエラが自殺したとき、ダフは聖パトリック教会の墓地に彼女を埋葬することができなかったんです。老司祭を説得することができなくて。その事実はダフを殺したも同然でした。教会墓地に妻を埋葬できていれば、ダフは自殺などしなかっただろうと親父はいつも言ってましたよ」

「そのことはボビー・ダフにはすごく大事なことかもしれないわね。父親はほんとうは彼を残して逝きたかったんじゃないと知ることは」

マンソンはうなずいて、大きな手でジェーンの肩を叩いた。奥の部屋から出てきたオーにまでうなずいてみせた。オーは奥の部屋の電話を使ってメモしたことを読み返した。

「ここにある複数の番号にもう一度こちらから電話をかけなおすことになっています。先方の手がすいて、いくつかの名前と日付の確認ができたころに」

それならここを引きあげて自宅へ場所を移そうとドンが提案した。ランチを食べて、今回の試練から回復する時間をネリーに与えてやろうと。ドン自身が昼寝したいという意味なのだと全員が察した。当のネリーはいつにもまして元気いっぱい、溌剌としていた。まるで若さを取り戻す神秘の泉でも見つけたかのように。なにしろ、ネリーと関わり合いになろうなどというとんまな悪党どもを薬と粘着テープでこらしめてやったのだから。

　ティムはやれやれというように首を振り、明日は〝マクフリー〟のオープニングであることを全員に念押しした。もろもろの確認作業があり、これからフラワーショップに戻って、アマチュア・デコレーターたちが各自の部屋用に注文した花を用意してから、〈ジュエル・オスコ〉に寄って冷凍のアップルパイを調達しなくてはならないと。

「あんたもフランシスとおんなじパイ党なんだね」

「デザート用じゃないよ、ネリー、香りとして使うんだ。〝マクフリー〟がオープンする午後一時、焼きたてのアップルパイのかぐわしいにおいが漂ってくれれば、ヒット確実の今回のイベントが超弩《ど》級の大盛況になること請け合いだろ」

「まったくあれだから」店を出ていくティムを見送りながらネリーはつぶやいた。「フランシスほど歳を取らなくても、もうろくできるってことだね」

22

『ニューヨークの秋』、『パリの四月』、『ヴァーモントの月』（いずれもスタンダード・ジャズ・ナンバー）。時節というものがあることはだれもが知っている。時間と土地がロマンチックな融合を見せるつかのまの時があることは。作詞家はそれらの地名に、それらの暦に、それらの時間にみずからの歌詞をかぶせ、数えきれないノスタルジックな幻想の旅へ誘《いざな》う記憶として焼きつけた。でも、イリノイの九月を歌ったバラードはまだだれも書いていない。木の葉の色が変わり、靴の下でぱりぱりと砕けはじめる九月、太鼓を叩いたようにドングリが落ちてくる九月。窓からの陽射しにも乾いた音がする九月、澄んだ空気のなかに煙と霜の気配がする九月。そんなイリノイの九月を称える歌はまだない。

カンカキーの秋も人の記憶には残らず、だれもが口ずさまずにはいられない歌もない。それでも、もし、ジェーンに作詞ができたら、子どものころに使っていた実家の寝室で目が冴えて眠れぬ夜には、〝カンカキーの九月〟という自分の主題歌を作るかもしれない。お気に入りの場所で、お気に入りの月の三十日間のうち一日か二日を過ごすあいだに。歌詞の大部分は、鉛筆を削ったり膝下までのハイソックスを穿いたりした思い出で埋まるだろう。それはまた、首振り扇風機のまえで床に寝そべって漫画本のページを押さえながら、八月が終わるのを待って蒸し暑いひと夏を過ごしたあとに、ふたたび学校へかよえる喜びでもあった。九月。真っさらなクレヨンの箱のシールをぺりっと剥がし、魔法の花束のようなにおいを思いきり吸いこみ、焦げ茶色と山吹色と赤茶色と黄土色のクレヨンを振り落とす。それら四色は、毎週金曜日、シスター・アン・エリザベスの受け持ちの二年生の教室で、窓の外に見える九月と十月の木々を描くのに使いまくり、最後には小さな塊になってしまう。カトリックの教理教育の授業に出てくる〝神はなぜわれを造りたもうたか?〟に対する答えは丸暗記した。だって、シスター、窓の外を見てください。神はこの景色を見るためにわたしを造りたもうたのです。

ジェーンは受話器に手を伸ばし、ティムに電話した。彼は〝もしもし〟と〝むにゃむにゃ〟の中間のような変な音で応じた。

「むひむひ」

「ベッドから窓の外が見える?」

「むひむひ」

「カンカキーを歌った曲とかあったっけ?」

「カンコーキー、カンコーキャン、フーキャン、ウィキャン、カンコーキーキャン」

「それはフットボールの応援歌」

「今は朝の七時三十九分、ぼくのレパートリーのダウンロードは無理。操作不能」

「そろそろ起きて、七面鳥にたれを掛けてパイを焼いたほうがいいんじゃないの？ 〝マクフリー〟の香りづけをするんでしょ？」

「全部タイマーをかけて準備した。グランド・オープンは一時。全員来るかな？」

「プランではそうだけど」

ジェーンがキッチンへ行くとネリーがドンの皿に卵をするっと落としているところだった。今でもネリーは料理をするときには服の上からエプロンをぎゅっと締める。ただし、ジェーンの記憶に残っている可愛らしいシャツドレスは今ではジョギング・パンツとスウェットシャツに取って代わられている。ドンは『カンカキー・サンデー・ジャーナル』をテーブルに広げていた。ネリーは新聞を脇にのけながら、ベーコン・エッグの横にトーストを二枚置いた。

「あんたはどうする？」早くもフライパンの上で卵を構えながらネリーが訊いた。

「トーストだけでいいわ」ジェーンは短い角刈りにした父の鉄灰色の頭髪の上で片手を払う仕種をして椅子のそばを通り過ぎ、トースターへ向かった。

「日曜日だよ」とネリー。

母は独自の言語を独自のリズムで操る人だ。ネリー式会話についていくには一種の心理的跳躍の熟達が求められる。自分の発言の隙間を埋めようなどという気はネリーには毛頭ないから、こちらがついていけるかいけないかのどちらかしかないのである。ネリーは人の言葉を聞いていないという人もいるかもしれないが、ジェーンはそうは思わなかった。ネリーは人が口にしたあらゆることを自分流に整理して保管するのだ。たとえば娘が五歳のときに好きだった色がピンクならば、ずっとそうだということになり、ハイスクールの卒業記念のダンスパーティにローズピンクのドレスを着るのを拒否すると、試着室でうしろに立って、「ピンクは昔からあんたの好きな色だったじゃないか」と言い放つ。人の言葉を全部ちゃんと耳に収めているのだ。ネリー語が話されている土地では、その日の彼女の行動計画にふくまれない言葉に対しては返答も反応も認識もない。いや、その日だけではない。その週も、娘の残りの人生もずっと。

ジェーンには母が今ネリー語で言わんとしていることがわかっていた。それをほかの母親の言葉にするとたぶんこんなふうになるのだろう。「あなたがふだん朝食をあまり食べないのはわかってるわ。わたしたちもそうよ。だけど、日曜日だけは卵にベーコンにポテトを使って熱々の朝食をたっぷり作るのがうちの習慣でしょ。そのあとは夕食まで食事をしないんだもの。わたしたちの愛情がこもった、特別な日のおいしい料理につきあってちょうだい」

これとそっくりそのまま同じことを言う母親はいないかもしれないが、ネリーの不平がましい低いうなり声と、相手の前言と嚙み合わない答えと、いつも上品で優しくて、はきはきとした喋り方をする空想の母親像のあいだのどこかに、まずまず納得のいく妥協点があるはずだった。ニックはわたしがそこに着地していると思ってくれるだろうか？　欠点だらけの親と五〇年代のテレビドラマに出てくるような完璧な親とのあいだの、まずまず納得のいく妥協点の母親に落ち着いていると。

ジェーンはもう一度首を横に振って、パンを二枚トースターに入れた。

「母さんと父さんも今日は〝マクフリー〟に来てくれるの？」

「母さんはやめておいたほうがいいと思うぞ」ドンが言った。「仲間をとっつかまえられた仕返しをしようなんて気を起こしたスチュワートが現われでもしたらどうするんだ？」

「そんな気をこれっぽっちも起こすもんかね。あのふたりは手のほどこしようがないぼんくらさ。早く縁を切ったほうがスチュワートのためだよ。自分でもわかってると思うけど。胸焼けの原因はたぶんあのふたりなんだから」とネリー。

「帳簿類は全部ティムに渡してくれた？」

「おまえから渡された物は全部あっちに行ってるはずだ。そうそう、おまえがシャワーを浴びてるあいだにマンソンから電話があった。ゆうべモーテルでクランドールを発見して連行したそうだ。クランドールは昨日、急に逃げ出したわけは語らなかったが、パニックに陥ったと言っている。閉所恐怖症と不安神経症の病歴があるんだと。それを確認できる主治医の名前をマンソンに教え、うちの店のトイレの窓の修理にかかる費用の二倍の額を弁償すると申し出たとも聞いている」

「マンソンはクランドールをどうしたの？」

「じつは彼を勾留する理由がなかったのさ、〈EZウェイ・イン〉に与えた損害以外には」

「強請の件は？」

「彼がだれを強請ったというんだい？　あのファミリー・ビジネスを続けようという計画はあったかもしれんが、まだなにも実行しちゃいない」

「店の正面の窓は？」とネリー。

ドンとジェーンはネリーを見やった。

「トイレの窓の弁償をすると言ったって、正面の窓のほうはどうなのよ？　煉瓦で割ったほうは？」

「あれはボビーの仕業だ」

ネリーとジェーンはドンを見やった。

「どうしてそれを知ってるの、父さん？」ジェーンは記憶をたぐった。そのことをゆうべ父に話してしまったのだろうか。ティムが〝マクフリー・マクスティング〟と名づけた今日のオープニングの役割分担のプランを立てているときに。

「おまえが悪党どもの体に粘着テープを巻きつけているころ、ビールを飲んでいたボビーがおいおい泣きだして謝ったのさ。強請稼業なら自分でも引き継げるんじゃないかと思ったんだと。哀れなやつだ」

「父さん、ガスには強請でどれぐらいの利益があったの？　つまり、みんなはいくら支払ってたの？　合計で」

「わたしも計算してみた。この七月までは一カ月の合計が八百七十五ドル。うち百五十ドルがオールド・ピンクだ。彼が死んでピンク・ジュニアは宣言した。親父がかつて前庭の芝生でルーレット盤をまわしていたとしても、自分は家賃以外の金は一セントだって支払わないと」

「ガスはそれをどう受け止めたの？」自分で訊きはしたものの、ドンの答えをほとんど聞いていなかった。一カ月に八百七十五ドルの口止め料が生み出した混乱の大きさをあらためて考えていた。そんなわずかな額の金をめぐって長年争ってきたのだと気づいていた人はいるのだろうか。

「年内に調理場が火事になるぞとピンク・ジュニアに言って馬鹿笑いをしただけだった」とドン。「本気なのか冗談なのかはわからずじまいさ。ピンク・ジュニアも即座に笑い返し、保険にはいっているから心配ないと言ってやったと、このまえの寄り合いでみんなに報告したよ。ガスは自分がやろうと思えばなんでもできた。結局、やつの建物だったんだからな。考えてみると、それがわたしらに建物を売った理由かもしれん。自分の所有する建物に片っ端から放火するつもりだったのかもしれん」

ジェーンは正午までに〝マクフリー〟に来てくれとドンとネリーに念を押した。一時には、ビショップ・マクナマラ・ハイスクールに車を停めた客たちをスクールバスが運んでくる。それまでに一時間あれば必要な作業を終えられるだろう。自分の荷物を車に積んで出発した。向かうは元ガーバー邸の〝マクフリー〟、近い将来、ティム・ローリーの住まいとなる家だ。

秋晴れの陽射しがまぶしい日だった。車の窓をおろしてイリノイの九月の歌を口ずさみたくなるような。だれかがそういうのを作ってくれないかしら。ティムのマスタングの隣に車を停めると、キッチンの開かれたドアからなかにはいった。ティムは目を皿のようにしてキッチンを眺めていた。左から右へ、東から西へ、上から下へ。

「すばらしいよ、ジェーン。じつは昨日はあまり注意して見られなかったんだ。粘着テープ双生児の訪問を受けたあとに一応ここを通ったんだけど。見事な出来映えだ」

「〝マクフリー〟がすんでからもこのままにしておく？」

「自分で使うとなれば、このままだと布物がやや多いかなっていう気がする。といっても、どれもはずしたくないな。ハンカチ・カーテンもいかしてるし、鍋つかみもすごくいい。いっそ、ここに飾った物の一部を店に飾ったらどうだろう。うちの店の隣の空き店舗を買い取って、自前の小アンティーク・モールにしようかと思ってるんだ。つまり、きみとぼくの。悪くないだろ？」

ティムが言い終わるまえにブルース・オーがはいってきて、財布をポケットにしまいながら首を振った。

「カンカキーのタクシーは格安料金ですね。申し訳ありませんが、ミスター・ローリー、ミセス・ウィールはわたしのビジネス・パートナーになる予定なんです。そうでしたよね？」

「ええ？　ヴィンテージのネクタイでも売るつもりなの？」

警戒しながらもティムは本日のオーのネクタイの柄に見とれていた。クエスチョンマークとびっくりマークが菱形や正方形のなかに収まっている。オーの奥方はどこでこんなものを見つけてくるんだろう？

「ミセス・ウィールは単に物の拾い屋というだけじゃありませんよ、ミスター・ローリー。事件の動機や殺人犯を見つけ出すのも得意らしいので、わたしのコンサルティング・ビジネスにぜひ参加していただきたいと希望しているんです」

「探偵ってことですか？　私立探偵《P・I》になれと？　女探偵ジェーン・ウィール誕生？　ありえない」

「わたしのことでもめないで、おふたりさん。それよりもまず、今日のプランが成功するかどうかよ」

今日のプランとは、ゆうべオーとティムとドンとネリーにジェーンが説明したとおり、ごく単純なものだった。長年続けられてきた強請の鍵となりそうなベイトマンとガスの物をひとつ残らず、このショーハウスのどこかに展示する。探し物がなんなのか、記録とされているそれらの物がどういう外見や形状をしているのか、ここにいるだれも知らないのだから、自分たち以外の人間に見つけさせてみようというわけだ。やってきた客のだれかが強請の記録に、さらには殺人者に導いてくれるかもしれない。

「ガスを殺した人間がいたとしても」ティムが言った。「凶器も証拠もない。なぜガスは殺されなければならなかったか、納得のいく理由もない。それに心臓麻痺を起こしたのはたしかなんだろ？」

「罠を仕掛けてやるのさ」ネリーがジェーンのプランに賛同してうなずいた。卑怯なやつらをぎゃふんと言わせてやりたいネリーは大賛成だった。

「ええ。ガス・ダンカンの強請稼業を引き継げば、いい小遣い稼ぎになると考えた人間はほかにもいるかもしれません。ボビー・ダフとビル・クランドールのように。しかし、何者かがガスを殺したのであれば、彼の心臓麻痺を引き起こした人物がいるのであれば」オーはティムを見て言った。「さらにボビーの父親を殺した人間がいるのであれば、月々のわずかな収入以上の価値がその記録にはあると考えるべきでしょうね」

「だれだって新聞に名前なんか載りたくないさ」とドン。「社会的地位のある人間ならなおさら」

「社会的地位がなくてもよ、父さん。それが今回の鍵よ。ガスが、ひょっとしたらベイトマンも、だれかに関する重要ななにかを持ってたのよ。それには月に百五十ドルの余得よりもはるかに重大な意味があったのよ」

「ベイトマンは関係ないね」ネリーはオスカー・ベイトマンの指が浮いた広口瓶の指紋をペーパータオルで拭き取った。「ベイトマンもぐるなら、どうして彼の指がここにあるのさ?」

だれも答えなかった。この議論に加わりたいという渾身の意思表示か、広口瓶のなかでベイトマンの指がゆらゆらと揺れた。それからゆっくりと止まってジェーンを指差した。答えを出すのはあんただ。指はそう言っているようだった。あんたが答えを出してくれ。

花を活け、アップルパイが焼きあがると、ジェーンとティムとオーは入場料を支払ってショーハウスを訪れる客の気持ちを想像しながら、家のなかをひととおり歩いてまわった。ボランティアのアマチュア・デコレーターたちがそれぞれに印刷した担当スペースの紹介カードには、装飾に使われた物のリストが載っていて、それらを手に入れた場所と費用も書かれていた。

地下の化粧室はパステルカラーのプードル尽くしだった。トイレットペーパーのカバーはピンク色の鉤編み。鏡と向かい合った壁には〝ペイント・バイ・ナンバー〟（五〇年代初頭に流行した絵画キット。線画の番号順に絵の具で色を塗って完成させる）による三匹のフィフィ（プードルに多い名前）が飾られている。口紅や髪を鏡で確かめようとすると、頭の上にプードルたちが載っかっているように見える。ティムは〝マクフリー〟が終わったら真っ先にこの部屋を全面改装するつもりだった。「ここまであからさまにやられるとお手上げだな。プードルをモチーフにしたゲイの花屋ってか？　やだやだ！」

寝室はどれもなかなか素敵だった。最初のひとつには、タイガーアイ・メープル（木目に虎目石のような模様が表われたカエデ材）ふうの塗装をほどこした三〇年代の木製家具のほぼ揃いのセットが置かれていた。フォー・フィニッシュ（スポンジや布や筆で木目や石目の模様を描くデコレーション手法）のドレッサーとチェストも同じセットのなかにあった。それらの家具に合うダブルベッドは、カンカキーから数マイルのライムストーンで開かれたハウス・セールの掘り出し物で、分解された状態で地下室に置かれていた。ベッドの上に重ねられたパッチワークのウールのベッドカバーは教会のラメッジ・セールで一枚十ドルだった。パッチワークの四角い布切れ一枚一枚に名前が刺繍されている。カバーの片隅には〝１９６７〟の縫い取り。アンティークではないけれど、それが独特の雰囲気とぬくもりをこの部屋に与え、絶妙な仕上がりになっていた。

少女の夢がいっぱいに詰まった寝室もあった。夫婦に息子ひとり娘ひとりの四人家族を想定し、その家族構成にふさわしい内装をという注文がティムからデコレーターたちに出されていて、これが終わればティムは自分流に模様替えするのだろうが、この隠れ部屋は申し分ない。しばらくこのままにして、一度お客としてこの寝室を使わせてもらいたいものだとジェーンは思った。ラメッジ・セールで獲得した大量のガーゼがアルコーブの窓を優美に飾っている。手ごろな値段の豆電球がガーゼの作る襞のなかに埋めこまれ、追加の床のスイッチひとつで明かりをつけると、アルコーブのベンチがたちまちお伽の国の隠れ場になる。豆電球の星明かりに照らされたガーゼの幕はベッドの上からも垂れていた。ばらばらになっていた木のベッドを組み立てたのはマーラ・ドーンドンと彼女の夫だ。共同作業で〝少女のための寝室〟をこしらえた夫妻はこの見学ツアーで最も多くの感嘆の声をあげさせるにちがいない。

廊下はそれ自体が広い一室で、ビショップ・マクナマラ・ハイスクールの教師のひとりがデコレートに挑戦したいと申し出ていた。彼女はヤード・セールで古い机と木の回転椅子を見つけてきて、広々としたその四角いスペースの隅に置いた。机もほぼ真四角で、横木のような縁取りがある。ジェーンは机に近づき、椅子に腰掛けてみた。吸い取り紙台を置くところが盛り上がったように少し高くなって、キーの跳ね上がる手動式タイプライターが机に組みこまれていることを示していた。

「これをオークションに出すの、ティム？」ジェーンは膝ががくがくするのを感じながら、古いタイプライターのキーに触れ、キャリッジ・リターンを押した。

「様子を見てだな」

ジェーンはタイプライターを元の隠れ場所に収めてから、緑色をした金属製の卓上ランプをつけた。ベイトマンの店の帳簿類を何冊か取り出して机の上に置くと、一番大きな帳簿の真んなかのページを開き、ベークライトの鉛筆も一本取り出した。〈シャングリラ〉という文字の下に、〝経営者オスカー・ベイトマン〟という文字がはいった宣伝用のシャープペンシルだ。それを帳簿の脇に置いた。餌として。

廊下の照明は明るかった。四隅には真鍮の張り出し燭台があり、各寝室に通じるドアの脇にも同じ燭台が取り付けられている。寝室のドアは開かれている。ふたりは全部の明かりをつけ、持ってきた写真の何枚かを壁に飾った。

「残りの写真はわたしが地下室に飾りましょう」オーが申し出た。「地下室でいいんですよね？」

ティムはうなずいた。「ポーカーテーブルと向き合う壁に飾ってください」

部屋に流す音楽の準備を終え、香りと雰囲気で盛り上げるためにところどころにキャンドルを灯しながら、不備がないかどうかひと部屋ずつ見てまわったティムは、ジェーンの手を取り、ふたり一緒にキッチンへはいった。

「きみをパートナーにしたいと言ったのは冗談じゃないんだぞ、ジェーン。シカゴのセールをきみにまかせてもいいんだ――うん、まあ、ほぼってことだけど。きみの目はたしかだからね」

ジェーンはにっこり微笑んだ。自分がこれほど強く求められ、必要とされたことはいまだかつて記憶にない。オーは本気で調査要員にしたがっているようだし、ティムもパートナーになってくれと言う。ミリアムは、この夏に買い付けてオハイオへ送った物を全部気に入ってくれた。三カ月まえは失業の身で、将来の見通しもなかったのに、今や引っぱりだこだ。

「ものすごく嬉しいんだけど……」

「トラックだって買ってやるぞ」

「トラック？　ううん、そそられる。でも……」

「きみ専用の平床トラック、積載スロープと台車もつけるよ、ベイビー」

「とにかくティム、問題は……」

「なに？」

「チャーリー！」

「ああ、だろうね、もちろん。たぶん彼はオーケーするさ、きみが探偵になるよりはまだましだろうって」

「そうなの、チャーリー？」ジェーンは笑みを浮かべた。

「たぶん。だが、大事なのはやっぱりきみの判断じゃないか？」とチャーリー。

ティムがくるっと振り返ると、階段を昇りきったところにチャーリーが立っていた。廊下の内装に満足するようにうなずいている。チャーリーはティムをハグしながら、ティムの肩越しにジェーンを眺めた。妻のこんな笑顔を見るのはしばらくぶりだ。それとも、今まで見過ごしていたのだろうか。

つぎにジェーンをハグすると、ジェーンは彼の肩に頭をあずけ、なかなか離れようとしなかった。

「家の片づけをしてくれてありがとう、チャーリー。泥棒がだれだかだいたいわかってきたわ」

「ああ、粘着テープでふたり組をぐるぐる巻きにしたネリーの活躍はお義父さんから聞いた。きみのベークライトのボタンに興味を示さなかったのはそいつらだったのかもしれないって話も」

「あるいは、あなたのTレックスにね。ニックも来たの？」

「オー刑事と一緒に地下室にいる。準決勝まで勝ち進んだぞ。ニックも大活躍した」

「観にいったの？　てっきり……」

「今朝の試合は見た。それに負けてしまったんだけど。元気をなくしてたから、その足でドンとネリーのところへ直行したんだ。ぼくもニックも〝マクフリー〟を見逃すわけにはいかないだろ？」

サッカーの試合内容をニックから詳しく聞いているわけではなかったが、大会での勝敗と宿泊しているモーテルについての最低限の報告はゆうべ受けていた。ニックは少なくとも母親がそういうことを訊いてくれるかどうかを気にしているのだとそのときに気づかされた。

一同は家じゅうのあちこちに散らばって、最初にやってくる招待客を迎えることになった。最近ガス・ダンカンと交わした不動産契約によって新たにカンカキーの不動産の所有者になった人々も全員招待してある。一番乗りはピンク・ジュニアだった。続いてボビー・ダフ。ボビーは二日酔いのせいかまごついた様子を見せている。リリーの死をようやく現実のこととして理解したようだが、途方に暮れ、心ここにあらずといったふうだ。こんなときに他人の家のなかを歩きまわって家具を見るなどという馬鹿げたことにつきあわされているのが腹立たしいといったふうでもある。

ビル・クランドールも到着し、〈EZウェイ・イン〉の表口ではなくトイレの窓から帰ったことを詫びた。ドンは酒場の経営者三人をジェーンに紹介した。三人とも子どものころの記憶にある人たちなのに、どうしてみんなこんなに老けて見えるの？　一瞬そう思ってから気がついた。彼らにはわたしが巨人のように見えているにちがいない。最後に会ったは六歳のころだった。彼らにすればびっくりするほど老けたのはわたしのほうなのだろう。

ティムは招待客を部屋から部屋へきびきびと案内して、さっさと地下室へ向かわせた。自分でデコレートしたパーティルームを見せるためだ。バースツールにちょこんと腰掛けたニックは、列をなす人々がボビー・ダーリンに向かってうなずいたり微笑んだり、パチンと指を鳴らしたりするさまを信じられないという顔で見つめていた。ボビー・ダーリンもニックが知っている数ある昔の有名人の名前のひとつで、学校から家に帰る途中、それがだれだったかを忘れてしまって尋ねると、お母さんはいつも長い説明をしようとする。

酒場の主人たちは展示された集合写真の何枚かのまえで足を止めた。〈EZウェイ・イン〉の正面で撮られた写真のガス・ダンカンを指差し、吐き捨てるような口調でいかさま野郎と口々に言った。

「あら、彼はよくやってたじゃない」ひと塊になった酒場の主人たちのうしろであだっぽい声がした。「いかさま野郎にしては、という意味だけど」

ピンク・ジュニアが振り向いた。

「ミセス・ベイトマン？　ちっとも変わりませんね」

「嘘つきなところはお父さんにそっくりねえ、ジュニア」とメアリ。「あんたのほうは変わったわよ。威勢のいい若者だったのに、オールド・ピンクとそっくりになってきたわ」

メアリは歩行器を使わずに杖をついていた。それも頼みの杖というよりは軽い支えのように見えた。その杖を使って群がる人々をかき分けて通り道をつくり、メアリが向かったのはドンとネリーがいるところだった。ふたりは人混みから離れ、パーティルームの一角に設えられたミニバーのカウンターでくつろいでいた。

「ドナルド」メアリはドンに呼びかけた。「ネリーにお払い箱にされたんなら、あたしが引き取るわよ？」

「ああ、引き取っておくれ」ネリーはニックのために〈スプライト〉をつぎ、ティムのためにマラスキーノ・チェリーを楊枝に刺してグラスに落とした。「ドットとオリーも来てるの？」

「外に車を停めてるわ。先に家のまえであたしを降ろしてくれたの。ネリー、その口の悪さがあんたの若さと健康を保つ秘訣なのね」

「あんただって元気そうじゃないか、メアリ」とネリー。

「ああ、元気そうだ」とドン。

ジェーンは母の視線がすぱっと父を切り開く瞬間を目撃し、ティムを肘でひと突きした。

「あなたがジェーン？」

ブロンドの髪をうしろにまとめてバレッタで留めた若い女が片手を差し出した。ブルーの目。オスカーとメアリの孫娘のスーザンだとすぐにわかった。彼女はジェーンと握手しながら、このいっときを引き延ばそうとするように握りしめた。これは人が言葉によらず相手になにかを伝えようとするときの仕種だ。ここでは招待を受けたことに対する純粋な感謝の意だろう。ジェーンはばつの悪さを覚えた。蜘蛛はディナーに招待した蠅たちの一匹から感謝されたら受け入れなくてはいけないのだろうか。スーザンのブルーの目から視線をはずし、彼女の手に目を落とした。清潔な、ひんやりとした手。短くまっすぐに切り揃えられた、非の打ち所のないきれいな爪。有能そうな力強い手。看護師らしい手だ。ジェーンははっとして目を上げた。そういうことか。オーを見つけて教えなければ。

「オープニングに招待してくださってありがとう。祖母もドットおばさんもオリーおばさんも大変喜んでます。わたしの祖父母の持ち物が買われたのが見ず知らずの方じゃなかったなんて。あなたのご両親と祖母が昔からの知り合いだったとわかったときはみんなほんとうに感動しました。正直なところ、祖父母の物をよく調べもしないで慌ただしく売ってしまったこと、あとから後悔したんです。でも、あの転倒のあとは祖母も朦朧とした状態だったので早く整理してしまわなければならなかったの。あとから嫌だと言われたら困ると思ったので。写真のことはあなたにいくら感謝してもしきれないくらいです」

それが、スーザンが手を放そうとしない理由だった。袋いっぱいの家族写真を返してあげたのだから。あのヴィンテージ写真のコピーを取って額に入れ、この家のいたるところに飾ってあるとスーザンに気づかれませんように。元の写真ほどの輝きはないかもしれないけれど。ジェーンはちょっと失礼と断ってその場を離れ、オーを探しにいった。糸がほぐれてきたと彼に告げるために。

「パイのにおいがするな」三十五年間営まれてきた居酒屋、〈ブラウン・ジャグ〉の新たな所有者となったハンター・スミスが言った。「ここでは食べ物も出すのかい？」

ネリーが首を横に振った。「食べ物なんか出しゃしないわよ、ハンター。ここは家具についてのアイディアを授ける場所なんだから」ネリーはニックに目配せした。

「家具？　おれは家具なんかに興味ないよ」

ジェーンはオーとティムを見つけた。ふたりは客のあとをついてまわっていた。答えられる質問には答え、尋ねられればこの資金集めの催しの母体について説明していたが、相手の話に耳を傾けていることのほうが多かった。あそこに飾られているあれには見覚えがあるとか、あれと同じ物を昔捨ててしまったのを思い出したとか。

だれもが曲げ木の古い椅子を捨てた経験があるようだった。食堂のオークの一本脚《ペデスタル》テーブルのまわりに置かれている曲げ木の椅子に似た物を。一本脚テーブルも母親が捨てていたと口を揃えて言った。この家に持ちこまれたテーブルの天板はその時点では再起不能に見えた――ゆがんでいるうえに水による傷みがひどくて裂けていた。グラント家の息子たちのひとりがゴミとして出されていたそのテーブルを路地から家まで引きずってきた。家族はそれを〝マクフリー〟の食堂の装飾に使ってはどうかと考え、復旧のために天板としてはめこむガラスを一枚購入した。ヴィンテージの料理本やインテリア雑誌に載っている昔のメニューや挿絵を集めてガラスの下に差しこんだので、かかった費用はガラス代だけ。こうして彼らは仰天の値段で手入れのしやすいテーブルを手に入れたのだった。しかも、まだ変えられるのだと解説カードには書いてある。メニューや挿絵のかわりに休日に撮った写真や家族の写真、クリスマスカード、なんでもガラスの下に入れてもいいのだと。どんな種類の物でも気の向くままに集めればいいのだと。

「なんて気が利いてるのかしら」とスーザン。「やっぱりあんなに急いで祖母の持ってる物を売ったりするんじゃなかったわ。ここにある物のほとんどが祖母の物なんでしょう？」

「全部じゃないけれど」でも、酒場の記念の品々はほとんど自分が買った物だとジェーンはつけ加えた。

ドットとオリーがネリーとバスケットボールの話をしていたので、そばへ行って耳を澄ました。どうやら三〇年代から四〇年代ごろにコートで顔を合わせていたらしい。当時は女子バスケットボールが人気の娯楽だったから。

「そうだった」とハンター。「ブラの紐が切れちまった女がタイムアウトを取ったことがあったっけな、覚えてるだろ？　あれは一見の価値が……」

「黙っとけ」ドンが孫息子のほうに顎をしゃくってみせた。

「お祖父ちゃん、ぼくだってブラがなんだかは知ってるよ、悪いけど」

「いいえ、知りません」ジェーンは息子のうしろから言葉をかけた。

「あなたは反則をよくしたわね、ネリー」とドット。「覚えてるでしょ、オリー？　ネリーが反則ばかりしてたこと」

「覚えてるもなにも、彼女は一度わたしの髪の毛をつかんで引っぱったのよ」とオリー。

「あなたは汚い手を使ったわよねえ、ネリー」

「ハッ、ハッ、ハッスルしてたからね」ネリーは孫息子を見てなおも言った。「何事もハッスルすることが大事なんだよ」

ジェーンは腕時計に目をやった。地下室に長居をしてあちらこちらを見てまわっている人が多い。ティムのパーティルームは大成功。みんなここから離れたくないのだ。酒場の主人たちはやはりバーカウンターがあると落ち着くらしい。

ジェーンは二階まで階段を上がり、ふと思いついて例の少女のための寝室の明かりをつけた。夜、読書灯を消した直後、この寝室の明かりをつければ魔法の光が少女の夢を照らし出したかのように最大限の効果が生まれるのだろう。でも、昼の光のなかでも部屋の明かりをつけると素敵だ。その効果を存分に愉しむために窓辺のベンチに膝を折って座り、ガーゼ・カーテンの襞の一部を解いてみた。テントのなかにいる気分を味わうために。

人が部屋を覗いてもガーゼの陰にいるジェーンの姿は見えないが、こちらからは見える。寝室を出たところに置かれた机のそばに立つ人たちの小声の会話も聞こえる。

「ここの帳簿のなかにはなにもないわ。これはただの業務日誌だもの、〈シャングリラ〉の」

「あなたはなにを探せばいいのかがわかってないから」

「あなたはわかってるようね」

ジェーンはガーゼの巣から出て、ベイトマンの帳簿のページをめくり、そこに書きこまれた数字を見ながら首を振ったり目を細めたりしているドットとオリーを見守った。

「なにを探せばいいのかわかってたんなら、あのセールで買えたのに。さもなきゃ、最初からスーザンに売らないように頼むこともできたのに」とオリー。

「そういうことだったんですか？」ジェーンは尋ねた。「スーザンはメアリの意向をまったく訊かずにセールの手配をしてしまったんですか？」

「まあ嫌だ。おばあさんにこっそり近づいたりしないでちょうだいよ」とオリー。

「驚いて銃で撃ってしまうかもしれなくてよ」とドット。

「ごめんなさい」ジェーンは廊下に出た。「探し物を手伝いましょうか？」

「無理だわ。メアリは狂ったみたいになっているんだけど。あなたが買った物のなかにベイトマンから彼女へのメッセージが残されてると思いこんで。それで、カンカキーへ行くと言って聞かなかったのよ。自分で見つけるためにここまでやってきたの」

「それがなんだか見当がついてるんですか？」

階段に背中を向けていたが、ほかの人たちが階段を昇ってくるのが気配でわかった。一段一段刻まれるはっきりとしたリズムがメアリ・ベイトマンであることを物語っていた。だれかが付き添っている。

ビンゴ。振り向いた刹那、ジェーンは心のなかで言った。スーザンだ。ティムが地下室の小パーティから抜けられなくなっていませんように。ふたりが階段を昇りはじめるのを見たら非常線を張るのを忘れていませんように。祈る思いだった。情報を得るためには邪魔者のいない数分間が必要なのだ。

「あたしの欲しい物がなんだか教えてあげるわ」メアリは言った。「こんな杖が必要なおばあさんじゃなけりゃ、一九五八年以前の〈シャングリラ〉について書かれた物ならなんでも持っていたいくらいよ」

メアリは机に近寄り、ジェーンが帳簿に挟みこんだ宣伝用のシャープペンシルを取り上げた。「どう、このシャープペンシル？　これはね、ベイトマンがクリスマスで配ったささやかな景品。彼はクリスマスにはかならずお客にちょっとした物を配ったのよ。ペンや小銭入れや、レディのためには昔流行ったあの可愛いビニールのレインボンネットのような物をね」

「あれ、わたしもよくかぶったわ」とオリー。

「だけど、このシャープペンシルは一九五八年よりあとの物ね。なぜわかると思う？」メアリは答えを待たなかった。「なぜなら、〈シャングリラ〉の経営者がオスカー・ベイトマンだとこれには書いてあって、ベイトマンとガスだとは書いてないからよ。一九五八年よりまえの物には全部そう書いてあったのに」

「ふたりはパートナーだったんですね」

「親友でもあったわ」メアリはそこでいったん言葉を切り、先に続ける言葉を考えた。「最悪の敵同士になるまではね」

「お祖母ちゃん？」

「黙っといで、スーザン、おまえの知らない話なんだから」

「彼女は知ってるはずだわ」これは今回のプランのうち最後に加えた部分だった。ジェーンが推理したことをオーに話すと、スーザンを攻めろとオーは言った。気を抜くなと。しかし、そうたやすくいきそうにない。ジェーンは深呼吸をした。

「知ってたからこそカンカキーまで来てガス・ダンカンを殺し、彼の口を封じたんですもの。彼女はあなたが持ってる物に気づいたから、ガスがあなたを強請るのをやめさせたのよね。あなたもガスの弱みを握ってた。それは自分を守るための物だった。ところが、あのハウス・セールでそれが売られてしまった」

ジェーンは戸口から動かず、メアリとスーザンに一歩も近づいていなかったが、ふと見ると、ドットとオリーのふたりはうしろへ引き下がり、廊下のべつべつの隅に身をひそめていた。さらに目の端から視線を振ると、階段に人がひとりかふたり、あるいは三人立っているのが見えた。だれなのかはわからないが、身じろぎもせず黙って立っている。

スーザンは大きく息を吸いこみ、むせるような音をたてた。「殺す？　だれを？　わたしがだれを殺したというの？」

「シッ、お黙り、スーザン。おまえはだれも殺しちゃいない」メアリはにこやかな笑顔をジェーンに向けた。

「ガス・ダンカンは高血圧の持病があって薬を飲んでた。ときどき。つまり、二日酔いがさほどではなくて薬を飲むのを思い出せれば。心臓麻痺がいつ起こってもおかしくなかった。彼は降圧剤と一緒にカリウム剤も飲んでたから、警察は彼のカリウム値が高くても不自然だとは考えなかった。キッチン・カウンターにはその両方の処方薬の瓶があったのだから」ジェーンは一気に言った。

メアリは机のまえの椅子に腰をおろし、帳簿に目を落とした。目を上げて、そこに広口瓶を見つけるとにっこりした。

「やっと見つけたわ、このいたずら者」

「スーザン、訪問看護師のあなたは医療品を入手できるでしょ。ガスにカリウムを注射すれば、待ち受け状態の心臓麻痺がほんとうに起こってしまうわよね」

「わたしのハンドバッグに銃があるわ、メアリ。わたしが彼女を撃ってもかまわないわよ。

七十になったときに買ったのよ、お守りとして」ドットはジェーンに解説した。

ドットを見やると、ハンドバッグに手を入れようとしている。なんて忠実な友達なの。銃を抜き、銃口をこちらに向けるドットを見ながら、感嘆の声を漏らしそうになった。

「そんな物、しまいなさいよ、ドット。だれも人を殺したりしないんだから、今日は。ガスがカリウムで殺されたなら、警察が注射の痕を見つけるでしょうよ。でも、見つけられなかった。そうでしょ、ジェーン？」メアリはベイトマンの指がはいった広口瓶に頰ずりした。

ジェーンのパズルのコマの最後の一個がはまった。ホルマリンに浮かんだベイトマンの指があっちを向き、こっちを向きするのを廊下にいる全員が見守った。警察が注射の痕を見つけられなかったのは捜査の怠慢が原因だと思っていたが、その部分が薄く切り取られていたからなのだ。犯人が指を切り落とした、もしくは切り落とそうとしたときに。

オーはなんと言っていたっけ？　そうだ、メアリに自白させたいならスーザンに質問をぶつけつづけなさい、スーザンを糾弾しなさい――。

「あなたなら細い注射針も手にはいるはずよね？　指の股に突き刺せるような細い針も。だって、テレビドラマを見てればだれだって知ってるもの。腕の静脈を使い尽くしたジャンキーが足や手の指の股に注射を打つってことぐらい。ガスはあなたがそんなことをするとは夢にも思わない。あなたは手を撫でてやるだけでいい。で、ぶすっ。一丁あがり」

スーザンは今にももどしそうな顔つきになった。探偵の仕事のこういう部分は性に合わないとジェーンは思った。

「孫娘を巻きこむのはやめてちょうだい。この子はなにもしてないんだから」

「わたしは看護師よ。そんなことをするわけが……」

「看護師ならそのやり方を知ってるはずよ」

「あたしも看護師よ」メアリはまたも笑みを浮かべた。

「あたしもよ。ドットもよ」とオリー。

これにには意表を衝かれた。悪人を殺したのは自分だと村じゅうの人間が言いだすあの映画みたいな展開になるの？　すでに告白ずみのネリーもその栄誉欲しさにまた名乗りを上げないともかぎらないし、かつての女子バスケットボール・チームの選手全員がガス・ダンカン殺しの栄冠を勝ち取ろうとフリースローを始めるのもそう遠いことではないかもしれない。

「あたしは孫娘の医療品を手に入れることもできる……」

「わたしたちが出会ったのは看護学校だったの」オリーが教えてくれた。

ジェーンはうなずいた。

「あたしは八十のおばあさんよ。町じゅうの嫌われ者だった男が死んだ、いつ起こってもおかしくない心臓麻痺で。で、あたしはその嫌われ者のガス・ダンカンに亭主の指を切り落とされた哀れな老女。なぜそうなったかわかる？　あの男はベイトマンが拘置所から出てこられたのは取り引きをしたからだと思いこんだのよ。仲間の名前を売ったんだと。あたしのオスカーは生まれてからただの一度だって仲間を売ったことなんかなかったわ。オスカーが出てこられたのは」メアリはためらったが、ほんの一瞬だった。「彼が出てこられたのは、あたしに友達がいたからよ。あたしが高い地位にある連中を味方に引きこんだからよ」メアリは唾を吐きかけたそうに見えた。「ガスと彼が抱えこんでるたくさんの名前、ガスが保管してるとみんなが思ってる記録、みんなの不利になる証拠を握ってるというあいつの主張。あいつを殺したがってる人間は大勢いた。ガスが自慢げに言いふらしたから、ベイトマンもいろいろ握ってるんだとみんなに思われた。記録を保管してるんだと。あたしまで疑われた。ある晩、娘と娘婿が自分たちの車を店に置いて、あたしの車を使った。そうしたら、車をぶつけられて道路から崖へ落ちた。ぶつけた車の運転手は現場から逃げた。あれは酔っ払い運転の事故なんかじゃなかったとわかったわ。あたしにはわかってたのよ、だれかが裏で……」

メアリは口を不意につぐんだ。こらえきれなくなったのではなかった。こらえきれず泣きだしたのでは。彼女は孫娘の目が大きく見開かれるのを見た。孫娘に聞かせるべき話ではなかった。だが、いずれはスーザンも知ることになるだろう。

「ガス・ダンカンとオスカー・ベイトマンがパートナーだったころ、ふたりはあちこちの酒場で賭博を開帳してた。何人かの警察官と判事に賄賂を贈ってね。ある夜、オスカーは封筒をまちがった男に渡してしまった。それで逮捕されたのよ。だれも裏切ってやしない。拘置所から出てくるのが驚くほど早かったので、周囲はみんなそう思ってたけど。オスカーは持ってもいない物を持ってると思われたのよ。ガスはすべての記録を保管してると吹聴した。そもそも、賄賂の証拠も汚職警官や市《まち》のお偉方の名前も全部。見た者はひとりもなかった。

そんな記録なんか存在しないとあたしは思ってるわ」

「だけど、やっぱりあなたは彼を殺した」ジェーンは穏やかな口調でうながした。

「あたしは八十のおばあさんよ。介護付き住宅で暮らす身よ。ガスが殺されたときに、あたしと一緒にユーカーをやってたと思いこんでる入居者たちがいるわ。それがいつのことであれ。実際、あたしのユーカーのパートナーのレナードなら、アリバイについてあたしがなにを言おうとかならず裏付けてくれるわよ。そしてもちろん、彼の証言は信用されるでしょうよ。なにしろ、昔は高い地位にいた人なんだもの。あたしたちの市《まち》の議員から判事になった人だもの。その人の息子は今、州の上院議員で再選に向けて立候補してるの。レナードとあたしはうんと昔からの友達でね」メアリはそこではじめて孫娘から顔をそむけた。「あたしたちはオスカーが拘置所にいるあいだに親しくなったのよ」

ブルース・オーが廊下を挟んだ寝室からふらりと現われた。たった今昼寝から目覚めたといわんばかりのさりげない足取りで。

「ミセス・ベイトマン、マンソン刑事があなたのお話を聞きたがっています。カンカキー署までわたしが車でお送りしましょうか？」

「あら嬉しいこと」とメアリ。

「お祖母ちゃん？」スーザンは十歳の少女のような声を出した。ドットとオリーはメアリに寄り添おうとした。メアリは手で払った。「あたしは八十のおばあさんよ、ベイビー。心配しなさんな」

女たちの一団は階段へ向かって歩きだした。そこにはドンとネリーが立っていた。ボビー・ダフもふたりのすぐうしろにいた。

「おれの親父についてはどうなんだ?」彼はメアリに迫った。「あんたはビル・ダフも知ってたんだろ?」

「もちろんよ、ハニー。だけど、あれは彼とガスとのあいだのこと。わかるでしょ、個人的な問題よ。ガスはああいうことを好む男だったのよ。相手の指を切り落としてマフィアになった気分でも味わってたんでしょうよ。あとは自分で考えなさい」

ゆっくりと時間をかけて慎重に階段を降りていくメアリをボビーは見送っていた。ジェーンはそんな彼を見守った。メアリはオーが差し出した腕を取り、今はまえかがみになって杖に体重をかけているように見える。ジェーンは思わず笑みを浮かべた。さっき階段を昇ってきたときの様子ではさほど杖が必要には見えなかったから、一瞬おやと思ったのだが、齢《よわい》八十の老女は取り調べにあたるマンソン用の芝居をしようとしているのだ。

リリーの見つけた手紙を読んでわかったことをこれからボビーに伝えなければならない。彼の母親とガス・ダンカンのことを。ボビーを見ながら、ジェーンは納得した。その目。その頭の形。彼はやはりガス・ダンカンとルーエラの子だ。そのことを知ったとき、ダフはどうしたのだろう。可哀相なリリー。こんな事実にたったひとりで向き合っていたなんて。それもガス・ダンカンの家の地下室で。

ティムは地下室に掛かっている時計を見ていた。あと二十分で最初のバスが大勢の客を乗せて〝マクフリー〟へ到着する。オーはメアリ・ベイトマンを警察署まで送り届けるつもりでいたが、マンソン刑事のほうからやってきていた。ありがたいことにマンソンはパトカーには乗ってこなかった。目立たないセダンで乗りつけ、ほかの入場客と同じようにそぞろ歩きで〝マクフリー〟の会場にはいってきた――入場料は支払っていないけれども。ジェーンが二階でメアリ、スーザンと対決して一気呵成に片づけてくれたので、ティムは胸を撫でおろした。じつは代替案も用意してあった。第一案がうまくいかなければ、そこらじゅうに飾った写真から反応を引き出し、会話の糸口にしようとしていたのだ。これで〝マクフリー〟が事件と切り離されて機能するのは喜ばしい。このまま地下でパーティを続行させることもできそうだ。在校生のボランティアも到着しており、ティムはふたりをもぎりとして正面玄関に配置した。べつのふたりは裏のドアのまえに座らせ、家のなかで迷子になった人たちを玄関に案内する係とした。入場客はみな玄関から出入りすることになっているから。

美形の三年生、ベッツィーがすぐにティムのところへ戻ってきた。

「食器室にいる男の人はどうすれば？」と、声をひそめて訊く。

「どの男？」ティムも声をひそめて応じた。

「スプレー塗料を持った人。あの人、お客がここに着くまえに仕上げようとしてるの？」

食器室へ駆けつけたが間に合わなかった。ジェーンの壁紙と棚板のシートのほとんどが赤いスプレー塗料で塗りつぶされていた。ティムは最後の棚板に塗料を吹きつけようとする男の手からスプレー缶をはたき落とした。

いつのまにかティムのうしろに来ていたネリーが声を張りあげた。「腹に一発お見舞いしておやり。トランプカードで作った家みたいにぺしゃんこになるよ」

「よしてくれ」スチュワートは腹を手で守りながら言った。

マンソンがネリーのうしろにいた。彼はまえへ進み出るとスチュワートに手錠を掛け、スプレー缶を取り上げ、家の外に連れ出してセダンへ向かった。今日スチュワートを逮捕できそうだとオーに言われていたのだが、こんなにタイミングよくすんなり事が運ぶとは意外だった。

騒ぎを聞きつけてジェーンとチャーリーが食器室に現われた。せっかくの作品が台無しにされたのを見てジェーンはがっかりした。オーもやってきて、同情をこめて首を振った。

「シカゴの元判事二名がベイトマンとガス・ダンカンにつながっていました。うちひとりはベイトマンの事件の担当検事で、上訴請求がなされると検事局は証拠資料を紛失しました。その人物は去年亡くなっています。もうひとりは当時、市会議員でしたが、半年まえに脳卒中で倒れ、家族は彼のプライバシーを厳重に守り、静かな環境で回復させようとしました。今は〈グランド・ヘリテージ〉で穏やかで幸せな余生を送っているようです。メアリ・ベイトマンと交流をもちながら。今しがたスプレー缶で暴れていたスチュワートは、メアリの友達のそのレナードの甥です。ほら、あそこに」オーは窓の外を指差した。

マンソンの車のそばに立ったメアリが、ねぎらうようにスチュワートの首を片手で叩きながら、もう一方の手で彼の口に制酸薬の〈タムズ〉をほうりこんでやっている。

「スーザンは今回のこととはまったく関係なかったんでしょう？」ジェーンは訊いた。

「おそらく。過去の経緯についてもスーザンはなにも知らされていなかったと思いますよ。メアリは忠誠心に篤く、秘密の守り方を心得ている人なのでしょう。彼女を車でガス・ダンカンの家まで連れていったのはドットとオリーです。メアリは彼が持っているという記録のことを訊きたかったんです。なにかを持っているなら全部処分させたかったんでしょうね。スーザンのため、レナードの恩に報いるためだと言っていたそうです。もっとも、帰るときにはガスはまだ生きていたと彼女たちは主張していますが」

「だけど、この壁紙に使ったのはガスの帳簿じゃないのに」ジェーンは判読可能な文字がまだあるかどうか壁に目を凝らした。「昔風の美しい手書きの文字だったのに。それに、単語の綴りのテストとか」

「エルマイラの？」チャーリーが尋ねた。

ジェーンはうなずいた。その少女の名前をチャーリーが覚えていてくれたことに胸がじんとした。エルマイラの物を家に持ち帰ったときにはまったく興味がなさそうだったから。

「記録とやらが果たして実在するのかどうかもわかりません」

バスが来たとティムが叫んだ。慌てたジェーンとチャーリーとオーは三人がかりでできるかぎり食器室を片づけた。ジェーンは窓に駆け寄った。窓を開ければスプレー塗料のにおいを外に出せるだろうか。ペンキのにおいが部屋に残っていては、ティムのせっかくのアイディアの焼きたてパイが無駄になってしまう。

部分的に使用されたパンチボードはまだ窓台に整列させてある。それらをつかんで重ね、窓を開けた。外気が室内に流れこみ、洗浄を始めた。ジェーンは黄と青の〈シガレット・ステークス〉のボード一枚を手に取り、破られた穴を光にかざしてみた。

「おもしろい、なんだかまるで……」声に出して言ってから、はっとした。「オー刑事、ティム、母さん、父さん、チャーリー、こっちへ来て！」

「ジェーン、もうお客が着いてるんだよ」ティムが唇に指をあてながら、食器室にはいってきた。

ジェーンはパンチボードを掲げた。「なにが見える？」

「色覚異常の検査でも始める気か？」

「突き破られた穴がまだ未使用の穴に取り囲まれて、模様ができていますね」とオー。

「単なる模様じゃなさそう」ジェーンはその一枚をオーに手渡してべつの一枚を手に取った。

「見て」

こちらは見まがいようがなかった。太陽にかざすと、突き破られた穴からまぶしい光が射しこんだ。あいた穴が〝EZ〟の文字を形作っているのはあきらかだった。

〝PINK《ピンク》〟という文字も〝DUFF《ダフ》〟という文字も綴られていた。パンチボード一枚ずつを使って。小さく丸めてボードの穴のなかに押しこまれている紙切れは小さいとはいっても、ガスのちまちました字も書きつけられないほどではない。EZのボードの裏にセロテープで留められている〝キー〟のひとつを使って、きつく丸められた紙玉をいくつか押し出してみた。およそ六×二・二センチの薄い紙だ。〝あなたは中華料理が大好きです〟というおみくじ。裏返すと、ガスの細かい字でこう書かれていた。

52年8月13日支払い
ドンからL・S・ティーチへ

「ティーチっていう名前の人を覚えてる、父さん?」ジェーンは尋ねた。
「たしかティーチっていう警官がいたんじゃないかな、店の古顔に」ドンはパンチボードの一枚をつかみ、窓に向けてかざした。「なるほど、ガスは思った以上の野心と創造力の持ち主だったにちがいない」
「あのいかさま野郎は日がな一日そんなことをやってたんだね」ネリーが言った。

〝マクフリー〟のオープニングは大成功だった。スクールバスは毎時三十人から四十人の人々を運んできた。客たちはみな創意工夫に富んで斬新なティムのアイディアに称賛を送った。会場となったガーバー邸を買い取りたいとのオファーが三件も寄せられ、この機会に不動産売買の免許を取得しようかという気をティムに起こさせたほどだった。

「ふうん、花屋に骨董商に鑑定士に不動産仲介業者。あんたの名刺は小型ノートなみのサイズになりそうね」

ジェーンはチャーリーと裏のポーチに移動していた。ここにはブランコ椅子（ポーチに吊るす横長のベンチ）がひとつとラウンジチェアが二脚あった。ジェーンの記憶ではどれもエディ・ガーバーがこの家に住んでいたころからあった。今は〝JUG《ジャグ》〟という綴りの暗号が残されたパンチボードに見入っていた。これはハンターの店、すなわち〈ブラウン・ジャグ〉を意味しているにちがいない。が、ほんとうはその文字を形作る穴を見ているのではなかった。ブランコ椅子の隣に座って、長い脚をまえに投げ出し、背もたれに置かれたオイルクロスのカバーのクッションに両腕を広げたチャーリーのことを考えていたのだ。午後の空では太陽が低い位置に移動していた。目をつぶったチャーリーの顔を陽射しが横から照らしている。

〝マクフリー〟のこの家にはいってきたチャーリーは最近のチャーリーとどこがちがうのだろう。さっきのあのほとばしる感情の源はなんだったのだろう。昔、彼が部屋にはいってくると自然と身も心も軽くなったのと同じ感覚だ。この一年でああした感覚はほとんど消えてしまったのに、今はちゃんと自分のなかにある。じんわりと温かく、むず痒いようなこの感じは、ヴィンテージのベークライトがいっぱい詰まった箱に古いプラスチックのジャンクなみの値が付けられているのを見つけたときに勝るとも劣らない。

黄褐色のズボンも、ブルーのシャツも、茶色の髪と茶色の目も、いつも外気にさらされている肌も、大きくて力強い素敵な手も、なにひとつ変わっていないのに。チャーリーの目録は以前と同じなのに。そういう自分はどうなの？　ジーンズとTシャツ、着古した格子縞のシャツ、暗い茶色の髪、深い悩みを隠しきれない目、全部同じ。それに……いえ、同じじゃない……笑顔が……ある。こんなふうに満ち足りた笑顔になれたのはほんとうに久しぶりだ。純粋に幸せを感じられる。三〇年代に作られたこのブランコ椅子に善良でハンサムな男と座っているだけで。九月の終わりに、イリノイのカンカキーのこの場所に彼とふたりでいるというだけで。

「また犯罪事件を解決しちゃったわ、チャーリー。ほぼ解決よね」

「ああ」

「仕事のオファーをふたつ受けてるの」

「すばらしい」

「あたしたちはニックを連れて先に帰るよ」ネリーがキッチンのドアから頭を突き出した。「すっかり飽きちゃってるからね」

ジェーンは手に持っていたパンチボードをネリーに手渡し、ハンターがまだ地下室にいたらこれをあげてと頼んだ。酒場の主人たちもみなパーティの記念品を受け取って引きあげようとしている。今は亡きガス・ダンカンの厚意によって手書きで残され、ヴィンテージのパンチボードに堂々と隠されていた、賭博の支払いや賄賂の記録という特別あつらえの歴史的記念品を。裏庭ではボビー・ダフが木製のアディロンダックチェア（座面と背がうしろに傾斜した戸外用椅子）にメアリ・ベイトマンの孫娘スーザンと並んで腰掛けていた。ふたりの孤児は互いに相手を見つけたのだ。ふたりは熱っぽく話していた。ボビーは〝DUFF〟と綴られたパンチボードを抱えている。スーザンはハンドバッグの持ち手の革紐につかまって必死で耐えているように見えた。

二階でスーザンを糾弾して怯えさせたことを謝らなければならない。が、少し日が経ってからにしようと思った。スーザンにすれば急いでジェーンと話す気にはならないだろうし、ましてや祖母から聞かされたことをここでまた繰り返されるのはたまらないだろうから。ボビーにもきちんと説明しなければならない。それは明日にしよう。彼の両親の秘密は長い年月守られていたのだ。あと数日そのままにしておいてもいいはずだ。

「あのふたりはいくら話しても話が尽きることはないんでしょうね」ジェーンは言った。

「疑問もね」チャーリーはつけ加えた。

ブルース・オーは供述を取られるメアリ・ベイトマン、ドット、オリーの三者に同行してカンカキー警察へ向かっていた。ジェーンはあの夜の彼女たちを想像した。三人の老女がガス・ダンカンと昔話をしている姿を。ボウリング大会やバスケットボールの試合の思い出を語り合っているところを。夕食をすませたあとで、ガスはほろ酔い気分だっただろう。メアリは懐かしそうに彼の手を取り、そして彼の指に注射針を突き刺した。地下室に用意周到に保管していた医療品から選んだカリウムを彼の体に注入した。メアリには弁護士が必要なのかと尋ねたジェーンに対するオーの答えはこうだった。

「必要になるかもしれません。ですが、本人が言うように被疑者は八十歳の老女で、実際には彼女はまだなにも認めてはいません。殺人に使われた凶器も見つかっていませんし、地下室にあった医療品の記録もありません。教会のバザーに出すからとスーザンに頼みこんでもらい受けていた物なので。カリウム剤と注射器もメアリの手もとにはありませんでした。スーザンの患者の需要がなくなるとすべて壊して破棄していた、だから存在していなかったということになりそうです」

「彼女たちはガスの体が崩れ落ちるのを待った。それからメアリがキッチン・カウンターに置かれていたナイフをつかんで、ガスの手に握らせ、注射の痕をそぎ取った。ガスが夫のベイトマンにしたことを思い出しながら」

「復讐心は人間を強くしますからね」

「彼女はその瞬間を待ちわびてたのね。もし、わたしが買ったあの〈シャングリラ〉の物のなかになにかがあるんじゃないかという不安が芽生えなければ、こんな事件はまったく起こらなかったかもしれない。あの地下室にあったすべての物について、箱詰めにしたすべての過去について、彼女は安心しきってたのかもしれない。でも、わたしがあれを買ったことによって抑制が利かなくなった。何十年も経ってから介護施設でレナードに再会して、ただでさえ動揺してただろうし……」ジェーンはかぶりを振った。

「レナードとのことなら、ミセス・ウィール、心配にはおよびませんよ。わたしはこう思っています。本人も言っていましたが、メアリはまた〈グランド・ヘリテージ〉でレナードを相手に記録的な速さでカードゲームを終わらせるようになるでしょう」オーは彼女たちの取り調べがすんだら電話で知らせると約束してくれた。

ジェーンは今、ブランコ椅子に座って両脚をまえに伸ばし、チャーリーの腕にゆったりともたれていた。

「ティムと組んで骨董商になろうかな」

チャーリーは目を閉じたまま、うなずいた。

「それとも、ブルース・オーと組んで探偵になろうかな」

チャーリーは目を閉じたまま両の眉をつり上げた。すごい、いつからそんな芸当ができるようになったの？

「なにを考えてるの？」

「きみの残りの人生は可能性に満ちているんだなって」

おみくじクッキーに書いてありそうな台詞だ。いや、そのまんまかもしれない。だからって真実から遠いだろうか？　ここで憎まれ口を叩いてチャーリーをヴィンテージのブランコ椅子の逆の端へ追いやらなくてはいけない理由がある？　行く手におぼろげに見えてきた、さまざまなすばらしい可能性について言い争わなくてはいけない理由がある？　ミリアム専属のピッカーを続けようと、ティムと組んでディーラーになろうと、ブルース・オーと組んで探偵の仕事をしようと、べつにいいじゃない？　いっそのこと全部やってしまう？　それよりも、直近のすばらしい可能性はどうなの？――まずは夫と息子と一緒にうちへ帰るべきなんじゃない？

完璧を追い求めるあまり善きことを見失ってはなりません。

「わたしもそう思うわ、チャーリー」

訳者あとがき

アンティーク雑貨探偵シリーズ第二巻『ガラス瓶のなかの依頼人』をお届けします。

第一巻『掘り出し物には理由《わけ》がある』から二カ月が経過した初秋、主人公のジェーンは相変わらずお宝を探して週末のセール巡りに余念がありません。今回の幕開けはシカゴ郊外のとあるハウス・セール。家の持ち主の老婦人が介護施設へ入居したため、家財いっさいが売り払われることになったのです。聞くところによると、その家の主はかつてシカゴで酒場を営んでいたとか。期待に高鳴る胸を押さえつつ地下室を見まわすと、果たせるかな、酒場の商売道具が保管された小部屋を見つけました。実家の両親が営む居酒屋〈EZウェイ・イン〉は目下改装中です。ここにある道具を利用したら素敵な内装ができるかも……ジェーンは思い切って部屋をまるごと買い取ることにします。ところが、自宅へ戻って荷解きを始めると、酒場の道具が詰まった箱のなかに奇妙な物が。ベークライトの蓋で密封されたガラス瓶のなかに浮いているのは、人の……指？　またしてもジェーンの素人探偵魂は刺激され、謎の事件を探ることに――。

さて、前作から二カ月が経ち、お宝探しは〝相変わらず〟だと書きましたが、アンティーク雑貨の拾い屋《ピッカー》兼ディーラーとして順調に歩みだしたジェーンの身辺ではいろいろな変化が起こっています。

オー刑事は警察を辞め（刑事でなくなっても、ジェーンは相変わらず〝オー刑事〟と呼んでいますが）、今は大学で教鞭を執るかたわら、コンサルティング会社を興して個人の調査依頼も受けています。親友のティムは前作で殺人現場となってしまったフラワーショップの経営から、骨董ビジネスへと仕事の重点を移行中。引っ越しも予定しています。

家庭内での変化もあります。息子のニックは夏休みが終わって家へ帰ってきました。別居中である夫のチャーリーも大学の新学期が始まり、今は自宅とアパートを行き来する変則的な生活を送っています。両親の関係を修復させたい息子のけなげな気遣いや、いったんすれ違った夫婦の心のゆるやかな軌道修正の経過が、殺人事件の複雑な謎と百花繚乱のアンティーク雑貨のなかに埋もれることなく、しっとりと描かれていて、ほっとされる読者も多いかもしれません。

だが、しかし――今回の主役は、なんといってもジェーンの母、ネリーでしょう。イリノイ州の古い町、カンカキーの居酒屋で四十年間、調理場を取り仕切ってきたネリーの突出したキャラクターは第一巻から垣間見えていましたが、その〈EZウェイ・イン〉が主要舞台となった本作は、ネリー・パワー全開の感あり。とりわけ、ある災難に見舞われてからのネリーの行動は胸がすくというか、お腹の皮がよじれるというか……愛すべき肝っ玉母さんの八面六臂の活躍をお愉しみください。それにしても、ネリー独自の人生観、世界観、教育論は極端なようでいて、傾聴に値するものが多いと思いませんか？

自身もアンティーク雑貨のコレクターである著者のシャロン・フィファーによるうんちくは、ティムが母校のために企画した一大イベント〝ショーハウス〟において、今回もいかんなく披露されており、骨董家具やアンティーク雑貨や小物が好きな女子の心を前作にも増してくすぐりそうです。

そして、本シリーズに登場するさまざまな〝物〟のイラストを描いてくださっているのが、前回のあとがきでもご紹介したイラストレーターのたけわきまさみさん。この方はなんと、アンティーク雑貨店の経営者でもあるのです。というわけで、先日、東京の谷中にあるたけわきさんのショップ、〈ビスケット（Ｂｉｓｃｕｉｔ）〉と〈ツバメハウス〉を編集者とともに訪問！　そこには、谷中という古い町に溶けこんだ西洋アンティーク雑貨の世界が広がっておりました。シャロン・フィファーにも見せてあげたいくらい……。このときの顚末は、コージーブックスＨＰの「コージーの部屋」でお読みいただけます。

二〇一三年秋邦訳刊行予定の第三巻 *The Wrong Stuff* には、オーの妻で、アンティーク・ビジネスでかなり成功しているらしいクレアが重要な役どころで登場するようです。ティムからもオーからもビジネスのパートナーに（またはアソシエイトに）と請われているジェーン。次回はどんな形で事件と関わるのでしょうか。どうぞお愉しみに。

二〇一二年十二月

コージーブックス

アンティーク雑貨探偵《ざっかたんてい》②

ガラス瓶《びん》のなかの依頼人《いらいにん》

著者　シャロン・フィファー
訳者　川副智子《かわぞえともこ》

2013年　1月20日　初版第1刷発行

発行人　成瀬雅人
発行所　株式会社　原書房
〒160-0022 東京都新宿区新宿1-25-13
電話・代表　03-3354-0685
振替・00150-6-151594
http://www.harashobo.co.jp
ブックデザイン　川村哲司(atmosphere ltd.)
印刷所　中央精版印刷株式会社

落丁・乱丁本はお取り替えいたします。

定価は、カバーに表示してあります。

©Tomoko Kawazoe ISBN978-4-562-06011-5 Printed in Japan